Die Zeitenwandlerin

Keltenwinter

SUSANNE WIEGLEB

DIE ZEITENWANDLERIN

KELTENWINTER

THEISS

Die Deutsche Nationalbibliothek verzeichnet diese Publikation
in der Deutschen Nationalbibliografie; detaillierte bibliografische Daten
sind im Internet über
http://dnb.dnb.de abrufbar.

Der Konrad Theiss Verlag ist ein Imprint der WBG

Die Herausgabe des Werkes wurde durch die Vereinsmitglieder
der WBG ermöglicht.
Umschlaggestaltung: Harald Braun, Foto Design, Berlin
Lektorat: Susann Säuberlich, Neubiberg
Satz und Gestaltung: Satzpunkt Ursula Ewert GmbH, Bayreuth
Gedruckt auf säurefreiem und alterungsbeständigem Papier
Printed in Germany

Besuchen Sie uns im Internet: www.wbg-wissenverbindet.de
ISBN 978-3-8062-2979-0

Elektronisch sind folgende Ausgaben erhältlich:
eBook (PDF) 978-3-8062-2998-1
eBook (epub) 978-3-8062-2999-8

PROLOG

233 nach Christus am Nachmittag des Samhain unweit der Stadt Cambodunum, Provinz Raetia

Ingrun griff ein paar Holzscheite, huschte dann nach einem prüfenden Blick über den kleinen Platz geduckt zwischen der Hütte des Häuptlings und dem Backofen hindurch zu ihrer beinahe fertigen Feuerstelle.

Sie würde den Ahnen ein Feuer entzünden, auch wenn die Versammlung und Herr Arne, der Häuptling, es verboten hatten. Sogar ihr eigener Mann hatte gegen sie gestimmt. Der Groll darüber nagte böse an ihr.

Flüchtig glitt ihr Blick hinauf zu den dichten Wipfeln der Eichen und Buchen. Nieselregen befeuchtete ihr Gesicht. Kein Alamanne würde an diesem trüben Tag den Rauch bemerken.

Die Alamannen waren viel zu dumm, um hier oben auf dem bewaldeten Hügel überhaupt jemand zu vermuten, schon gar nicht eine Wallburg. Sie waren noch dümmer als die verweichlichten Römer.

Verächtlich musterte sie die Rückseite des Blockhauses des Häuptlings. Ein Halbrömer. Nicht Fisch, nicht Fleisch, trotzdem war er zum Häuptling gewählt worden. Ingrun war sich sehr wohl bewusst, dass ihr Hass auf die Alamannen und die Römer mit jedem Jahr verzehrender an ihr fraß.

Ihre Zeit der Rache würde kommen, auch wenn Ivo, ihr Mann, der Sohn des Stammesfürsten der Likater, die Nachfolge seines Vaters abgelehnt hatte. Ivo hätte es zum Hochkönig bringen können. Hochkönig der Vindeliker. Er hätte die Stämme versammelt, um die Eindringlinge, die alamannischen Mörder ihrer Familie, die fetten römischen Maden in ihren Kastellen, von ihrem angestammten Land zu vertreiben. Doch Ivo hatte abgelehnt. Den Armreif des

Fürsten nicht genommen. Abgelehnt, weil er Rinder und Pferde züchten wollte. Ivo wollte nicht für seine Freiheit kämpfen.

Im erneut aufflammenden Zorn ließ Ingrun das Holz viel zu laut in die Feuerstelle fallen. Sie fluchte leise und schaute sich um.

Niemand schien sie bemerkt zu haben, obwohl natürlich ein paar der Frauen ahnten, was sie vorhatte. Sicher hatte das Gerücht, dass Ingrun trotz des Verbotes ein Ahnenfeuer entzünden würde, längst die Runde durch die Hütten gemacht. Sie wusste aber genau, dass keine der Frauen einen Verrat wagen würde. Manchmal war es gut, wenn einen die Menschen fürchteten. Sollten sie Ivo doch für ihren Ungehorsam bedauern. Das berührte sie nicht. Unwillkürlich spuckte sie ins gefrorene Gras.

Es war ein Fehler gewesen, Ivo zu erwählen. Der größte Fehler, den sie jemals gemacht hatte. Die Enttäuschung schmeckte wie bittere Galle.

Lauschend wendete sie den Kopf zu den einfachen Weidenhütten hinüber. Hatte jemand nach ihr gerufen? Tatsächlich sah sie Ivo am Eingang ihrer Hütte stehen. Behutsam schob sie sich tiefer in den Schatten der hohen Holzpalisaden. Ja, Ivo war ein schrecklicher Fehler gewesen, dachte sie erneut, obwohl ihr Herz bei seinem Anblick verwirrend freudig klopfte. Unwillkürlich ballte sie die Fäuste, spürte, wie sich dabei ein Holzsplitter in ihre Handfläche bohrte. Noch fester presste sie die Finger zusammen. Es tat weh, doch der Schmerz der Enttäuschung war schlimmer und sie wollte nicht, dass ihr Herz etwas anderes fühlte als sie. Sie war so blind gewesen.

Den Kopf gesenkt, schritt Ivo nur wenige Augenblicke später über den kleinen Platz vor der Hütte des Häuptlings zum Tor hinüber. Ingrun hörte das Holztor knarren, dann rumpelte es leise. Es kam ihr ein wenig so vor, als schlössen sich endgültig auch die Tore ihres Herzens.

Seit Jahren versuchte sie alles, um Ivo umzustimmen. Gebettelt hatte sie, ihn mit Macht und Ruhm gelockt, logische Argumente für einen Aufstand gebracht, sogar ihre Weiblichkeit benutzt. Vergebens. Ivo wollte hier im Dorf leben und Rinder züchten. Sie schnaubte wütend. Vor ein paar Wochen, als an Mabon, der Herbst-Tagundnachtgleiche, die Boten seines Vaters den Armreif des Stammesfürsten überbrachten, um ihn als seinen Nachfolger zu legitimieren, da hatte sie sich trotzdem am Ziel ihrer Träume gewähnt. Doch Ivo hatte abgelehnt. Abgelehnt. Dieses Wort machte sie fast wahnsinnig. Jetzt bewahrte Cedric, der Druide, den kunstvoll geschmiedeten Armreif auf.

Ihr Magen krampfte sich zusammen, unbändiger, hilfloser Zorn ließ sie glühen. Ivo war ein Feigling, der sich hinter dem philosophischen Geschwätz der Druiden versteckte. Ein Schwächling, der sich lieber einem halbrömischen Häuptling unterordnete, als die Verantwortung seiner Herkunft anzunehmen.

Tief aufseufzend löste sie ihre verkrampften Fäuste. Genau diese Herkunft hatte sie geblendet, ihre Hoffnung auf Rache jahrelang genährt. Geblendet hatte sie auch Ivos Schönheit. Jede Frau im Dorf schaute dem Sohn des Fürsten begehrend hinterher. Jede hätte ihn an Beltane, dem Beginn des Sommers, dem Fest der Fruchtbarkeit, genommen. Jeder mochte Ivo, den Stillen. Immer wahrhaftig, immer ehrlich. Erneut übermannte sie ihr Zorn und sie spuckte ins Gras.

Ihr Hass war Ivo fremd. Ivo kannte solche Gefühle nicht. Er missbilligte sie, glaubte, dass auch die Götter dieses Zehren nicht guthießen. Und Cedric, dieser alte Wirrkopf, bestärkte ihn darin. Einzig Frieden und Vergebung, so meinte der Druide, könne ihre Wunden heilen. Sie spuckte ein drittes Mal ins winterliche Gras.

„Nein", flüsterte sie böse, „nein."

Nur Blut konnte diese Wunden heilen. Alamannisches Blut, römisches Blut. In Strömen sollte es fließen. Tausendfache Schmerzensschreie für die Schreie ihrer Mutter und ihrer Schwestern, für den Todesschrei ihres Vaters und ihrer Brüder. Sie schloss kurz die Augen, hielt ihr Gesicht in den leichten Sprühregen. Für einen langen Moment fühlte sie sich unendlich müde. Sterbensmüde.

Dann atmete sie tief durch, schob sich unauffällig hinter den Hütten vorbei zu ihrem geheimen Holzlager, wo sie ein letztes Mal Scheite aufklaubte und zur Feuerstelle schleppte. Genau deswegen würde auch dieses Jahr, heute, an Samhain, ein Feuer für ihre geschändete und ermordete Familie brennen und für alle anderen Ahnen, die seit Generationen unter der römischen Knechtschaft gelitten hatten. Das war ihr Versprechen. Niemand würde sie daran hindern. Weder Herr Arne noch Ivo. Niemand. Nicht einmal die Götter.

Für einen erstickenden Atemzug lang beneidete sie Ivo um seinen Seelenfrieden, dann kniete sie sich ins nasse Gras neben der Feuerstelle. Konzentriert verteilte sie die mitgebrachten Glutstücke im Reisig zwischen den Holzscheiten, blies all ihren Hass in sie hinein, bis die Flammen gierig in den dämmrigen Himmel schlugen. Sie wusste, dass dieses Feuer alles verändern würde.

Es gab kein Zurück. Schwerfällig stemmte sie sich auf die Beine. Wie lange würde es dauern, bis man ihr Feuer bemerkte? Nicht lange, dachte sie, aber das schmälerte ihre Freude nicht. Die Götter würden sie für ihren Mut segnen. Eine kalte Windbö fegte in die aufbrausenden Flammen. Wie damals, als der Hof ihrer Familie in Flammen aufging. Sie kannte die zerstörerische Kraft des Feuers nur zu gut. Instinktiv trat sie einen Schritt zurück und legte kurz ihre kalten Hände auf ihre Wangen, die von der Hitze des Feuers glühten.

In diesem Moment brüllte der Häuptling. Zuerst verstand sie seine Worte nicht, zu laut toste das Feuer, dann sah sie seine Sklaven mit Wassereimern auf sie zu rennen. Sie werden es nicht wagen, dachte Ingrun verächtlich. Gemessen umrundete sie die Feuerstelle und baute sich mit verschränkten Armen für alle sichtbar vor dem Feuer auf. Der Häuptling stand an der Ecke seine Hauses, brüllte jetzt nach Ivo, was ihr ein weiteres verächtliches Lächeln entlockte.

Die Sklaven zögerten tatsächlich, schauten fragend zu ihrem Herrn, warfen scheue Blicke auf die Frau. Zu oft hatte ihr Herr sie eine gefährliche Zauberin genannt. Ingrun spuckte vor ihnen aus, bückte sich zu dem Kräuterbündel zu ihren Füßen, wendete sich um und warf mit erhobenen Händen die Kräuter in die immer höher schlagenden Flammen. Die Sklaven wichen angstvoll, bis die Peitsche ihres Herrn sie schmerzhaft zurück zum Feuer trieb. Hastig schleuderten sie das Wasser aus ihren Eimern hinein, rannten durch die entstehende Menschenmenge wieder zum Brunnen, wo sie erneut schöpften. Ingrun lachte kreischend. Die Sklaven stolperten in einem weiten Bogen um sie herum, die Glut zischte, kämpfte mit dem Wasser um ihr Leben.

Die Menge der Schaulustigen teilte sich, um Ivo, Ingruns Ehemann, Platz zu machen. Dazwischen hetzten die Sklaven mit ihren Eimern umher. Sie hatte ein Inferno entfesselt. Bei Ivos Anblick schwankte ihr Mut für einen Atemzug lang, dann richtete sie sich umso stolzer auf. Ihre Augen trafen sich. Sie sah die Traurigkeit in seinem Blick, erkannte sein Verständnis für ihr Handeln und etwas, was ihr Herz, von dem sie glaubte, dass kein Schmerz ihm mehr etwas anhaben könnte, ein weiteres Mal zerbrechen ließ. Intuitiv legte sie ihre Hände unter der Brust zusammen, ihre Gesichtszüge verkrampften sich. Sie wollte keine Schwäche zeigen. Nie. Ivo hatte erkannt, dass sich ihre Wege nun trennen mussten. In diesem Moment war Ingrun den Göttern dankbar, dass ihr Leib leer geblieben war, trotzdem sie seit Langem mit Ivo das Lager teilte.

Ohne ihn eines Blickes zu würdigen, schüttelte Ivo die Hand des Häuptlings von seiner Schulter.

„Dein Weib hat wieder die Regeln gebrochen, Ivo!“, brüllte der Häuptling. „Die Alamannen werden uns finden. Sie ist schuld!“

Mit einer flüchtigen Bewegung wischte sich Ivo den zunehmenden Regen aus dem Gesicht. „Es sind keine Alamannen in der Nähe, Arne“, erwiderte er emotionslos, „keiner kann das Feuer zwischen den hohen Bäumen und den tief hängenden Wolken sehen. Aber du hast recht, Arne“, zum ersten Mal wendete er den Blick von Ingrun, um Arne anzuschauen, „wir hatten anders entschieden. Und Ingrun hat unserer aller Entscheidung zuwidergehandelt.“

Langsam trat er auf Ingrun zu. Sie erstarrte. Vor allen Leuten hatte Ivo zugegeben, dass sie Unrecht getan hatte. Seltsam klar bemerkte sie die verschiedenen Regungen der anderen Frauen und Männer des Dorfes, die da im Regen um sie und ihr Feuer herumstanden. Sie sah Mitleid, Häme, Überraschung, aber keine Zustimmung.

„Tritt zur Seite, Ingrun", forderte Ivo sie unüberhörbar auf, „und lass uns das Feuer löschen. Dieses Jahr wird es an Samhain kein Feuer für die Ahnen geben. Mögen die Götter uns vergeben."

Freundlich, aber auch entschieden fasste er sie am Arm, um sie zur Seite zu ziehen. Sie folgte, fühlte sich mit einem Mal wie die Holzpuppe, die sie Ivos Nichte Belana vor Jahren geschenkt hatte. Ungelenk machte sie einen Schritt vom Feuer weg, während Ivo einem der Sklaven einen Eimer abnahm und ihn in das ersterbende Feuer schüttete.

„Wie gedenkst du dein Weib zu bestrafen, Ivo?", brüllte der Häuptling erneut, schaute dabei Zustimmung heischend in den Kreis der Dorfbewohner. So oft hatte er gehadert, warum Ivo, diesem keltischen Bastard, von allen Ehre erwiesen wurde, während er, Arne, ein echter römischer Bürger aus einer alten Familie, mit Klugheit ihre Geschicke leitete. Seit Jahren fühlte er sich von Ivos Überlegenheit erniedrigt. Und sein Weib ließ keine Gelegenheit ungenutzt, um ihn zu verhöhnen.

Auch jetzt verzog Ingrun nur verächtlich den Mund. Niemand würde es wagen, Hand an sie zu legen. Und das war auch nicht mehr nötig. Mit allem Stolz, den sie noch in sich trug, schritt sie auf die Dorfbewohner zu und blieb vor dem Häuptling stehen. Ihr Blick verwandelte ihn vor ihrem inneren Auge für einen erhebenden Moment lang in eine hässliche Made. Leise flüsterte sie einen Fluch, sah ihm dabei genau in die Augen, sah die Angst und den Hass, sah ihn erbleichen. Dann eilte sie, ohne sich umzuschauen, zu den Pferchen der Pferde am anderen Ende der Wallanlage, wo sie ihre schwarze Stute sattelte. Noch immer schweigend, führte sie das Pferd zum Tor.

Letzte Rauchfäden stiegen von ihrem Feuer auf, aus den Augenwinkeln sah sie Ivo herüberrennen. Es dämmerte und eine weitere

Anordnung der Dorfältesten besagte, dass sich niemand nach Einbruch der Dunkelheit aus der Fluchtburg entfernen durfte. Oswin, ihr Schwager, sollte das Tor verschließen. Und sie würde ihn nicht in Verlegenheit bringen, diese Order zu missachten, denn sie hatte nicht vor zurückzukehren.

Mit einer harten Handbewegung wies sie Oswin zurück, schob harsch den Riegel des Tores zur Seite und verließ mit ihrer Stute am Zügel die Wallanlage. Hinter ihr rumpelte das Tor. In diesem Leben gab es nur noch einen Weg für sie.

Langsam ritt sie zwischen den Wällen hindurch den schwach erkennbaren Pfad hügelabwärts, umrundete die Anlage, bis sie sich wieder am Rand der kleinen Schlucht befand. Unbewusst hielt sie ihr Pferd unter der alten Eiche an. Es hätte der Regen sein können, der ihr über das Gesicht lief. Mit einer unwirschen Bewegung wischte sie sich über die Wangen. Unter dieser Eiche hatte Ivo sie so oft geküsst. Es sollte Glück bringen, unter Eichen zu küssen, sagte man. Vielleicht hatte ich aber gar kein Glück haben wollen, dachte Ingrun, vielleicht war es schon lange zu spät für Glück gewesen. Und was war schon Glück? Ein wohlwollendes Zwinkern der Götter, mehr nicht. Flüchtig und umso nutzloser, je fester man es halten wollte.

Aus den Augenwinkeln vermeinte sie einen Schatten zu sehen, ihre Stute tänzelte kurz, dann raste ein gleißender Schmerz von hinten durch ihren Körper. Sie spürte noch, wie sie stürzte, und sah dieses wunderschöne Licht durch die fast kahlen Zweige der Eiche strahlen.

Später Nachmittag am 31. Oktober 2012 nahe Ottacker im Oberallgäu

Reichlich genervt warf ich mein Handy auf den Tisch. Eine geschlagene halbe Stunde hatte mich der eigentlich recht nette Herr von der Versicherung jetzt am Telefon aufgehalten, weil er meinte, dass ich unbedingt eine Lebensversicherung abschließen sollte. Wie mir ein Blick aus dem Fenster klarmachte, war es genau die eine halbe Stunde, die mir bei meinem Vorhaben heute Abend derbe fehlen würde.

Der letzte Tag des Oktobers war trübe gewesen, kalt, und immer wieder hatten die Pferde draußen auf dem Paddock ihre Hinterteile gegen den Sprühregen gedreht. Jetzt dämmerte es fast und mein Haflinger Askan wälzte sich gerade genüsslich in der schlammigsten Ecke des Paddocks. Danke, dachte ich, super Idee. Keine Zeit und ein dreckiges, nasses Pferd.

Kurz war ich versucht, einfach daheimzubleiben, schien sich doch alles gegen mich zu wenden, zumal der böige Wind mir eben neue Regentropfen an die Scheiben sprühte. Hier in meinem Haus war es muckelig warm. Ich schielte zum Sofa, malte mir aus, wie es sich anfühlen würde, dort mit einer Tasse frischem Pfefferminztee zu liegen, in eine Wolldecke gekuschelt entspannt den Abend des Samhain, Halloween, zu genießen, anstatt wie geplant hinauf zur ehemaligen keltischen Fliehburg zu reiten, um dort einen selbst gebastelten Strauß aus Eberesche, Wacholder und Eiche abzulegen. Theoretisch brachte das den alten Kelten nichts mehr, mir womöglich aber eine Erkältung.

Egal, ich warf einen letzten wehmütigen Blick zum Sofa, das hoffentlich in Gnade auf mich warten würde, und lauschte kurz auf das Lied im Radio. Phil Collins, „Against all odds“:

So take a look at me now,
'cos there's just an empty space
And there's nothing left here to remind me,
just the memory of your face
Take a look at me now,

'cos there's just an empty space
And you coming back to me is against the odds
and that's what I've got to face

Den unendlich traurigen Refrain summend, trat ich in den Flur, wo meine Jacke hing. Ich hatte mir das vorgenommen, also sollte ich es auch durchführen. Selbst der verdreckte Askan konnte mich nicht aufhalten. Against all odds, gegen jede Widrigkeit.

An Putzen war bei nassem Schlamm nicht zu denken, ich seufzte, also legte ich nur einen alten Jutesack auf Askans Rücken und griff mir Zaumzeug, Halfter und Strick für Runa, meine schwarze Fellponystute. Vom Zaun aus wuchtete ich mich auf den Haflinger, packte Runa am Strick und ritt hinaus auf die schmale Landstraße.

Für den Rückweg würde mir wegen der Dunkelheit nichts übrig bleiben, als querfeldein zu reiten, in der Hoffnung, dass keiner der Bauern mich dabei erwischte. Immerhin hatte ich dank der Pferde und des eifrigen Versicherungsvertreters eine Flurschadenversicherung. Ich grinste fies. Doch unbeleuchtet auf der Straße zu reiten, schien mir keine gute Idee. Missmutig rückte ich mich auf Askans Rücken zurecht, schon längst hätte ich mir eine Reitbeleuchtung samt Reflektorweste beschaffen sollen, faules Stück, das ich war. Jetzt war es zu spät.

Ich musste mich beeilen, um überhaupt noch einen Funken Tageslicht oben im Wald zu erwischen, also trabten wir flott am Wiesenrand entlang bergauf Richtung Ottacker. Auf Höhe Kenels überquerten wir die Umgehungsstraße nach Kempten, bogen schräg gegenüber in den historischen Wanderweg nach Albis ein.

Hier unter den Bäumen war es schon recht finster. Die Zeit drängte, zumal ich nicht unbedingt bei Dunkelheit im Wald herumreiten wollte. Eigentlich neigte ich nicht zu Aberglauben, aber geheuer war mir ein finsterer Wald trotzdem nicht. Es war Samhain. Eine Taschenlampe wäre auch eine gute Idee gewesen.

Aus zeitlichen Gründen wählte ich den breiten Holzweg, der in einem langen Bogen den Hang hinaufführte, und nicht den überwucherten alten Weg zwischen den Wällen. Oben auf der Anhöhe angelangt, stapften die Pferde gemächlich weiter über den Wanderweg in einem Bogen auf die Lichtung der alten Wallanlage zu, als überraschend ein letzter, faszinierend silbriger Sonnenstrahl durch die hohen Fichten direkt vor uns auf den Weg fiel. Überall glitzerten Regentropfen in schillernden Farben, der Wasserfall des Tobels, wie man im Allgäu diese kleinen Schluchten nannte, rauschte neben uns, die Luft schien wie verwandelt. Ich grinste. Allein für diesen Augenblick war der Ritt es wert gewesen. Jetzt wollte ich nur noch schnell meinen Strauß auf dem Gedenkstein deponieren und zackig nach Hause traben. Dann warteten der Stall mit Heu auf die Pferde und ein Glas Rotwein samt heißer Badewanne und Sofa auf mich. Was brauchte ich mehr?

Noch während ich so vor mich hin grinste, wurde es allerdings schlagartig dunkel. Durch die lichten Wipfel bemerkte ich eine rabenschwarze Wolke über uns. Das sah nicht gut aus. Gleichzeitig sprang mein Haflinger wegen irgendeines pferdefressenden Monsters erschrocken zur Seite. Mir schoss ein irrsinniger Schmerz durch den Rücken in die Brust. Ich schrie auf und landete unsanft im Matsch. Und da ich die ebenso erschrockene Runa nicht loslassen wollte, rumpelte ich auch noch derb mit dem Kopf gegen einen Baum. Eine Eiche, bekannt für ihr hartes Holz. Die einzige Eiche zwischen all den Fichten auf diesem Hügel.

Dort hockte ich diverse Atemzüge lang, derweil die Pferde wieder völlig entspannt nach letzten Grashalmen suchten. Typisch Pony. Mir dagegen brummte der Schädel und vor Schreck war mir ein wenig übel. Vom Pferd war ich schon lange nicht mehr gefallen, schon gar nicht so dämlich. Das ärgerte mich. Ich trug mal wieder keinen Helm und das Handy lag trocken daheim auf dem Küchentisch, außerdem wusste kein Mensch, wo ich war. So viel zum Thema sicheres Reiten. Das hätte schiefgehen können.

Wütend rappelte ich mich auf und machte mich daran meine Pferde wieder einzufangen.

Wir befanden uns kurz vor dem ersten Wall, der ehemaligen Fliehburg. Mit den Pferden an der Hand suchte ich den Boden nach dem verdammten Strauß ab, den ich beim Sturz verloren hatte, konnte ihn aber nirgends finden. Das alles war wirklich eine blödsinnige Idee gewesen. Mittlerweile war es fast dunkel, aber wenigstens den Strauß wollte ich noch dort hinlegen, wo ich es geplant hatte.

„Ingrun!"

Dieses Mal erschraken wir zu dritt, bollerten wie die Dominosteine aneinander, was den Pferden weniger ausmachte als mir.

„Ingrun! Bei allen Göttern, endlich. Ich war so in Sorge um dich!"

Matt vor Schreck sortierte ich mit feuchten Händen Strick und Zügel, starrte ungläubig auf den Mann, der da im Dreivierteldunkel mit schnellen Schritten auf uns zukam. Askan machte gleich noch mal einen Satz nach hinten, ich fluchte.

„Beeil dich, Ingrun, Oswin sollte das Tor längst geschlossen haben. Nur uns zuliebe hat er noch gewartet."

Reichlich verdutzt fragte ich mich, ob dieser Wald an Samhain Tag des offenen Forstes hatte? Wer trieb sich hier noch alles herum? Ingrun? Oswin? Und dieser Mann? War ich in die Party einer neodruidischen Gemeinschaft geplatzt? Vielleicht kam ich dann endlich einmal in den Genuss, um ein Feuer zu tanzen, und immerhin bewiesen mir diese Namen, dass ich nicht die Einzige auf der Welt war, die eine Schwäche für alte heidnische Vornamen hatte, auch wenn ich dafür immer belächelt wurde. Es gab tatsächlich Leute, die Bubi als Namen für einen Haflinger passender fanden als Askan. Das würde mir nie eingehen.

„Mea culpa", erwiderte ich entsprechend lässig pseudolateinisch, „aber ich bin nicht Ingrun. Ich bin Christin. Ingrun ist mir auf dem Weg nicht begegnet."

Der Mann vor mir stockte kurz, schien einen Moment lang irritiert, dann schüttelte er den Kopf.

„Lass den Unfug, Ingrun, Häuptling Arne ist sehr erzürnt wegen uns, aber mir tut es leid, dass ich dich heute Nachmittag vor allen gerügt habe, wirklich. Ich möchte dich um Vergebung bitten."

Okay, leises Unwohlsein stieg in mir auf. Der Typ war entweder auf Drogen oder aus irgendeinem unerfindlichen Zufall heraus spazierte besagte Ingrun auch mit zwei Pferden durch diesen Wald und er verwechselte uns tatsächlich.

Keine Frage, welche Variante wahrscheinlicher erschien. Möglichst unauffällig zog ich meine Pferde näher an mich heran. An Aufsteigen war nicht zu denken und an Wegrennen noch viel weniger. Dafür war es mittlerweile viel zu dunkel und der Pfad zu unwegsam.

Am besten, ich mogelte uns diplomatisch aus der Situation. Nett lächeln, noch einen schönen Samhain oder Halloweenabend wünschen, langsam rückwärts treten und dann hurtig den Berg hinunter. Den Strauß sollten die Rehe holen. Daheim würde ich ausnahmsweise die Tür und den Stall verschließen. Auf den Schrecken meinen besten irischen Whiskey kippen.

„Echt, alles super", ich schob mich und die Pferde wie beiläufig rückwärts, „tut mir leid, wenn ihr euch gestritten habt, das renkt sich schon wieder ein und euer Häuptling soll sich mal nicht so haben. Gute Nacht!"

Ich war noch keine zwei Schritte gegangen, da packte er mich hart an der Schulter.

„Du redest wirr, Ingrun", sagte er und zog mich an sich. Er roch nach Leder und Rauch und nicht ganz frisch gewaschenem Mann, „hat dir jemand etwas angetan? Waren es die Alamannen? Sprich, Ingrun, was ist geschehen?"

Mit seiner Ingrun ging er mir langsam, aber sicher auf die Nerven. Da ich wegen des Stricks und der Zügel keine Hand frei hatte, um mich von ihm loszumachen, wendete ich mich mit aller Kraft zur Seite. Seine Sorge rührte mich, aber es ging mich nichts an. Sollte er seine Ingrun doch einfach suchen gehen. Was stand dem im Weg?

„Du", ich machte mich endgültig von ihm los und zerrte Runa zwischen uns, „such Ingrun doch einfach. Der Wald ist nicht groß, sie kann nicht weit sein. Ich muss jetzt nach Hause."

Aber anstatt meinen Rat anzunehmen, griff er nach Runas Strick. Ich erahnte in der Dunkelheit seinen Blick mehr, als dass ich ihn sah. Er war verwirrt und besorgt.

„Es reicht jetzt, Ingrun", erklärte er bestimmt und ging mit Runa einfach Richtung Wall, „ich verstehe, dass du noch wütend auf mich bist, aber hier draußen können wir jetzt nicht weiterreden. An Samhain ist kein Wald sicher. Komm endlich."

Notgedrungen lief ich ihm mit Askan am Zügel hinterher, schließlich konnte ich ihn schlecht mit meiner Stute von dannen ziehen lassen.

Mittlerweile war es unter den Bäumen endgültig dunkel geworden. Zum x-ten Mal für diesen Abend verfluchte ich mich und meine schrägen Ideen. Das war das letzte Mal, dass ich meiner romantischen Ader nachgegeben hatte. Die brachte mir nichts als Scherereien ein.

Ich musste dringend mein Pferd wieder in die Hand bekommen und noch viel dringender von hier verschwinden. Ich hatte nur keine Ahnung, wie, zumal ich es langsam mit der Angst zu tun bekam.

Mir erschien es trotzdem erst einmal am klügsten, dass ich den Mann ein wenig laufen ließ. So ein Pferd an der Hand war sehr beruhigend und weit konnte er hier nicht gehen. Der eine Weg endete am Waldrand in einem Wildzaun, der andere führte durch die alte Anlage wieder hinunter nach Kenels, wo ich theoretisch laut um Hilfe brüllen konnte und mich mit großer Wahrscheinlichkeit auch jemand hörte. Also nur ruhig.

Vor uns ragte der erste Wall der alten Wehranlage auf, jetzt im Dunkeln um ein Vielfaches höher wirkend als bei Tag. Da ich alle Konzentration auf den Mann vor mir legte, nahm ich es nicht bewusst wahr. Wir schritten durch den schmalen Durchtritt, wie immer, doch dann türmte sich vor mir, dort, wo eigentlich der innere Wall gewesen war, ein hohes, dunkles Tor auf, inmitten eines hölzernen Palisadenrings, der sich nach beiden Seiten in der Dunkelheit verlor. Askan stieß gegen mich, weil ich abrupt stehen geblieben war, und ich stolperte. Der Mann fing mich geistesgegenwärtig auf. Obwohl wir uns fast im Schatten des Tores befanden, war es auf der Rodung doch um einiges heller. Völlig fassungslos starrten wir uns an, dann prallten wir beide entsetzt zurück.

Vor mir stand ein drahtiger, schlanker Mann mittlerer Größe, gekleidet in eine wollene Tunika mit Umhang. Er trug karierte Hosen, an deren Ledergürtel ein kurzes Schwert baumelte, und geschnürte, bis an die Knie reichende, Lederstiefel. Sein Gesicht war glatt rasiert, doch sein langes, dunkles Haar trug er zu einem Pferdeschwanz gebunden, aus dem ein einzelner geflochtener Zopf an seiner Schläfe hing. Hinter ihm befand sich ein Bollwerk aus angespitzten Palisaden, und dichter Buchenwald umgab uns. So sah das hier sonst nicht aus. Eigentlich sollte hier ein großes Holzlager sein, ein geschotterter Fahrweg, der eine Senke durchquerte, die vor zweitausend Jahren eine Fliehburg gewesen war. Diese Anlage sah aber verstörend intakt aus.

„Was ist mit dir, Ingrun?", flüsterte er und machte das uralte Zeichen zur Abwehr des Bösen. „Du siehst aus wie sie, aber du trägst dein Haar kürzer und das ist nicht Ingruns Kleidung. Wer bist du?"

Beschwörend hob ich die Hände. „Alles ist gut", versuchsweise angelte ich nach Runas Strick, doch er hielt ihn krampfhaft fest, „ich bin Christin, ich kenne keine Ingrun. Was geschieht hier?"

„Es ist Samhain, Ingrun, hast du die Ahnen verärgert? Hat ein Geist dich verhext?"

Mir wurde schlagartig kalt bis auf die Knochen. Verhext? Zu keiner Zeit seit Menschengedenken war es als Frau ratsam gewesen, mit dem Wort Hexerei in Verbindung gebracht zu werden, in dieser Situation schien es mir sogar fatal. Irgendetwas war passiert, etwas stimmte nicht. Ein total falscher Film lief hier ab.

Natürlich, ich atmete halbwegs erleichtert auf, vielleicht war ich doch daheim auf dem Sofa eingeschlafen. Ich träumte. Meine Albträume waren legendär, immer gut für eine Horrorstory auf Partys. Keiner träumte so scheußliche Sachen wie ich.

Und jetzt hatte mein Unterbewusstsein mal wieder die Oberhand, bastelte hier prähistorische Wallanlagen, martialisch anmutende Männer – und ich ahnungslos mittendrin. Hektisch schlug ich mir mit beiden Händen ins Gesicht, in der Hoffnung, dass ich davon aufwachen würde. Der Mann packte meine Hände, mein Gesicht brannte vor Schmerz.

„Ich rufe gleich den Druiden oder Mara. Sie werden dir helfen, hab keine Angst, Ingrun. Cedric kennt sicher ein Kraut für dich."

Bilsenkraut, dachte ich hysterisch, große Dosis, dazu ein paar von diesen psychoaktiven Pilzen, damit ich noch mehr halluzinierte und die Welt fantastisch schillerte.

„Ich bin vom Pferd gestürzt", quiekte ich halb in Auflösung begriffen, wollte ihn aber wenigstens von der Theorie abbringen, dass ich von sonst was besessen sein könnte, „ich muss mir den Kopf angeschlagen haben. Ich kann mich an nichts erinnern. Wer bist du?"

Die Bestürzung in seinem Gesicht tat mir wirklich leid.

„Bei allen Göttern, Ingrun, ich bin Ivo, dein Mann."

Die Bestürzung, die ich empfand, tat mir noch viel mehr leid. Mein Blutdruck sackte spontan ins Erdreich, mir brach kalter Schweiß aus.

„Mein Mann?"

Wieder schlug ich mir ins Gesicht, trampelte so wild auf dem Boden herum, dass Askan entrüstet zur Seite wich, doch ich wollte einfach nicht wach werden. Dieser Albtraum fand kein Ende.

Schweigend packte mich Ivo am Arm, zog mich und die Pferde hastig durch das Tor, das ein rundlicher Mann in der gleichen seltsamen Tracht für uns aufhielt. Das musste Oswin sein. Ich spürte seinen erstaunten Blick im Rücken. Die Torflügel schwangen fast lautlos knarrend auf und schlossen sich mit einem leisen Rumpeln hinter mir. Damit hatte sich die letzte Chance zur Flucht ultimativ vernichtet. Das fühlte sich ganz fies nach Falle an. Panik schoss in mir hoch. Was, wenn das kein Albtraum war? Was, wenn ich in die Hände von irgendwelchen irren Neo-Germanen gefallen war? Oder was, wenn … Mein Hirn setzte aus. Es gab eine Möglichkeit, die eigentlich keine war und die ich nicht einmal denken konnte, die aber doch seltsam real erschien.

Um mich herum konnte ich schemenhaft verstreute Hütten ausmachen, dem Tor gegenüber sah es nach einem größeren Haus aus. Durch die Wände mancher Hütten schimmerte gedämpfter Lichtschein, leise Stimmen drangen als Gemurmel zu uns herüber, ansonsten war es verstörend still. Ich blickte zum Himmel auf, in der Hoffnung, wenigstens die vertrauten Blinklichter eines Flugzeugs zu sehen, doch alles war dunkel. Kein Stern, kein Mond, kein Flugzeug auf seinem Weg über die Alpen.

Ivo führte die Pferde zum hinteren Teil der Anlage, wo leises Stampfen und Schnauben die Anwesenheit von anderen Pferden verriet. Mit einem schiefen Lächeln in meine Richtung reichte er mir Zügel und Strick zurück.

„Ich trenne einen Teil für den Weißmähnigen und die Schwarze ab, warte."

Er kletterte zwischen den Latten des Zaunes hindurch, verschwand kurz im Dunkeln, während die fremden Pferde ihre Köpfe neugierig über den Zaun streckten. Es schienen durchweg stämmige Ponys wie Runa zu sein. Mit einem Strick spannte Ivo einen Teil für meine beiden ab und ich führte sie hinein. Während er für jeden einen Arm voll Heu verteilte, zog ich Askan das Westernzaumzeug vom Kopf und nahm auch Runa das goldgelbe Nylonhalfter ab. Das schien mir in Anbetracht der verworrenen Situation sicherer. Wer konnte schon absehen, wie die Bewohner dieser Wallanlage auf so neumodische Sachen reagierten.

„Komm."

Notgedrungen folgte ich dem fremden Mann. Wenigstens versuchte er nicht wieder, mich zu berühren. Ganz in der Nähe des Langhauses hob er eine schwere Matte vom Eingang einer Hütte und schob mich rigoros hinein. Unvermittelt fand ich mich in einem Raum wieder, in dem ich sogar aufrecht stehen konnte und der in das sanfte Licht eines Feuers aus einem getöpferten Ofen gehüllt war. Ivo trat hinter mich, legte scheu seine Hand auf meinen Rücken. „Setz dich, Frau, und ruh dich aus."

Zögernd blickte ich mich um, registrierte mit gemischten Gefühlen, dass er mich jetzt nicht mehr dauernd Ingrun nannte, in deren Zuhause ich mich wahrscheinlich befand. Die Hütte war nicht groß, vielleicht vier mal vier Meter, ohne Fenster. Die Wände waren mit Lehm abgedichtet und das Dach mit Rindenstücken gedeckt. Vom First hingen Kräuterbüschel zum Trocknen herab und rund um den Rauchabzug dörrten Fleisch und Fisch. Der Boden war mit dicken geflochtenen Schilfmatten und mehreren Schaffellen belegt, es gab sogar einen Hocker aus Holz. In der hinteren Ecke bemerkte ich etwas, das an ein Bettlager erinnerte. An der Hüttenwand lagen ordentlich gestapelt Kochgeschirr aus Ton sowie ein Kessel, aus getriebenem Kupfer mit feinen Ornamenten verziert, und in der Mitte der Hütte befand sich eine Feuerstelle zum Kochen. Außerdem sah ich viele Gerätschaften, die ich nicht zuordnen konnte. In Geschichte hatte ich nie besonders gut aufgepasst, doch genau so stellte ich mir die Wohnstatt einer keltischen Familie vor.

Schüchtern sank ich auf einem der Felle nieder, schob unauffällig Halfter und Zaumzeug zur Sicherheit halb darunter. Die Wärme in der Hütte tat unglaublich gut, ich war ziemlich durchgefroren. Ivo musterte mich kurz, ich senkte den Blick und überlegte fieberhaft, was eigentlich passiert war. Wie konnte das alles sein? Wo war Ingrun? Wer war Ivo? Wieso existierte jetzt diese Wallanlage, wenn sie vor ein paar Wochen bei meinem letzten Besuch auf dem Hügel nichts anderes als ein Gedenkstein und zwei eingesunkene Wälle gewesen war? So schnell konnte man das doch unmöglich aufbauen, zumal ich davon sicherlich gehört hätte.

Fahrig zerrte ich an meinem langen Zopf herum, der mir wie immer seitlich über die Schulter hing, starrte unter den Haaren hindurch den Mann am Ofen an, der gebeugt ein paar dicke Äste in die Glut legte. Ich sollte mir dringend eine Lösung überlegen, denn die Variante mit dem Albtraum konnte ich mittlerweile ausschließen.

Automatisch tastete ich in Erinnerung meiner Weckaktion mein Gesicht ab. Hoffentlich hatte ich mir nicht selbst blaue Flecken geschlagen. Mit einer geschmeidigen Bewegung ließ sich Ivo vor mir nieder und legte sanft seine Hände auf mein Gesicht.

„Warum hast du das getan, Frau?“, fragte er leise. Ich senkte erneut den Kopf, um mich ihm zu entziehen.

„Was?“

„Warum hast du dich selbst geschlagen? Wozu?“

„Ich dachte, vielleicht träume ich das alles und würde durch die Schläge aufwachen. Bin ich aber nicht.“

Er schnaubte unwirsch. „Warum solltest du aufwachen? Ich hätte da wohl eher das Recht, so etwas zu vermuten.“

Nachdenklich musterte er mich von oben bis unten und stand mit einer fließenden Bewegung auf. Von solcher Gelenkigkeit hätte ich wiederum nie zu träumen gewagt. Ich war froh, wenn ich halbwegs elegant auf mein Pferd hinaufkam. Verwirrt blinzelte ich zu ihm hoch.

„Das verstehe ich jetzt nicht.“

Er füllte etwas in zwei glasierte Keramikbecher, von denen er mir einen reichte, und setzte sich wieder so nah vor mich, dass sich unsere Knie fast berührten. Das war mir eigentlich zu nah, ich pochte gern auf mein Recht auf einen gewissen Individualabstand, doch ich wollte in dieser Situation nicht unbedingt unfreundlich wirken. Mit ernstem Gesicht verneigte er sich vor mir und dem Becher, was ich mit offenem Mund quittierte.

„Wohl den Ahnen.“

Ich nickte sprachlos, nippte skeptisch an der Flüssigkeit im Becher. Met? Der Geschmack erinnerte mich an das Zeug, das ich beim letzten Mittelalterfest auf Burg Sulzberg getrunken hatte. Aber das hier war Met vom Feinsten. Überrascht schaute ich auf.

„Ingruns Met ist das Beste.“

Ein gequältes Lächeln zog sich um seine Lippen und unsere Blicke bohrten sich ineinander. „Du siehst aus wie sie“, er strich mir sacht die Wange entlang, „du bewegst dich wie sie, es sind ihre Augen in deinem Gesicht. Aber deine Haare scheinen dunkler und kürzer, und deine Sprache und Kleidung sind mir fremd. Deine schwarze Stute könnte unsere sein, doch der Weißmähnige ist kein Pferd aus dieser Gegend. Wer bist du? Und wo ist Ingrun?"

Instinktiv drehte ich meine Handflächen nach oben, die universelle Geste der Friedfertigkeit, Ahnungslosigkeit. Schizophrener Gedanke, aber gleichzeitig hätte ich fast gelacht, als er meinte, ein Haflinger sei kein regional typisches Pferd.

Ohne den Blick von mir zu wenden, griff er nach meinen Händen.

„Ich warte seit Stunden am Wall auf Ingruns Rückkehr. Sie hat heute Nachmittag den Anweisungen des Häuptlings zuwidergehandelt, als sie ein Feuer für die Ahnen entzündete, und ich habe sie dafür gescholten. Arne hat recht, es war gefährlich, denn die Alamannen ziehen in der Gegend umher. Deswegen sind wir ja auch hier oben, anstatt unten im Dorf in unseren Häusern zu wohnen. Ingrun hat aber ihre eigene Meinung. An Samhain wird den Ahnen gehuldigt, auch dieses Jahr. Im Zorn ist sie mit der Stute davongeritten, hinunter ins Tal. Und zurück kommst du. Sag mir, ob ich träume, Frau?"

Träumte er? Oder ich? Welche Welt war real? Seine? Meine? Wo hatten sie sich vermischt? An Samhain sind die Grenzen zwischen den Welten sehr dünn, manchmal lösen sie sich angeblich sogar ganz auf. Viele Fragen – und ich hatte keine Antworten, außer dass ich ihm sagen konnte, wer ich war.

„Ich bin Christin", es klang ein wenig wie ein Mantra, solide, richtig, daran konnte ich mich halten, „ich weiß nicht, was geschehen ist und es tut mir sehr leid, dass ihr gestritten habt. Man sollte nicht im Streit auseinandergehen."

Scheu berührte ich seine Handgelenke mit meinen Fingern. „Ich wollte nur wie Ingrun am Abend des Samhain hier oben den Ahnen einen Gruß ... ein Opfer hinlegen, deswegen bin ich mit meinen beiden Pferden hierhergekommen. Ingrun ist mir aber nicht begegnet. Ich weiß nicht, wo sie ist. Vielleicht ist sie bei mir gelandet?"

Jäh stürzte er den Becher Met hinunter und sprang auf.

„Christin …", mit gerunzelter Stirn starrte er mich von oben an, „der Druide hat mir von einer Bruderschaft weit im Süden erzählt, die sich Christen nennen. Gehörst du dazu? Bist du über die Alpen gekommen? Glaubst du, dass Ingrun jetzt dort ist? Vielleicht ist sie mit der wilden Horde durch die Nacht geflogen?"

Das wurde immer verworrener. Ich glaubte eigentlich gar nichts, denn nichts von alldem war glaubhaft. Ich wollte auch nicht in Betracht ziehen, dass ich samt meinen Pferden blöderweise durch ein Zeitloch geflutscht sein könnte. So etwas passierte nicht im wahren Leben.

„Ja, Christin bezieht sich auf das Christentum", besser ich hielt mich wieder an die Fakten, „aber ich bin nicht religiös."

Sollte ich einfach behaupten, dass ich per Pferd über die Alpen geritten war, trotz Herbst und Schnee? War das glaubhaft? Völlig überfordert schüttelte ich den Kopf und trank meinen Becher ebenfalls in einem Zug leer.

„Nein. Ich bin nicht über die Alpen geritten", mit einem versöhnlichen Lächeln hielt ich ihm meinen leeren Becher hin, er schenkte nach, „ich glaube auch nicht, dass die wilde Horde Ingrun mitgenommen hat. Vielleicht ist sie morgen ja wieder daheim."

Verwirrt bewegte er die Schultern, legte Holz nach und setzte sich wieder zu mir, sein Blick ging erneut forschend über mich hinweg, Wollpullover, Daunenweste, Jeans, dreckige Stallschuhe. Schweigend trank er seinen Met, fixierte dann einen Punkt irgendwo im Universum.

„Nein, du bist nicht über die Alpen gekommen", er streifte mich mit einem weiteren flüchtigen Blick, „und ich glaube nicht, dass Ingrun heimkehren wird, solange du da bist. Ich glaube, dass immer eine gehen muss, damit die andere kommen kann."

Interessante Theorie, trotzdem genauso surreal wie alle anderen, was sollte ich dazu sagen?

„Wie sieht deine Welt aus, … Christin?" Indem er mich bei meinem Vornamen nannte, akzeptierte er etwas, was ich kaum zu denken wagte. „Sieht sie so aus wie diese? Ziehen die Alamannen auch bei dir plündernd umher, kommen immer öfter über den Limes, fallen in euer Land ein? Wohnen die Römer noch immer in Loja und versinken jedes Jahr ein Stückchen mehr im Sumpf? Könnte es sein, dass Ingrun jetzt bei deinem Mann am Feuer in eurem Haus sitzt und Met trinkt?"

Hölle, ich wusste nicht einmal genau, wer die Alamannen waren, geschweige denn wusste ich, wann sie konkret gelebt hatten – und vom Limes hatte ich zuletzt in der Schule beiläufig etwas gehört. Römer? Bis wann hatte es Römer im Oberallgäu gegeben? Verdammt, dachte ich, vielleicht wäre es im Nachhinein sinnvoll gewesen, wenn ich mich mal mit der Geschichte Kemptens befasst hätte. Angeblich galt Kempten als älteste Stadt Deutschlands. Zu spät. Unwahrscheinlich, dass dieser Mann namens Ivo mir genau sagen konnte, welches Jahr er derzeit schrieb. Zumal er sicherlich nicht nach dem Gregorianischen Kalender rechnete. An Papst Gregor dachte vielleicht noch niemand. Ich atmete tief durch. Egal, was nach dieser Nacht kam, mein Leben würde nie wieder so unbedarft wie früher sein. Nie wieder.

„Nein", fing ich unsicher an, „nein, meine Welt sieht nicht so aus wie diese. Es gibt keine Alamannen und auch den Limes brauchen wir nicht mehr. Keine Römer in Loja. Von Loja erzählen nur noch Geschichten. Ich habe in meiner Welt keinen Mann, bei dem Ingrun sitzen könnte."

Er nickte, als würde er verstehen, drehte nachdenklich seinen Becher in den Händen.

„Das klingt nach einer schönen Welt, ohne Römer, ohne Alamannen. Gibt es uns noch?" Er blickte mit einem halben Lächeln zu mir auf. „Und warum hat eine schöne Frau wie du keinen Mann im Haus?"

Mir stieg tatsächlich bei seinem Kompliment die Hitze in die Wangen, ich drehte mich ein wenig weg. Auch ein Hauch von Wehmut und Mitgefühl klang bei seinen Worten in mir an. Seine Welt war im Wandel der Zeiten untergegangen.

Ausweichend schüttelte ich den Kopf. „Mir reicht mein Leben mit meinen Pferden", ich schenkte ihm ein kleines Lächeln, „danke für deine netten Worte. Meine Welt ist recht friedlich. Viele Krankheiten können geheilt werden und wir haben im Laufe der Zeit Maschinen erfunden, die uns das alltägliche Leben leichter machen. Germanen gibt es allerdings so nicht mehr. Irgendwie haben wir uns alle miteinander vermischt."

Seine Augenbrauen gingen steil in die Höhe. „Ich bin ein Kelte vom Stamm der Estionen und Likater, kein Germane. Die Germanen, Alamannen, überfallen uns immer wieder." Er fasste aufgebracht nach seinem Zopf und griff nach einer Kette unter seiner Tunika, die er mir vor mein Gesicht hielt. „Kennst du Germanen, die solche Kunstwerke vollbringen? Kennst du Germanen, die nicht stinken und wie ich sauber gewandet sind?"

Fettnapf. Bisher kannte ich weder Kelten noch Germanen, woher sollte ich also den gravierenden Unterschied bemerken? Die Kette, die noch immer vor meiner Nase baumelte, war wunderschön. Sie schien aus Gold zu sein. Das Muster war ein seltsam verschlungener Knoten, ohne Anfang, ohne Ende. Keltischer ging es nicht mehr, das erkannte sogar ich. Und erst jetzt fiel mir der schwere goldene Ring an seinem linken Daumen auf, der ebenfalls kunstvoll geschmiedet war, er trug Ohrringe und mit silbernen Beschlägen verzierte Lederarmbänder.

Das Unmögliche nahm immer mehr Gestalt an. Die Gestalt eines keltischen Mannes und einer keltischen Fliehburg. Ich sah nur noch die Kette vor meiner Nase, der Knoten darin drehte sich immer wilder vor meinen Augen, mein Hirn raste, arbeitete, versuchte zu erfassen, zu verstehen. Nein, es konnte nicht sein! Ich hatte es ja nicht einmal bemerkt! Nichts Auffälliges war geschehen, außer dass ich dämlich vom Pferd geplumpst war. Ich rang nach Luft, keuchte vor Panik. Der Becher mit Met fiel aus meinen Händen, ergoss sich in einer breiten Lache vor mir auf dem Lehmboden.

„Bitte, Ivo, bitte …! Es ist nicht mehr lustig." Ich presste mir die Hände an meine hämmernden Schläfen. „Sag mir einfach, dass ihr hier ein historisches Happening veranstaltet und euch mit mir einen derben Witz erlaubt habt. Sag mir, dass wir das Jahr 2012 schreiben und alles super in Ordnung ist. Bitte, Ivo. Ich verspreche dir auch, dass ich nicht sauer sein werde."

Wie vorhin nahm er meine zitternden Hände in seine, streichelte mir minutenlang schweigend die Finger, dann griff er in einen Beutel, der an seinem Gürtel hing, und drückte mir ein paar Geldmünzen in die Hand.

„Ich verstehe nicht, was du da redest, Christin, aber falls du glaubst, dass ich meine Scherze mit dir treibe, dann irrst du. Sehen die Münzen in deiner Welt so aus wie diese?"

Ich schluckte schwer, die Geldstücke brannten in meiner Hand, die ich krampfhaft zur Faust ballte. Noch nie hatte ich so inbrünstig gebetet, lieber Gott, lass es Euros sein. Als ich meinen Blick senkte, meine Hand öffnete, starrten mir drei grob geprägte, kleine Kupferstücke in Form von hohlen Halbkugeln und ein größeres silbernes entgegen. Auf allen waren seltsame Muster und Tiere abgebildet. Das waren definitiv keine Euros. Aber wahrscheinlich Münzen, für die ein Sammler im Jahr 2012 viele Euros gezahlt hätte. Ich kippte einfach in die Metlache.

Mein Kopf wackelte hin und her. Etwas war geschehen, etwas, das mir dieses unschöne, aber bekannte Gefühl gab, besser nicht die Augen aufzumachen, weil die Situation nicht danach war, ihr ins Angesicht zu schauen. Ich kniff die Lider noch fester zu, doch dieses Wackeln hörte nicht auf, verursachte mir Übelkeit und Schwindel, also blinzelte ich notgedrungen und erfasste über mir die Umrisse eines schmalen Männergesichts mit blauen, besorgten Augen und einem dünnen geflochtenen Zopf, der entlang der hohen Wangenknochen baumelte. Davon wurde mir gleich wieder übel. Reflexartig schob ich seine rubbelnde Hand von meiner Wange, das Schwanken hörte auf, aber dafür setzte die Erinnerung beschleunigt ein.

Mühsam richtete ich mich ein wenig auf, glotzte erneut fassungslos die Münzen in meiner Hand an, die ich krampfhaft festgehalten hatte. Eine Männerhand legte sich um meine verkrampften Finger.

„Es ist also wahr", sacht wiegte mich Ivo in seinen Armen. „Sind es viele Menschengeschlechter, die unsere Zeiten voneinander trennen?"

Interessante Frage, wenn sie nur nicht mein eigenes Dasein so extrem berührt hätte. Es mussten Hunderte von Generationen sein. Panik schoss kreuz und quer durch mich hindurch, mein Herz raste, ich hatte Heimweh wie noch nie in meinem Leben, so blödsinnig das auch schien, und schluchzte haltlos auf. Tränen strömten mir aus den Augen, ich jammerte kläglich. Ich wollte nach Hause, dabei war ich ja nicht einmal wirklich fort, oder doch? Ich wollte mich nur noch auf meinem Sofa zusammenrollen.

Ivo legte seine Arme um mich, hob mich hoch und schleppte mich zu dem Bettlager im hinteren Bereich der Hütte. Das fehlte mir jetzt noch! Wild strampelnd wollte ich mich von ihm befreien, doch er hielt mich eisern fest. Wer hätte gedacht, dass dieser schmächtige Mann solche Kräfte besaß?

„Ruhig, Christin, ich tu dir kein Leid." Er legte eine Decke aus Schaffell über mich.

„Schlaf, es ist Samhain, da fürchtet man sich, aber ich weiß, dass morgen die Sonne wieder aufgehen wird. Schlaf."

Ich rollte mich zusammen wie ein kleines Kind, zog mir die herrlich weiche Decke bis zur Nase hinauf. Ivos Hand lag als warmer Anker auf meiner Schulter, ich schluchzte erschöpft. Mit einem Seufzer stand er auf, ich linste hinter ihm her, wie er in einer Truhe neben dem Eingang herumkramte. Er trug eine kleine gläserne Flasche in der Hand, mit der er zu mir zurückkam. Er hockte sich wieder neben mich und zählte ein paar Tropfen aus der Flasche auf einen hölzernen Löffel.

„Trink das, Christin, es ist Ingruns Kräutermischung zur Beruhigung. Sie wird dir einen tiefen Schlaf schenken."

So tief konnte mein Schlaf gar nicht sein, dass dieser Stress aufhörte, außerdem war mir nicht wohl dabei, etwas zu trinken, von dem ich nicht wusste, wie giftig es war. Ich schnupperte vorsichtig an dem Löffel. Es roch nach gewöhnlicher Melisse und stark nach Baldrian, dazwischen nach etwas, das ich nicht kannte, und nach ein wenig Honig. Irgendwo in meinem schrägen Langzeitgedächtnis kam eine Erinnerung hoch, dass die Kelten sich wie alle schamanischen Völker ganz gern mit Biodrogen zugedröhnt hatten. Vielleicht war das ja genau das, was mich jetzt retten konnte. Entschlossen sperrte ich den Mund auf und schluckte. Das Zeug war so bitter, dass es gesund sein musste, ging gar nicht anders. Ich verzog das Gesicht, aber mein Unterbewusstsein gaukelte mir umgehend Entspannung vor. Ich schloss die Augen und ließ meinen überreizt hämmernden Schädel auf ein weiches Kissen sinken. Es war die Nacht des Samhain, also blieb die leise Hoffnung, dass ich morgen völlig gerädert auf meinem Sofa aufwachen würde.

Wach wurde ich tatsächlich immer mal wieder, aber es blieb die keltische Hütte, und jedes Mal saß Ivo neben meinem Lager, eine gewebte Wolldecke um die Schultern, und gab mir erneut von den Tropfen.

Irgendwann in den frühen Morgenstunden erwachte ich wieder, dieses Mal kniete Ivo vor einem hölzernen Schrein, den er auf die Truhe neben dem Eingang gestellt hatte. Eine kleine Kerze erhellte die Ecke notdürftig. Er schien tief in Gedanken versunken. Eine ganze Weile lag ich still da, starrte seinen gebeugten Rücken an. War er ins Gebet vertieft? Und wenn ja, um was oder wen betete er? Um Ingrun, natürlich. Ich Trottel. Vorsichtig richtete ich mich auf. Vor lauter eigenem Elend hatte ich keine Sekunde daran gedacht, wie es ihm in dieser Situation gehen mochte.

Er hatte seine Frau verloren, eine Fremde schlief jetzt an ihrer Stelle unter seinem Dach, noch dazu eine, deren Herkunft er nicht einmal im Ansatz begreifen konnte. Ganz nebenher hatten wir beide keine Ahnung, wie das alles rückgängig zu machen war. Das war Frauentausch für Fortgeschrittene.

Ich erhob mich leise vom Lager und trat unsicher halb hinter ihn, wo ich mich ebenfalls hinkniete. Der Altar war nicht mehr als ein aus einem Stück meisterhaft und filigran geschnitztes, hölzernes Bildnis. Ich konnte nicht recht erkennen, was es darstellte, doch schien es ein stilisierter Reiter auf einem Pferd zu sein. Überall waren Knoten, Ranken, Gestalten ineinander verwoben, sodass das Bild meinen Blick fast magisch an sich zog. Es wirkte wie ein Labyrinth. Im Kerzenschein erschien es verstörend lebendig.

„Es tut mir leid", flüsterte ich, mein Atem dampfte, so kalt war es in der Hütte, „ich habe bei all dem Schrecken nicht daran gedacht, wie sehr du Ingrun vermisst. Es ist schlimm, wenn jemand so spurlos verschwindet. Danke, dass du dich trotzdem um mich gekümmert hast."

Ich meinte es ernst, irgendwie schämte ich mich für meine Ignoranz, wo er selbstlos geholfen hatte. Er hätte mich auch mit dem Moment, in dem klar wurde, dass ich nicht Ingrun war, wieder vor die Tore der Anlage setzen können. Das wäre für ihn einfacher gewesen. Er atmete tief ein und wendete sich halb über die Schulter zu mir um. Ich sah die feuchten Spuren von Tränen auf seinen Wangen.

„Du brauchst dir keine Vorwürfe machen. Die Götter werden schon wissen, was sie tun, alles ist vorgezeichnet, auch wenn ich noch nicht verstehen kann, warum."

Diese Einstellung grenzte in meinen Augen an Fatalismus. Etwas, was ich noch nie verstanden hatte. Für göttliche Willkür würde ich wahrscheinlich auch nie Verständnis aufbringen. Aber das war nicht der Zeitpunkt, über Glauben und Selbstbestimmung zu diskutieren. Scheu streichelte ich ihm über den Rücken, immerhin ein schwacher Trost.

„Liebst du sie sehr?"

Vielleicht half es ihm durch die Nacht, wenn er von Ingrun erzählen konnte. Sobald es tagte, würde ich dann versuchen, egal auf welchen Wegen ein neues Loch durch die vierte Dimension zu finden. Wo eines war, mussten noch andere sein. Ich musste zurück. Was dadurch aus Ivo und Ingrun wurde, konnte ich im Moment noch weniger einschätzen als mein eigenes Schicksal.

Ivo schnaubte, verzog den Mund zu einem schiefen Grinsen, wischte flüchtig eine Tränenspur weg. „Ingrun wollte mich, ich habe sie sehr gern und ich bin sehr stolz auf sie. Ich glaube, sie mag mich auch."

Ich schloss die Augen in dem Versuch, in seinen Worten einen Sinn zu erkennen. Aber es gelang mir nicht.

„Heißt das", ich blinzelte verdutzt, „dass Liebe nicht der Grund dafür ist, dass ihr zusammenlebt?"

„Ingrun ist eine schöne Frau, schau in einen Spiegel, dann weißt du, was ich meine." Er lächelte sanft, während ich wie bei seinem ersten Kompliment ziemlich verlegen wurde. „Und ich bin ein wohlhabender Mann", fuhr er gedankenverloren fort, „meine Familie ist adelig, ich besitze ein großes Gehöft im Dorf und viel Vieh. Ingrun ist eine geschickte Bäuerin, sehr fleißig. Wir mögen uns. Das ist mehr, als viele haben. Ich bin zufrieden."

Ich schwieg. Mit der Einstellung hatte er durchaus recht. Besser eine nette Zweckgemeinschaft als eine schlechte Liebe, aber ich hatte beides nicht haben wollen. Deswegen war ich allein, was eine Alternative darstellte, aber eine ohne wirkliche Perspektive.

Was mich schrecklich irritierte, waren Ivos Tränen. Bisher hatte ich nur Männer gekannt, die entweder überhaupt nicht weinten oder sich dermaßen für ihre Tränen schämten, dass es peinlich wurde. Ivo dagegen ließ sie einfach laufen. Er schluchzte nicht, rang nur hin und wieder nach Luft, gab sich ansonsten ganz seiner Traurigkeit hin. Für mich war das erleichternd, bedeutete es doch, dass wir nicht allein mit unserem Kummer waren und uns gegenseitig durch die Nacht helfen konnten.

„Ich war mal als junger Mann ein paar Monde in Brigantium, vielleicht kennst du die Stadt, drei Tagesreisen von hier, an dem großen See, der einem vorkommt wie ein Meer." Sein Gesicht verklärte sich ein wenig in der Erinnerung. Brigantium? Der einzige See, der mir in dieser Größenbeschreibung einfiel, war das schwäbische Meer, der Bodensee, auch wenn ich ihn mit dem Auto in kaum mehr als einer Stunde erreichte. Konnte er Bregenz meinen?

„Ja, ich kenne den See“, erwiderte ich leise schaudernd. Das war so unfassbar. „Was hast du dort gemacht?“

„Oh nichts …“, er lachte leise, „mein Vater wollte, dass ich mehr kennenlerne als unsere Stadt auf dem Berg und die Provinzhauptstadt Augusta Vindelicorum, und so schickte er mich erst zu den Helvetiern nach Brigantium, wo Verwandte meiner Mutter leben, dann weiter nach Augusta Raurica nahe den Quellen des großen Stromes.“

Rasch durchforstete ich meine mickrigen Geschichts- und Geografiekenntnisse und kam dabei zu dem Schluss, dass er die Schweiz meinte und vielleicht den Rhein, die Provinzhauptstadt war ganz sicher Augsburg. Asterix sei dank. Aber wo Augusta Raurica lag, erschloss sich mir nicht.

„Aha, das war klug von deinem Vater.“

Er lachte wieder unter Tränen und zog die Nase hoch. „Wie man’s nimmt. Weil du eben nach der Liebe fragtest: In Brigantium habe ich mich in die Tochter eines Fischers verliebt. Aber ihr Vater wollte keinen Krieger als Schwiegersohn, sondern einen Fischer. Und als ich behauptete, ich könne doch einfach Fischer werden, hat er mir ein Fischernetz in die Hand gedrückt und ich habe mich darin verwickelt. Ich habe mich sehr geschämt und das Mädchen schaute mich nie wieder an. Aber bis dahin war es ein schönes Gefühl.“

Ich lachte ebenfalls, trotz meiner grundsätzlichen Missstimmung, und für ein paar Augenblicke erleichterte es das Leben. Minutenlang knieten wir dann schweigend nebeneinander, hingen unseren Gedanken nach. Kurz fragte ich mich, wann ich das letzte Mal richtig verliebt gewesen war? Ich konnte mich nicht erinnern.

„Lass uns noch ein wenig schlafen, Christin, der heutige Tag wird anstrengend für uns beide.“

Unsanft landete ich wieder in der aktuellen Gegenwart. Wie meinte er das? Was würde anstrengend werden? Doch er stand schon auf seinen Beinen, bevor ich ein paar unbequeme Fragen stellen konnte, und reichte mir eine Hand, die ich widerwillig annahm, um mich hochziehen zu lassen. Ich musste auf mehr Distanz zwischen uns achten, denn ich würde nicht lang bleiben, hoffte ich zumindest, und ich war nicht Ingrun, das durfte er nie vergessen. Zu einer anderen Zeit wäre mir Ivo als Mann sicherlich sofort als potenzielle Beute ins Auge gefallen.

Er war nicht nur grundsätzlich sehr sympathisch, sondern auch auf ganz eigene Weise klug und männlich attraktiv. Insofern hielt ich es für keine gute Idee, den Rest der Nacht das Lager mit ihm zu teilen. Er bemerkte mein Zögern sofort, wieder stahl sich ein sanft amüsiertes Schmunzeln auf seine Lippen.

„Sei unbesorgt, Christin, ich werde dich nicht anfassen, wenn du es nicht willst. Ingrun und ich leben seit Monaten enthaltsam, ich bin daran gewöhnt."

Die beiden schienen mir immer wunderlicher.

„Wieso enthaltsam, ihr seid doch verheiratet, oder?"

Er nickte, während er seine Stiefel aufband und sie neben den Eingang stellte. Auf gefilzten Strümpfen latschte er dann zum Bett hinüber.

„Natürlich. Wir haben uns die Hände gereicht, Hochzeit gehalten und unser Gelübde erst an Beltane erneuert. „Aber ...", mit einem Seufzer ließ er sich in die Schaffelle fallen, „Ingrun hat im Frühjahr ein Kind verloren, deswegen meinte Mara, die Kräuterkundige, wir sollten bis zum nächsten Frühjahr enthaltsam sein und mit den jungen Säften einen neuen Versuch starten. – Komm nur."

Ich hatte nicht den Eindruck, dass der Verlust des Kindes ihn besonders getroffen hätte, also behielt ich meine Mitgefühlbeteuerungen für mich und ließ mich unsicher auf das Lager neben ihm sinken. Hatten Kelten monogam gelebt? Und galt Monogamie auch, wenn die andere Frau optisch ein Klon der Ehefrau war? Blöde Fragen, die ich kaum stellen durfte. Womöglich hätte ich einen schlafenden Hund geweckt. Mit einer unverbindlichen Grimasse zog ich mir die gemeinsame Decke bis zur Nasenspitze hoch, mir war grässlich kalt nach dem Herumhocken vor dem Altar, und je formloser ich unter der Decke verschwand, desto sicherer schien es mir, dass Ivo sich an seine Enthaltsamkeit erinnerte. Bevor ich es allerdings realisierte, hatte Ivo sich zu mir umgedreht, legte seinen Arm um meine Hüften und seine Wange an meinen Hals. Er schlief sofort ein, während ich für die nächste halbe Stunde erstarrte, dann aber vor lauter Erschöpfung ebenfalls einschlief. Ohne Ingruns Wundertropfen, ohne Tränen, aber mit einem warmen Mann im Rücken.

Ein krakeelender Hahn zerriss mir meinen sorgenfreien Zustand. Wieder dämmerte ich mit dem Gefühl ins Erwachen, dass etwas Schreckliches passiert war. Aber der Schock der Erkenntnis war schon nicht mehr so heftig wie noch in der Nacht. Mein Herz klopfte etwas unordentlich, mein Blutdruck verlangte nach Kaffee, doch Schlimmeres blieb erst einmal aus. Langsam richtete ich mich auf.

Ivo kniete an der Feuerstelle unter dem Rauchabzug und schlug mit einem Keil gegen einen anderen, dass die Funken flogen, die wiederum in ein Nest aus einer seltsamen, braunen Masse fielen. Wieder bemühte ich mein eigentlich nicht vorhandenes prähistorisches Wissen, und mir fiel, woher auch immer, dieser Pilz ein, den mir mal jemand an einem Baum gezeigt hatte. Zunderschwamm, mit dem man Feuer machen konnte. Aus Ivos Zunderschwamm züngelte eine kleine Flamme hervor, die er behutsam mit Reisig nährte und anblies, bis das Reisig brannte. Dann griff er nach dem Pilz und pustete ihn aus. Unsere Blicke trafen sich. Seiner war warm und freundlich.

„Guten Morgen, Christin, wie ich versprochen habe, die Sonne scheint, die Nacht ist vorbei. Deinen Pferden geht es gut. Frohes neues Jahr!"

Von Sonnenschein war in der dämmrigen Hütte nichts zu sehen, aber mir reichte schon die gute Nachricht, dass meine Pferde die

Nacht ebenso überstanden hatten wie ich. Jetzt galt es, mit ihnen zusammen irgendwo einen Rückweg zu finden.

„Danke Ivo", ich lächelte ihn so offen wie möglich an, „ohne dich wäre ich heute Nacht wahrscheinlich vor Angst gestorben. Samhain ist euer Neujahr?"

„Es war schön, mit dir zusammen zu schlafen, Christin, dafür danke ich dir auch."

Sein Lächeln war aufrichtig, trotzdem musste ich schlucken und wieder erinnerte ich mich an einen Satz, den ich mal irgendwo gelesen hatte: dass es in früheren Zeiten ein Zeichen großen Vertrauens gewesen war, miteinander zu schlafen, was nichts mit schnödem Sex zu tun hatte, sondern mit der Gewissheit, dass einer dem anderen keinen Dolch in die Rippen stoßen würde. Zu keiner Zeit war man so verletzlich wie im Schlaf.

„Ja, Samhain ist der Beginn des neuen Jahres. Die dunkle Jahreszeit beginnt, die Tage werden kürzer und die Sonne verliert immer mehr Wärme." Im Rhythmus seiner Worte legte er Holz auf das stärker werdende Feuer. „Es kehrt Ruhe ein, alles schläft, sammelt Kräfte für die langsame Rückkehr des Lichtes in zwei Monden. Dann sind Tag und Nacht im Gleichgewicht und in den Raunächten entscheiden sich die Geschicke von Mensch und Tier, bis das Licht mit Imbolc tatsächlich den Sieg davonträgt und der Frühling an Beltane sicher zu uns gekommen ist. – Wann feiert ihr das neue Jahr, wenn nicht an Samhain?"

Ich seufzte, unsere Feste waren den seinen recht ähnlich, immerhin hatten die christlichen Missionare sich herzhaft in allen verfügbaren Mythologien und Religionen für ihre eigenen Zwecke bedient, aber das konnte ich ihm schlecht sagen. Anscheinend waren die Christen noch nicht so weit, dass sie Missionare ins Land der Barbaren entsendeten. Wenigstens etwas. Wann war der spätere heilige Magnus eigentlich ins Allgäu gekommen, um das Christentum zu verbreiten?

„Unser Neujahr ist sehr nah an eurem dran", erklärte ich einfach, „so ungefähr in der Mitte der Raunächte."

„Seltsame Zeit“, er rührte nachdenklich in einem Topf, den er dann über die Flammen hängte, und grinste mich an, „aber warum nicht, nach den Raunächten ist das Schlimmste vorbei. – Es ist schön, dass ich das Frühstück bereiten darf.“

Überrascht schaute ich von dem Kupfertopf über dem Feuer zu ihm hinüber. Etwas fing gerade in dem Topf an zu blubbern.

„Ich wüsste auch nicht, wie das über offenem Feuer geht und was du da kochst.“

Ich schnupperte kurz, mein Magen knurrte, hatte er doch seit dem vergangenen Nachmittag nichts mehr zu tun gehabt. „Riecht aber gut.“

Sein Blick war nicht minder überrascht. „Wird in deiner Zeit nicht mehr gekocht?“

„Doch, aber nicht mehr über offenem Feuer.“

„Dann wirst du das wohl lernen müssen“, ein Lächeln entschärfte seine Worte. Er füllte den Brei in zwei Schalen und streute etwas darüber, was Salz sein konnte. Eine davon reichte er mir. „Iss, Christin, unsere Tage sind arbeitsam und anstrengend.“

Ich zögerte kurz, griff dann nach Löffel und Schale.

„Ich möchte dich bitten, gleich mit mir und den Pferden zu der Stelle am Wall zu gehen, wo ich gestern von Askan gestürzt bin. Ich möchte nach Hause und wenn das funktioniert, dann nur dort. Bitte, Ivo, vielleicht kommt Ingrun dann ja auch zurück.“

Selten hatte ich einen solchen Bettelblick angewandt, wahrscheinlich das letzte Mal als Kind, wenn ich meinem Vater etwas aus den Rippen leiern wollte, doch dieses Mal war es richtig wichtig, dass ich bekam, was ich wollte. Nervös kostete ich von dem salzigen Brei. Es schmeckte ähnlich wie Haferbrei, vielleicht etwas kräftiger, nussiger. Ivo ließ seinen Löffel sinken, ich sah, wie er schluckte, was sicher nicht nur an dem heißen Brei lag.

„Schade“, seufzte er leise, „aber ich kann dich natürlich verstehen. Ich habe dich gern hier. Du bist angenehm. Natürlich werde ich sofort nach dem Essen mit dir gehen. Ingrun wird nicht heimkehren. Ich glaube, sie ist gegangen. Vielleicht war dein Auftauchen nur ein Zufall."

Derartige Zufälle waren reichlich unwahrscheinlich, schon allein deswegen, weil ich Ingrun ja wie aus dem Gesicht geschnitten schien. Nein, kein Zufall, sondern irgendeine Fügung, auch wenn ich sonst nicht so schnell mit paranormalen Erklärungen daherkam. Doch ich zuckte nur die Schultern. Das alles war mehr als verworren. Ich durfte eh nicht darüber nachdenken, wie groß das Risiko meines Vorhabens war. Wer wusste schon, ob ich ein Zeitloch fand und wo oder wann es mich wieder ausspucken würde. Ich konnte nur hoffen, dass ich einen passenden Rückfahrschein hatte.

Hauptsache war jetzt, dass Ivo mich aus der Wallanlage herausbrachte – und zwar samt meiner Pferde. Dafür war ich ihm ein weiteres Mal von Herzen dankbar. Allein die Pferde stellten für ihn sicherlich einen großen Wert dar, und wenn ich verschwand, ohne dass Ingrun wieder auftauchte, dann hing er allein in seiner Hütte. Der Verlierer in der Geschichte. Verwundert stellte ich fest, dass er mir dafür leid tat. Verwirrt löffelte ich meinen Brei.

„Christin", ein unsicheres Lächeln traf mich, als ich von meiner Schale aufschaute, „wenn die Tore zwischen den Welten nachher wieder geschlossen sein sollten und wir auf die nächste Gelegenheit warten müssen", eine Gänsehaut zog sich über meine Arme, „dann ist es wichtig, dass wir uns überlegen, wie wir das mit dir hier machen."

„Ja?" An diesen Fall hatte ich noch nicht denken wollen. Ich musste einfach nach Hause!

„Ja, dann muss ich dich ab sofort Ingrun nennen, es tut mir leid. Ich habe heute Nacht darüber nachgedacht. Ich werde den anderen erklären, dass du dir beim Sturz vom Pferd den Kopf schlimm angeschlagen hast, dich an nichts mehr erinnern kannst. Nur so können die anderen verstehen, warum du kein Feuer machen und keine Grütze kochen kannst, denn auch wenn du aussiehst wie Ingrun, wird jeder, der Ingrun kennt, dich niemals ernsthaft mit ihr verwechseln. Du bist anders. Den Weißmähnigen hast du herrenlos am Waldrand gefunden. Deine Kleider werde ich verstecken, auch die schönen Zäume deiner Pferde. Sie gehören hier nicht her. Du wirst Ingruns Kleider tragen müssen. Ist dir das klar, Christin?"

Ich nickte mit vor Angst zugeschnürter Kehle, rang krampfhaft um Atem.

„Du bist Ingrun, Christin!", insistierte er. Ich nickte wieder steif. „Wenn sie merken, dass du jemand aus einer fremden Zeit bist, kann das für uns beide sehr gefährlich werden."

Was sehr gefährlich bedeutete, wollte ich nicht wissen. Überhaupt wollte ich nicht wissen, wie der Supergau aussehen würde. Ich musste einfach nach Hause. Ich brauchte dringend eine heiße Dusche, einen starken Kaffee, ein warmes Bett und die Gewissheit, dass ich eine sicher gefügte Welt um mich herum hatte. Meine Welt. Meine Zeit. Mein Haus.

Vielleicht würde ich von dort wegziehen. Denn was mir bei meinem Einzug besonders verlockend romantisch, mystisch vorgekommen war, wie die Legende vom goldenen Kreuz der versunkenen Stadt Loja, wie die alte keltische Wallanlage, das mutierte gerade zum real gewordenen Mega-Albtraum. Und nie wieder wollte ich mich über schlimme Träume aufregen. Das war alles nur ein spaßiger Abklatsch dessen, was hier gerade passierte, live und in Farbe, allerdings ohne Gewähr auf Echtzeit.

Ich nickte zum dritten Mal, wenn auch nicht gern. Falls es tatsächlich so kommen sollte, würde ich notwendigerweise zu Ingrun werden müssen. Aber noch bestand Hoffnung. Entschlossen stellte ich meine halb leere Schüssel neben die Feuerstelle.

„Lass uns bitte gehen, Ivo. Jeden Augenblick kann es zu spät sein. Ich muss unbedingt nach Hause."

Seine Brust unter der wollenen Tunika hob sich angestrengt, ich sah es genau und fragte mich völlig irrational, wie er wohl unter der Wolle aussah, wie er sich anfühlte? Ich schüttelte mich. Vielleicht hatte Ingrun in ihren K.-o.-Tropfen der Nacht doch irgendwelche nachhaltigen Drogen verarbeitet? Jedenfalls leistete mein Hirn im Moment keine besonders gute Arbeit.

„Natürlich, Christin", bedächtig stellte er ebenfalls seine Schale ab und stand auf, „in der kleinen Truhe dort", er zeigte neben das Bettlager, „bewahrt Ingrun ihre Kleider auf. Zieh dich um und warte hier in der Hütte, bis ich wiederkomme. Ich hole die Pferde."

Ohne weiter auf mich zu achten, griff er neben dem Eingang nach seinen Stiefeln, schnürte sie und trat mit einem minimalen Anheben der Matten vor die Hütte. Erst jetzt registrierte ich von draußen die verhaltenen Geräusche des erwachenden Tages, Stimmen, Schritte, das Bellen eines Hundes. Hoffentlich hatte niemand unser Gespräch belauscht.

Hastig sprang ich auf und stürzte zu der Truhe hinüber, vor der ich genauso hastig wieder in die Knie ging, um sie schnellstmöglich nach etwas halbwegs Tragbarem zu durchwühlen. Ein langer, wollener Rock, eine überlange Bluse und ein Gürtel, das musste reichen. Ohne groß nachzudenken, schlüpfte ich in die Kleider, schnürte mir den Gürtel um die Taille. Meine Jeans und den Pullover packte ich in einen Leinensack, der auch in der Truhe lag, fischte Halfter und Zaumzeug unter dem Kissen an der Feuerstelle heraus, um es ebenfalls in den Sack zu stopfen. Fertig. Ich schaute an mir herab. Das sah schon fast stilecht aus, ich musste nur aufpassen, dass ich keine allzu großen Schritte machte, damit man meine Schuhe nicht sah. Aber das würde ich schaffen. Ich war schon fast auf dem Heimweg. Ungeduldig wartete ich auf Ivos Rückkehr. Es dauerte nicht lang, bis ich Hufgetrappel hörte. Ivo schob die Matte ein wenig zur Seite.

„Komm."

In der irrigen Erwartung, das halbe Dorf vor Ivos Hütte vorzufinden, um mich anzustarren, schlängelte ich mich an der Matte vorbei. Ich schluckte, holte tief Luft und schaute mich halbherzig um. Eine Handvoll Menschen in ähnlichen Kleidern, wie Ivo und ich sie trugen, gingen ihrer Arbeit nach, ein paar Hühner wuselten dazwischen herum, Kinder spielten am anderen Ende der Anlage, wo auch die Pferde in ihrem Pferch standen. Keiner nahm von uns Notiz. Ivo lächelte mich flüchtig an, ein anerkennender Blick dazu. Geschickt drehte er die Pferde um, denen er einfache Seilhalfter umgebunden hatte, und schritt zügig zum Tor hinüber. Ich stolperte mit gesenktem Kopf hinterdrein. Das Tor schwang auf, ohne dass mich jemand aufhielt, wir traten auf den schmalen Weg zwischen den Wällen. Der erste Schritt war geschafft. Niemand hatte „Hexe" hinter mir her geschrien, keiner mich als Spionin aufgehalten. Ivo schritt zügig voran, es war nicht weit. Mein Herz klopfte vor Aufregung, als wollte es jeden Moment explodieren, ich keuchte und schwitzte, obwohl der Morgen kalt war und ich keine Jacke trug.

Nur wenige Minuten später standen wir an der Stelle, an der ich wegen des schönen Lichtes stehen geblieben war, um kurz darauf schmerzhaft vom Pferd zu knallen. Man sah die Abdrücke von Hufen in dem weichen Waldboden, ich fand auch sofort die Eiche, gegen die ich geprallt war. Doch sonst deutete nichts darauf hin, dass hier etwas Außergewöhnliches geschehen war. Ratlos drehte ich mich im Kreis. Auch bei Tag fand ich meinen Ebereschenstrauß nicht. Entweder war er nicht mit mir gereist, oder die Rehe hatten ihn gefressen.

„War es hier?", fragte Ivo mit einem argwöhnischen Blick in die Runde.

„Ja, ganz sicher", ich drehte immer größere Kreise um den Baum, „hier war der Sonnenstrahl und dann die dunkle Wolke, wegen der Askan erschrak und ich gestürzt bin. An der Eiche habe ich mir den Kopf angeschlagen. Aber vielleicht bin ich ja schon viel früher auf meinem Weg bei euch gelandet?"

„Vielleicht", erwiderte er vorsichtig, „vielleicht ist der Übergang aber auch nur an Samhain offen?"

„Nein, nein, ganz bestimmt nicht." Aufgebracht rannte ich den Weg ein Stück hinab, aber nichts geschah. Auch war das nicht mehr der Weg, den ich am Abend zuvor gekommen war. Die Bäume standen anders, der schmale Weg führte viel weiter entfernt vom Tobel zwischen den beiden Erdwällen entlang. Wir aber hatten den breiten Holzweg genommen. Ich rannte zurück, Tränen drängten in mir hoch, ich schluchzte atemlos.

„Gib mir die Pferde", ich riss ihm die Stricke aus der Hand, „wahrscheinlich geht es nur mit ihnen!"

Ungestüm zerrte ich die Pferde hinter mir her, sie schlugen widerwillig mit den Köpfen, Askan stieg halb, doch ich trieb sie panisch um den Baum herum, den Weg immer wieder rauf und runter. Kein Lichtstrahl, keine schwarze Wolke. Nichts. Ich heulte, schubste völlig aufgelöst die Pferde von einer Seite zur anderen, aber den Durchgang fand ich nicht. Es gab keinen mehr. Oder ich suchte an der falschen Stelle. Wieder wollte ich umdrehen, den Weg noch einmal hinunterlaufen, vielleicht hatte ich etwas übersehen, doch Ivo stellte sich mir in den Weg.

„Hier ist nichts, Christin, lass es gut sein, bitte."

Ich wehrte seine Hände ab, die nach mir griffen.

„Doch, es muss hier sein! Hilf mir aufs Pferd, gestern bin ich geritten. Vielleicht muss ich auf Askan sitzen."

Er seufzte ergeben und hob mich auf Askans Rücken, der vor Aufregung wie ein Vollblut herumtänzelte. Ich zerrte Runa zu mir herum, auch die Stute war kurz davor, völlig entnervt durchzugehen, und trabte den Weg hinunter bis zu der Biegung, wo alles anders aussah. Dort drehte ich um, ritt wieder auf Ivo zu, betete, dass endlich ein Lichtstrahl auf den Weg treffen würde, ein Donner, ein Düsenjäger, der die Schallmauer durchbrach, egal was, damit ich endlich nach Hause reiten konnte. Aber nur Ivo griff nach dem Strick der Stute, die meine Aktion endgültig satthatte und mit einem Satz zur Seite sprang. Sie riss Ivo halb mit. Er fluchte.

„Es ist gut jetzt, Christin, der Übergang ist geschlossen. Wir müssen es ein andermal versuchen." Er packte auch Askan, der wieder steigen wollte. „So wird es nicht gehen. Die Götter lassen sich nicht zwingen."

„Doch!"

„Nein, komm vom Pferd herunter!“

Er packte mich rigoros am Arm und zog mich von Askans Rücken, ich taumelte beim Aufkommen, nur gehalten von seiner Hand.

„Lass mich los!“

Zornig, blind vor hilfloser Wut und Enttäuschung riss ich mich los und rannte zum Rand der kleinen Schlucht. Ich zitterte und heulte, war in totaler Auflösung begriffen. Warum? Wieso saß ich hier fest? Was sollte das bringen? Warum gerade ich? Ich schlang meine zitternden Arme um mich, doch es half nichts, ich klapperte mit den Zähnen. Sollte ich einfach in den Tobel springen? Das hier konnte ich unmöglich für den Rest meines Lebens aushalten. Und was, wenn erst in hundert Jahren wieder ein Tor durch die Welten offen war? Schließlich war das in den Märchen auch immer so, das arme Dornröschen lag immerhin ein paar Generationen lang in ihrem Schloss herum. Die hatte fast noch Glück gehabt, denn ich saß in einer prähistorischen Fliehburg fest, bedroht von irgendwelchen Stämmen, die über eine Grenze einfielen, die es seit mehreren hundert Jahren nicht mehr gab, und sollte fortan die Kopie einer verschwundenen Ehefrau spielen. Das war hart, zu hart.

Ich beugte mich über den Rand der Schlucht. Würde die Tiefe reichen? Unten brodelte der schmale Bach über glitschige Felsen. Der Boden war feucht, ich rutschte langsam, zappelte instinktiv wieder zurück und fasste mit einem tiefen Atemzug neuen Mut, um mich fallen zu lassen. In dem Moment umfassten mich zwei Arme und Ivo zog mich vom Rand des Tobels fort, drängte mich mit dem Rücken an den nächsten Baum.

„Das ist Frevel, Christin.“ Sein Gesicht war ganz nah vor meinem. „Dieses Opfer wäre sinnlos, es würde die Götter verärgern und Unheil auf uns alle bringen. Wag das nie wieder!“

So ein Schwachsinn! Seine Götter waren genauso wenig existent wie das, was man zu meiner Zeit auf verschiedene Weise Gott nannte. Von denen ließ ich mich zuletzt ins Bockshorn jagen. Erbittert kämpfte ich gegen seine Hände an, die mich an den Baum pressten, ich wand mich, trat, zappelte, aber er gab nicht nach, sondern lehnte sich zusätzlich mit seinem Körper gegen mich.

„Beruhige dich, Christin, wir werden einen Weg finden."

Keuchend versuchte ich, mich aus seinen Armen zu befreien.

„Nein, ich will jetzt nach Hause!"

„Es geht nicht!" Er fasste nach meinem Kopf und zog ihn an sich. „Hörst du, es geht nicht!" Seine Lippen berührten meine überreizte Haut am Hals, ganz sacht. Wie ein Kind, das Trost suchte, drängte ich mich an ihn. Seine Wangen waren rau, seine Lippen warm und weich, ich hob mein Gesicht zu ihm, suchte hektisch diese tröstliche Quelle und küsste ihn wild. Ich war völlig von Sinnen. Intuitiv spürte ich den Kampf, der in ihm tobte, und bot ihm meinen Körper noch wilder an. Ich wollte Trost, ich wollte vergessen, wie schrecklich die Realität war. Doch er schob mich ein wenig von sich weg, streichelte aber sanft mein Gesicht. Er atmete schwer.

„Auch das wäre der falsche Weg, Christin", er barg mein Gesicht an seiner Schulter, ich schluchzte jämmerlich, „obwohl es mir bei anderer Gelegenheit sicher gut gefallen würde."

Zärtlich lächelte er mich an, während bei mir langsam wieder ein Hauch von Verstand einsetzte und mit ihm die Erkenntnis dessen, was ich da fast angestellt hätte.

Wilder Sex mit einem Fremden auf schlammigem Waldboden, eine super Idee. Eine reife Leistung. Das zeugte von einem immensen evolutionären Vorsprung meinerseits. Ich wurde rot. Es tat mir leid. Ich war vollkommen am Ende vor Erschöpfung, doch Ivo wiegte mich sanft in seinen Armen.

„Du bleibst einfach ein wenig bei mir, Christin. Ich gebe schon gut auf dich acht, keine Sorge. Ich habe Ingrun geschworen, sie mit Leib und Seele zu nähren und zu schützen, und das gilt auch für dich. Und beim nächsten Hochfest suchen wir hier wieder nach dem Tor für dich."

Nur zu gern hätte ich sofort gewusst, wann dieses nächste Hochfest stattfinden würde, doch selbst für diese Frage fehlte mir die Kraft. Ich lehnte mich an ihn. An einen Mann, der nach meiner groben Zeitrechnung seit vielleicht zweitausend Jahren tot sein musste, während ich zu seiner Zeit noch nicht einmal in Gedanken geboren war. Das war schizophren.

„Komm, der Morgen ist noch jung. Lass uns ein wenig reiten, dann werden wir wieder klarer sehen."

Meinetwegen, resigniert und kraftlos schlich ich neben ihm her zu den Pferden, die am Wegrand nach verwelkten Gräsern suchten. Es war eh alles vergebens. Ich hing in einer kalten, schrecklichen Vergangenheit fest.

Ivo nahm mich wieder in die Arme, als wir neben Askan standen. Trotz allem tat es unsagbar gut, so von ihm gehalten zu werden.

„Danke", sagte ich leise, „du bist wirklich ein lieber Kerl."

Er lachte. „Ich mag dich, Christin", erwiderte er und stemmte mich auf den Rücken des Haflingers, „und das liegt nicht nur daran, dass du wie meine Frau aussiehst."

Ohne auf eine Antwort von mir zu warten, drehte er sich um und schwang sich wie ein Indianer mit einem Satz auf Runa. Verdutzt glotzte ich seinen Rücken an.

Askan trottete hinter Runa her, quer durch den Wald auf einem Wildwechsel. Einen wirklichen Weg schien es nicht zu geben. Ich war nur froh, dass ich so oft ohne Sattel unterwegs war, sonst wäre ich nicht lang auf Askans Rücken hocken geblieben, denn Ivo schlug einen flotten Trab an, ich krallte mich in die üppige Mähne des Haflingers.

Es ging Richtung Norden, die einzig mögliche Richtung fort vom Tobel, entlang des Grates, immer weiter hoch.

Das Ende des Waldes, das ich kannte, lag etwa oberhalb eines kleinen Weilers, durch den wiederum die Landstraße nach Sulzberg und Kempten führte. Doch der Wald hörte nicht auf. Im Gegenteil, er wurde immer dichter und die Wildwechsel, die wir benutzten, führten immer tiefer durchs Unterholz. Ich lag fast auf dem Hals meines Pferdes, damit ich nicht unschön an einem Ast hängen blieb.

Zweige peitschten an uns entlang. Das verstand ich nicht unter einem entspannten Ausritt, aber den Pferden machte es offensichtlich Spaß. Auf einer winzigen Lichtung machte Ivo endlich halt und rutschte vom Pferd. Er ließ die Stute einfach stehen, also machte ich das Gleiche. Wortlos reichte er mir seine Hand und zwängte sich zwischen ein paar Holundersträuchern hindurch. Ich hielt mir schützend eine Hand vors Gesicht, dachte an Zecken, Milben und sonstiges Getier, das in derlei Büschen nur zu gern auf Beute lauerte.

Als ich mich aufrichtete, fiel mein Blick auf das weite Tal unter mir. Fassungslos nahm ich diese unbeschreibliche Schönheit in mir auf. Der Tag hatte sich noch nicht entschieden, ob er sonnig bleiben wollte. Nebelschwaden zogen von der Iller hoch, lagerten träge über den sumpfigen Wiesen, zwischen denen immer wieder Waldstücke lagen, graugrün in allen Schattierungen. Aber ich hatte keine Ahnung, wo genau wir uns befanden, denn ich entdeckte keine der mir vertrauten Landmarken, und da alles dicht bewaldet war, erkannte ich auch in der Ferne die Berge nicht an ihrer Silhouette. Erst als ich den Bach ausmachte, der Kenels seinen Namen gegeben hatte, war es mir möglich, ein paar Punkte zu klären. Wir standen grob oberhalb von Oberkenels und Straß. Doch rechter Hand, wo sonst der restaurierte Bergfried der Burg Sulzberg thronte, war nichts als Wald und Felsen. Kein Haus, kein Weg, geschweige denn etwas, was einer Straße gleichgekommen wäre. Dort unten war nur Sumpfwiese.

Ganz rechts, weiter Richtung dem späteren Sulzberg, sah ich eine schmale Rauchsäule in der stillen Luft aufsteigen. „Wer wohnt dort?"

Ivos Blick folgte meiner ausgestreckten Hand. „Dort wohnen die Salzsieder." Er kniff überrascht die Augen zusammen. „Anscheinend wissen sie noch nichts von dem Trupp Alamannen, der hier unterwegs ist."

„Zu meiner Zeit wohnen dort auch Menschen", erwiderte ich unendlich glücklich, dass wenigstens etwas vertraut erschien. Ivo nickte.

„Menschen bleiben gern an Orten, an denen es schön ist. Hier ist es schön. Wir haben Wald und Wiesen, viel Wasser und Wild, Kräuter. Die Natur ist hier sehr reich. – Unser Dorf liegt dort drüben."

Dieses Mal folgte mein Blick seinem Arm. Auch dort waren mehrere Rauchsäulen zu sehen. Mein Herz fing unstet an zu klopfen, während ich versuchte, die Entfernungen abzuschätzen, die Hügel zu identifizieren. Der Berg, auf dem wir standen, fiel beinahe terrassenförmig zur Iller hin ab, durchschnitten vom Burzatbach, an dessen Ufer ich entlanggeritten war. Dazwischen die kleine Erhebung, die zu meiner Zeit bewaldet war. Ottacker oberhalb, dann Oberhub, Ried und Hub in der Illerniederung.

„Siehst du die Senke zwischen den Bäumen? Dort befinden sich unser Dorf und mein Hof. Der Rauch weiter unten stammt von Loja, der römischen Siedlung am Fluss. Es ist die Ilara, sie ist ein wilder Fluss", er lachte glücklich, „hat es immer eilig, daher ihr Name."

Ich biss mir entsetzt in den Daumen, der Schmerz war real, alles andere ein nicht endender Albtraum. Genau dort in dieser Senke, halb versteckt und nur über einen Schotterfahrweg erreichbar, lag auch mein kleines Bauernhaus.

Seit etwa vierundzwanzig Stunden war ich nahe daran, zu verstehen, warum die katholische Kirche die Inquisition gebraucht hatte, denn wenn man einmal in diesen Kreis von Mystik und Magie hineingeraten war, dann gab es offensichtlich keine Grenzen mehr. Dem musste doch irgendwo Einhalt geboten werden.

Tatsächlich hatte der Großinquisitor aber versagt, stand ich doch bis zum Hals in einer total verhexten Geschichte. Mein Daumen war mehr oder weniger von meinen Zähnen gelocht, als Ivo mich zum wiederholten Mal an diesem jungen Tag tröstend in die Arme nahm und sanft meinen malträtierten Daumen rieb. Man konnte fast meinen, dass ihm seine Rolle gefiel.

Meine gefiel mir wiederum kein bisschen.

„Verstehst du nicht, Ivo?" Meine Stimme bekam diese gefährlichen hysterischen Kiekser. „Ich wohne auf euren Ruinen! Womöglich auf euren Gräbern. Das ist ...", krass, wollte ich sagen, doch dieses Wort passte nicht hierher, „... beängstigend für mich."

Er lachte und dabei bekamen seine Augen einen Haufen fröhlicher Fältchen. Bisher hatte ich nur wenig Gedanken für ihn erübrigen können, mein Kopf war angefüllt mit meiner persönlichen Katastrophe, doch egal, wie übel ich mich bisher gebärdet hatte, er war nie aus der Fassung geraten, hatte nie seine Gelassenheit verloren. Offensichtlich war er ein von Natur aus entspannter Mensch. Das Gegenteil von mir, die ich dauernd im Stress war, dauernd auf der Flucht, immer zur Grübelei neigend und nicht unbedingt positiv eingestellt. Dafür lebte ich ja auch im 21. Jahrhundert.

Sein Lachen war jedenfalls die letzte Reaktion, die ich erwartet hätte, zumal ich grässlich schockiert war.

„Was ist daran beängstigend?"

Seine Augenbrauen verschoben sich, was sein eh schon schmales Gesicht in die Länge zog, ich lächelte wider Willen.

„Na, alles. Vor allem, dass es mich hierher verschlagen hat."

Mit zusammengepressten Lippen dachte er nach, seine Hand lag leicht auf meiner Schulter und sein Blick hing an der Senke, in der wir beide lebten, mit vielen hundert Jahren Differenz.

„Alles? Du lebst hier. Es hat sich nichts verändert."

Wie viel sich verändert hatte, konnte er leider nicht abschätzen. Ich schwieg. Sein Blick schweifte zu mir, fixierte mich mit schmalen Augen.

„Unsere Gräber liegen um unser Heiligtum herum, nicht im Dorf. Wenn du möchtest, werde ich sie dir zeigen, sobald die Alamannen fort sind und wir nach Hause können. Ist es in deiner Zeit also beängstigend, wenn Seelen wandern? Für uns ist es normal. Ich finde es eher erleichternd, zu wissen, wo du wohnst, denn ich verstehe nun, warum deine Seele hierher wollte. Wir sind durch unsere Heimstatt miteinander verbunden."

Wieder einer dieser interessanten Gedankenansätze, die mir leider nur noch mehr Verwirrung im Hirn stifteten. Seelenwanderung? Verbundenheit? Durchgedrehtes Chaos!

„Was glaubst du, Christin, wo sollen denn die ganzen Seelen sein, die leben und verstorben sind? All die Menschen und Tiere? Wohin gehen sie? Warum sollten sie nicht zurückkommen? Wir ehren unsere Ahnen, geben unseren Toten alles mit ins Grab, was sie für ihre Reise in die Anderswelt brauchen. Und in den Nächten der Hochfeste sind sich unsere Welten ganz nah. Ich finde das schön."

Was ich glaubte? Nichts. Oder vielmehr nichts Genaues. Wenn ich jemals einen Gedanken an mein irdisches Ende verschwendet hatte, dann war das keiner, der mit himmlischer Glückseligkeit zu tun hatte. Oder gar mit Wiedergeburt.

Ich schüttelte mich, weil meine Nackenhaare sich spontan sträubten, und Ivos Hand rutschte auf meinen Unterarm, wo sie warm und beruhigend liegen blieb. Wieder wurde mir zögernd bewusst, dass es sich um die Hand eines eigentlich Toten handelte. Verrücktes Gefühl. Für mich war die Seelengeschichte in dem Moment zu Ende, in dem der Arzt auf dem Totenschein eine Uhrzeit notierte. Boing. Aus. Und er glaubte an Seelenwanderung?

„Ich glaube, dass die Seele nach dem Tod mit dem Rest ihres Körpers unter einem Haufen Erde liegt. Da wandert sicherlich nichts mehr."

Harte Worte, vielleicht zu hart und nicht ganz fair. Ich schickte ein entschuldigendes Lächeln hinterher, das er schmunzelnd annahm. „Du bist seltsam, Christin. Ich glaube, deine Seele darf noch viel lernen. Cedric wird dich mögen."

„Wer ist Cedric?"

„Unser Druide. Ein wirklich weiser Mann. Komm, es wird bald regnen. Lass uns zurückkehren."

Mit den ersten Regentropfen erreichten wir die Wallburg. Das einsetzende trübe Wetter trug nicht dazu bei, dass ich meine Situation mit freundlicheren Augen sah. Die spitzen Palisaden ragten nass glänzend gut vier Meter über mir in den Himmel, das Tor starrte uns abweisend an. Über dem Tor stand ein Mann und winkte, als er uns erkannte.

„Du bist jetzt Ingrun", zischte Ivo zu mir hinüber, sein Blick war flehentlich ernst, „und du hast dir den Kopf verletzt beim Sturz vom Pferd. Du weißt nichts mehr. Bitte, ... Ingrun."

Mir lief es kalt den Rücken herunter. Das erste Mal nannte er mich so, wohl wissend, dass es nicht mein Name war. Jetzt wurde es ernst, keine Frage. Jetzt musste ich mich den Menschen hinter diesem Tor stellen, wobei mir das Nichtwissen authentisch von der Hand gehen würde. Nur das Resultat daraus konnte gefährlich werden. Ivo sprang von Runa, nahm auch Askan am Strick und führte uns drei durch das Tor, das wie am Abend zuvor hinter uns sofort wieder fest verschlossen wurde. Falle total.

Hektisch nahm ich den Wehrgang an den Palisaden wahr, die bewaffneten Männer, die darauf liefen. All das hatte ich bisher nicht beachtet und von tiefstem Herzen gehofft, es niemals tun zu müssen. Trugschluss.

Der Innenhof der Anlage war jetzt schon matschig. Ein paar Hühner samt hinterherjagenden Kindern und Hunden flatterten an mir und den Pferden vorbei. Askan schnaubte verwirrt. Eine Handvoll Frauen und Männer wendeten sich zu uns um, als ich ebenfalls von Askans Rücken rutschte. Die Hütten wirkten im grauen Nieselregen ärmlich und schmutzig. Mich schauderte. Wenn es mich wenigstens im Sommer hierher verschlagen hätte, aber nein, ich hatte die Superniete gezogen und war im Spätherbst in einer Epoche ohne Zentralheizung und warmes Wasser gelandet.

Ich drückte mich ängstlich an Ivos Seite. So schnell war man für ein bisschen Nähe dankbar. Die Leute nickten uns durchaus freundlich zu. Ich zupfte meinen Rock zurecht, denn erst jetzt fiel mir wieder ein, dass ich unter Ingruns Kleidern meine Stallschuhe trug. Wenn die jemand sah, dann hatte ich gleich in der ersten Minute schon ein unlösbares Problem. Und ich senkte den Kopf. Noch nie hatte ich mich so fürchterlich fehl an einem Ort gefunden. Ivo berührte mich leicht an der Schulter und wendete sich zu den Unterständen der Pferde. Ich schlich brav hinter ihm her.

„Ivo!"

Die Stimme donnerte über den Platz, trotzdem sie nicht laut war. Das war pure Autorität. Ich zuckte automatisch zusammen, erstarrte mitten im Schritt, wagte nicht, mich umzudrehen. Ivo dagegen schob in seiner fatalistischen Gelassenheit die Pferde herum.

„Was willst du, Arne."

Mein Herz klopfte wild. Zaghaft blickte ich über meine Schulter. Der Häuptling fixierte mich scharf. Jede Wette, dass er sofort erkannte, dass ich nicht Ingrun war. Ich hätte so gut wie alles gegeben, um entweder von hier zu verschwinden oder wenigstens für diese Minute unsichtbar zu werden. Aber mir blieben nicht einmal mehr Ivos Rücken oder die Pferde, ich stand frei für jeden sichtbar mitten auf dem kleinen freien Platz vor der großen Hütte und vor Arne.

„Ich hatte dir und jedem hier gestern Abend eine klare Anweisung zu unser aller Sicherheit gegeben."

Ivo nickte schweigend.

„Und eben höre ich, dass das Tor trotz dieser Anweisung nach Einbruch der Dunkelheit noch offen war, weil dein Weib sich mal wieder herumgetrieben hat. Kannst du mir das erklären, Ivo?"

Ivos Blick schweifte kurz zu Oswin, der am Tor stand und fast unmerklich verneinend den Kopf bewegte. Er schien uns also nicht verraten zu haben. Ich sah, wie Ivo mit einem Hauch Ergebenheit seine Schultern straffte.

„Meine Frau treibt sich nicht herum, Arne", entgegnete er mit mindestens genauso viel Autorität in der Stimme wie Arne. Ich war baff, das hätte ich ihm nicht zugetraut.

„Ja, das Tor war nach Einbruch der Dunkelheit offen, weil ich es so wollte. Ich habe auf Ingrun gewartet. Sie ist vom Pferd gestürzt und hat sich verletzt, als sie diesen Fuchs hier", er deutete auf Askan, „einfangen wollte. Er lief herrenlos am Waldrand herum und hätte die Alamannen auf uns aufmerksam machen können. Du kannst ihr also dankbar sein, sie hat sehr umsichtig gehandelt."

„Umsichtig?"

Arne trat ein paar Schritte näher und ich sah aus den Augenwinkeln, wie sich immer mehr Menschen um uns scharten. Meine Hände walkten den Rockstoff. Ich schwitzte trotz des kalten Novemberregens und wand mich unter Arnes eisigen Augen.

„Mit ihrer Widersetzlichkeit hat sie uns alle in Gefahr gebracht. Wer weiß, vielleicht hat sie den Fuchs den Alamannen gestohlen und erzählt uns hier nur eine Lügengeschichte. Wenn ich erfahren sollte, dass sie mit den Alamannen angebandelt hat, dann jage ich sie eigenhändig mit der Peitsche davon, mein Wort drauf, Ivo."

„Wenn es hier jemand gibt, der sicher nicht mit den Alamannen anbandelt, dann ist es Ingrun, und das weißt du auch, Arne. – Hast du Alamannen am Waldrand gesehen, Ingrun?"

Ivo klang fast gelangweilt, während ich vor Angst schlotterte. Hastig schüttelte ich den Kopf, brachte aber keinen Ton hervor.

„Gut, ich glaube dir. Reicht das jetzt, Arne?"

„Nein, komm herein", Arne drehte sich zum Eingang der großen Hütte, „ich muss mit dir über ihre Bestrafung reden. Sie hat unsere Anordnungen nicht befolgt, das kann ich nicht dulden."

Bestrafung? Meine Knie wurden weich. Irre, dachte ich, alles total irre. Ich wusste nicht einmal genau, was Ingrun insgesamt so angestellt hatte, sollte aber dafür bestraft werden? Die Strafen in früheren Zeiten waren meistens alles andere als gesund gewesen. Vielleicht war es besser, wenn ich sofort klarstellte, dass ich nicht Ingrun war? Ich pumpte Luft und Mut in mich hinein, aber ein Blick von Ivo stoppte mich, bevor ich so weit war.

„Geh, Frau, und versorg die Pferde. Dann warte in der Hütte auf mich."

Sein Ton war unmissverständlich. Noch nie hatte mir ein Mensch in dieser Form etwas befohlen, völlig entgeistert starrte ich ihn an, während er mir die beiden Stricke in die Hand drückte und zum Unterstand hinübernickte. Wieder atmete ich tief durch, sah die Menschen um uns herum, die teils mitfühlend, teils neugierig beobachteten, wie ich reagieren würde. Wenn ich halbwegs überleben wollte, tat ich gut daran, mich nicht offen zu widersetzen, also nickte ich brav. Ein sanftes Lächeln streifte mich.

„Geh", sagte er noch einmal, legte einen Arm um meine Schultern und küsste mich leicht auf die Wange, „geh, Ingrun."

Wie ferngesteuert trippelte ich meine Stiefel verbergend mit den Pferden durch den Matsch und ein Menschenspalier zum anderen Ende des Platzes. Der nasse Rock klebte an meinen Beinen, ich fror erbärmlich unter dem Angstschweiß. Auch die Pferde waren tropfnass, besorgt strich ich Runa über ihren Winterpelz. Daheim lagen die Winterdecken, wasserdicht und warm, hier würde ich wohl nicht einmal ein Handtuch für sie bekommen. Tränen mischten sich mit dem Regen auf meinen Wangen, ich senkte den Kopf. Wenigstens sollte mich niemand heulen sehen.

Ich prallte fast auf die junge Frau, die mir den Torpfosten zur Seite schob, damit ich die Pferde in den Auslauf führen konnte. Sie lächelte scheu. „Geht es so, Ingrun?"

Völlig perplex nickte ich, rang mir ein Lächeln ab. „Danke, ja."

Ich führte die Pferde hinein. Immer noch lächelnd rückte sie den Pfosten wieder an seinen Platz, dann nahm sie Runa das provisorische Halfter ab, griff nach einem Büschel altem Heu und fing an, sie trocken zu reiben.

„Der Weißmähnige ist wunderschön, Ingrun", wieder strahlte sie mich an, „und der lief einfach so herum?"

Mein Mund war staubtrocken. Fahrig nestelte ich an Askans Strick herum, suchte ebenfalls nach einem Heubüschel. Jetzt fing die Lügerei an und ich tat gut daran, mich genau zu erinnern, was ich erzählte.

„Ja, nur ein Stück hügelabwärts im Wald."

„Bist du von ihm heruntergefallen?"

Das Mädchen war erfrischend neugierig. Unter normalen Umständen hätte ich sie ganz entzückend gefunden, doch hier im kalten Regen in einer keltischen Notunterkunft war es Stress pur. Ich schüttelte den Kopf.

„Nein, von Runa ...“, ich stockte erschrocken. Ivos Stute hieß ganz sicher anders, nur wie?

„Nennst du sie jetzt anders?“ Sie grinste. „Runa ist schön, passt besser zu ihr.“

„Ja, ... ja, sie heißt jetzt Runa“, murmelte ich, versuchte dabei meine zitternden Hände ins Askans nasses Fell zu drücken, „Runa ist schöner.“

Sie nickte und ging, um Heu aus einer Hütte zu holen, das sie den beiden hinlegte.

„Hab keine Angst, Ingrun“, sie rubbelte mir genauso wie den Pferden über den Rücken, „Ivo wird nicht zulassen, dass du bestraft wirst. Komm, gehen wir.“

Ihre Worte in den Ohren des passenden Gottes dieser Leute, ich warf einen Blick in den dämmernden Himmel. Der Tag war schnell vergangen. Was mir der Abend, die Nacht und der kommende Morgen bringen würden, daran wagte ich nicht zu denken. Resigniert trottete ich durch den Matsch neben dem namenlosen Mädchen her.

Sie verabschiedete sich nach wenigen Metern in eine der diversen Hütten, winkte und lächelte mir zu.

„Gute Nacht, Ingrun.“

Auch dies ein frommer Wunsch, der mir nur bedingt realisierbar erschien. Eine gute Nacht würde ich so schnell nicht wieder haben, es sei denn, irgendeine höhere Macht hatte ein Einsehen mit meiner Lage und beamte mich zurück ins 21. Jahrhundert, wo meine Pferde und ich hingehörten. Das wäre der Sechser im Lotto, auf den ich seit zig Jahren wartete, ohne ihm eine große Chance einzuräumen.

Kurz musterte ich die Hütten, bloß nicht die falsche erwischen. Sie waren alle gleich gebaut, aber zum Glück recht unterschiedlich ausgestattet. Ivos erkannte ich sofort, warf noch einen zaudernden Blick auf die große Holzhütte und schob die Eingangsmatte beiseite. Im Inneren der Hütte war es nur unwesentlich wärmer als draußen, dafür wenigstens trocken. Das Dach schien dicht.

Was sollte ich tun? Auf Ivo und meine Strafe zu warten, war keine erfreuliche Aussicht. Ich war nass bis auf die Knochen, Ingruns

Kleid durchweicht. In der irrigen Annahme, dass ich diese Hütte nicht wiedersehen würde, hatte ich meine Daunenjacke in die Leinentasche gepackt, die Ivo bei sich trug. Sie zu holen, wäre jetzt schön gewesen, aber zu gefährlich. Außer nass und kalt fühlte ich mich schrecklich ungewaschen. Wann kam es schon einmal vor, dass ich nicht wenigstens einmal am Tag duschte? So gut wie nie – und es fehlte mir, dieses frisch gewaschene, saubere Gefühl.

Außerdem hatte ich einen Bärenhunger und musste dringend auf die Toilette. Wo gingen die Kelten dafür hin? Ich stahl mich wieder aus der Hütte, mittlerweile war es stockfinster geworden und regnete in Strömen. Also huschte ich nur um die Ecke herum, in der Hoffnung, dass mich niemand sehen würde und die diversen streunenden Hunde mich nicht als Beute betrachteten.

Eigentlich war es nicht mehr möglich, noch nasser zu werden, doch ich tropfte, mein Körper schmerzte vor Kälte. Aber immerhin hatte ich mein erstes Bedürfnis schon erfüllt. Ich atmete erleichtert auf, raffte den nassen Rock um mich herum und schlich wieder in die Hütte. Jetzt war es wichtig, dass mir wieder warm wurde, also griff ich behutsam nach dem Tongefäß, in das Ivo am Morgen ein paar glühende Holzstücke gelegt hatte. Es war erlösend warm in meinen Händen. Ein Himmelreich für etwas Papier oder einen Schnellzünder, Streichhölzer. Unsicher baute ich in der Feuerstelle ein Nest aus Reisig und Tannenzapfen, in das ich die leicht glühenden Stücke fallen ließ, und pustete sachte. Sie glommen auf, aber es dauerte gefühlte Ewigkeiten, bis ich endlich ein kleines Flämmchen erzeugt hatte, auf das ich wiederum Stück für Stück immer dickere Hölzer stapelte. Sofort bildete ich mir ein, dass es wärmer wurde.

Jetzt war ich eigentlich nur noch nass und hungrig. Obwohl ich notgedrungen Ingruns Identität annehmen musste, scheute ich mich davor, wieder in ihrer Kleidertruhe zu kramen. Mich nackt in eine der Decken gewickelt Ivo zu präsentieren, schien mir in Anbetracht seiner schon länger andauernden Enthaltsamkeit und meines morgendlichen Aussetzers keine kluge Idee. Aber wenigstens eine

Decke umlegen durfte ich mir sicherlich. Nebenbei räumte ich das Bett auf und hockte mich dann mit der dicken Schaffelldecke ans Feuer.

So langsam hatte ich wieder Zeit für meine Ängste. Nur zu gern hätte ich dem Mädchen geglaubt und Ivo vertraut, doch was sollte er machen, wenn der Chef auf einer Bestrafung beharrte? Vielleicht konnte er eine mildere Buße für mich herausschlagen, aber mehr war nicht vorstellbar. Und was war in diesen düsteren Zeiten wohl milde? Ohr ab? Schläge? Vertreibung?

Ich hatte Angst. Ein besonders mutiger Mensch war ich nie gewesen, doch was Angst in ihrer Essenz bedeutete, das lernte ich erst jetzt. Ich fühlte mich an Leib und Seele bedroht, auch wenn Ivo sich alle Mühe mit mir gab. Mit bebenden Händen warf ich dünne Holzstücke in das Feuer, starrte in die Flammen, lauschte der Angst, die immer tosender in mir lärmte.

Als Ivo endlich leise durch den Mattenvorhang trat, schoss ich in Panik hoch und sprang in die hinterste Ecke der Hütte, wo ich gegen den Mittelpfosten prallte und die Felldecke wie einen Schutzschild um mich herum raffte. Verwundert blieb Ivo stehen, dann lächelte er und zeigte auf das Feuer.

„Gut gemacht, ich hatte mich schon auf eine kalte Hütte eingestellt."

Ich rührte mich nicht. Welches Urteil war über mich gefällt worden?

„Was fehlt dir, … Ingrun?"

Ich registrierte flüchtig, dass es ihm hier nicht leichtfiel, mich beim Namen seiner Frau zu nennen.

„Nichts", ich wackelte unkoordiniert mit dem Kopf, „mach´s kurz. Was habt ihr mit mir vor?"

„Was solltest wir mit dir vorhaben, Frau?"

Als sei ich ein verstörtes Pferd, hielt er mir lockend seine Rechte hin und kam langsam näher. Ich erstarrte.

„Wie will dieser Arne mich bestrafen? Sag es mir lieber gleich."

Er blieb stehen, ein amüsiertes Grinsen schmuggelte sich auf sein Gesicht.

„Gar nicht. Du glaubst doch nicht etwa, dass ich das zulassen würde?"

Ich bewegte ausweichend die Schultern. Mein Glaube hatte damit herzlich wenig zu tun.

„Warum bist du dann mit ihm gegangen?" Dem Frieden traute ich nicht.

„Weil ich Arne nicht vor dem ganzen Dorf beschämen wollte."

Er griff nach meiner Hand, die die Decke hielt, und zog mich zum Feuer zurück.

„Du bist ganz kalt, Ingrun. Warum hast du die nassen Sachen nicht ausgezogen?"

Mal wieder verstand ich rein gar nichts. Wie sollte Ivo seinen Häuptling beschämen?

„Ich hatte keine trockenen", erwiderte ich lahm.

Er warf mir einen knappen Blick zu und ging zu der großen Truhe hinüber. Kurz wühlte er darin herum, dann reichte er mir ein langes, weites Kleid mit langen Ärmeln.

„Das ist warm."

Das Kleid war aus dicker Wolle gewebt. Es war schwer. Ich zögerte.

„Ich würde mich auch gern etwas waschen", erklärte ich schüchtern, „geht das?"

Sein Lächeln wurde weich. „Ja, das geht. Warte, ich mache dir Wasser warm. In der Truhe liegt auch Ingruns Seife."

Seife? Das klang nach einem Hauch von modernem Luxus, der hierher nur überhaupt nicht passte. Er füllte einen großen Kupferkessel mit Wasser und hängte ihn über das Feuer, das er ordentlich mit Holz fütterte. Die Seife fand ich tatsächlich in der Truhe. Ein großes Stück, das nach Rosen duftete. Wie skurril.

Nur wenige Minuten später reichte er mir ein Tuch aus Leinen und stellte mir den Kessel neben das Feuer, über dem schon wieder ein anderer Topf hing, aus dem es appetitlich roch.

„Ich schaue nach den Pferden, während du dich wäschst."

Danke, wollte ich noch sagen, doch er war schon fort, stapfte durch den strömenden Regen, die Kälte, damit ich mich in Ruhe waschen konnte. Danke. Der Kelte zeigte zum wiederholten Mal mehr Taktgefühl als die meisten sogenannten modernen Männer, die ich kannte. Allerdings konnte ich nicht abschätzen, wie lange dieses Taktgefühl bei dem Wetter andauern würde, also rupfte ich mir den nassen Rock und die ebenso nasse Bluse vom Leib und wusch mich in Höchstgeschwindigkeit.

Das Resultat war nicht wie das einer langen Dusche, doch ich fühlte mich wenigstens sauber und duftete zart nach Rosen. Ich schlüpfte in das Wollkleid, das wiederum nach Ingrun roch. Ein Dämpfer in der kleinen Euphorie. Aber egal, ich musste die Dinge so gut es ging nehmen, wie ich sie bekam. Dazu gehörte auch die Decke, mit der ich mich wieder an das Feuer setzte, um den Eintopf in dem Kessel umzurühren.

Also keine Strafe. Ich kehrte gedanklich an den Anfang dieses Abends zurück, was mir erneut ein paar Ängste bescherte. Mein Hirn kam bei der ganzen Arbeit einfach nicht mehr hinterher, zu viel. Ich rührte bedächtig. Draußen hörte ich leise, schmatzende Schritte, dann schlüpfte Ivo mit einem Schwall kalter Luft durch die Tür. Er lächelte, wie fast immer.

„Es wird bald schneien", er schüttelte sich, dass die Wassertropfen flogen, „aber das ist mir lieber als dieser Regen. Ich habe Hunger."

Stehend schöpfte er von dem Eintopf in eine irdene Schüssel, griff nach einem Löffel und setzte sich zu mir.

„Iss, Ingrun", sanft zog er mich zu sich heran, sodass ich mit dem Rücken an ihm lehnte, und legte seine Arme mit der Schüssel um mich. „Du brauchst dich nicht sorgen, Arne wird es nicht wagen, dich auch nur zu berühren."

Ich kam nicht dazu, zu antworten, denn er schob mir den Löffel in den Mund. In die Verlegenheit, gefüttert zu werden, war ich seit meiner Kindheit nicht mehr gekommen. Eine Strähne aus seinem

Pferdeschwanz berührte meine Wange, als er sich über meine Schulter beugte, um ebenfalls zu essen.

„Warum? Er hat doch damit gedroht, und das vor allen Leuten."

Wäre die Situation zwischen Ivo und mir anders gewesen, hätte ich diese Art zu essen extrem romantisch gefunden. Ganz davon abgesehen schmeckte dieser Eintopf etwas schwach gewürzt, aber trotzdem köstlich. Es musste wieder irgendwelches Getreide sein.

„Ein halber Römer hat einem Mann wie mir nichts zu sagen, und das weiß er auch."

Ich bewegte fragend die Hände, denn mein Mund war wieder voll.

„Seine Mutter ist eine keltische Bürgerin aus Cambodunum, sein Vater war Legionär in der Garnison von Cambodunum. Er hält sich Sklaven wie die Römer und verabscheut unsere alten Traditionen. Aber er kann mir nichts sagen, denn ich bin höher geboren als er. Er ist unser Häuptling, weil wir ihn dazu gemacht haben, aber mehr auch nicht. Er kann meine Frau nicht bestrafen, wenn sie nicht gegen unsere Gesetze verstoßen hat, auch wenn er das gern möchte. Ingrun hat nichts getan, was er bestrafen dürfte. Aber ich habe Verständnis für ihn, also rede ich mit ihm über das, was er möchte, und gebe ihm das Gefühl, wichtig zu sein. Er ist ansonsten ein guter Häuptling."

Er fütterte mich, während er redete, mir wurde endlich richtig warm und ich entspannte mich ein wenig. Wenn ich doch nur einen Hauch von Ahnung gehabt hätte, wie die Kelten gelebt hatten? Von welchen Gesetzen sprach er, von welchen Traditionen? Daheim hätte ich lässig irgendeine Internetsuchmaschine bemüht oder mal wieder in mein altes Lexikon geschaut, aber hier galt es, sich die Dinge selbst zusammenzureimen. Über mir tanzten tausend Fragezeichen.

„Ivo", ich schloss erschöpft die Augen, lehnte für einen Atemzug lang einfach meinen Kopf an seine Schulter, „ich verstehe nichts, aber auch rein gar nichts von dem, was du mir hier erzählst."

„Das macht nichts, Ingrun", seine Lippen berührten zart meine Schläfe, „wir haben Zeit, über alles zu reden, und ich rede gern mit dir."

„Was ist, wenn sie merken, dass ich nicht Ingrun bin? Sehe ich ihr wirklich so ähnlich?"

Er lachte und stellte die Schüssel neben sich.

„Die meisten werden längst gemerkt haben, dass mit Ingrun etwas nicht passt. Sie hätte sich heute ganz anders verhalten. Aber wir erklären das mit dem Sturz."

Fürsorglich legte er die Decke um uns beide und warf einen weiteren Scheit Holz ins Feuer. Wie selbstverständlich hielt er mich fest an sich gedrückt.

„Du siehst ihr so ähnlich wie gleich geborene Geschwister, aber auch die haben Unterschiede. Ingruns Augen sind blau, wie meine. Deine sind mehr grün. Aber es steht der gleiche Ausdruck in ihnen. Dein Haar ist kürzer und nicht ganz so dunkel wie Ingruns. Du bist größer. Auf den ersten Blick seid ihr eins."

Auf den ersten Blick würde aber nicht reichen. Wieder wurde mir die Brust eng vor Sorge und Kummer. Und es würde auch nicht reichen, wenn Ivo mit mir redete, davon lernte ich nicht, wie sich eine keltische Frau zu benehmen hatte, zumal ich mit Ingrun anscheinend ja ein schweres Erbe antreten musste.

Ich drehte mich etwas zur Seite und bohrte meine Stirn gegen seine Schulter, vergrub mich in seinen Armen, obwohl ich wusste, dass ich mir damit noch mehr Probleme schaffen würde. Ich hätte klare Distanz zwischen uns einhalten sollen, auf klare Erklärungen pochen müssen, aber ich war zu müde, zu mutlos. Ivo hielt mich fest in seinen Armen, wiegte mich sanft und seine Lippen streichelten meinen Hals.

„Hab keine Angst, Ingrun", sein Atem, der nach Bier roch, strich mir über das Gesicht, „ich lass dich nicht allein. Ich zeige dir alles, du schaffst das schon. Keiner wird dir etwas tun. Du musst nur einfach Ingrun sein."

Ingrun, Christin? Schon jetzt verwischten sich die beiden Menschen in mir zu einem seltsamen Mischmasch. Wer war ich? Wie sollte das weitergehen? Und wer würde ich sein, wenn ich wider alle Hoffnung doch noch nach Hause kommen sollte? Wie viel Ingrun konnte Christin verkraften? Und wie sollte Christin jemand kopieren, den sie nicht kannte? Was außerdem, wenn Ingrun plötzlich wieder auftauchte? Auch das war nicht wahrscheinlich, aber möglich.

„Habt ihr oft so am Feuer gesessen?"

Ich würde Ingrun kennenlernen müssen, wenn ich sie spielen sollte. Und wer kannte sie besser als ihr Mann? Forschend starrte ich diesem Mann ins Gesicht, das vom Schein des Feuers unwirklich erhellt wurde. Ein verwirrend schöner Mann. Keine Schönheit im modernen Sinn, sondern seltsam archaisch, fremd, und doch klang da durch die Jahrhunderte etwas wie Vertrautheit in mir an. Faszinierend seine dunkelblauen Augen, in einer Farbe, die ich noch nie in meinem Leben an einem Menschen gesehen hatte, zumal sein Teint auch im Kontrast zu seinen dunkelbraunen Haaren eher blass wirkte. Sein schmales, langes Gesicht mit der scharf geschnittenen Nase rahmte ein dünner Zopf ein, in den Perlen aus Silber eingeflochten waren.

Vom rechten Ohr herab zur Schulter verlief eine Tätowierung, die mit viel Fantasie ein springendes Pferd darstellen konnte. Sie war durch und durch mit Knotenmustern verziert. Er trug einen schweren goldenen Ring am linken Daumen, mit Silber beschlagene Lederarmbänder, jedes für sich wunderschön und filigran verziert. Um den Hals trug er heute einen prächtigen goldenen Halsring zusätzlich zu der Kette mit dem keltischen Knoten. Diese breiten Halsringe hatten irgendetwas zu bedeuten, aber ich erinnerte mich partout nicht mehr daran, was. Jedenfalls wäre er in jeder modernen Großstadt als etwas klein geratener, aber interessanter Freak aufgefallen.

„Oft?" Sein Blick schweifte nachdenklich durch die Hütte. „Nein. Leider."

„Warum nicht?“ Ich holte tief Luft. „Ich kenne viele Frauen, die sich nach einem Mann wie dir sehnen. Du bist sehr sanft und lieb.“

Er schnaubte nicht wirklich belustigt. „So? – Nein, Ingrun brauchte niemand. Sie lag vor dem Kind regelmäßig bei mir. Sie wusste immer, was sie wollte, und sie war schön, aber das hier wäre nichts für sie gewesen. Dir dagegen gefällt es, wenn ich dich in die Arme nehme. “

Er sprach aus, was ich kaum dachte, weil es nicht sein durfte. Trotzdem wurde Ingruns Bild in mir nicht klarer. Vielleicht war es an diesem Abend, nach diesem Tag auch zu viel. Ich war so müde.

Was sprach dagegen, einfach in Ivos Armen zu liegen und die Geborgenheit anzunehmen, die er mir anbot? Eigentlich nichts, bis auf ein kleines bisschen übrig gebliebene Vernunft.

Das Trommeln des Regens weckte mich irgendwann in den frühen Morgenstunden. Es war noch dunkel in der Hütte. Ich sah meinen dampfenden Atem in der kalten Luft und roch den Qualm vom Feuer des vergangenen Abends. Von draußen klangen verhaltene Stimmen und die Rufe der hungrigen Tiere, die auf ihr Frühstück warteten.

Nur zögernd wurde mir bewusst, dass ich dicht an Ivo gedrängt dalag, mein Arm an seiner Brust, seiner um meine Schultern. Das entsprach nicht meiner üblichen Schlafgewohnheit.

Egal wann und zu welcher Zeit, ich hatte es nie gemocht, so dicht gedrängt zu schlafen. Hatte mir Ivo dieses Mal unbemerkt ein paar von Ingruns Drogen eingeflößt? Ich wagte nicht, mich zu bewegen, um Ivo nicht aufzuwecken.

Das hier war mir peinlich. Wir hatten uns zwar gemeinsam hingelegt, doch ohne jeden Körperkontakt. Gab es noch mehr Intimitäten, an die ich mich schnellstens erinnern sollte? Behutsam robbte ich von ihm weg, doch im Schlaf folgte er meiner Bewegung und kam halb auf mir zu liegen. Noch peinlicher.

Eigentlich war ich mir sicher, dass ich keine Dummheiten angestellt hatte, immerhin war ich noch vollständig bekleidet, aber etwas war zwischen uns geschehen, seit wir das Feuer gelöscht hatten.

Ivo schlug die Augen auf, einen kleinen Moment lang schien er verwirrt, dann lächelte er mich an. „Mit dir schlafe ich so tief, dass ich wahrscheinlich nicht einmal bemerken würde, wenn die Alamannen in der Hütte ständen."

Grandiose Aussicht, ich riss erschrocken meine Augen auf. Ich hatte zwar nach wie vor keine Ahnung, wer die Alamannen waren, doch mir war auch kein bisschen danach, sie kennenzulernen. Ivo lachte noch mehr bei meinem Gesichtsausdruck und richtete sich auf.

„Keine Sorge, die kommen hier nicht herein, wissen ja nicht einmal, wo wir sind, und in den Wald trauen die sich erst recht nicht."

Seine Fingerspitzen strichen mir sanft über die Wange.

„Bleib noch liegen. Ich mache dir das Feuer an und schaue dann nach den Tieren. Ruh dich aus, Ingrun. Draußen werde ich allen schon einmal erzählen, dass du gestürzt bist und deine Erinnerungen verloren hast."

Ich nickte notgedrungen, zog mir instinktiv die Decke an die Nasenspitze. Die Welt außerhalb der Hütte schien mir unkalkulierbar gefährlich und unbekannter als der tiefste Dschungel. Es war zweifelhaft, ob mir ein verlorenes Gedächtnis genug Schutz vor fatalen Fehlern bieten würde. Aber, was blieb mir übrig?

Ivo wusch sich mit dem eisigen Wasser, tastete prüfend nach seinen rabenschwarzen Bartstoppeln, zog sich dann eine Tunika über das lange Hemd und griff nach seiner karierten Hose. Bedächtig baute er dann in dem Tonofen ein Nest aus Reisig und Zunder, ließ die verwahrten glühenden Holzstücke vorsichtig hineinfallen. Sein Blick war ruhig und konzentriert, während er das Feuer entfachte. Als es endlich brannte, stand er auf, ein aufmunterndes Lächeln traf mich, ich verzog den Mund. Er griff nach seinem Mantel, der an einem Haken neben der Tür hing. Erst draußen schnürte er sich seine Stiefel.

Plötzlich war ich allein und stellte ebenso plötzlich fest, dass ich mich dadurch kein bisschen besser fühlte. Im Gegenteil, ein Wirrwarr von Ängsten krachte auf mich herab ob dieser ungeheuerlichen Situation.

Nach wie vor war mein Hirn nicht bereit, die Tatsache zu akzeptieren, dass ich durch ein Zeitloch gerutscht war, noch dazu mit zwei Pferden an der Hand. Das war schier nicht möglich – und doch bewies ich wahrscheinlich gerade irgendeine total abgefahrene physikalische Quantentheorie. Einstein hätte vor Freude sicherlich einen Herzinfarkt bekommen. Ich bekam ihn fast vor Angst. Blöd war beides. Und so sehr ich nachdachte, umso weniger hatte ich einen Schimmer, wo ich eine Lösung für mein Problem finden sollte.

Ich zog mir die Decke über den Kopf und heulte, einsam, verlassen, fremd. Die Hölle. Allerdings eine recht kühle. Wenn ich es dauerhaft warm haben wollte in dieser Lehmhütte, dann musste ich das Feuer füttern, und dafür sollte ich aufstehen. Aufstehen bedeutete aber auch, dass ich mich diesem Leben hier stellen musste, und dafür war ich noch nicht wirklich bereit.

Von draußen meinte ich Ivos Stimme ein paar Anordnungen rufen zu hören, dazwischen die Stimmen anderer Männer, auch die von Arne, den ich im Stillen jetzt schon den Gefährlichen nannte.

Ivo. Der war ein echter Lichtblick in diesem Chaos. Am selben Ort, zu einer anderen Zeit, hätte ich das erste Mal seit Langem wieder überlegt, ob es doch möglich war, dass Mann und Frau in Liebe zusammenleben konnten. Hier bedeutete er neben meinem einzigen Halt leider auch die größte emotionale Gefahr.

Mit einem Seufzer setzte ich mich auf. Irgendwie musste ich hier durchkommen. Aber das schaffte ich nicht, indem ich mich unter Decken vergrub. Meine einzige Chance, bis zum nächsten Hochfest zu überleben, es konnte eigentlich nur Beltane Ende April sein, war, dass ich versuchte, eine möglichst perfekte Kopie der verschwundenen Ingrun zu werden, und dass ich möglichst schnell begriff, wie die Menschen hier funktionierten und wie sie ihren Alltag bewältigten. Alles andere würde für mich lebensgefährlich werden.

Halbwegs entschlossen stemmte ich beide Füße in den Boden. Kalter Lehm mit Bastmatten, egal. Meine Fußbodenheizung würde auf mich warten. Das musste das Ziel sein. Überleben und sich auf die Annehmlichkeiten des 21. Jahrhunderts freuen. Nie waren sie verlockender gewesen.

Ich warf zwei Äste in das kleine Feuer des Tonofens, wirklich wärmer war es in der Hütte noch nicht geworden. Ein heißer Kaffee wäre jetzt wunderbar gewesen, doch wenn es hier überhaupt etwas Warmes gab, war es sicher nur ein Kräutertee oder Met. Um mir einen Tee zu kochen, hätte ich allerdings wissen müssen, wo meine Vorgängerin ihre Lebensmittel lagerte und in welchem Gefäß die Kelten Getränke bereiteten.

Also machte ich mich auf die Suche. Wasser nahm Ivo immer aus den großen Tonkrügen, die links neben dem Eingang standen. In einem Museum hatte ich einmal ähnliche Krüge gesehen, wie diese mit bärtigen Gesichtern verziert, genannt Bartmänner. Darin hatten die Kelten und Germanen flüssige Lebensmittel gelagert. Die im Museum hatten mit ihren Nachbildungen also recht gehabt.

Zögernd öffnete ich die große Truhe, aus der Ivo die Flasche mit dem Schlafmittel genommen hatte. Ich fand ein seltsames, ordentlich aufgeräumtes Sammelsurium von Leinensäckchen mit Kräutern, Flaschen mit unbekannten Flüssigkeiten, eine Holzkiste, in der ebenfalls getrennt Kräuter aufbewahrt wurden, die mich vom Geruch her an Tees erinnerten. Es gab Töpfe, Tiegel, einen Mörser sowie diverse Messer und Spieße. Einen größeren Sack Mehl, einen irdenen Topf, der Salz enthielt, und verschiedene andere kleine Tontöpfe mit allerlei Gewürzen, davon einige, die es diesseits der Alpen eigentlich nicht gab. Ich staunte. Wie waren die hierhergekommen? Reichlich überrascht war ich auch von den vielen bunten Gläsern, die Ingrun in ihrer Truhe verwahrte. Teilweise waren sie wunderschön verziert, mundgeblasen. Für derlei Gläser hätte ich zu meiner Zeit gern viel Geld bezahlt, wenn ich sie denn irgendwo gefunden hätte. Selbst das Alltagsgeschirr aus rotem Ton war mit farbenfrohen Glasuren gebrannt. Ein bunter Alltag, genauso bunt wie die Kleidung, die Ivo und die anderen trugen, so individuell gestaltet wie ihr reicher Schmuck.

Verwirrt starrte ich in die Truhe. Wie passte das wiederum mit meinem beschränkten Bild vom ungewaschenen Barbaren zusammen? Diese Hütte passte ins Bild, ich stand langsam auf, klappte die Truhe zu. Nur diese Hütte war nicht der normale Wohnort dieser Menschen. Die Wallanlage war eine vorübergehende Zuflucht. Ivo hatte von einem Hof gesprochen, von einem Dorf. Sicherlich keines, wie ich es kannte, aber möglicherweise doch mit richtigen Gebäuden? Für den Bruchteil einer Sekunde sehnte ich mich nach dem Gebimmel der Kirche von Ried oder dem dumpferen Klang der Glocke von Ottacker. Noch gab es hier keine Kirchen.

Reichlich gestresst rieb ich mir mein Gesicht. Das alles war so unsagbar verwirrend. Nichts passte mehr in mein gewohntes Weltbild hinein. Aber auch gar nichts.

Zögernd trat ich zu Ingruns Truhe und öffnete sie. Ich hätte mir gern die Haare gewaschen, andere Kleider angezogen, als die, in denen ich geschlafen hatte. Aber womit wusch man sich die Haare? Und wie sollte ich sie bei den Temperaturen, noch dazu bei der Luftfeuchtigkeit, wieder trocken bekommen? Wieder ging ich in die Knie und starrte in das recht intime Leben eines fremden Menschen.

Ingrun schien eitel gewesen zu sein. Ich fand eine schön geschnitzte Holzkiste mit verschiedenen Kämmen, Farbtöpfen, Pinseln, Pudern und Flüssigkeiten, deren Verwendung mir schleierhaft war.

Vorsichtig zog ich den Stöpsel aus einer Flasche und roch daran. Parfum. Ein überraschend feiner Duft nach Gewürzen und Blumen, viel Rose. Meine Verwirrung wuchs, zumal Ingrun Massen von offensichtlich echtem Gold- und Silberschmuck besaß, von dem jedes Stück mir vor Schönheit die Tränen in die Augen trieb.

Ihre Kleider, Röcke und Tuniken waren alle fein gesponnen, in wunderschönen Erdfarben, Rostrot, Blau, zartem Grün. Überall waren bunte, gewebte Borten angenäht, die Muster der Stoffe grenzten an Kunstwerke. Das Kleid, das ich trug, war dagegen extrem schlicht, dafür aus dickem Filz genäht und sehr warm. Ich fand reizende bestickte Pantoffeln und ein wunderschönes geschnürtes Mieder aus einem Stoff, den ich für Seide hielt. Aber woher sollte die kommen?

Ganz am Boden der Truhe fand ich unter verschiedenen Tüchern eine weitere Holzkiste, die mit einem Riegel verschlossen war. Ich zögerte kurz, stellte sie dann aber ungeöffnet zurück. Etwas sagte mir, dass es Ingruns ganz persönliche Kiste war, und so sehr musste ich sie im Moment wohl noch nicht kopieren, dass es diese Indiskretion brauchte. Und ich kam auch zu dem Schluss, dass es zwar sicherlich sehr uneitel, aber vernünftig war, wenn ich das schlichte, warme Kleid der Nacht auch für den Tag anbehielt. Energisch warf ich einen neuen Scheit Holz ins Feuer, langsam wurde es warm in der Hütte. Nach allem, was ich bis jetzt gesehen hatte, schien es, als seien Ivo und Ingrun sehr wohlhabende Menschen. Aber das hatte Ivo ja auch gesagt. Trotzdem machte mich das sehr nachdenklich.

In diesem Moment wurde die Matte vom Eingang kurz angelupft und das Mädchen vom vergangenen Abend grinste mich breit an.

„Wohl und Segen, Ingrun, störe ich?"

Diese Frage war immer heikel und in den seltensten Fällen durfte man sie ungestraft mit „ja" beantworten. Ich machte eine unverbindliche Handbewegung, die sie dazu veranlasste, die Hütte zu betreten.

„Ivo bat mich, nach dir zu schauen, während er beim Vieh ist, weil es dir noch nicht wieder so gut geht nach dem Sturz." Sie musterte mich mit fragend hochgezogenen Brauen, also lächelte ich brav.

„Danke."

„Du weißt nicht, wer ich bin, oder?"

Nervös warf ich einen Scheit ins Feuer, natürlich hatte ich keine Ahnung, wer das das junge Mädchen war, woher auch? Aber auch wenn Ivo überall behauptete, dass ich den totalen Dachschaden hatte, schienen bestimmte Aussetzer eventuell recht unwahrscheinlich.

„Nein", jede Lüge wäre trotzdem ein Fehler gewesen, ich schickte einen entschuldigenden Augenaufschlag hinterher, „ich weiß nicht, wer du bist, es tut mir leid."

Ihre Augen wurden groß, ihr Mund klappte vor Überraschung auf.

„Oh, ...", sie schüttelte den Kopf, „... und ich dachte, dass Ivo übertreibt. Er behauptete sogar, dass du nicht mehr wusstest, wer er ist?"

Treffer, versenkt. Und wieder trudelte ein Flugzeugträger auf den Grund des Ozeans. Ich zuckte die Schultern. „Nein, er hat nicht übertrieben. Wer bist du?"

Ablenken, bevor sie noch weiter schwierige Fragen stellte, wobei ich befürchtete, dass dieses Mädchen mit so viel Neugier ausgestattet war, dass sie gar nicht anders konnte.

Sie schien tatsächlich im ersten Moment sprachlos.

„Ich bin Belana", sie nickte mir ermunternd zu, so als müsste es doch sofort bei mir klicken, doch ich bewegte nur fragend die Hände, „Belana, Bella", wiederholte sie und begriff endlich, dass mein Hirn wohl so angeschlagen sein musste, wie Ivo behauptet hatte. „Ich bin die Tochter von Ivos Schwester." Sie war fassungslos, während ich mir ein Lächeln abrang.

„Aha."

„Du erinnerst dich nicht?"

Ich schüttelte den Kopf, für eine bedauernde Erklärung reichten meine Nerven nicht mehr. Nicht nur, dass ich plötzlich verheiratet war, nein, dieses Mädchen machte mich dann auch gleich noch zur Tante. Man sah ihr an, wie sehr sie diese Information verwirrte, vielleicht sogar verletzte. Langsam trat sie näher, streifte mich mit scheuen Blicken. „Ivo bat mich, auch ein Brot für euch mitzubacken, weil du es im Moment nicht kannst." Sie kniete neben dem Ofen nieder. „Jetzt verstehe ich das." Sie seufzte und lächelte mich voll Mitgefühl von unten herauf an. „Aber das wird schon wieder. Setz dich, Ingrun, ich habe Haferkuchen dabei und koche dir jetzt einen guten Kräutertee. Und wenn du möchtest, dann erzähle ich dir ein bisschen von uns? Vielleicht hilft dir das ja, wieder gesund zu werden."

Dieses Mädchen mit dem seltsamen Namen war eigentlich ein Segen und ich sollte froh sein, dass sie nicht gleich „Hexe" schrie und einen Scheiterhaufen bauen wollte, doch ich war noch immer nicht wirklich bereit, mich alldem zu stellen. Ich war feige, bildete mir ein, dass ich nur hier in der Hütte ausharren musste, bis alles vorbei war. Aber was, wenn es nie vorbei sein würde? Eine hilfreichere Hand als die ihre würde ich so schnell nicht gereicht bekommen.

„Danke, Belana", erwiderte ich deshalb, „das ist sehr lieb von dir. Ich würde gern ein paar Sachen erfahren und ich habe Hunger."

Ich versuchte es mit einem dankbaren Lachen, das mir auch halbwegs gelang. Sie grinste und sprang wieder auf, um aus der großen Truhe eine Art Kanne und eine tönerne Dose mit Tee zu holen. Konzentriert machte sie im Ofen Wasser heiß, goss den Tee auf, der die Hütte sofort mit einem wunderbaren Duft erfüllte. Süß und frisch zugleich. So ein Aroma hatte ich noch nie gerochen, ich schnupperte genüsslich.

„Den Tee hast du gesammelt, Ingrun", scheu schenkte sie mir den Tonbecher voll, „es ist deine geheime Mischung. Iss", sie leerte ihren Leinenbeutel mit Keksen auf einen Teller, „die habe ich extra für dich gebacken."

Hungrig, wie ich war, griff ich nach einem der großen Kekse, biss aber leicht misstrauisch hinein, schmeckte kräftigen Hafer, wilden Honig, getrocknetes Obst. Köstlich. Anerkennend schaute ich sie an. „Vorzüglich!"

Sie wurde rot, senkte den Blick. „Danke, aber das habe ich von dir gelernt, Ingrun."

Ich kaute bedächtig, griff mir einen zweiten Keks, ich hatte einen Bärenhunger und nippte an dem Tee, dessen Geschmack von keinem der modernen Tees übertroffen werden konnte. Selbst von denen nicht, deren pflanzliche Bestandteile gesammelt worden waren. Unsere Pflanzen hatten nicht mehr diesen intensiven Geschmack.

Einmal mehr fragte ich mich, wer diese Ingrun eigentlich war? Wer war sie für Ivo? Wer für diese junge Frau? Welche Rolle hatte sie für die Menschen hier gespielt? Und welchen Einfluss hatte sie gehabt?

„Ich bin also eigentlich deine Tante?", fragte ich so locker wie möglich, um das Gespräch auf die wichtigen Details zu bringen.

Sie nickte mit zusammengepressten Lippen. „Du bist auch bei meiner Initiation dabei gewesen", erklärte sie, „weil meine Mutter nicht mehr lebt."

Ich unterdrückte einen Seufzer. Eine Frage, keine Klärung, aber zwei zusätzliche Ungereimtheiten. Wieso war Ivos Schwester, die Mutter dieses süßen Mädchens, tot? Und was war eine Initiation?

„Wieso lebt deine Mutter nicht mehr?" Jetzt oder nie. Sogar in der „Sesamstraße" wurde behauptet, dass Nichtfragen Dummheit verursachte. „Was ist eine Initiation?"

Die Kleine wurde immer fassungsloser, so sehr sie sich auch bemühte, mich ihren Schrecken nicht merken zu lassen. Sie griff nach einem Keks, biss hinein, nur um Zeit zu gewinnen, und starrte mich an.

„Meine Mutter starb vor vielen Jahren bei der Geburt meines kleinen Bruders. Ich kann mich nicht an sie erinnern. Die Initiation macht mich zur Frau." Sie zögerte, schenkte Tee nach und warf einen Scheit Holz ins Feuer. „Seitdem du ins Dorf kamst, um mit Ivo Hochzeit zu halten, warst du immer wie eine Mutter für mich. Alles, was ich kann, habe ich von dir gelernt, Ingrun." Sie schaute kurz auf, einen bekümmerten Schimmer im Blick.

„Ing…", ich biss mir auf die Lippen, „… ich stamme nicht von hier?"

„Nein, aber ich weiß auch nicht woher. Der stille Ivo kam auch erst als Mann ins Dorf, um den Hof seiner Mutter zu übernehmen. Oswin hat ihm von dir erzählt. Oswin ist Ivos Freund, mein Vater. Kennengelernt habt ihr euch aber im Haus von Ivos Vater."

Mein Schädel dröhnte. Noch nie hatte ich die ganzen verwandtschaftlichen Zusammenhänge in diesen kleinen Dörfern verstanden, da machte es fast keinen Unterschied, ob sie in einer unwirklichen Vergangenheit passierten oder daheim. Ich rieb mir die Augen. „Erklär mir das mit Ivo, bitte, Belana. Ich werde langsam verrückt, weil ich das alles nicht verstehe."

Sacht strich sie mir über den Arm. „Das wird schon wieder, Ingrun, ganz bestimmt. Ivo lässt dir für alles Zeit. Ivo ist ein guter Mann."

Daran wollte ich auch nicht zweifeln, aber ich brauchte Klarheit.

„Erzähl einfach, Belana, und wenn ich nur ein bisschen davon verstehe, ist das immer noch besser als jetzt, wo ich mich frage, was geschieht."

Sie zögerte, drehte ihren Becher in den Händen. „Ivo stammt aus einer hohen Kriegerfamilie", fing sie unsicher an, „genau wie meine Mutter. Mein Großvater wollte, dass Ivo das Kriegshandwerk lernt und wie seine Brüder bei den römischen Hilfstruppen dient, doch Ivo wollte nicht."

Ich nickte ihr ermunternd zu. Immerhin war ich anscheinend nicht an den blutrünstigsten Kelten geraten.

„Ivo wäre gern zu den Druiden in die Lehre gegangen, er ist sehr klug. Es wäre auch eine Ehre für die Familie gewesen."

„Ist er aber nicht?"

Kaum merklich schüttelte sie den Kopf. „Nein, nicht bis zum Ende. Als Druide reicht es nicht, nur klug zu sein", ein scharfer Blick erwischte mich völlig überraschend, „Ivo kann nicht sehen. Du konntest es dagegen. Siehst du noch, Ingrun?"

Sehen? Ich kniff die Augen zu und riss sie wieder auf. Soweit ich es beurteilen konnte, funktionierte meine Sehkraft noch sehr gut.

„Sehen?"

Ich sah das Erschrecken auf Belanas Gesicht. Sie fuhr sich mit der Hand zum Mund. Das war wohl die falsche Frage gewesen.

„Du hast die Gabe nicht mehr? Ingrun", sie wurde blass, „das ist schrecklich."

Mir lief eine Gänsehaut den Rücken hinauf, die ausnahmsweise nichts mit den winterlichen Temperaturen zu tun hatte. Hier ging es offensichtlich um Hellseherei? Dieses Erbe würde ich niemals antreten, ganz davon abgesehen, dass ich es nicht konnte. „Nein", ich atmete tief durch, „nein, ich kann nicht sehen. Nicht dass ich wüsste. Warum ist das schlimm?"

„Wir alle haben so oft deinen Rat gesucht."

Perfekt. Da hatte ich mal wieder komplett in die Tonne gegriffen. Nicht nur, dass ich insgesamt einen Haufen Schlamassel am Hals hatte, nein, ich war auch just die Doppelgängerin einer Supermutter-Kräuterhexe mit hellseherischen Fähigkeiten. Das war mir wirklich gelungen. Alles nur wegen einer romantischen Anwandlung an Allerheiligen. Und jetzt?

Zeit schindend stopfte ich mir einen weiteren Haferkuchen in den Mund und kaute konzentriert.

„Wenn Druiden das auch können, dann ist es doch nicht so schlimm. Geht halt zu Cedric, der wird euch auch helfen können." Nur um des lieben Friedens willen wagte ich nicht, die Rückkehr meiner Fähigkeiten nach meiner Genesung in Aussicht zu stellen.

Das Mädchen verzog das Gesicht, schwieg aber. Ich versuchte es mit einem versöhnlichen Lächeln. „Danke, dass du mir das alles erzählt hast, danke auch für die Haferkuchen und das Brot."

Sie schlug sich erschrocken gegen die Stirn und sprang auf.

„Das Brot! Ich muss zum Brotofen!"

Kurz entschlossen stand ich ebenfalls auf. „Ich komme mit dir, damit ich das alles wieder lerne."

Ein ernster Blick traf mich. Es war das erste Mal, dass mich Belana intensiv anschaute. Nur schwer konnte ich ihren Augen standhalten, die in mir nach Ingrun suchten, und ich spürte genau, dass sie nichts von ihr fand. Die Bestürzung war groß, doch sie nickte wortlos. Gemeinsam verließen wir die Hütte.

Draußen regnete es nicht mehr ganz so stark, aber die Erde zwischen den Hütten war aufgeweicht und matschig. Die wenigen Bewohner eilten geduckt, in ihre Mäntel gehüllt, hin und her, weder Hunde noch Kinder spielten draußen. Ein eisiger Wind pfiff durch die Bäume herab. Mir schien es nach Schnee zu riechen. Wir eilten an der Holzhütte vorbei, an deren hinterem Ende ein gemauerter Ofen lehnte, der kräftig rauchte.

„Können die Alamannen den Rauch nicht sehen?", fragte ich besorgt, mit einem Blick in den grauen Himmel. Belana schüttelte den Kopf und öffnete die Ofenklappe. Die Szene erinnerte mich an das Märchen von Hänsel und Gretel. Wenigstens fehlte im Moment die Hexe. „Nein, wir backen nur an bewölkten Tagen, da sieht man den Rauch in der Entfernung nicht."

Mit einem langen Holzschieber angelte sie diverse Laibe Brot aus dem Ofen, dem zugleich eine wunderbare Wärme und der Geruch von frischem Brot entströmten. Ich zog genüsslich die Schultern hoch. Das Brot fiel in einen großen Weidenkorb.

„Sag mir eines noch, bitte, Belana", ich fasste sie flüchtig am Arm, „warum ist Ivo hier in das Dorf gekommen? Was hat es mit dem Hof im Dorf auf sich? Wieso nennst du ihn den stillen Ivo?"

Mit einem Seitenblick auf mich schloss sie den Ofen und packte den Korb mit den dampfenden Laiben.

„Ivo konnte nicht Druide werden, also hat er das getan, was er fast genauso gern macht: Er wurde Bauer. Gegen den Willen seines Vaters ist er mit seinen Leibeigenen auf den Hof der verstorbenen Mutter gekommen und hat angefangen, sein Vieh zu züchten. Den Hof hat er von ihr geerbt. Wir nennen ihn den Stillen, weil er sehr viel nachdenkt, sehr klug ist und nur dann redet, wenn es etwas zu sagen gibt. Etwas, was du bisher an ihm nicht besonders mochtest."

Die Informationen ratterten in mein Hirn, brachten zumindest mal einen Hauch von Verständnis mit sich. „Danke, Belana", ich fasste nach dem zweiten Henkel des Korbes und lächelte sie an, „du hast mir sehr geholfen. Und auch wenn ich jetzt nicht so mütterlich wie sonst sein kann, möchte ich doch, dass du weißt, dass ich dich sehr gern habe."

Erleichterung breitete sich auf ihrem Gesicht aus, sie strahlte und fiel mir trotz des schweren Korbes um den Hals. Ein Kuss landete auf meiner Wange.

„Dank auch dir, Ingrun. Vorhin hätte ich fast geglaubt, dass ich dich verloren habe. Ich bin so froh, dass es nicht so ist."

Ich fühlte mich in diesem Moment verstörend gut, fast glücklich. Gemeinsam trugen wir den Brotkorb zu den Hütten hinüber. Mehrere Frauen traten auf uns zu, nahmen sich frisches Brot aus dem Korb, lachten, scherzten und bedachten mich mit scheuen, aufmunternden Blicken, die ich ebenso scheu erwiderte. Vielleicht hatte ich doch noch eine Chance. Und dann stand Ivo plötzlich zwischen uns, ich hatte ihn nicht bemerkt. Die Frauen traten respektvoll zur Seite, ich lächelte, ohne es wirklich zu merken. Sein Haar war vom Wind zerzaust, dunkle Strähnen hingen ihm ins Gesicht, als er eine Hand nach mir ausstreckte, die ich instinktiv ergriff. Sie war wunderbar warm, so warm wie der Ausdruck in seinen Augen. Eine der Frauen nahm mir den Griff des Korbes ab und Ivo zog mich an sich, küsste mich zart auf die Wange.

„Komm, Ingrun, du musst dich schonen. Hier draußen ist es zu kalt."

Belana reichte mir eines der Brote, sie strahlte, während ich etwas beschämt im Zentrum der Aufmerksamkeit stand. „Ich bereite die nächsten Tage für euch die Mahlzeiten mit, Ivo", erklärte sie, „das wird schon wieder."

Ivo neigte leicht den Kopf vor seiner Nichte. „Bels Segen für dich, Belana, danke."

Mit seinem Arm um meine Schultern führte er mich zur Hütte zurück.

Ich war seltsam froh, Ivo zu sehen. Forschend betrachtete ich sein Profil, während wir nebeneinanderher zur Hütte gingen, so als hätten wir nie etwas anderes getan. Ein markantes Gesicht, ein scharf geschnittenes Profil, doch ohne jede männliche Aggression. An ihm war nichts Derbes. Der stille Ivo, feinsinnig und klug. Er wäre ein schlechter Krieger geworden. Ich lächelte leise bei dem Gedanken, ein fragender Blick traf mich. Wir standen vor unserer Hütte.

„Belana hat mir erzählt, dass du eigentlich eine kriegerische Herkunft hast", erklärte ich, „aber", ich schüttelte freundlich den Kopf, „ich glaube, du bist zu sanft dafür und zu klug. Ich bin froh, dass es mich bei allem Durcheinander wenigstens zu dir verschlagen hat."

Er seufzte, starrte kurz in die Pfütze zu unseren Füßen, dann schaute er mich mit seinem offenen Blick an. „Belana hat recht, zum Krieger hätte ich schlecht getaugt, auch zum Druiden hat es nicht gereicht. Aber ich bin ein guter Bauer geworden. Und es macht mir Freude. Ich weiß nicht, was im Moment passiert, Christin, aber ich glaube, dass der dunkle Gott Cernunnos es irgendwie gut mit mir gemeint hat, als er dich mit deinen Pferden schickte. Ich wünsche mir nur, dass es Ingrun genauso gut geht. Ihr ungewisses Schicksal bedrückt mich. Ich habe auf dem Rückweg von der Herde noch einmal am Rand der Schlucht nach Ingrun gesucht. Komm herein."

Etwas ernüchtert folgte ich ihm in die Hütte, in der es wenigstens noch immer angenehm warm war. Ich zog Ingruns Stiefel aus und stellte sie neben Ivos.

„Können wir irgendwie herausfinden, was mit Ingrun geschehen sein könnte?"

Mir war nicht ganz wohl bei der Frage, denn es gab sicher nicht viele Möglichkeiten in diesen Zeiten, Nachforschungen anzustellen. Die hellseherische Möglichkeit wäre außerdem bis vor einer Stunde für mich noch völlig indiskutabel gewesen.

„Schwierig", erwiderte Ivo mit einem dankbaren Lächeln an mich, „aber danke, dass du darüber nachdenkst. Ich habe zwei zuverlässige Leibeigene losgeschickt, mit dem Auftrag, rund um Cambodunum nach einer Frau auf einer schwarzen Stute zu suchen, aber ich verspreche mir nicht viel davon." Er hielt seine Hände an den warmen Ofen. „Und wenn du mit Bella gesprochen hast, dann wird sie dir auch sicher erzählt haben, dass ich nicht sehen kann, Ingrun dagegen schon. Ich müsste Cedric, den Druiden, einweihen, aber das möchte ich noch vermeiden."

Mit einem Nicken trat ich ebenfalls an den Ofen, mir war kalt nach der klammen Nässe dieses Novembertages. Wie Belana es gemacht hatte, goss ich Wasser in die Keramikkanne und setzte Tee für uns auf. Ivo schenkte mir einen anerkennenden Blick.

„Es tut mir aufrichtig leid, Ivo“, aufmerksam betrachtete ich die Schlieren des Tees im Wasser, „dass es so gekommen ist und du jetzt mich an Ingruns Stelle in der Hütte hast, wo du Ingrun wahrscheinlich in allen Bereichen vermisst.“

Er schnaubte halb belustigt. „Nicht in allen. Und wenn ich wüsste, dass sie mich einfach verlassen hat, so wie es ihr gutes Recht ist, dann würde ich mir auch keine Gedanken machen. So bin ich um ihr Schicksal besorgt.“

Wieder eines dieser prähistorischen Mysterien. Sie hätte das Recht, ihn zu verlassen? Und welchen Grund sollte sie haben, sich von einem Mann wie Ivo zu trennen?

„Wer wird dich vermissen, Ingrun?“

Verwirrt drehte ich mich zu Ivo um, wen meinte er jetzt? Mich oder sie?

„Niemand wird mich vermissen“, antwortete ich in der Annahme, dass er mich, Christin, meinte, „ich lebe allein. Bis es jemandem auffällt, dass die Pferde und ich verschwunden sind, können Monate vergehen.“

Er nickte, als würde er verstehen. „Das tut mir leid.“

Ich überlegte einen Moment lang und kam für mich selbst zu dem Schluss, dass es zwar grundsätzlich ein menschlich armes Leben war, das ich bisher geführt hatte, aber immerhin ersparte ich damit anderen das Leid, das Ivo jetzt erfahren musste. Vorsichtig schenkte ich heißen Tee in einen Becher.

„Das braucht dir nicht leid zu tun“, über den Ofen hinweg reichte ich Ivo den Becher und schenkte ihm ein kleines Lächeln, „wenigstens trauert dann niemand um mich. – Ivo?“

„Ja?“ Er hob den Blick von seinem dampfenden Tee.

„Wie wäscht man sich zu eurer Zeit die Haare? Und womit?“

In seinem Gesicht wechselten sich Erheiterung und Unglauben ab, während ich mich etwas genierte. Aber es musste sein, denn trotz des Regens draußen wurden meine Haare nicht sauberer, und wenn ich eines unerträglich fand, dann war es, mich schmutzig zu fühlen.

„Mit Wasser, Christin." Ivo lachte halblaut, was sein Gesicht unglaublich fröhlich machte. „Und Seife."

Ich fiel in sein Lachen ein. „Genauso wie bei uns." Beinahe wenigstens. „Dann würde ich mir gern heute noch die Haare waschen. Wo kann ich Wasser holen?"

Abwehrend schüttelte er den Kopf und trat an den Eingang der Hütte. An der angehobenen Matte vorbei brüllte er ein paar Worte.

„Einer meiner Männer wird frisches Wasser bringen. Es dauert nicht lang. Ich mache derweil Feuer zum Erwärmen."

Sprach's und stapelte neues Holz in der Feuerstelle, bis die Flammen hoch in den Rauchfang schlugen. Nur wenig später kam ein schlaksiger junger Mann mit zwei Ledereimern Wasser zur Hütte, die er Ivo reichte. Ich stand etwas überflüssig daneben. Ivo leerte einen Eimer gleich in den großen Kessel, den anderen füllte er in den Wasserkrug. Dann suchte er aus Ingruns Truhe Tücher und Seife und nahm eine größere Glasflasche aus der Kosmetikkiste.

Unsicher löste ich das Band um meinen Zopf, entwirrte die geflochtenen Strähnen und griff nach dem Kessel über dem Feuer, in dem das Wasser langsam anfing zu dampfen.

„Warte, Ingrun", ich fand es verwirrend, wie Ivo mit unseren Namen jonglierte, „ich mache das für dich."

Er packte mit beiden Händen den schweren Kupferkessel, trug ihn zwei Schritte zur Seite. Jetzt war es an mir, auf reichlich unbequeme Art und Weise meine Mähne im heißen Wasser einzuweichen, ohne dabei die halbe Hütte zu fluten. Ich ging in die Knie und beugte meinen Kopf über den Kessel, schwang mein Haar nach vorn, setzte zum ersten Tauchgang an, doch Ivo schob sanft meine Hände beiseite.

„Ich mach das", sagte er leise, „es ist einfacher."

Überrumpelt versuchte ich, meine nutzlosen Arme irgendwo unterzubringen, stützte mich leicht am Boden ab und war nebenbei eigentlich ganz froh, dass er mir helfen wollte, auch wenn ich das nicht gewohnt war. Schon gar nicht bei so einer Lappalie.

Behutsam schüttete er mir Wasser über den Kopf, es war eine wahre Wohltat an Wärme nach diesem kalten Tag. Ich seufzte. Seine Hände massierten mir sanft den Nacken, ich roch den Duft der Rosenseife, als er mir das Haar wusch, die Seife ausspülte und nach der Flasche griff. Mit kräftigem Druck massierte er mir eine herb riechende Flüssigkeit ins Haar. Ich hielt einfach still, fragte besser nicht nach, was es damit auf sich hatte.

„Birkenwasser", erklärte er, als hätte er meine Gedanken gehört. „Ist gut fürs Haar. Obwohl deines unglaublich weich und kräftig ist. Du hast wunderschönes Haar, Christin."

Der modernen Haarkultur sei Dank, dachte ich, dass es für alles die passende Kurpackung gab, und kurz war da die Befürchtung, dass ich mir wohl endlich einen flotten Kurzhaarschnitt gegen verstrohtes Haar schneiden lassen würde, wenn ich denn irgendwann von hier verschwunden war. Wieder spülte Ivo mit sanften Bewegungen meine Haare aus, ich hörte ihn gepresst atmen, aber es dauerte diverse Augenblicke, bis ich realisierte, dass es seine Lippen waren, die meinen Nacken küssten, während eine seiner warmen Hände mir sacht über den Rücken strich. Mein Nacken war bisher nur für wirkliche Zuneigung erreichbar gewesen, es war die Stelle, die für mich persönlich sehr intim war. Umso verwirrter registrierte ich, dass es mir gefiel, was Ivo da tat. Seine Liebkosung hatte nichts Forderndes an sich, sie war auch kein Übergriff. Seine Rechte strich über meinen Hals, schob sich zögernd durch den Ausschnitt des Kleides auf meine Schulter. Unsicher richtete ich mich ein wenig auf und ein liebevolles Lächeln traf mich, als ich es wagte, den Blick zu ihm zu heben. Da war keine Gier in seinem Gesicht, nur Zärtlichkeit.

Ohne es bewusst zu entscheiden, bot ich ihm meine Lippen zum Kuss. Noch nie hatte mich ein Mann dermaßen zart geküsst, seine Lippen streichelten die meinen und seine Hände berührten mich mit einer Sinnlichkeit, die mich im wahrsten Sinne des Wortes schmelzen ließ. Mit einer Hand griff er nach einem Handtuch, trocknete mir die Haare, ohne im Küssen innezuhalten. Ich atmete schwer, unterdrückte mit Mühe meine Gefühle, die sich meiner Kontrolle komplett zu entziehen drohten. Ihm schien es ähnlich zu gehen. Abrupt gab er mich frei, griff fahrig nach dem Kamm aus Horn, der neben ihm lag. Ich keuchte.

„Verzeih mir“, flüsterte er, mir mit dem Kamm durch die Haare fahrend, „aber seit du mit deinen Pferden vor mir standest, weiß ich nicht mehr, was mit mir geschieht. Jeden Augenblick möchte ich dich berühren, dich schmecken. Ich möchte dir ganz nahe sein. Das …“, aufgewühlt starrte er mich an, „… das kenne ich an mir nicht. Ich lag gern bei Ingrun, aber du machst mich verrückt, Christin. Verzeih mir, bitte.“

Völlig verwirrt hockte ich halb zwischen seinen Beinen, während er mir mein Haar kämmte. „Ivo, da gibt es nichts zu verzeihen“, ich pumpte Luft in meine klemmenden Lungen, „es ist schön, Ivo. Noch nie war ein Mann so zu mir wie du.“

Mitten in der Bewegung hielt er inne und musterte mich ungläubig.

„Nicht? Ehren die Männer in deiner Zeit ihre Frauen nicht?“

„Doch, schon …“, wie sollte ich die Auswirkungen von zweitausend Jahren Patriarchat erklären, ich schüttelte den Kopf, „oder nein. Nein, Mann und Frau ehren sich eigentlich nicht mehr wirklich. Es gibt Zärtlichkeit, aber die ist anders. Bei dir habe ich das Gefühl, dass du mich um der Zärtlichkeit willen streichelst, weil du mir wohltun möchtest, nicht weil du unbedingt bei mir liegen willst.“

Ein verschmitztes Grinsen schummelte sich auf sein Gesicht.

„Das stimmt wohl. Es ist immer schön, dich zu berühren. Ich bin dir gern nahe. Aber ich würde genauso gern bei dir liegen, wenn auch du das wolltest.“

Eine direkte Ansage, ich schluckte und merkte, wie ich rot wurde. Wie unangenehm. Noch verstörender war allerdings die Reaktion meines Körpers, der dem Angebot spontan sehr zugetan war. Das war nach vielen Enttäuschungen schon lang nicht mehr seine übliche Reaktion auf den Gedanken an Sex. Unsere Blicke hielten sich fest, beiderseits unsicher.

„Wir sind keine Eheleute, Ivo", ich wagte einen Hauch Vernunft, „wie ist das bei euch? Dürft ihr mit anderen Frauen verkehren?"

Blinzelnd wendete er seinen Blick zum Ofen, den er mit einem neuen Scheit fütterte, und als er sich wieder zu mir drehte, sah ich das Lachen in seinen Augen.

„Unsere Beziehung ist tatsächlich etwas merkwürdig", gab er zu, „aber wir Kelten geben immer der Freude den Vorzug. Unsere Sicht auf das Leben ist Freude, Zufriedenheit, in jedem Augenblick wahrhaftig sein. Und wenn wir einander Freude spenden in dem, was wir tun, dann sind die Götter uns wohlgesonnen. Ich kenne dein Leben nicht, Christin, doch es scheint mir bei euch anders zu sein?"

Wie wahr. Ich lehnte mich leicht an ihn, während er weiter meine Haare kämmte. Manchmal war es mir in meinem bisherigen Leben vorgekommen, als hafte jedem Spaß etwas Anrüchiges an. Kaum jemand hatte verstehen können, dass ich ein Leben mit meinen Pferden am Ende der Welt bevorzugte, anstatt mich ernsthaft meiner Karriere zu widmen. Wenn ich es mal ehrlich betrachtete, dann war ich in den knapp zwei Tagen mit Ivo weniger einsam als die Jahre zuvor. Und ich war oft zu zweit sehr allein gewesen. Gemeinsam Spaß haben, lachen, leichten Herzens sein. Wer träumte nicht davon? Man konnte das auch mit dem einen Wort Glück bezeichnen.

Nun, als glücklich empfand ich meine Situation trotzdem nicht, auch wenn ich mich im Moment sehr wohlfühlte.

„Bei uns ist es anders", erklärte ich leise, mich an ihn kuschelnd, „nicht überall, aber sehr oft. Nur eines noch, Ivo, ich werde so bald als möglich gehen. Ivo, ich werde nicht bei dir bleiben, ich muss nach Hause."

Er lehnte seine Stirn an meine und auf die winzige Distanz schimmerten seine Augen fast schwarz.

„Ich weiß", antwortete er ruhig, seine Hände umfassten meinen Hals, „du brauchst keine Sorge haben, dass du mich verletzt, falls du das mit deinen Worten sagen wolltest. Ich möchte dich auch nicht verletzen, aber solange wir zusammen sind, dürfen wir einander Freude bereiten. Christin, du bereitest mir allein dadurch Freude, dass ich dich halten darf. Es ist auch trotz allem eine Freude, dass du bei mir bist. Danke."

Ich senkte den Kopf und versuchte, meinen aufgescheuchten Herzschlag etwas zu beruhigen. Er musste ja nicht sofort sehen, wie sehr seine Worte mich berührten. Nur mit Mühe war ich in der Lage, mich zu sammeln.

„Danke, Ivo", ich warf ihm einen scheuen Blick zu, „ich finde leider nicht so schöne Worte wie du, aber … ich möchte gern bei dir liegen."

Der Druck seiner Hände an meinem Hals verstärkte sich für Bruchteile von Sekunden, er atmete schwer, ich suchte seine Lippen, doch er schob mich sachte von sich.

„Warte, Christin", sagte er und stand mit einer geschmeidigen Bewegung auf. Verdutzt schaute ich ihm nach. Er nahm den Tonofen und trug ihn in den hinteren Bereich der Hütte, wo das Bettlager war, legte zwei dicke Äste ins Feuer. Dann teilte er den Raum mit einem Paravent aus Weidengeflecht, den ich bisher für ein Stück der Hüttenwand gehalten hatte. „Falls Bella uns besucht", erklärte er und blinzelte mir zu, „komm!"

Er streckte mir seine Hand entgegen, die ich reichlich befangen ergriff, um ihm hinter den Paravent zu folgen. Mit der ihm eigenen Gelassenheit ließ er sich nieder, der Mann bewegte sich wie eine Raubkatze, was mich trotz meiner Unsicherheit unsagbar erregte. Um ein Vielfaches weniger elegant ging ich neben ihm in die Knie. Lächelnd nahm er mich in die Arme.

„Sorg dich nicht, Christin", seine Lippen berührten beinahe unmerklich meinen Nacken, „alles geschieht so, wie du es möchtest.

Wir ehren unsere Frauen, wir tun ihnen kein Leid an. Ich bin kein Römer und keiner der Barbaren, die hinter dem Limes hausen."

Eine aufschlussreiche Erklärung, theoretisch. Praktisch passte hier nichts in mein bisheriges Männer- und Sexualschema. Ich hatte keinen blassen Schimmer, wie die Kelten sich geliebt hatten, was er damit meinte, dass sie ihre Frauen ehrten. Was es mit den Barbaren auf sich hatte, wollte ich gleich gar nicht wissen. Und just in diesem Moment letzter Ansätze von Vernunft fiel mir ein, dass ich Ivo gerade mal zwei Nächte und nicht ganz zwei Tage kannte und dass ich mich in einer mehr als skurrilen Lage befand. Ich war nie eine Frau schneller Bettgeschichten gewesen, aber jetzt musste ich mir trotz allem eingestehen, dass Ivo eine Saite in mir zum Klingen brachte, der ich nicht widerstehen konnte.

„Ich sorge mich nicht", erwiderte ich so lässig wie möglich und wollte mir mein Kleid über den Kopf ziehen. Doch er hielt mich auf.

„Nicht so hastig", er durchschaute mich sofort, „wir haben Zeit. Wenn ich sofort nackte Haut haben möchte, dann kann ich auch ins Hurenviertel von Cambodunum gehen." Sein Lächeln entschärfte seine Worte, ich wurde nur ein wenig rot. Sanft zog er mich an sich, sodass ich wie am Abend zuvor mit dem Rücken an ihm lehnte.

„Ich gehe aber nicht ins Hurenviertel", raunte er mir ins Ohr, während er meinen Nacken und meine Schultern küsste, „deine Haut ist so weich, Christin."

Mir zog es Schauer über den Rücken, der Mann schien meinen Körper besser zu kennen als ich. Scheu drehte ich mich ein wenig zu ihm um, legte meine Arme um ihn. Er bestand nur aus Muskeln und Knochen. Es fühlte sich gut an. Ich glühte, was nicht nur an dem Ofen lag, und drückte ihn in die Decken. Mein Kopf setzte endgültig aus. Unbeholfen nestelte ich an den Schnürungen seines Hemdes herum, spürte seine Härte an meinem Bauch und seine Hand, die mit verzehrender Langsamkeit mein Bein hinaufwanderte. Nein, Ivo hatte es nicht eilig.

Ich erstarrte im ersten Moment vor Schreck, als Bella irgendwann tatsächlich vom Eingang der Hütte nach ihrem Onkel rief. Ivo schmunzelte vergnügt und legte bezeichnend seinen Zeigefinger an die Lippen, was auch mich zu einem verschwörerischen Grinsen veranlasste. Sie rief ein zweites Mal, dann hörte ich ein leises Klappern und das Flappen der Matte am Eingang. Unsere Blicke trafen sich. Ohne den seinen von mir abzuwenden, fasste er den Saum meines Kleides und schob ihn mir über die Hüften. Mühsam rang ich nach Luft, mein Herz raste, ich registrierte verwirrt, was meine Erregung mit mir anstellte. Bereitwillig schlüpfte ich aus den Ärmeln und zerrte mir selbst das Kleid über den Kopf. Ich fand es unsagbar sinnlich, wie Ivo mich anschaute. Fast ehrfürchtig strich er mir über den Leib, berührte mich zart, küsste die Innenseiten meiner Handgelenke, umfasste meine Taille.

Wie gebannt schaute ich ihm in sein schönes, so seltsam fremd anmutendes Gesicht. Und wieder suchte er meinen Blick, als er sich sein Hemd über den Kopf zog. Er hielt, was er versprach, nichts würde ohne meine Zustimmung geschehen. Seine Brust war schmal und glatt, seine Schultern nur unwesentlich breiter. Muskeln zeichneten sich scharf ab. Ein sehniger Körper, um den ihn ein Haufen Bodybuilder heftig beneidet hätten.

Um seine Ober- und Unterarme wanden sich dunkelblaue Tätowierungen, die genau wie das springende Pferd an seinem Hals im Licht des Feuers eigenartig lebendig wirkten. Er trug ein Amulett und die wunderschöne Kette, die er mir am ersten Abend gezeigt hatte. Fasziniert musterte ich ihn, er ließ sich gern anschauen, sein Lächeln war sanft und selbstbewusst.

„Warte", sagte er wieder, zerrte eine der Decken über mich und stand auf.

Der Feuerschein ließ seine Haut fast golden schimmern. Er trat um den Paravent herum, kam nach wenigen Augenblicken mit einem Krug und zwei Bechern wieder. Den Krug stellte er auf die Wärmeplatte des Ofens, die Becher neben das Bett. Zärtlich strich er mir durch mein feuchtes Haar, dann reichte er mir einen von Bellas leckeren Haferkuchen.

„Du bist sehr schön, Ivo", ich fühlte mich leicht und wohlig, während ich an dem Kuchen herumkaute, „und noch nie war ein Mann so liebevoll zu mir."

Über den Kuchen hinweg küsste er mich und lachte leise. „Es freut mich, dass ich dir wohltun kann. Mich hat dafür eine Frau noch nie schön genannt. Das schmeichelt mir sehr. Dein Körper ist so unbeschreiblich zart."

Er schob eine Hand leicht zwischen meine Schenkel, ich unterdrückte ein Stöhnen. Mit der anderen hob er den Krug vom Ofen und schenkte uns ein. Wortlos reichte er mir den dampfenden Becher. Ich schnupperte warmen Met und er prostete mir zu. Theoretisch fand ich die Kombination Alkohol und Sex äußerst gefährlich, doch da ich mich eh in einem völligen Ausnahmezustand befand, machte der Met auch keinen Unterschied mehr. Jedenfalls war mir nicht mehr so durch und durch warm gewesen, seitdem ich vor zwei Tagen mein Haus verlassen hatte. Wie wunderbar Wärme war, das erkannte ich erst jetzt, wo sie nicht mehr alltäglichen Luxus bedeutete.

Schweigend nippten wir an dem warmen Met. Die Stille war schön. Von draußen hörte ich einen Hund bellen, irgendwo jammerte ein Kind. Über allem rauschte der unablässige Novemberregen auf das Rindendach, das bewundernswert dicht hielt. Seit Ewigkeiten hatte ich keinen Nachmittag mehr im Bett verbracht. Es war Ivos Hand zwischen meinen Beinen, die gerade noch verhinderte, dass ich vor lauter Wohlbehagen einschlief, sondern meine Entspannung in ein ganz anderes Gefühl umschlagen ließ.

„Ist es gut so, Christin?", flüsterte er rau und schob sich halb über mich, während er fast unmerklich mit den Fingerspitzen über meine intimste Stelle strich. Ich konnte nur fahrig nicken.

Gut war sicherlich ein schwacher Ausdruck für das Gefühl, welches ich bei seinen Berührungen empfand. Langsam öffnete er den schweren Ledergürtel, den er um die Hüften trug, und schob seine Hose hinunter. Alles, was dieser Mann tat, war durchströmt von einem Einklang, den nichts wirklich zu erschüttern schien. Selbst jetzt, wo auch er unübersehbar erregt war, hätte er jeden buddhistischen Mönch getoppt. Auch um diese lebendige Tiefe hätten ihn Millionen moderne Menschen beneidet. Seine Hände umspannten zärtlich meine Brüste, berührten meinen Hals, meine Schultern, als sei das alles ein anmutiges Spiel. Es gab keine Zeit, keine Hast, wir hielten einander, tranken Met, ich küsste seine Lippen.

Er bat mich um die Vereinigung. Das erste Mal in meinem Leben als erwachsene Frau war ich sicher, dass ich es wollte und dass es kein Drama gewesen wäre, wenn ich es nicht gewollt hätte. Mein Unterleib zog sich sehnsüchtig zusammen. Ich drängte mich heftig an ihn, wollte eins mit ihm sein. Vorsichtig schob er sich über mich, sein Gewicht war pure Lust für mich. Und es war das erste Mal, dass ich nicht das Gefühl hatte, innerlich erdolcht zu werden, als er in mich eindrang. Wir wiegten uns sacht, langsam, kein Jagen nach einem Orgasmus, der Weg war das Ziel. Immer wieder bremste er mich aus, zögerte und fing das Spiel von Neuem an, überließ mir den Rhythmus und gab sich hin. Er wartete, bis ich kam, in meinem Hirn brannte ein Feuerwerk ab, mein Körper löste sich in funkelnde Zellgebilde auf. Für den Bruchteil einer Sekunde dachte ich seltsam entrückt, dass ich jetzt sterben würde und dass das fantastisch war.

Es dauerte, bis ich aus den Wogen der Gefühle langsam wieder an die Oberfläche der Realität auftauchte. Er küsste mich innig, schaute mir tief in die Augen, als er ebenfalls seinen Orgasmus kommen ließ.

Und selbst jetzt wartete ich vergeblich auf dieses schale Gefühl, das ich zu oft nach einer vermeintlich scharfen Nacht empfunden hatte. Ivos Lächeln ließ im Gegenteil mein Herz ganz weit werden. Ein zärtliches Gefühl durchströmte mich, das ich unter anderen Umständen Liebe genannt hätte.

An meinem dritten Morgen in einer fremden Zeit war ich glücklich. Ich erwachte eng umschlungen von Ivos Armen, warm geborgen, federleicht an Leib und Seele. Durch das teils löchrige Weidengeflecht der Wände sickerte diffuses Morgenlicht. Der Regen hatte aufgehört. Dieses Mal wagte ich nicht, mich zu bewegen, es war so wunderschön, in Ivos Armen zu liegen. Ganz bewusst wollte ich jeden dieser unwiederbringlichen und kostbaren Momente genießen.

In der vergangenen Nacht hatten wir uns noch zwei weitere Male geliebt, zunehmend vertrauter und mutiger. Dazwischen knabberten wir Haferkuchen und tranken den viel zu warmen Met, der mir jetzt ein wenig den Kopf dröhnen ließ. Trotzdem spürte ich, wie erneut Lust in mir aufstieg, als ich den Blick hob und Ivo in sein schlafendes Gesicht schaute. Dieser Mann war wunderschön. Zusätzlich zu der Lust überflutete mich eine Woge von Zärtlichkeit. Eine schmerzlich schöne Mischung. Behutsam tastete ich unter der Decke nach ihm, er reagierte prompt, drehte sich ohne die Augen zu öffnen stöhnend auf den Rücken. Seine Finger krallten sich in meine Haare.

„Christin, was geschieht mit uns?"

Ich drängte meinen Kopf in seine Hand. „Ich weiß es nicht", hauchte ich, „aber es ist schön. Mehr ist jetzt nicht wichtig."

Sanft zerrte er mich an meinen Haaren zu sich und küsste mich. „Du bist schön, Frau", er schaute mir direkt in die Augen, seltsam verletzlich und wild zugleich, „hör nicht auf."

Nichts lag mir ferner, der Genuss war ganz meinerseits.

„Habe ich ein Glück, dass wir Winter haben", ein fröhliches Schmunzeln streichelte mich, als wir zufrieden nebeneinander lagen.

Ich schaute fragend.

„Im Frühling und Sommer könnten wir hier nicht so faul beieinander liegen wegen der vielen Arbeit. Aber auch jetzt sollte ich langsam das wenige Tagwerk angehen." Er küsste mich auf die Wange und stand auf. „Wirst du klarkommen, Christin?"

Ich nickte und rappelte mich ebenfalls auf. Meine Blase drohte zu platzen. Nach dem Genuss des süßen Mets musste ich mir unbedingt irgendwie die Zähne putzen. Bei „putzen" fielen mir meine Pferde ein. Die hatte ich den ganzen gestrigen Tag nicht gesehen, was wahrscheinlich seit Jahren nicht mehr passiert war. Verwirrend. Ich hatte sie nicht einmal vermisst.

„Ich muss klarkommen", erwiderte ich mit einem Lächeln, „es geht nicht anders. Wie putzt ihr eure Zähne und Pferde?"

„Mit Weidenzweigen und Strohwischen."

Sein Schmunzeln war nicht zu übersehen. In seinen Augen musste ich unsagbar dumm sein, aber er wusste ja auch nicht, dass wir uns elektrische Bürsten in den Mund hielten und unsere Pferde mit neumodischen Mikrofaserhandschuhen striegelten. Die Zeiten änderten sich, was damit wieder einmal bewiesen war.

„Zeig es mir bitte", ich trat um den Paravent zu ihm, „und zeig mir bitte, wie die Frauen ihre Kleider richtig anziehen. Ich glaube, ich habe gestern etwas vergessen."

Er holte tief Luft, schien irgendwie erleichtert und lächelte schon wieder, dieses Mal sehr sanft. „Danke, Christin, ich war sehr in Sorge, dass du dich für die Zeit, die du hier sein musst, nicht einfügen willst, und das wäre auf die Dauer schwierig geworden. Natürlich werde ich dir alles zeigen und sicher wird auch Bella glücklich sein, wenn sie dich unterstützen kann. Darf ich dich auch um etwas bitten?"

Ich nickte zögernd, solche Fragen waren manchmal heikel. „Was?"

Nachdenklich trat er nah an mich heran, nahm mich in die Arme. Mir schwante nichts Gutes. „Ich komme mit den Vornamen durcheinander", erklärte er unsicher, „ich finde deinen Namen wunderschön, er klingt wie klares Bergkristall, doch es ist gefährlich, wenn ich dich unter vier Augen mit deinem Namen rufe und draußen auf Ingrun ändern muss. Ich habe Sorge, dass ich es einmal vergessen könnte. Ich muss zu unserer beider Sicherheit immer Ingrun zu dir sagen, selbst wenn ich bei dir liege."

Jetzt war es an mir, tief durchzuatmen, und selbst wenn es die Tage vorher theoretisch klar gewesen war, dass ich Ingrun werden musste, so fiel es mir nach dieser Nacht sehr schwer und etwas wie Eifersucht blubberte in meinem Bauch. Hatte er mit ihr genauso viel Spaß gehabt wie mit mir? Mühsam schluckte ich an diesen ungewohnten Gefühlen herum, die mir zudem kein bisschen zustanden. Natürlich hatte er Spaß mit ihr gehabt, pöbelte ich mich selbst an, er war immerhin mit ihr verheiratet und das wahrscheinlich seit mehreren Jahren. Außerdem gedachte ich nicht, aus meiner Bekanntschaft mit Ivo eine Dauereinrichtung zu machen.

„Natürlich“, stimmte ich mit einer gewissen Unterkühlung in der Stimme zu, „das ist auf jeden Fall vernünftiger, Ivo.“

Der Blick unter den hochgezogenen Brauen durchschaute mich sofort, doch er schwieg, warf sich seine Tunika über und stieg in seine Hosen, die er mit dem breiten Ledergürtel zusammenfasste.

„Über dein Kleid gehört auch eine solche Tunika“, erklärte er beiläufig, „nimm dir eine aus der Truhe und den dicken Umhang dazu. Es ist kalt geworden. Bald wird es schneien. Wir sollten jetzt auch das Feuer nicht mehr ausgehen lassen, sonst wird es zu kalt in der Hütte.“

Bereitwillig öffnete ich Ingruns Truhe, meine Truhe, solange ich hier ausharren musste, und suchte unter den bunten Kleidungsstücken etwas, das eine Tunika sein könnte. Ich fand mehrere, wählte eine in einem dunklen Grün mit gewebten, roten und gelben Borten, die ich mir überzog und dann wie Ivo mit einem der vielen Gürtel raffte. Auch den schlichten grauen Umhang aus dickem Filz fand ich.

„Wir essen etwas, wenn ich von der Herde zurückkehre.“

Ich nickte, Hunger hatte ich keinen, aber ein Kaffee wäre der Himmel gewesen. Wann war Kaffee eigentlich in die Welt gekommen? Oder vielmehr in unsere Welt? Grübelnd schnürte ich mir die Stiefel. Bei den Inkas und Mayas hatte es den schon vor mehreren tausend Jahren gegeben. Abrupt atmete ich durch. Nach grober Zeitschätzung lebten die ungefähr jetzt. Was wäre, wenn ich in Südamerika gelandet wäre? Hätte es mich gleich auf einen der vielen Opfersteine verschlagen, um ein Opfer für einen dieser unaussprechlichen Götter zu werden? Mir wurde flau im Magen. Angeblich hatten auch die Kelten Menschen geopfert, wobei es zu meiner Zeit nicht sicher war, ob die Menschen eventuell freiwillig ihr Leben gegeben hatten. Aber machte das einen so großen Unterschied? Verwirrt musterte ich Ivo, der eigentlich mehr Ähnlichkeit mit einem Buddhisten hatte als mit einem Menschenschinder. Es wurde wohl auch dringend Zeit, dass ich den Druiden kennenlernte und mich schnellstens bei ihm einschmeichelte.

Immer noch schweigend traten wir vor die Hütte. Es war wirklich prickelnd kalt, aber es regnete nicht mehr. Wahrscheinlich ging die Sonne gerade auf, doch hier im Wald, umstellt von hohen Buchen und Eichen, bemerkte man davon nicht mehr als den schönen zart-rosa Morgenhauch am Himmel. Vielleicht würde die Sonne doch noch so hoch steigen, dass auch wir hier unten in ihren Genuss kamen.

Ich wäre gern ausgeritten, allerdings nicht mit dem Wissen, dass ein Haufen barbarischer Männer durch die Gegend marodierte.

Egal, ich spürte Ivos Blick auf mir und drehte mich halb zu ihm um. Lächelnd wickelte er eine Strähne meines Haares um seine Finger. „Ich gehe jetzt noch schnell mit dir zu den Pferden und zeige dir, wie wir den Strohwisch flechten."

Ich kuschelte mich in seine Hand. „Danke, Ivo. Es wird auch nicht lang dauern, dann kehre ich sofort in die Hütte zurück."

„Du darfst hier in der Festung alles machen, was du möchtest", entgegnete er halbwegs verwundert, „du musst nicht in der Hütte sitzen. Keiner kann dir hier irgendetwas verwehren, du bist meine Frau. Ingrun ist aus adeligem Geschlecht." Er küsste mich, nahm mich in die Arme. „Keiner darf dir etwas befehlen, keiner etwas verbieten, auch Arne nicht. Arne sorgt nur dafür, dass die heiligen Gesetze und die Regeln, die wir gemeinsam beschlossen haben, eingehalten werden. Einzig das Wort des Druiden sollte man nicht missachten." Ein leises Lächeln zuckte in seinem Mundwinkel. „Aber Cedric wird dich mögen."

„Keiner?", hakte ich ungläubig nach. Selbst in Zeiten gesetzlicher Gleichberechtigung hatten es Frauen in Sachen Selbstständigkeit nicht immer so leicht. Wie konnte das also hier in dieser grauen Vorzeit sein?

„Keiner", bekräftigte er und küsste mich erneut. Aus den Augenwinkeln bemerkte ich ein paar Frauen, die in der Nähe des Brotofens standen. Auch Arne stand just vor der Tür seiner großen Holzhütte.

„Gut", ich löste mich aus seinen Armen, wir erregten schon genug Aufmerksamkeit, „dann schaue ich mich vielleicht nachher ein wenig um. Ich möchte nur keinen Fehler machen."

„Hol dir Belana zur Seite, sie wird alles für dich tun. Komm."

Er fasste nach meiner Hand und wir gingen zwischen den Hütten durch zum Unterstand der Pferde. Askan und Runa wieherten mir freudig entgegen. Ivo lachte. Er holte einen Armvoll Stroh, dessen Halme viel länger waren als unsere und auch viel härter. Das war kein Weizenstroh. Es musste eines dieser Urgetreide sein, die auch in meiner Zeit wieder vermehrt angebaut wurden, weil immer mehr Menschen keinen Weizen mehr vertrugen. Geschickt flocht Ivo aus drei Strängen einen Zopf, den er verdrehte und zusammensteckte. Ich staunte, als er mir das Gebilde in die Hände drückte.

„Mach dir einfach einen neuen, wenn sich dieser hier auflöst." Ein letzter Kuss und er eilte zum Tor der Anlage. Verunsichert schaute ich ihm nach. Jetzt war ich erst einmal wieder allein auf mich gestellt. Unter meinen Haaren hindurch musterte ich meine Umgebung, doch es schien niemand von mir Notiz zu nehmen. Langsam fing ich an, den Haflinger von seiner Dreckkruste zu befreien, was er sichtlich genoss, was aber auch mir zu einer gewissen Ruhe verhalf. Eine vertraute Tätigkeit. Ich entwirrte seine wunderschöne Mähne, der ich unter normalen Umständen sehr viel pflegerische Aufmerksamkeit widmete. Gern hätte ich sie auch zum Schutz eingeflochten, doch ohne ein praktisches Gummi zur Hand, war das ein müßiger Gedanke. Ich seufzte mal wieder und wendete mich der schwarzen Stute zu, als Belana strahlend auf uns zusteuerte. Spontan war ich mir nicht sicher, ob ich das so toll fand, auch wenn sie ein liebes Mädchen war. Möglichst konzentriert fummelte ich an den Strohgarben herum, um sie wie Ivo zu einem Zopf zu flechten.

„Guten Morgen, Ingrun“, rief sie reichlich überschwänglich, „habe ich euch gestern sehr gestört?“ Ein vergnügtes Blinzeln begleitete ihre Worte, von denen ich hoffte, dass sie mich nicht rot anlaufen ließen. Umständlich steckte ich die Zopfenden fest und rubbelte Runa damit über den Rücken.

„Guten Morgen, Belana“, ich schenkte ihr einen flüchtigen Blick über den Pferderücken, „nein, nein, gar nicht.“

„Du lügst“, lachend kroch sie zwischen den Balken des Zaunes hindurch und fiel mir um den Hals, „es ist schön, dass du dich Ivo wieder zuwendest. Wir haben euch eben gesehen. Ivo sah sehr glücklich aus. Er ist ein guter Mann.“

Ich war sicherlich die Letzte, die nach den zwei Tagen das Gegenteil behaupten würde, Ivo war als Mann schlicht wunderbar, doch den anderen Teil ihrer Aussage verstand ich mal wieder nur im Ansatz.

„Der Druide hatte uns angeraten, eine Weile enthaltsam zu leben“, erklärte ich so selbstsicher wie möglich, „aber ja, wir haben das gestern ausnahmsweise missachtet.“

„Ach komm, Ingrun“, sie zwickte mich spöttisch in die Seite, ich quiekte, „du weißt genau, dass ich etwas anderes meine.“

„Nein“, murmelte ich ernst, „das weiß ich nicht.“

Wie am Tag zuvor wurden ihre Augen erst groß, um mich dann in mitfühlender Erkenntnis anzustarren. „Natürlich“, hauchte sie mit der Hand vor dem Mund, „es tut mir leid, daran habe ich nicht gedacht.“

Betreten schweigend standen wir nebeneinander, ich zupfte an Runas Mähne herum. Was für eine Ehe hatten die beiden wirklich geführt? Da klang so vieles total widersprüchlich.

„Hatte ich mich vor meinem Sturz von Ivo abgewendet?“

Ich wagte nicht, das Mädchen anzuschauen und ich war mir auch nicht sicher, ob die Frage angebracht war. Eigentlich sollte ich sie Ivo stellen. Jetzt war es allerdings zu spät.

„Und warum habe ich das getan?“

Sie musterte mich erstaunlich scharf, schwang sich auf den obersten Zaunpfahl, von dem aus sie mich noch intensiver anschaute. Mir war nicht wohl bei ihrem Blick. Wieder konzentrierte ich mich auf mein Pferd, das leider nicht genug Schmutz an sich hatte, um damit Zeit zu schinden.

„Du bist so anders, Ingrun", mir war, als scannte sie mein Gesicht ab, „willst du wirklich wissen, wie du vor deinem Sturz mit Ivo gelebt hast?"

Ausweichend bewegte ich die Schultern. Falsche Frage. Meine Neugierde war noch nie besonders ausgeprägt gewesen, zumal es manchmal besser war, nicht alles zu wissen. In diesem Fall fürchtete ich allerdings, dass ich es wissen musste. „Ist es so schlimm?"

„Nein, nicht direkt", sie zögerte und schaute zum Tor hinüber, „ist Ivo bei den Herden?"

„Ja, er wird auch nicht so schnell wiederkommen." Dass er nebenbei ein weiteres Mal die Schlucht und den Wald nach Spuren von Ingrun absuchen wollte, musste sie nicht wissen.

„Gut, lass uns in unsere Hütte gehen, dann reden wir."

In diesem Moment hallte der gellende Schrei eines Kindes durch die Wallanlage, Belana rutschte vor Schreck von der Stange und landete im Matsch, mich rempelte dafür Runa halb um und gleichzeitig sah ich, wie eine junge Frau, ebenfalls lauthals schreiend, mit einem Kind im Arm aus einer der Hütten raste. Ein Mann fing die beiden auf, hielt sie fest, ging mit beiden im Arm in die Knie. Das sah nicht gut aus. Intuitiv trat ich zwei Schritte zurück, hinter Runas dicken Hintern. Das Kind brüllte wie am Spieß.

Um menschliche Dramen machte ich grundsätzlich einen riesigen Bogen. Ich konnte kein Blut sehen und auch keine seelischen Verletzungen.

Belana dagegen drehte sich sofort interessiert um. „Komm, Ingrun", sie wedelte mit der Hand nach mir, „die werden unsere Hilfe brauchen."

Meine Hilfe brauchte sicherlich niemand. Mit meiner Hilfe war man in solchen Fällen so gut wie tot, denn ich war keine Hilfe. Abwehrend schob ich mich noch weiter hinter Runa. Trotzdem sah ich zwei Frauen auf uns zu rennen, während sich gleichzeitig eine Menschentraube um die Frau mit dem Kind scharte, das langsam heiser wurde.

„Elkes Sohn Corr hat sich schrecklich verbrannt!“, rief die Ältere der beiden. Sie deutete hektisch im Laufen auf das Kind.

„Du musst nach ihm schauen, Ingrun!“, brüllte die zweite hinterher.

Ich musste mal gar nichts, aber wie es schien, wurde ich gerade erneut von einer Seite meiner Doppelgängerin überrollt, von der ich keine Ahnung gehabt hatte. Shit, dachte ich, jetzt wird es ernst. „Ich …“, drei Augenpaare starrten mich verwirrt an, resigniert nickte ich, „… ich komme schon.“

Im Zweifelsfall musste ich halt wieder einen auf Amnesie machen und bedauernd mit den Schultern zucken, so leid es mir für das Kind auch tat.

Eingekeilt von den drei Frauen stiefelte ich durch den Matsch des Platzes. Dafür schob sich eben die Sonne ein wenig über die hohen Wipfel der Bäume und ließ den Wintertag wenigstens ein bisschen freundlicher erscheinen. Das Kind wimmerte nur noch in den Armen seiner Mutter, mein Magen zuckte unruhig.

„Trag ihn in die Hütte“, sagte ich so sanft und bestimmt wie möglich, „hier draußen ist es zu kalt und zu schmutzig.“ Ich hoffte, dass Ivos Hütte in Sachen Sauberkeit keine rühmliche Ausnahme war. Die Frau nickte und zog die Nase hoch. Tränen liefen ihr über das Gesicht. Sie war noch sehr jung und faszinierend schön. Überhaupt besaßen die Menschen dieses Dorfes alle eine seltsam exotische Schönheit. Arne war die einzige Ausnahme bisher. Aber der war ja auch zur Hälfte Römer und schlug Frauen. Der zählte nicht.

Mit wackeligen Schritten trug die Frau das wimmernde Kind in die Hütte zurück, der Mann folgte uns, wahrscheinlich der Vater. Sorgsam ließ ich die Matte vor den Eingang fallen und schaute mich flüchtig um. Es sah fast so aus wie bei Ivo, alles sehr sauber und ordentlich, allerdings einfacher. Die Truhen waren schlicht und es gab keinen Tonofen, sondern nur die offene Feuerstelle, an der sich das Kind verbrannt haben musste. Aus moderner Sicht grob fahrlässig, in dieser Situation aber lebensnotwendig. Drei weitere Kinder drängten sich verängstigt auf der großen Truhe herum. Ich blinzelte ihnen beruhigend zu und deutete auf die Bettstatt, die wie bei uns im hinteren Teil der Hütte untergebracht war.

„Leg ihn dort hin."

Ich hatte keinen blassen Schimmer, was mich erwartete, war nur froh, dass mein Magen noch leer war. Wahrscheinlich brauchte ich nach dem ersten Blick auf das Kind auch erst einmal einen Schnaps, sofern es so etwas schon gab. Belana war mir dicht auf den Fersen, hockte sich neben mich auf den Boden der Hütte. Das Kind schaute mich vom Schoß seiner Mutter mit großen, verquollenen Augen an, rang schluchzend nach Atem. Ich versuchte es mit einem aufmunternden Blick und wandte mich der Verletzung zu. Sein rechter Arm hing an ihm, als gehörte er nicht mehr dazu. Der Stoff des Ärmels war bis zur Schulter verbrannt, darunter sah ich rohes und verbranntes Fleisch, blasige Haut. Mir wurde schlecht, denn es roch tatsächlich wie frisch gegrillt. Es ging nicht anders, ich musste kurz die Augen schließen. Warum musste ich eigentlich gleich von null auf hundert Prozent Ingrun gehen?

Was half in dieser Zeit gegen Verbrennungen? Was gegen die wahrscheinliche Entzündung oder gar Tetanus? Womit sollte ich diese Wunde verbinden? Wenigstens floss kein Blut. Ich brauchte dringend eine Idee, ganz dringend. Ich pumpte meine Lunge voll Sauerstoff und wagte den nächsten Blick auf das Kind, das jetzt erschöpft und leise greinend in den Armen seiner Mutter lag. Die fixierte mich mit angstvollen Blicken. „Er ist doch nur gestolpert!", japste sie immer wieder. „Nur gestolpert. Ich konnte ihn nicht halten."

Ich tätschelte ihr halbherzig den Schenkel, mehr war nicht drin, bei allem Mitgefühl, ich war selbst total überfordert. Außerdem stellte ich erst in diesem Moment fest, dass die Mutter unübersehbar schwanger war. Hoffentlich ging da durch den Stress nicht zusätzlich noch etwas schief.

„Ich brauche heißes Wasser“, erklärte ich mich auf die wesentlichen Dinge konzentrierend, „und ein Stück wirklich sauberen Stoff.“

Belana warf mir einen forschenden Seitenblick zu, dem ich nicht sehr freundlich begegnete. Am liebsten hätte ich ihr gesagt, dass ich keinen blassen Schimmer hatte, was zu tun war. Am liebsten wäre ich gegangen. Aber wer hätte sich dann um das Kind gekümmert? Vielleicht kannte sich der Druide mit so etwas aus? Bevor ich allerdings den Vorschlag machen konnte, nach Cedric zu schicken, sprang Belana auf.

„Ich hole dir deine Medizinkiste“, ein ermutigendes Lächeln begleitete ihre Worte, „dann kriegen wir das schon hin.“

Ihre Worte in den Ohren eines ihrer Götter. Davon abgesehen wusste ich nicht, von welcher Kiste sie sprach, und ich wagte nicht zu glauben, dass uns diese Medizinkiste in irgendeiner Form weiterhelfen konnte. Aber sie war schon fort. Tröstend streichelte ich dem Kind den Bauch, wischte der Mutter die Tränen von den Wangen. Der Junge war käseweiß und Schweiß perlte ihm von der Stirn. Das schienen mir zusätzlich keine guten Zeichen zu sein. Wurden medizinische Fehlschläge in dieser Zeit genauso mit dem Scheiterhaufen geahndet wie im Mittelalter, wenn den angeblichen Hexen etwas danebengegangen war?

Mir brach ebenfalls der Schweiß aus, allerdings mal wieder vor Angst. Der Vater des Jungen reichte mir wortlos einen Becher mit einem dunklen, dampfenden Gebräu, das mich beim ersten Schnupperer entfernt an Kaffee erinnerte. Verwirrt nickte ich mit einem schwachen Lächeln und nippte. Der Geschmack ähnelte tatsächlich dem von zu dünn geratenem Kaffee, irgendetwas war geröstet und gemahlen worden, schmeckte aber wesentlich bitterer. Kein Ersatz, aber immerhin. Ich seufzte und trank noch einen Schluck. Dann schlüpfte Belana wieder durch die Vorhangmatte. In ihren Armen trug sie die Holzkiste, die ich zuvor in Ingruns Truhe gefunden, aber aus Achtung ihrer Intimsphäre nicht geöffnet hatte. Zumindest wusste ich jetzt, dass Ingrun keine größeren Geheimnisse aufbewahrte. Nervös nahm ich ihr die Kiste ab, derweil stellte der Vater mir einen Kessel mit kochendem Wasser hin und hielt mir fragend ein paar ungebleichte Streifen Leinen vor die Nase. Ich nickte abwesend und ließ die Streifen in das Wasser fallen. So erreichte ich wenigstens einen Hauch von Keimfreiheit.

Dann öffnete ich die Kiste. Keine Ahnung, was ich erwartet hatte, doch sicherlich nicht dieses Sammelsurium von Tiegeln, Flaschen, Schachteln. Alle fein säuberlich in lateinischen Buchstaben beschriftet, trotzdem reichlich unleserlich für mich. Leider lag auch keine Gebrauchsanweisung dabei und kein nettes Schild mit Bildchen, wie man als Kelte erste Hilfe leistete. Perfekt.

Ratlos fummelte ich in der Kiste herum, drehte die ein oder andere Flasche, in der Hoffnung, dass es aussah, als dachte ich über das passende Mittel nach. Tat ich auch, irgendwie. Brand, Brandwunde, Verbrennung. Was war zu tun? Schwach erinnerte ich mich daran, wie meine Oma mir als Kind komisch riechende Salben auf meine Sonnenbrände geschmiert hatte. Was zur Hölle war das nur gewesen? Brennnessel. Ich holte tief Luft. Die Naturheilkunde besagte, Gleiches mit Gleichem behandeln. Und da war noch etwas gewesen, das wie unser Nachbar geheißen hatte. Hektisch suchte ich die Flaschen nach einem Wort ab, das Brennnessel heißen konnte und überlegte weiter. Gustl, Gundel. Gundermann.

„Ich finde es gerade nicht, Belana", ich schickte ihr einen Hilfe suchenden Blick, „haben wir keine Brennnessel mehr oder Gundermann?"

Lieber Himmel, betete ich, lass das Zeug damals genauso geheißen haben. Sie nickte freudig überrascht.

„Ja, natürlich, Ingrun", sie griff gezielt in die Kiste, „hier, Brennnesselbalsam und Gundermann-Tinktur. Was meinst du, zur Beruhigung wäre ein wenig Mohnsaft sicherlich auch nicht verkehrt, oder?"

„Mohnsaft, sicher, das ist eine gute Idee. Danke."

Sie fischte eine dritte, relativ große Flasche aus der Kiste. Wahrscheinlich brauchte ich davon dann später auch einen großen

Schluck. Ansatzweise erleichtert, tunkte ich meine Hände in das heiße Wasser – es brannte, was mich entfernt ahnen ließ, wie es dem Kind gehen mochte – und wrang die Lappen aus. Vorsichtig tupfte ich die eingebrannte Asche aus der Wunde und löste verbrannte Haut. Weitere Blasen bildeten sich. Kein schöner Anblick. Kühlen war das, was man sonst bei Brandwunden tat, leider stand kein Eisbeutel zur Verfügung. Was war stattdessen möglich? Wasser aus dem Tobel? Der Kleine fing wieder an zu heulen, ich konnte es ihm nicht verdenken, aber er hielt tapfer still. Ich lobte ihn dafür.

„Wenn ich tapfer war als Kind", sagte ich leise, „dann durfte ich mir etwas wünschen. Was wünschst du dir?"

Diverse überraschte Augenpaare starrten mich an, ich grinste linkisch, während ich vorsichtig etwas von der bräunlichen Tinktur auf die Wunde tupfte. Der Junge verzog schmerzhaft das Gesicht und sog die Luft ein.

„Und?"

„Einen von Brannas Welpen."

Vater und Mutter versteinerten spontan. Da hatte ich wohl aus erzieherischer Sicht die falsche Sache in Aussicht gestellt. Dumm gelaufen. Aber der Wunsch gefiel mir. Ich lachte leise.

„Einen kleinen Hund? Wer ist Branna?"

So abgelenkt, konnte ich dem Jungen die Salbe auf die Wunde schmieren, seine Augen strahlten ein wenig. „Branna ist die Mutter von den Welpen. Und ich habe mir auch schon einen ausgesucht. Aber wegen der Alamannen durfte ich ihn nicht haben."

Ein jämmerlicher Blick ging an seine Eltern. Der Junge hatte sie gut im Griff, denn beide knickten sofort ein, was ich in Anbetracht der Verletzung auch angebracht fand. Der Kleine hätte tot sein können.

„Wenn du wieder gesund bist", stimmte die Mutter mit samtiger Stimme zu. „Dann holen wir von Cedric deinen Hund, versprochen."

Etwas ungeschickt wickelte ich einen nassen und einen trockenen Lappen zum Schutz um den Arm. Es sah gar nicht so übel aus für meinen ersten Verband. Belana presste anerkennend die Lippen zusammen. Geschafft. Jetzt mussten wir nur noch eine Infektion verhindern. Ich reichte Belana den Mohnsaft. Den sollte sie besser einflößen, sonst schläferte ich hier alle für immer ein.

„Elke auch", ordnete ich an, „die muss auch ausruhen."

Sie wollte protestieren, doch ihr Mann fiel ihr ins Wort.

„Ruh dich aus, Frau, ich bin da und werde mich kümmern."

Die beiden bedachten sich mit einem beneidenswert liebevollen Blick. Ich klappte die Kiste zu und stand auf.

„Ich schaue heute Abend noch einmal nach deinem Jungen, Elke."

„Wohl und Segen, Frau Ingrun", scheu berührte mich der Mann an der Schulter und verneigte sich leicht, „danke."

Hin- und hergerissen zwischen Peinlichkeit und tiefer Berührung, tätschelte ich ihm den Arm. „Schon gut. Wenn deinem Jungen der Schmerz zu stark wird, dann hol kaltes Wasser aus dem Bach und lass ihn seine Hand hineintunken. Das kühlt und lindert."

Ich trat vor die Hütte und atmete tief durch. Eben ging das Tor auf und Ivo kam mit ein paar anderen Männern von den Herden zurück. Er eilte mit schnellen Schritten auf Belana und mich zu.

„Wie geht es dem Jungen? Sprich, Ingrun!"

An der Kiste vorbei fasste er nach meinen Unterarmen. Ich bewegte ausweichend die Schultern. „Ich glaube, im Moment ist er nicht direkt in Lebensgefahr", erwiderte ich und überlegte gleichzeitig, wie man eine Infektion einfach umschreiben konnte. „Die Wunde darf nur nicht … schlecht … werden?"

Ivo nickte verstehend und sehr ernst. „Der Wundfraß ist immer bedrohlich."

Dann wandte er sich an den Vater des Jungen, der irritierend unterwürfig schräg hinter mir stand.

„Geh, Mann, und schlachte eines meiner Schweine. Den Kopf opfere Grannus, dem ewigen Heiler. Die eine Hälfte des Schweins nimmst du, um deine Familie damit zu nähren, sie brauchen jetzt alle Kraft. Die andere häng in die Räucherhütte. Wir werden mit ihr ein Festmahl ausrichten, zur Feier der Gesundung deines zweitältesten Sohnes."

Die Bestimmtheit, mit der Ivo sprach, war die eines souveränen Anführers, was mich zutiefst überraschte, hatte ich ihn bisher doch eher als sanften und zurückhaltenden Gefährten kennengelernt, als den stillen Ivo. Aber ich erinnerte mich, dieser Mann war höhergeboren, so adelig, dass ein halbrömischer Häuptling ihm nichts zu sagen hatte. Auch seine Großzügigkeit überraschte mich, denn ein Schwein war wahrscheinlich ein kleines Vermögen wert. Der Vater erstarrte förmlich mit aufgerissenen Augen.

„Geh, Melvin", wiederholte Ivo, sein Lächeln galt mir, „geh und opfere Grannus. Ich bin ein glücklicher Mensch und ich möchte, dass auch meine Leibeigenen glücklich sind."

Ein wenig beschämt senkte ich den Blick, das halbe Dorf hatte seine Worte gehört und verstanden, wem sie galten. Ich war nicht für die Bühne gemacht. Der Vater nickte hastig und rannte davon.

„Wohl und Segen, Herr Ivo!", rief er wie vorher, „Wohl und Segen für dich und deine Frau!"

„Ich habe einen Eintopf auf dem Feuer", erklärte Belana in die momentane Stille hinein und deutete über ihre Schulter zur Hütte ihres Vaters, „ich hätte euch sowieso davon gebracht, aber wir können auch bei uns essen."

Ivo neigte den Kopf, ein fragender Blick streifte mich. „Danke, Belana, wir nehmen gern an."

Gern nicht, dachte ich, als ich neben Ivo und Belana zur Hütte ihres Vaters lief, einen weiteren fremden und unvertrauten Ort brauchte ich an diesem Morgen nicht. Ich wäre lieber in unsere Hütte geflüchtet, um in Ruhe über die Eindrücke der letzten Stunden nachzudenken. Die permanente Unsicherheit erschöpfte mich.

Doch hinter Ivo und Belana schlüpfte ich in die Hütte, die wesentlich größer war als unsere, dafür aber auch von viel mehr Menschen bewohnt wurde, wie Belana mir sofort erklärte. Die Namen ihrer Brüder und deren Frauen rauschten an mir vorbei, so sehr ich mich auch bemühte, sie mir zu merken. Es war wichtig, doch mein Kopf drohte mal wieder zu platzen, zumal nur ihr Vater, Oswin, der Mann, der am Abend des Samhain für uns das Tor entgegen Arnes Anweisung offen gelassen hatte, kurz nach uns in die Hütte trat. Er begrüßte mich mit einem verhaltenen Lächeln und neigte den Kopf, bevor er sich schweigend am Feuer niederließ. Belana schwirrte um uns herum, Ivo nahm neben Oswin Platz, ich wiederum versuchte mich an Ivos Seite unsichtbar zu machen.

Wir löffelten schweigend Belanas wirklich vorzüglichen Eintopf aus diversem Getreide und irgendwelchem kohlartigen Gemüse. Wie immer war mir das Essen etwas zu schwach gewürzt, trotz der vielen Kräuter. Aber ich hatte Hunger. Seit Tagen aß ich für meine Verhältnisse viel zu wenig und der einzige Trost dabei war, dass ich dafür sehr vollwertig und wahrscheinlich so biologisch einwandfrei wie noch nie in meinem Leben aß.

Belana reichte Brot, das ich genussvoll in meine Schale tunkte, dazu etwas, was Griebenschmalz mit Speck sein konnte. Jedenfalls war es sehr fettig, aber köstlich bei der Kälte. Ich seufzte vor Wohlbehagen, und als ich von meiner Schale aufblickte, schaute ich genau in Oswins nachdenkliche Augen. Ein fast unmerkliches Lächeln hing in seinen Mundwinkeln, während er mich musterte. Ich war versucht, meine Augen zu senken, doch es war nichts Unangenehmes in seinem Blick, sondern schlichtes Interesse. Also legte ich ebenfalls einen unsicheren Hauch von Lächeln auf meine Lippen. Oswin aß schweigend weiter, betrachtete mich, ohne dass ich erkennen konnte, was er genau sah. Dann nickte er mir bedächtig zu. „Es ist schön, dass du bei uns bist, Ingrun."

Ivos Augen huschten überrascht zu Oswin, während mir schlagartig die Hitze des Feuers ins Gesicht stieg. Für mich bestand kein Zweifel, dass er genau erkannt hatte, dass ich nicht Ingrun war. Ich sah, wie Ivo tief Luft holte, ein seltsam amüsiertes Lächeln umspielte seine Lippen, dann wendete er sich zu mir, strich mir eine Strähne hinters Ohr und küsste mich auf die Wange.

Kaum war Ivo am nächsten Morgen fort, da drückte sich Belana an der Matte vorbei in unsere Hütte. Ich war gerade dabei, mir meine Haare zu flechten. Die Nacht mit Ivo war wieder unsagbar zart und erregend gewesen. Ich spürte förmlich, wie ich vor Zufriedenheit strahlte, Belana sah es ebenfalls sofort. Sie grinste verschmitzt und hielt mir Ingruns Medizinkiste entgegen.

„Die hast du gestern bei uns vergessen, genau wie dein Versprechen, nochmals nach Corr zu schauen. Ich hätte ja nie gedacht, dass dir so etwas passieren kann. Aber klar, wenn mich ein Mann so wie Ivo anschauen würde, dann vergäße ich wahrscheinlich auch alles drumherum. Sogar mein Vater hat es bemerkt und das will etwas heißen."

Ich brummelte vor mich hin, bloß um dazu nichts sagen zu müssen. Meine Gefühle waren eh drauf und dran, ein unkontrolliertes Eigenleben zu starten. Umständlich fummelte ich mit einer von Ingruns Haarspangen herum, die Belana mir kopfschüttelnd abnahm, als ich sie zum dritten Mal fallen ließ. Meine Hände zitterten vor lauter Sorge, noch mehr Aussagen über Ivo und mich hören zu müssen.

„Elkes Sohn Corr geht es ganz gut", plapperte Belana weiter, während sie meine Haare in die Spange schob, „ich war eben kurz bei ihm. Alle sind so überrascht, wie freundlich und sanft du mit dem Kind und Elke umgegangen bist. Das sind wir nicht so richtig von dir gewöhnt."

Perfekte Info, dachte ich mit einem innerlichen Augenverdrehen. Auch Ingrun brauchte ich heute Morgen nicht.

„Aber ich habe ihnen erklärt, dass es dir nach dem Sturz von Runa noch nicht wieder ganz gut geht und du dich an vieles nicht erinnern kannst. Sie waren sehr besorgt um dich." Ihre blauen Augen blitzten mich an. „Ivo hatte zwar allen aus dem Dorf gesagt, dass sie vorsichtig mit dir sein sollen, doch wirklich glauben konnten wir alle nicht, dass du nichts mehr weißt."

Wieder brummelte ich unverbindlich vor mich hin, mied auch Belanas Blick.

„Möchtest du jetzt mit mir über dich und Ivo reden?“

Sie schob sich direkt vor meine Nase, während ich, nur um Zeit zu schinden, konzentriert in den kleinen Kupferspiegel schaute, um meine Haare zu begutachten. „Nein“, murmelte ich in den Spiegel starrend, „ich glaube, es ist besser, wenn ich erst einmal mit Ivo selbst darüber rede. Anders ist es nicht fair.“

Sie legte den Kopf schief und schob den Spiegel beiseite. „Seit wann ist es dir wichtig, Ivo gegenüber fair zu sein?“

Mir fiel alles aus dem Gesicht. „Was?“

Mit schmalen Augen fixierte sie unendliche Augenblicke lang mein Gesicht.

„Vor drei Wochen noch hast du mir im Vertrauen gesagt, dass du im kommenden Jahr an Beltane Ivo das Ehegelübde nicht mehr geben wirst.“

Völlig verwirrt schnappte ich nach Luft, zupfte an meinem Zopf herum. Ingrun hatte sich von Ivo trennen wollen? Mal davon abgesehen, dass mich die Gepflogenheiten dieser Menschen einmal mehr überraschten, tat mir Ivo im Nachhinein unendlich leid. Wahrscheinlich hatte er nicht konkret gewusst, was Ingrun vorhatte, doch es instinktiv erahnt. Dann war sie an Samhain einfach davongeritten. Er musste tatsächlich befürchtet haben, dass sie für immer gegangen war. Und zurück kam ich. Langsam dämmerte mir, dass das für Ivo Schock und Chance zugleich bedeutet hatte. Es wurde immer nur noch verworrener.

„Warum sollte ich das tun, Belana?“ Die Frage war ausgesprochen, bevor mir klar wurde, dass ich damit meinen Vorsatz brach, erst mit Ivo zu reden.

„Was jetzt?“, konterte sie prompt und verschränkte die Arme.

Fahrig drehte ich den Spiegel in meinen Händen. Was jetzt? Ich mochte Ivo. Mehr als das sogar, obwohl ich ihn erst seit knapp drei Tagen und vier Nächten kannte. Was hatte Ingrun an ihm nicht gemocht? Ich biss mir kurz auf die Zunge.

„Weshalb wollte ich mich trennen?“

Sie wendete sich ab und trat an die Feuerstelle, wo sie wie beiläufig Holzscheite ins Feuer warf. Dann griff sie nach der Teekanne und füllte zwei Becher. Einen davon reichte sie mir mit einem versöhnlichen Lächeln.

„Ich habe deine Meinung über Ivo nie geteilt", erklärte sie und schlürfte an ihrem Tee, „doch du hast ihn verachtet, weil er einer Familie von heldenhaften Kriegern entstammt und selbst jedem bewaffneten Kampf aus dem Weg geht. Ivo hockt lieber mit dem Druiden zusammen, als die Köpfe seiner Feinde am Gürtel hängen zu haben. Ivo spricht Griechisch und Latein, aber Häuptling wollte er nicht werden. In deinen Augen war er ein Schwächling. Ein Feigling. Es war deiner Meinung nach ein Fehler, ihn zu erwählen, nur weil er Fürst Ingmars Sohn ist und eigentlich dessen Nachfolge antreten sollte."

Ihre Worte hätten auch ein Faustschlag sein können. Einer der dort trifft, wo er richtig wehtut. Ich stand wie so oft in den letzten Tagen fassungslos in dieser kleinen Hütte. Meine Augen irrten über die Rindenschindeln, die das Dach bedeckten, blieben am Rauchabzug hängen, an dem Fleisch, das dort zum Trocknen hing, glitt über die Truhen, das Bett, das ich noch vor weniger als einer Stunde mit einem Mann geteilt hatte, den Ingrun für einen Feigling und Schwächling hielt. Einem Mann, der mir aber innerhalb kürzester Zeit näher an mein Herz getreten war als jeder andere Mann jemals zuvor.

„Das kann nicht sein", keuchte ich, „nein. Nein, so ist Ivo nicht."

Belana musterte mich mit mitleidlosem Blick. „Späte Erkenntnis, Ingrun. Nein, so ist Ivo wirklich nicht. Ich hoffe nur, dass du es dir nicht wieder anders überlegst, denn das würde Ivo nur schwer verkraften. Er hat dich sehr gern, Ingrun. Schon immer. Er tut alles für dich und ich habe ihn schon lang nicht mehr so glücklich gesehen wie seit dem Abend des Samhain. – Ich gehe jetzt. Wenn du Hilfe bei dem Jungen brauchst, dann komm bei uns vorbei. Ich bin da."

Sprach's und verschwand durch die Tür, bevor ich noch weitere Fragen stellen konnte. Mit der Tasse in der Hand hockte ich vor Ingruns Truhe, der Spiegel lag vor mir. Diese Frau, die meine Doppelgängerin war, wurde immer rätselhafter. Was hatte sie von Ivo erwartet, dass ihre Einschätzung so krass enttäuscht worden war? Auch Ivo hatte angedeutet, dass es in seiner Familie nicht mit Begeisterung aufgenommen worden war, als er Druide werden wollte, dann aber den Hof seiner Mutter bewirtschaftete. Er stammte aus adeliger Familie, er war ein Krieger. Wer war dieser Vater namens Ingmar?

Einmal mehr verfluchte ich mein bisheriges geschichtliches Desinteresse. Womöglich hätte ich das alles verstanden, wenn ich gewusst hätte, wie die Kelten gelebt hatten. So tappte ich im Dunkeln. Nachdenklich starrte ich in den Spiegel, sah meine übergroßen, seltsam strahlenden Augen. Hießen die Kelten nicht sogar das Volk, das aus dem Dunkeln kam?

Panisch sprang ich auf. Kelten! Krieger! Was hatte Belana eben gesagt? Ich rieb mir mit beiden Händen die Stirn. Sie trugen die Köpfe ihrer Feinde am Gürtel? Rosa Elefant, dachte ich und hämmerte mir mit den Kuppen meiner Finger zwischen die Augenbrauen, rosa Elefant, grünes Pferd. Alles ist bestens. Die Erde ist eine Kugel und keiner fällt hinunter.

Reichlich überstürzt warf ich mir Ingruns Mantel über und eilte aus der Hütte, die mir verständlicherweise viel zu eng wurde. Das Einzige, was mir immer geholfen hatte, wenn mein Hirn wegen Überforderung in den Streik getreten war, waren meine Pferde. Ich musste dringend auf Askans Rücken und ein paar Stunden durch die Gegend reiten. Abwesend erwiderte ich die Grüße der Frauen und Männer, die mir auf meinem kurzen Weg zum Unterstand der Pferde begegneten, knotete dem überraschten Askan einen Strick um den Kopf und zerrte ihn hinter mir auf den Hof der Anlage. Vom Zaun aus stieg ich auf, Runa wieherte ungehalten, Askan drehte sofort um und ich schaffte es nur knapp, auf seinem Rücken, anstatt im Matsch zu landen. Meine Hände zitterten, ich atmete angestrengt. Alles Dinge, die Pferde nicht mochten. Trotzdem ritt ich rigoros auf das Tor zu, an dem Oswin wie immer stand und Wache hielt. Er trat mir mit einem erstaunt abwartenden Ausdruck entgegen.

„Wo willst du hin, Ingrun?"

Ich wedelte aufgebracht mit den Händen. „Ich muss mal raus, ausreiten. Mach bitte das Tor auf, Oswin."

Diverse Augenpaare starrten mich an, als sei ich spontan zum Kaninchen mutiert, ich grinste genervt. Langsam griff Oswin nach dem Strick um Askans Kopf.

„Nein, Ingrun, es tut mir leid, aber die Anweisung lautet, dass Frauen nicht allein die Wallburg verlassen dürfen. Warte, bis Ivo wieder da ist."

Ich schluckte bestürzt. Mit Ivo wollte ich im Moment nicht einmal auf die Ferne einen Blick tauschen, geschweige denn mit ihm ausreiten. Seinetwegen brauchte ich doch den Abstand.

„Ich bleibe nicht lang, Oswin", versprach ich, „ich will nur ein wenig durch den Wald reiten."

Doch er schüttelte den Kopf, drehte Askan um.

„Bitte, Oswin, dann lass mich halt nur unten im Tobel am Bach sitzen. Ich gehe nicht weit weg."

„Nein, Ingrun", wehrte er bestimmt ab, „Ivo würde mich umbringen, wenn ich dich allein dort draußen herumlaufen ließe. Und du solltest eigentlich wissen, was es bedeutet, den Alamannen in die Hände zu fallen. Geh heim, Ingrun. Und wenn du ausreiten willst, dann bitte Ivo, dich zu begleiten. Geh."

Was wusste Ingrun eigentlich noch, was für mich wichtig war? Was würde es denn bedeuten? Vergewaltigung? Mehrfach? Folter und Tod? Ich wusste in der Tat nicht, wie sich das anfühlte, natürlich wollte ich es auch niemals erfahren. Aber ich wäre gern ausgeritten und es passte überhaupt nicht in mein vom Frieden verwöhntes Selbst, dass das nicht gefahrlos möglich war. Wahrscheinlich hätte ich einen Alamannen nicht einmal von einem Kelten unterscheiden können. Trotzdem drehte ich brav um. Oswin hätte mich nicht gehen lassen. Aber wie war Ingrun an Samhain aus der Festung gekommen? Auf Askans Rücken drehte ich mich um.

„Wieso hast du mich dann an Samhain gehen lassen, Oswin? Hattest du da keine Angst, dass Ivo dich umbringt?"

Ein Lächeln zog einen seiner Mundwinkel hoch und er trat wieder neben mich.

„An Samhain wusste ich, dass du dich nicht aufhalten lassen würdest, und Ivo hat dem zugestimmt, was du in deinem Zorn nicht bemerkt hast. Wir haben beide gehofft, dass du zurückkehren würdest. Deswegen habe ich das Tor offen gelassen. Es ist gut, dass du wieder bei uns bist, Ingrun."

Seine Worte waren voller Zuneigung. Ich spürte vermehrte Farbe auf meinen Wangen.

„Es tut mir leid", murmelte ich beschämt, obwohl es eigentlich Ingruns Sache gewesen wäre, „hat Arne dich sehr gescholten?"

Er tätschelte beruhigend meinen Schenkel und schüttelte den Kopf. „Ach, was ... Arne, der wollte ja selbst noch raus und in der Schlucht Fische aus seiner Reuse holen. – Lass nur, Ingrun. Ich weiß ja, warum du das alles tun musstest."

Immerhin. Ich hätte es auch gern gewusst. War Ingrun nur wegen des Samhainfeuers so aufgebracht gewesen? Oder nur, weil Ivo sie dafür gescholten hatte? Ernüchtert glitt ich vom Pferd, nickte Oswin flüchtig zu und ging zurück zum Unterstand. Ich war nicht nur in einer fremden Zeit gefangen, sondern auch auf dieser Wallanlage und in der Geschichte einer Frau, die ich kein bisschen verstehen konnte.

Wenigstens Runa freute sich, dass wir so schnell zurückkehrten. Ich warf den beiden ein wenig Heu vor und hockte mich selbst auf ein großes Bündel Stroh, sah den beiden beim Fressen zu. Ich musste dringend nachdenken. Alles wäre viel einfacher gewesen, wenn es nur um mich und Ivo gegangen wäre. Aber das hier schaukelte sich zu einer blöden Dreiecksgeschichte auf. Drei waren schon immer einer zu viel gewesen.

Was bedeutete es für mich, dass Ingrun von Ivo enttäuscht war? Der Teil, den ich von Ivo kannte, sprach nicht dafür, dass er Ingrun oder mich ausnutzen wollte. Es kam mir nicht wahrscheinlich vor, dass er nur zum Schein am Wall auf ihre Rückkehr gewartet hatte und es perfekt fand, eine total andere Frau retour zu bekommen.

Andererseits konnte es für niemanden besonders angenehm sein, wenn man vom Ehepartner für eine komplette Fehlzündung gehalten wurde und der offensichtlich nur auf den richtigen Zeitpunkt des Absprunges wartete. Hatte Ivo die Kundschafter auf Ingruns Spuren angesetzt, um sicher zu sein, dass sie niemals wiederkehrte? Würde er genauso dafür sorgen, dass ich nicht heimkehren konnte? Und was um Himmels willen hatte Ingrun von ihm erwartet? Was hatte sie von dem vermeintlichen Krieger gewollt? War ein Krieger so etwas wie ein eheliches Statussymbol, der Millionär der Vorzeit? Aber ein freier Bauer nicht mehr als ein Angestellter? Was hatte Ingrun mit den Alamannen zu tun? Und weswegen hatte sie sich mit dem Häuptling überworfen?

Ich vergrub mein Gesicht in den Händen. Ob ich es mir eingestehen wollte oder nicht, ganz ehrlich, ich war drauf und dran, mich das erste Mal seit gefühlten Jahrhunderten zu verlieben – und wie das so typisch für mich war, musste es ein richtiger Problemmann sein, mit einer Problemvergangenheit und einer Problemexfrau.

Ich erschrak fürchterlich, als sich ein grauschwarzer Hundekopf zwischen meine verschränkten Arme schob und mich bernsteinfarbene Augen verständnisvoll anschauten. Fahrig leckte ich mir die Lippen. „Und wer bist du?“

Eine lange, buschige Rute fegte sacht durch das Stroh. Suchend schaute ich mich um, ob noch jemand in den Stallungen war, doch ich sah keinen Menschen und strich dem Hund vorsichtig durch seinen silbrig schwarzen Pelz. Eine Hündin, wie ich zweifelsohne anhand der prallen Zitzen erkennen konnte. Sie sah aus wie ein Wolf, groß und athletisch, was mir nicht ganz geheuer war. Und wieder wäre es durchaus wichtig gewesen, wenn ich gewusst hätte, ab wann in der Geschichte von Mensch und Hund der Hund als domestiziert galt?

Eines schwor ich mir in diesem Moment: Wenn ich jemals wieder in meine Zeit zurückkehren durfte, dann würde ich jeden verfügbaren VHS-Kurs in Geschichte belegen. Jede Chronik, jede geschichtliche Neuerscheinung würde ich verschlingen, denn man wusste nie, wann das Wissen von Daten und Fakten überlebenswichtig wurde. Shit happens.

„Irgendetwas läuft seit ein paar Tagen total schief", erklärte ich der Hündin, „aber ich habe keinen Plan, was ich in diesem Spiel für eine Rolle spiele. Ich glaube, um die Rolle wird mich auch niemand beneiden. Kennst du Ingrun?"

„Branna kennt Ingrun", antwortete eine gelassene Stimme, während hinter Runas rundlichem Hintern eine männliche Gestalt auftauchte, „sogar von ihrer unangenehmsten Seite."

Und wieder warf es mich fast hintenüber vor Schreck. Vor mir stand jemand, den ich kannte. Zähe, unendlich lange Sekunden hielten wir uns mit unseren Blicken fest. Ich toppte mich wiederholt in Sachen Fassungslosigkeit.

Vor ein paar Wochen war ich mit Askan unterwegs gewesen, Runa wie immer als Handpferd dabei. Oberhalb von Albis war mir in einiger Entfernung ein Mann begegnet, der seltsam gekleidet gewesen war. Zumindest hatte ich es damals als seltsam empfunden. Er hatte nur dagestanden, mit einem langen Stab in der Hand, als wir vorbeiritten. Er hatte gelächelt und gegrüßt. Ein Mann mit langem Bart in karierten Hosen und einem langen Umhang. Dieser Mann.

„Willkommen …, Ingrun."

Er betonte den Namen, was deutlich machte, dass er mich genauso erkannte wie ich ihn. „Ich bin Cedric, der Druide, und das ist Branna, meine Begleiterin. Wir haben lange auf dich gewartet."

Hatte ich jemals in den letzten Tagen etwas davon gesagt, dass die Sache total aus dem Ruder lief? Hey, ich hatte nicht gewusst, dass der heutige Tag passieren würde! Willkommen in der Vergangenheit! Zurück zu allen Wurzeln! Sie sind unser Ehrengast der keltischen Vorzeit! Bingo! Der Hauptgewinn!

Ich spürte, wie hysterisches Gelächter in mir aufstieg. Das war alles so unglaublich absurd! Vielleicht sollte ich auf Drogen umsteigen, um endlich einen Hauch von Realität zu erleben. Meine Lippen zuckten unkontrolliert, ich blinzelte.

„Mir reicht's", flüsterte ich tonlos, „restlos."

Der alte Mann setzte sich ächzend neben mich ins Stroh. Sein Stab ragte über uns. „Dabei fängt es doch erst an", erwiderte er halb belustigt, die Hündin kraulend, „du bist noch nicht lang da und sie ist noch nicht lang fort."

„Sie kann meinetwegen sofort zurückkommen. Mir wäre meine eigene Zeit auch viel lieber, ehrlich."

„Da irrst du dich", er schmunzelte. „Könntest du jetzt sofort ohne Ivo leben? Oder könntest du Ivo nun, da du schon so viel weißt, einfach wieder Ingrun überlassen?"

Verständnislos starrte ich dem alten Mann in sein zerfurchtes Gesicht.

„Ich werde es wohl irgendwann müssen, denn ich plane nicht, bis zu meinem Tod hierzubleiben."

Ein Anflug von einem amüsierten, besserwisserischen Grinsen zog sich über sein Gesicht. „So, meinst du …"

Ich nickte energisch, davon würde ich mich nicht abbringen lassen, auch wenn Ivo ein Mann zum Angewöhnen war.

„Überhaupt", polterte ich weiter, „was soll das heißen, es fängt gerade erst an und sie ist ja noch nicht lang weg? Was läuft hier eigentlich? Eben erzählt mir Belana, dass Ingrun sich von Ivo trennen wollte? Warum, Cedric? Ich brauche endlich mal Antworten!"

„Dann stell die richtigen Fragen an den richtigen Menschen", ich schien ihn wirklich richtig zu erheitern, was mich nur noch mehr in Rage brachte. „Wenn du etwas über Ivo und Ingrun wissen willst, dann frage Ivo. Willst du etwas über die Situation an sich wissen, dann wende dich gern an mich."

Wütend schnappte ich nach Luft, mein Atem dampfte, es war bitterkalt und ich grub meine Hände in das warme Fell der Hündin.

„Du machst es dir einfach, Cedric", schnaubte ich, „für mich lässt sich das nicht trennen. Sag mir, warum bin ich hier? Wieso ich? War das ein dummer Zufall?"

„Es gibt keine Zufälle und dumme schon gar nicht", er rückte sich auf dem kalten Boden zurecht. „Ingrun hat Ivo vor die Entscheidung in einer wichtigen Sache gestellt und er hat gegen sie entschieden. Damit hat er unbeabsichtigt die Tür für dich geöffnet, Christin."

Es tat so gut, meinen Namen zu hören, auf Ingrun würde ich über kurz oder lang wohl eher allergisch reagieren.

„Hätte er für Ingrun entschieden", fuhr der Druide fort, „wäre die Sache in eine ganz andere Richtung gelaufen und wahrscheinlich würden wir schon jetzt nicht mehr in Frieden leben."

„Ivo ist schuld, dass ich hier bin?" Das fühlte sich schlecht an und automatisch klammerte ich selbstmitleidig die anderen wichtigen Worte aus.

„Schuld würde ich es nicht nennen. Aber wenn man eine Entscheidung trifft, dann schließt man natürlich andere Möglichkeiten aus. Es ist wie in einem Labyrinth, Wege gibt es viele, manche führen weiter, manche enden an einer Wand, und jedes Mal entscheidet man sich neu für eine gewählte Richtung."

Philosophisches Geschwätz, dachte ich grätzig und noch immer keinen Funken schlauer. Um was für eine Angelegenheit war es gegangen? Wohl kaum darum, wer irgendwann zur Kinderbetreuung daheim bleiben würde. Missmutig starrte ich über den Platz vor den Hütten.

„Ingrun hat dann auch entschieden." Cedric stupfte mich versöhnlich gegen die Schulter. „Sie ist am Nachmittag des Samhain vordergründig wegen des verbotenen Feuers gegangen."

Abrupt drehte ich mich zu ihm um. „Vordergründig?"

Er lachte um einiges weniger amüsiert als bisher.

„Ja, ihr Weg war damit zu Ende. Für sie gab es hier in diesem Dorf kein Halten mehr."

Zögernd wendete ich mich ihm vollends zu, die Hündin zwischen uns.

„Also hat sie Ivo wirklich mit Absicht verlassen? Er war kein Halt für sie?"

„Nein, Ivo war nur ihr Mittel zum Zweck. Aber darüber musst du mit ihm selbst reden. Du wirst ihn unterstützen können und es von Herzen gern tun. Darf ich dich auch etwas fragen, … Ingrun?"

Seufzend nickte ich. Ganz bestimmt würde ich mit Ivo reden und zwar restlos über alles. Ohne passende Antworten kam mir jetzt keiner mehr davon. „Was?"

„Wie haben es die Gefolgsleute dieses Nazareners namens Jeshua geschafft, so erfolgreich zu werden?"

Sekundenlang hatte ich keinen Plan, wovon er sprach. „Meinst du Jesus Christus?"

„Genau den. Brüder meines Standes berichten mir von Menschenströmen, die zu ihnen überlaufen, und ich habe die riesigen Tempel gesehen, die sie im Laufe der vielen Generationen für euren Gott gebaut haben. Wie haben sie das geschafft?"

Da mein Hirn hauptsächlich mit Ivo und den Tausenden von Fragen beschäftigt war, konnte ich Cedric kaum folgen.

„Also hat Jesus schon gelebt, vielmehr ist schon tot?"

Er wiegte nachdenklich den Kopf. „Ja, seit zweihundert Jahren."

Wild rieb ich mir die Stirn, immerhin ein Anhaltspunkt. Das Mondjahr der Kelten war nicht so viel anders als unser Kalender, also musste ich irgendwann um die Mitte des dritten Jahrhunderts nach Christus gelandet sein. Half mir das weiter? Im Moment nicht. Wieder musste ich seufzen.

„Die Jünger Christi hatten ein paar gute Ideen im Anfang, aber mit jeder Generation nach ihnen haben sie die Lehren mehr verfälscht und angepasst. Wir ehren zum Beispiel auch an Samhain unsere Ahnen. Ich glaube, dass sie auch von euch und eurer Kultur sehr viel übernommen haben. Das könnte das Erfolgsrezept gewesen sein. Aber zu meiner Zeit ist die Religion nicht mehr so sehr gefragt."

„Das habe ich mir fast gedacht, schade", ächzend stand er auf. „Komm, Branna, die Kleinen warten auf ihre nächste Mahlzeit."

Er ließ mich ohne Gruß einfach sitzen. Ratlos starrte ich in den Matsch vor mir. Was genau wusste ich jetzt eigentlich?

Da mir langsam kalt wurde, stand ich ebenfalls auf und rubbelte mir über die Arme. Ich wusste grob, in welchem Jahrhundert ich gelandet war, und wenn ich mich recht erinnerte, dann war es die Zeit, in der die Völkerwanderung von Norden und Osten wieder vermehrt einsetzte. Die Römer waren auf dem absteigenden Ast. Ich wusste auch, dass Ingrun etwas von Ivo gewollt hatte, was den Frieden anscheinend verhinderte. Also Krieg? Gedankenverloren rannte ich im Kreis durch den Matsch, es schmatzte und manchmal klirrten kleine Eisstücke. Und da Ivo nicht so wollte wie Ingrun, ist sie gegangen. Super Ehe. Bedeutete aber, dass sie nicht wiederkommen würde und ich Ivo erst einmal für mich behalten durfte. Das fand ich schön und etwas beruhigend.

Keine Erhellung hatte ich über Ingrun als Person. Sie musste eine fantastische Heilerin gewesen sein, eine perfekte Hausfrau, ihr Met war unvergleichlich, doch wirklich beliebt schien sie trotzdem nicht gewesen zu sein. Wie Ivo erzählt hatte, machte sie sich nichts aus Zweisamkeit, und auch den anderen Bewohnern des Dorfes war sie offensichtlich nicht besonders verbindlich entgegengetreten. Eine Frau, die wohl sagte, was sie dachte, ohne sich um Diplomatie zu scheren. Das imponierte mir im Prinzip. Einmal mehr puzzelte ich die wenigen Fakten meines derzeitigen Daseins ineinander. Es half nichts.

Steif vor Kälte stakste ich aus dem Pferdeauslauf hinaus auf den Platz und ging mit gesenktem Kopf hinüber zu unserer Hütte, wo ich auf Ivo warten wollte. Nur er konnte mir noch mit Informationen weiterhelfen. Zwischen meinen Haaren hindurch sah ich Arne, den Häuptling, mit verschränkten Armen in der Tür seiner Hütte stehen. Er musterte mich mit unverhohlener Abneigung. Der Mann machte mir Angst. Hastig eilte ich mit größtmöglichem Abstand an ihm vorbei und prallte fast auf Ivo, der vor unserer Hütte stand. Er riss mich in seine Arme, presste mich heftig an sich.

„Warum wolltest auch du mich verlassen, Christin?", flüsterte er wild in meine Haare.

An seiner Schulter schüttelte ich den Kopf. Er roch wie immer nach Leder und Wald und Kühen. „Ich wollte dich doch gar nicht verlassen, nur ausreiten. Was ist zwischen dir und Ingrun, Ivo, erklär es mir bitte. Was ist geschehen?"

Schwer atmend schob er mich ein wenig von sich weg, schaute mir intensiv ins Gesicht. Seine dunklen Augen glühten.

„Nichts, Christin, seit dem Abend des Samhain weiß ich, dass nichts zwischen Ingrun und mir war. Seitdem kenne ich den Unterschied und weiß, wie es sich anfühlt, wenn tausend Sonnen durch einen hindurchtanzen, weil die Frau, die man liebt, auf einen zukommt. Sie selbst ist die schönste und wärmste Sonne von allen. Du, Christin, du bist die Sonne. Wenn ich dich sehe, wird es hell. Aber dank Ingrun durfte ich all die Zeit ahnen, dass es dich gibt."

Es gab mich doch noch gar nicht, dachte ich bestürzt über seine Ehrlichkeit und die Gefühle, die seine Worte in mir auslösten. Eine Welle von Zuneigung und Zärtlichkeit schwappte über mich hinweg. Ich lehnte mich an ihn.

„Vielleicht hat das alles wirklich einen höheren Sinn, Ivo", murmelte ich, seine Lippen suchend, „aber ich verstehe ihn nicht. Trotzdem bin ich froh, jetzt bei dir zu sein."

Wir küssten uns sehr zart. „Ich danke den Göttern für jeden Tag mit dir", sein Blick war ernst, „denn ich weiß sehr wohl, dass sie von Anfang an gezählt sind. Eigentlich wusste ich auch, dass Ingrun gehen würde, aber ich wollte es nicht wahrhaben. Komm, Christin, meine Sonne, ich erzähl dir unsere Geschichte."

In stillem Einvernehmen betraten wir die Hütte. Das Feuer war längst zu einem Rest Glut heruntergebrannt, entsprechend kalt war es. Schweigend schichtete Ivo neues Holz, entfachte das Feuer neu, während ich Tee in das Sieb aus Ton gab und Wasser in den Kessel schüttete, der über dem langsam stärker werdenden Feuer hing. Diese Tätigkeiten hatten schon fast etwas Vertrautes. Dann richteten wir uns an der Feuerstelle mit ein paar Kissen und der Lammfelldecke ein bequemes Lager. Wie immer hatte uns Belana auch ein paar ihrer Haferkuchen bereitgelegt. Langsam wurde es Zeit, dass ich kochen lernte.

Ich schenkte uns Tee ein und kuschelte mich in Ivos Arme. Stille Minuten tropften unwiederbringlich dahin, ich genoss sie und ich bedauerte, dass sie verrannen. Ivos Atem strich sanft an mir vorbei, seine Arme wärmten mich, ließen mich ein Gefühl von Geborgenheit empfinden, das ich so noch nie erlebt hatte.

„Mein Vater ist sehr mächtig", fing Ivo gedankenverloren an zu erzählen, „ich bin sein dritter Sohn von seiner dritten Frau, die wie die beiden davor im Kindbett starb." Mitfühlend streichelte ich ihm über seine Wange. Mit Abstand war er einer der gepflegtesten Männer, die ich kannte.

„Ingmar führt seinen Stamm gerecht und umsichtig. Ich habe viel von ihm gelernt. Er ist mir immer ein guter Vater gewesen, war immer für seine Kinder da. Auch als ich nicht in der Familientradition bleiben wollte, lieber mit den Gelehrten und Druiden zusammensaß, anstatt mich im Waffengang zu üben, hatte er Verständnis für mich. Er ließ mich meinen Weg gehen. Ich bin kein Krieger, Christin, auch wenn ich so erzogen wurde. Im Kampf gedeiht nichts, ein gewaltsamer Tod hilft niemandem weiter. Es mangelt mir nicht an Mut, das darfst du nicht verwechseln", ein flehentlicher Blick traf mich und ich schüttelte den Kopf, der Unterschied war mir schon bewusst, „aber mir fehlt das Verständnis und der Sinn für den Kampf."

Jedem normal denkenden Menschen sollte der Sinn und das Verständnis dafür fehlen, dachte ich, während ich von meinem Tee trank. Ivo legte einen weiteren Scheit ins Feuer, der laut knackte und Funken stieben ließ, denen wir versonnen nachschauten.

„Es gibt eine Menge Menschen, die gute Kämpfer sind, Ingrun gehört dazu. Sie ist so schnell mit dem Schwert, dass man ihre Bewegungen kaum verfolgen kann." Er biss sich auf die Lippen. „Ihre

Familie starb bei einem Überfall der Alamannen vor einigen Jahren. Sie überlebte versteckt im Heu. Wir haben uns am Hof meines Vaters kennengelernt, kurz nachdem ich erkannt hatte, dass ich nicht das Zeug zum Druiden habe. Sie dachte, ich würde mich wieder auf meine kriegerische Herkunft besinnen, und fragte mich, ob ich mit ihr Hochzeit halten wollte." Er lachte, in der Erinnerung schwelgend, und schüttelte den Kopf. „Ingrun war die begehrteste Frau und sie machte keinen Hehl daraus, dass sie Ivo, Ingmars Sohn, haben wollte – und ich war natürlich entsprechend geschmeichelt."

„Hast du ihr denn nicht gesagt, dass du kein Krieger werden wolltest?"

Er bewegte ausweichend die Schultern, lächelte mich verschämt an.

„Nein, ich wollte doch die schönste Frau des Stammes haben. Aber ich habe ihr damals gesagt, dass ich den Hof meiner Mutter in Zukunft bewirtschaften würde. Sie willigte ein, mir hierher zu folgen. Wenige Wochen später haben wir uns an Beltane den Eid geschworen und ihn in den folgenden Jahren immer wieder erneuert. In diesem Jahr habe ich genau gespürt, dass Ingrun unsicher war, ob sie ein weiteres Jahr für mich aufwenden wollte oder nicht."

„Was meinst du mit aufwenden?"

Bisher klang das alles nicht sehr viel anders als eine Liebesgeschichte aus dem 21. Jahrhundert. Wo war sie also schiefgelaufen, abgesehen davon, dass die Gefühle anscheinend nie die Ausmaße eines Urknalls erreicht hatten? Das taten sie in den wenigsten Beziehungen. Ich atmete tief durch. In meinen inklusive.

„Ingrun hat all die Jahre immer wieder versucht, mich umzustimmen. Sie meinte, ein Mann mit meiner Herkunft könne die Stämme entlang des Limes einigen, Hochkönig der Vindeliker werden und die Römer vertreiben, die einfallenden Alamannen gleich dazu. Sie ist davon überzeugt, dass sie und ich es geschafft hätten. Als die Wachen jetzt wieder alamannische Horden meldeten, hat sie mich vor die Entscheidung gestellt. Sie und der Kampf gegen die Barbaren, oder sie würde mich verlassen. Ich habe ihr gesagt, dass ich nicht kämpfe und keinen bewaffneten Aufstand gegen die Römer anführe. Ich möchte in Frieden leben. Und deswegen haben sich unsere Wege getrennt. Wir konnten einander nicht mehr unterstützen. Unser Streit an Samhain war der letzte Grund, den sie brauchte, um mich endgültig zu verlassen."

Seine Augen schimmerten feucht, ich sah die Anspannung in seinem Gesicht und den Schmerz, die Enttäuschung, aber auch die Gewissheit, dass es richtig war, sich für seinen eigenen Weg zu entscheiden.

„Bewaffnet oder nicht, wir werden die Alamannen nicht für immer aufhalten können. Sie werden kommen, vielleicht werden wir auch irgendwann kämpfen müssen, doch ich werde den Kampf nicht anfangen. Und ich weiß, dass unsere Tage, die Tage meines Stammes und meines Volkes, gezählt sind. Du hast ja bestätigt, dass es in deiner Zeit keine Kelten mehr gibt."

Die vielen Gedanken und Gefühle in meinem Kopf machten mich stumm. Wenn ich es richtig verstanden hatte, dann war diese Ehe von Ingruns Seite aus von Anfang an nur deswegen arrangiert worden, um Ivo zum Kampf gegen die Römer und Alamannen aufzuhetzen, was logischerweise irgendwann dazu führen musste, dass sie bitter enttäuscht wurde. Es wäre zudem ein aussichtsloser Kampf geworden, das hatte Ivo genau erkannt. Was also hatte Ingrun dazu getrieben, ihn trotzdem für die einzige Möglichkeit zu halten? Ich holte tief Luft, setzte mehrfach an, meine Fragen zu stellen, doch die Worte wollten nicht sinnvoll aus mir heraus.

„Hat sie dich wenigstens gemocht, Ivo? Warum du? Warum nicht einer deiner Brüder?" Mir fehlte jede Diplomatie und jedes Feingefühl, obwohl mir das in meiner Kommunikation sonst sehr wichtig war. „Warum überhaupt gegen etwas kämpfen, was offensichtlich nicht zu bekämpfen ist? Nein, es gibt keine Kelten mehr, auch keine Alamannen und keine anderen Barbaren. Wir haben uns alle vermischt. Sicherlich sind sogar ein paar Römer in den Reihen unserer Ahnen."

Er musterte mich mit schmalen Augen, sodass ich nicht erkennen konnte, wie er meine Worte auffasste, dann nahm er mich fester in die Arme und legte seinen Kopf auf meine Brust. Ich streichelte ihm sacht durchs Haar, wunderte mich, dass mich sein verzierter Zopf nicht mehr verwunderte.

„Weil sie mich mochte, hat sie keinen meiner Brüder gewählt, was wahrscheinlich aber klüger gewesen wäre. Sie dienten am Hof unseres Vaters und in Hilfstruppen der Römer. Meine Brüder hätten sich sicherlich für einen Aufruhr begeistern lassen. Beide sind in den letzten Jahren im römischen Dienst gefallen. Ich dagegen bin für sie nichts als eine Enttäuschung geworden, ein großer Fehler. Mir war lang gar nicht klar, wie wichtig ihr der Aufstand war, manchmal habe ich sie sogar deswegen verspottet. Das tut mir jetzt aufrichtig leid. Aber als ich ihr das sagte, war es längst zu spät."

Mit einer Hand schenkte ich heißen Tee zu dem erkalteten in unseren Bechern. Ich küsste ihm seinen Nacken und reichte ihm mit einem schwachen Lächeln auf den Lippen den Becher.

„Was haben ihr die Römer und Alamannen getan, Ivo? Es muss doch einen Grund gegeben haben, warum sie alles daransetzte, sie zu bekämpfen."

„Ist es nicht Grund genug, erleben zu müssen, wie die eigene Familie geschändet und grausam ermordet wird?" Er schaute mich nicht an, sondern fixierte einen fernen Punkt in einer noch ferneren Vergangenheit, und das, was er dort sah, war offensichtlich schrecklich. Er stöhnte. „Die römischen Grenzsoldaten haben von ihrem Posten aus dem Gemetzel zugeschaut, ohne einzugreifen."

Mein Hirn war nicht dazu fähig, die Tragweite seiner Worte wirklich zu erfassen, denn mir fehlten schlicht und ergreifend die Erfahrungen. Einzig ein paar Filmsequenzen aus irgendwelchen Historienschinken konnte ich heranziehen, um einen Hauch von Vorstellung davon zu bekommen, was Ingrun real widerfahren war.

„Belassen wir es dabei, Christin", brummte Ivo und richtet sich wieder auf, ein angestrengtes Lächeln streifte mich, „es hat alles so kommen müssen. Die Götter wissen schon, was sie tun. Möchtest du noch immer ausreiten?"

Unsicher nickte ich. Mehr gab es tatsächlich nicht mehr zu bereden, aber umso mehr, über das Gesagte nachzudenken.

Am Himmel waren dunkle Wolken aufgezogen, es roch nach Schnee und die Temperatur schien empfindlich gefallen zu sein. Fröstelnd zog ich die Schultern hoch. Dieser Winter würde wahrscheinlich die Hölle für mich werden.

„Wir können relativ gefahrlos zum Fluss hinunterreiten", erklärte Ivo im Gehen, „die Kundschafter haben Arne vorhin gemeldet, dass die Alamannen weit hinter Cambodunum ihr Lager aufgeschlagen haben. Sie scheinen sich für den Heimweg zu sammeln."

„Warum greifen die Römer sie nicht an?", ich wich einer Pfütze aus. „Sie sollen uns doch verteidigen, oder nicht?"

„Ja, sollten sie eigentlich. Andererseits, warum sollten sie sich den Ärger antun? Die Alamannen werden spätestens mit dem ersten Schnee wieder abziehen und erst im nächsten Spätsommer wiederkommen. Irgendwann werden sie dann bleiben, Häuser und Höfe bauen, egal, ob die Römer das wollen oder nicht. Es stehen kaum waffenfähige Legionäre in Cambodunum."

Da hatte er recht. Genau so würde es wohl geschehen. Während ich Askan den Strick zum zweiten Mal um den Kopf knotete, versuchte ich mich mal wieder an längst vergangene Schulstunden und das bisschen geschichtliche Allgemeinbildung zu erinnern, was noch in mir vergraben war. Jetzt, wo ich wenigstens grob wusste, in welchem Jahrhundert ich gelandet war, fielen mir durchaus ein paar Details ein.

„Es wird so sein, wie du sagst, Ivo", erklärte ich zögernd, während er mich auf den Rücken meines Haflingers hob. Unsere Blicke trafen sich. „Sie werden immer wieder kommen, es werden immer mehr und sie werden bleiben. Die Römer werden sich langsam zurückziehen. Zu unserer Zeit nennt man es die Wanderung der Völker."

„So hat es Cedric auch beschrieben." Er öffnete das Gatter und ließ uns hinaus, bevor er sich in einer fließenden Bewegung auf Runas breiten Rücken schwang. „Barbarische Völker werden aus dem Norden und dem Osten in unsere Gebiete einfallen, ohne dass die Römer sie aufhalten können."

„Sie werden sogar über die Alpen bis nach Rom vordringen", ergänzte ich, „und von heute an gesehen wird es in ein paar Generationen das Römische Reich nicht mehr geben."

„Und uns auch nicht."

Es war keine Bitternis in seinen Worten, sondern eine klare Feststellung, nüchtern und realistisch. Trotzdem stimmte sie mich traurig.

Oswin ließ uns ohne Kommentar durch das Tor hinaus. Wir ritten den bekannten Weg zwischen den Wällen hindurch bergab. Kurz hielt ich den Atem an, als wir an meiner Eiche vorbeikamen, wartete auf den Lichtblitz, dem die Dunkelheit folgte, doch auch heute blieb der Wald einfach nur ein Wald.

Es war extrem verwirrend, diesen vertrauten Weg zu reiten, auch wenn alles ganz anders aussah als zu meiner Zeit. Die Pferde schlugen ein flottes Tempo an, denn es ging ja Richtung heimatlichen Stall, theoretisch. Auf der Höhe, wo ich eigentlich die Landstraße nach Sulzberg vermutete, wurde der Wald immer dichter, der Bach veränderte seine Richtung und floss viel weiter links. Kenels war ein Urwald.

Wie die Tage zuvor, schlugen wir uns auf Wildwechseln durch den Wald und ich verlor langsam die Orientierung. Weit unterhalb Ottackers, wo die Ausläufer des Hügels langsam flacher wurden, stießen wir tatsächlich auf etwas, das ein angelegter Weg sein konnte. Bis dahin hatte ich kein Haus und keinen Hof gesehen, keine Menschenseele war unterwegs. Die Luft war still. Der Hang hinter uns dicht bewaldet. Die Niederung vor uns Sumpfwiese, unterbrochen von niederem Gebüsch und vereinzelten Bäumen. Der Weg schien tatsächlich irgendwie gepflastert zu sein.

„Dort vorn ist Loja", Ivo wies mit der Hand nach rechts hinüber, „die Römer versuchen seit Jahren, die Wiesen trockenzulegen, doch sie wollen nicht einsehen, dass es nicht geht. Ihre Häuser versinken langsam im Sumpf, genau wie ihre Straße, auf der wir gerade stehen."

Völlig baff wusste ich nicht, ob ich erst die Straße unter mir oder die Häuser zwischen den Büschen anstarren sollte. Dieser kaum mehr als anderthalb Meter breite Schotterweg war eine Römerstraße?

„Sie endet auf halbem Weg zu dem großen Berg dort drüben", Ivo nickte mir zu und wieder folgte ich seinem ausgestreckten Arm, „aber ein Pfad führt weiter durchs Moor bis zum südlichsten Hof. Die Römer kaufen den Bergleuten dort Eisenerz ab."

Der Grünten. Mir fiel alles aus dem Gesicht.

„Wir nennen ihn den Grint", Ivo lachte leise und reichte mir seine Hand, die ich abwesend ergriff, „er ist so kahl am Gipfel und sein Gestein schorfig."

„Ich kenne diesen Berg", erwiderte ich mit erstickter Stimme, „bei uns heißt er Grünten. Erz wird schon lang nicht mehr abgebaut."

Einmal mehr fühlte ich mich in einer schizophrenen Situation gefangen. Alles war einerseits vertraut und trotzdem so fremd, als sei ich auf einem anderen Stern gelandet. Der Grünten. Es war etwas wie Sehnsucht, das ich bei seinem Anblick empfand. Wann immer ich das Allgäu verlassen musste und über die Autobahn zurückkehrte, war er mit das Erste, das man am Horizont erkennen konnte. Der erste Willkommensgruß. Der Wächter des Allgäus. Aber dieses Mal war ich nicht wirklich daheim.

Unaufgefordert lief Askan wieder los, denn eigentlich waren wir nicht weit von daheim entfernt – offenbar hatte er nicht länger Lust, auf der Straße herumzustehen.

Ivo hielt weiterhin meine Hand, während er auf Runa neben mir hertrabte. Mir war kalt.

„Die beiden kennen den Weg", er fand es amüsant, mich graute, „wir sind gleich da."

Exakt dort, wo sich zu meiner Zeit die Zufahrt zu meinem Hof befand, zweigte ein schmaler Weg von der Römerstraße ab den Hügel hinauf und die Pferde bogen zielstrebig ab. Ich weiß nicht, was ich erwartet hätte, wenn ich Zeit gehabt hätte, mir darüber Gedanken zu machen, doch sicherlich niemals ein Dorf, das aussah, als sei es eben einem Asterix-Comic entsprungen.

„Hier sind wir daheim", erklärte Ivo mit leiser Sehnsucht in der Stimme. Ich fragte mich kurz, ob er bewusst diese zweideutige Ausdrucksweise gewählt hatte, denn wir waren in der Tat beide hier daheim. Die teils gemauerten Häuser waren mit Reet und Holzschindeln gedeckt, duckten sich wie mein Hof in die kleine Senke zwischen den natürlichen Wällen. Um die Häuser herum hatten die Dorfbewohner zusätzlich einen Zaun aus hohen Palisaden auf einem breiten Wall errichtet, doch das große Tor stand sperrangelweit auf.

„Warum habt ihr das Tor nicht geschlossen?", fragte ich in meiner Verwirrung.

„Weil es sich nicht von außen verschließen lässt", er lachte fröhlich, „und wenn die Alamannen sehen, dass keiner zu Hause ist, dann brauchen sie auch nichts kaputt zu machen, ganz einfach."

Clever. Halb hysterisch fiel ich in sein Lachen ein. Solange ich in unserer Hütte auf dem Berg saß, hatte ich mich mit meiner Situation irgendwie arrangiert, doch sobald die beiden Welten so derb wie hier aufeinanderkrachten, war es vorbei mit mir und meinen desolaten Nerven. Ivo hielt noch immer meine Hand, drückte sie voller Verständnis.

„Ich weiß nicht, wie es zu deiner Zeit hier aussieht", sagte er sanft, „aber ich könnte mir vorstellen, dass es auch für mich sehr schwer wäre, den Unterschied zu begreifen. Ist hier noch immer ein Dorf?"

Ich schluckte an dem Kloß und den aufsteigenden Tränen in meinem Hals und schüttelte den Kopf. Nicht blinzeln, dachte ich, sonst würde es nass um die Augen, einfach geradeaus starren und atmen.

„Nein", Luft holen, „nein, nur noch mein Haus steht hier, und zwar dort drüben, wo das weiße Haus über Eck gebaut ist, das mit dem spitzen Giebel. Und unten, dort wo die Römerstraße verläuft, stehen auf beiden Seiten der Straße zwei Häuser."

„Es wundert mich nicht wirklich", der Druck seiner Hand verstärkte sich wieder, „aber dieses weiße Haus ist meines. Ich würde es dir auch gern zeigen, doch es ist zu gefährlich."

Auch ich war nicht wirklich überrascht, so verworren auch alles erschien, so zeigte sich doch immer mehr eine seltsame Systematik in der Geschichte.

„Wieso zu gefährlich?", fragte ich, nur um nicht weiter nachdenken zu müssen. „Das Dorf ist doch offensichtlich leer."

Er drängte Runa nah an Askans Seite und blinzelte mir zu.

„Wahrscheinlich ist es leer", erklärte er, „aber selbst wenn die Kundschafter melden, dass die Alamannen sich zurückziehen, so ist es nicht sicher, dass nicht doch irgendwo einer auf der Strecke bleibt. Bevor wir zurückkehren, werden wir das Dorf gründlich sichern. Komm zu mir."

Ohne auf mein überraschtes Quieken zu achten, zog er mich vor sich auf Runas Rücken. Askan schnaubte empört und selbst die unerschütterliche Runa machte halbherzige Anstalten, zu steigen. Ich quiekte wieder, doch Ivo hielt mich geschickt mit einem Arm fest, während er die Pferde mit der anderen lässig zum Stehen brachte.

„Ich habe noch nie für eine Frau so empfunden wie für dich, Christin, und ich würde dich so gern immer bei deinem Namen nennen. Noch lieber würde ich jetzt allerdings in unserem warmen Haus das Lager mit dir teilen. Langsam verstehe ich, warum manche Männer beim Anblick ihrer Frauen nicht mehr Herr ihrer Sinne sind."

Aha. Nur ungern gab ich vor mir selbst zu, dass es mir mit ihm genauso ging. Ganz davon abgesehen wäre ich nie auf die Idee gekommen, auf einem Pferderücken zu schmusen, doch Ivo löste geschickt die Bänder meines Mieders, während er mich küsste. Mir wurde heiß vor Lust, als seine kalten Hände mir über meine Brüste strichen. Ich schlug die Augen auf, sah seine strahlend blau vor mir, sein dunkler Zopf fiel ihm ins Gesicht. Sanft griff ich danach, fühlte die kühlen Silberperlen in meinen Händen. Er senkte den Kopf, seine Lippen fuhren über die Ansätze meiner Brüste. Über seine Schulter hinweg sah ich das Dorf. Ein wenig kam ich mir vor wie eine Prinzessin, die von ihrem Prinzen entführt wurde, und ich genoss es sehr. Aus den Augenwinkeln glaubte ich plötzlich, eine Gestalt zu sehen, die zwischen den Häusern hervorhuschte und dann hinter der Ecke des nächsten verschwand. Argwöhnisch richtete ich mich ein wenig auf.

„Ivo, ich glaube, da ist jemand!"

Sofort riss er Runa herum, Askans Strick ratschte mir über den Schenkel.

„Steig wieder rüber auf Askan, Christin", knurrte er, während er konzentriert die Häuser mit den Augen absuchte, „dort darf niemand sein. Bist du sicher?"

Ich wollte von Runa herunter, doch er hielt mich fest. Unwillig zog ich die Schultern hoch „Was jetzt? Ich bin mir nicht sicher, aber da war ein Schatten, ich weiß nicht."

„Du kommst so nicht wieder aufs Pferd, Christin, du musst direkt auf Askan."

Reichlich perplex angelte ich nach der üppigen Mähne meines Haflingers, um mich von Runa zu ihm hinüberzuschwingen. Doch der fand an diesem Spiel so überhaupt kein Gefallen und tänzelte dauernd zur Seite. Zweimal landete ich fast im Dreck. Ich fluchte leise, während Ivo noch immer das Tor und die Häuser im Auge behielt.

„Lass", er drückte mir Runas Strick in die Hand, „ich gehe rüber."

Erleichtert schwang ich ein Bein an jede Seite meines stämmigen Pferdchens und zupfte hastig die Schnüre meines Mieders wieder fest. Ivo glitt von Runa, berührte dabei kaum den Boden, bevor er in einer fließenden Bewegung schon auf Askan saß, ohne das Dorf dabei auch nur einen Augenblick unbeachtet zu lassen. Ich hielt die Luft an. Askan und ein männlicher Reiter waren zwei Dinge, die in seinem bisherigen Leben überhaupt nicht zusammengepasst hatten.

Seine Ohren wackelten ungläubig hin und her, dann ging er senkrecht in die Höhe. Ich hätte Ivo wohl warnen sollen. Aber auch meine Fähigkeit, mehrere Dinge auf einmal zu erledigen, war begrenzt und in diesem Fall meine Reaktionszeit zu lang. Ivos dagegen nicht. Er saß auf Askan wie angeklebt. Nach ein paar wilden Sprüngen stand das Pferd dann. Ivo grinste mich an.

„Der gefällt mir. Komm, es wird bald richtig dunkel sein. Ich will dich nicht gefährden."

Wir galoppierten den Hang entlang. Askan flog mit wehender Mähne unter Ivo dahin wie ein Araber, ich musste die beiden dauernd anschauen, weil sie so schön waren.

Von der Iller zogen Nebelschwaden die graugrünen Hügel hinauf, Fetzen davon hingen in den Wipfeln der Bäume und weit im Westen, dort wo eigentlich die Lichter von Kempten den abendlichen Himmel erhellen sollten, ging in zarten Lilatönen die Sonne unter. Diese Welt war wunderschön.

Im Zickzack galoppierten wir eine Weile durch den Wald und über die sumpfigen Wiesen, bevor Ivo bremste und die Pferde in einen Bach lenkte. Wir ritten im Wasser bergan, sodass wir keine weiteren Spuren hinterließen, falls tatsächlich jemand im Dorf gewesen sein sollte.

„Wahrscheinlich war es nichts", rief ich halblaut in die zunehmende Dunkelheit, „irgendein Tier oder ein Schatten."

„Wahrscheinlich", stimmte Ivo zu, „trotzdem müssen wir uns absichern."

Wir ritten den Berg hinauf, bis zum Grat, wo vermutlich in meiner Zeit der kleine Ort Albis lag. Entsprechend erreichten wir die Wallburg von oben. Oswin stand schon wartend am Tor. Er brummte etwas von „wieder sehr spät" und „Dunkelheit" und verriegelte hinter uns das Tor. Ivo sprang vom Pferd.

„Wir mussten einen Umweg reiten", erklärte er Oswin und fing mich von Runas Rücken auf, „Ingrun glaubt, eine Gestalt im Dorf gesehen zu haben."

„Ingrun glaubt", tönte Arnes Stimme aus dem Dunkeln, „natürlich. Geht die Kriegshetze jetzt erneut los? Oder hat euer Liebespiel draußen einfach zu lang gedauert? Wieder kommt ihr erst nach Einbruch der Dunkelheit, was gegen die Abmachungen ist. Sag's mir, Ivo, was hat dein Weib dieses Mal angestellt?"

Weib? Ivos Arme legten sich schützend um mich, trotzdem wäre ich gern vor Arne gewichen. Weib klang aus seinem Mund, als sei ich ein hässliches Insekt.

„Nichts dergleichen, Arne", erwiderte Ivo betont ruhig, „wir mussten einen Umweg nehmen. Und wir werden vor unserer Rückkehr das Dorf gründlich durchsuchen müssen."

„Was wir tun werden, bestimme immer noch ich, Ivo! Folge mir in meine Hütte, sofort!"

Ich sah trotz der Dunkelheit, wie Ivo einen Moment lang die Augen genervt schloss und atmete. „Wir alle bestimmen, Arne", wies er ihn dann scharf zurecht, „und das wird auch so bleiben. Wenn du dagegen bist, dass wir das Dorf durchsuchen, dann kannst du das zur gegebenen Zeit vor allen sagen. Ich werde dir jetzt nicht folgen, denn ich muss die Pferde versorgen und ich habe Hunger, ich möchte den Abend mit meiner Frau verbringen. – Geh voraus zur Hütte, Ingrun. Ich komme gleich nach."

Rigoros schob er mich in die entsprechende Richtung. Steif wie ein Stock ging ich an Arne vorbei. Mir fehlten Ivos schützende Arme. Nur das dumpfe Trappeln der Hufe war zu hören, ansonsten herrschte Stille. Sicherlich hatte jeder den Wortwechsel mitbekommen. Wie oft in den letzten Jahren waren Ingrun und Arne wohl so aneinandergeraten? Hatte Ivo sich früher auch schützend vor sie gestellt, oder hätte Ingrun das nicht geduldet?

Völlig erledigt schlüpfte ich in die Hütte. Meine Tage waren so voll wie noch nie in meinem Leben. Selbst eine Fünfzigstundenwoche im Büro konnte das hier nicht toppen. Ich behielt meinen Mantel erst einmal an, denn es war bitterkalt, das Feuer längst wieder heruntergebrannt und bei den dünnen Wänden hätte ich auch draußen sitzen könne, es hätte keinen Unterschied gemacht. Mein Atem dampfte, als ich vorsichtig auf die kleinen Glutstücke blies, die noch in der Asche lagen. Ein winziges Stück Papier hätte mir mal wieder fantastische Dienste geleistet, doch ich hatte nur ein paar trockene Kiefernzapfen und Reisig.

Immerhin hatte ich ein kleines Feuer reanimiert, als Ivo von den Pferden zurückkam. Er lächelte mich anerkennend an. „Du lernst wirklich schnell, Ingrun."

Ich seufzte innerlich, Ingrun war ein schöner Name, wenn er nur nicht so ein schweres Erbe bedeutet hätte.

„Ab morgen werde ich Belana bitten, mir zu zeigen, wie ihr kocht, damit sie uns nicht immer Essen bringen muss", ich lächelte ihn ebenfalls an, „aber ich sage dir gleich, Ivo, ich bin nicht gut im Kochen."

„Wenn du mich so anlächelst wie jetzt, dann esse ich alles. Und mach dir keine Gedanken wegen Arne. Der hört sich selbst nur gern reden."

Behutsam schürte er das Feuer und stellte den Tonofen neben das Bett, während ich Brot aufschnitt, das Belana gebracht hatte, und Trockenfleisch aus dem Rauchfang nahm.

„Ich schaue noch schnell nach dem Jungen, Ivo, ist das in Ordnung?"

Er nickte. „Natürlich, aber bleib nicht so lang, ich warte auf dich."

Da ich den Mantel noch immer anhatte, schlüpfte ich nur schnell in meine Stiefel und rannte zur Hütte des kleinen Jungen hinüber. Auch hier saß die Familie beim Abendessen, der Junge munter dazwischen. Wir sprachen kurz über den Welpen, dessen Mutter ich am Morgen kennengelernt hatte. Die Wunde sah sauber und rosig aus, noch gab es keine Anzeichen einer Entzündung. Ich reinigte sie mit der Gundermann-Tinktur und verband sie neu. Die Familie strahlte mich warm an, als ich mich verabschiedete, und wieder spürte ich etwas wie Glück. Es tat gut, willkommen zu sein.

Auch Ivo und ich nahmen unser Abendessen eng aneinandergekuschelt am Feuer ein. Die Ruhe tat gut, die Zweisamkeit noch mehr. Sie währte allerdings mal wieder nicht sehr lang. Gerade als ich in seinen Armen langsam in den Schlaf hinüberdämmerte, brüllte Arne vor unserer Hütte nach Ivo. Ich schrak heftig zusammen. Ivo fluchte etwas Unverständliches.

„Ivo", krakeelte es wieder, „komm raus, ich muss mit dir reden!"

Auf nächtliche Ruhestörung stand man wahrscheinlich selbst in dieser Zeit nicht. Wir wechselten einen entnervten, aber ergebenen Blick, Ivo schälte sich aus der Lammfelldecke und stand auf. Er trug nur seine Hosen. Bewundernd schaute ich zu ihm hoch, seine Haut schimmerte im Schein des Feuers, als sei er aus flüssigem Gold, die Tätowierungen hoben sich lebendig davon ab.

Ein Schwall kalte Luft fiel herein, als er halb nackt zu Arne vor die Hütte trat.

„Was ist los, Arne?"

„Es hat mir nicht gefallen, wie du mich vorhin stehen gelassen hast!", brüllte der Häuptling, was mich spontan an eine männliche Zicke erinnerte. „Hat sie es endlich geschafft, dich gegen uns Römer aufzuhetzen? Diesem Weib ist jedes Mittel recht, ich hab genau gesehen, wie sie dich umgarnt!"

Ivo schnaubte verärgert. „Ich lasse mich von niemandem aufhetzen", erwiderte er mühsam beherrscht, „das müsstest du langsam wissen, Arne. Und ich ersuche dich ein letztes Mal, meiner Frau mit dem nötigen Respekt zu begegnen. – War's das?"

„Ich weiß nur, dass du der Lieblingssohn des mächtigen Ingmar bist, der die Römer verabscheut, genau wie dein Weib, das dauernd gegen mich treibt."

„Mach dich nicht lächerlich, Arne", ich hörte genau, dass mit Ivo nicht mehr zu spaßen war, seine Stimme war eisig und sehr leise. „Ich bin weder der Büttel meines Vaters noch der meiner Frau. Mein Wort drauf, Arne, Ingrun wird dich in Ruhe lassen und mir persönlich ist es egal, ob du ein Römer bist oder ein Halbkelte. Wenn du allerdings mit deiner Herkunft nicht umgehen kannst, dann ist das deine Sache. Geh schlafen, Arne, du hast zu viel Wein getrunken."

Ivo war kein Mann, mit dem man es sich verscherzen sollte, das wurde mir in dem Moment klar, als er blass vor Zorn wieder zu mir in die Hütte trat. Wortlos schenkte er sich einen Becher Met ein, draußen hörte ich sich entfernende Schritte. Ich musterte ihn aufmerksam, hoffte, dass ich niemals die gefährliche Seite von Ivo, Ingmars Sohn, erleben würde. Lieblingssohn, ergänzte ich in Gedanken, wieder eine wichtige Information mehr.

„Gib acht, Ivo", ich streckte unsicher lächelnd meine Hand unter der Decke nach ihm aus, „dieser Mann ist gefährlich."

Mühsam beherrscht holte er Luft, eindeutig hatte ich die falschen Worte gesagt, und ich zog instinktiv meine Hand zurück. Mit dem Becher kam er um das Feuer herum auf mich zu. Zum ersten Mal sah ich den Krieger in ihm, eine Gänsehaut zog sich meinen Nacken hinauf, stellte mir die Haare auf. Der stille Ivo. Stille Wasser gründen tief, sind gefährlich. Gefährlicher als ein schreiender Häuptling.

„Fang du nicht auch noch damit an", seine Stimme frostete die Hütte, „Ingrun lag mir jahrelang damit in den Ohren." Er setzte sich neben mir auf das Kissen, die Kette um seinen Hals klirrte leise, und fasste mich an den Schultern. „Arne ist ein Schwätzer, jede Maus besitzt mehr Mut als er. Er ist nichts als ein bedauernswerter, entwurzelter Mensch. Ist kein Römer, ist kein Kelte, niemand will ihn wirklich haben."

Ich biss mir auf die Lippen, um nicht noch mehr undiplomatische Worte von mir zu geben. Mochte es so sein, wie Ivo sagte, doch gerade diese Angstbeißer waren gefährlich, hinterhältig und unberechenbar. Minutenlang saßen wir schweigend nebeneinander, dann gab ich mir einen Ruck.

„Verzeih, Ivo", scheu fasste ich nach seiner Hand, die den Becher umklammerte, „aber dann bin ich ausnahmsweise mit Ingrun einer Meinung. Glaub mir, ich kenne die Menschen und gerade Menschen wie Arne leider viel zu gut. Nicht umsonst ziehe ich die Gesellschaft meiner Pferde vor."

„Oder meine."

„Oder deine." Anbietend lupfte ich die Decke und er legte sich in meine Arme. Seine Haut war kalt. „Bist du wirklich der Lieblingssohn deines Vaters?"

Ohne mich anzuschauen, zuckte er die Schultern.

„Er hat meine Mutter sehr geliebt und ich sehe meiner Mutter sehr ähnlich. Außerdem bin ich sein ältester lebender Sohn."

Tief in der Nacht erwachte ich von einem Geräusch, das ich noch nie real in meinem Leben gehört hatte, und trotzdem wusste ich sofort, was mich da hochschrecken ließ. Wölfe. Ich bremste mich gerade noch, sonst hätte ich im wahrsten Sinne des Wortes senkrecht im Bett gesessen. Mein Herz raste, stocksteif, mit aufgerissenen Augen lag ich da. Die Hütte leuchtete golden vom Widerschein des Feuers, das Ivo mit einem Kupferblech abgesichert hatte, und das Knistern war das Einzige, was ich außer den einzelnen Rufen der Wölfe hörte. Langsam wurde mir klar, dass zwischen ihnen und mir nicht nur die dünnen Wände der Hütte standen, sondern zusätzlich noch die gut vier Meter hohen Palisaden. Sie würden also nicht in den nächsten Minuten in dieser Hütte nach einem Nachtmahl suchen.

Zunehmend fasziniert lauschte ich den archaischen Tönen. Wölfe. Es gab sie noch. Noch waren sie respektierte Kreaturen. Aber das würde sich ändern. Ich fühlte mich seltsam losgelöst, ruhend, und es war das erste Mal seit meiner Ankunft in diesem Leben, dass ich einen Hauch von Klarheit empfand, ohne deswegen gleich in Panik auszubrechen. Im Gegenteil, ich war glücklich. Vorsichtig drehte ich mich auf die Seite, um Ivo in sein schlafendes Gesicht zu schauen. War er der Grund dafür, dass ich herkommen durfte? War die Verbindung schon immer da gewesen? Oder ist sie erst dadurch entstanden, dass unsere Häuser auf dem gleichen Fleckchen Erde stehen? War ich Ingrun? Wiedergeburt, Seelenwanderung waren keine Themen gewesen, denen ich bisher auch nur einen Funken Glauben geschenkt hätte. Unter diesen Umständen aber waren sie fast nicht mehr zu verleugnen. Ich seufzte leise, eigentlich war es ein tröstlicher Gedanke, dass der Tod nicht das endgültige Ende bedeutete.

„Was ist los, meine Sonne? Kannst du nicht schlafen?"

Mein Seufzer hatte Ivo geweckt. Ich seufzte noch einmal, denn ich schaute ihn so gern an. „Die Wölfe haben mich erschreckt", erklärte ich und strich ihm mit den Fingerspitzen über die Wange. „Und ich frage mich mal wieder, warum das alles so geschehen ist. Hat es wirklich einen tieferen Sinn, dass es mich erwischt hat?"

Müde zog er mich in seine Arme. „Für mich wäre es Sinn genug, dass du bei mir bist, aber ich glaube nicht, dass es den Göttern als Sinn reichen würde."

„Also meinst du, dass es kein Zufall ist?"

Wieder hallte das Geheul der Wölfe über uns hinweg, Ivos Blick glitt zur Decke der Hütte. „Der Winter kommt und es wird bald schneien. Die Wölfe ziehen ins Tal. – Aber nein, Christin, es gibt keine Zufälle. Wir alle haben eine Aufgabe."

Meiner Meinung nach war es längst Winter geworden und ich wagte nicht darüber nachzudenken, was Winter für Ivo bedeuten könnte. Fröstelnd schob ich mich noch näher an ihn heran.

„Was für eine Aufgabe?"

Ivo brummelte etwas Unverständliches. „Ich weiß es nicht, meine Sonne. Aber wenn du möchtest, dann können wir mit Cedric, dem Druiden, darüber reden."

Jetzt war es an mir, unmotiviert zu knurren. „Cedric spricht gern in Rätseln und wenn er etwas sagt, dann stellt sich damit gleich die nächste Frage. Aber wir können es gern noch einmal versuchen."

„Du kennst ihn bereits?"

Ich hatte Ivo nichts von meinem verwirrenden Gespräch am letzten Morgen erzählt, der Tag war einfach viel zu voll gewesen.

„Ja", bestätigte ich zögernd, „erst kam seine Hündin zu mir und den Pferden und dann er. Ich bin ihm verrückterweise in meiner Zeit schon einmal begegnet und war ziemlich erschrocken, ihn hier wiederzusehen."

Ivo nickte wortlos, seine Hände streichelten mir sanft den Rücken. „Cedric ist ein Wanderer zwischen den Welten", sagte er dann, „seine Worte werden erst verständlich, wenn man den richtigen Weg dazu beschreitet und die richtigen Entscheidungen fällt."

Diese Aussage hätte meiner Meinung nach von Cedric stammen können, aber ich verkniff mir eine passende Antwort.

„Wir werden ihn morgen einfach um seinen Rat fragen", fuhr Ivo fort und gähnte, „und ich hoffe, dass meine Männer bald von der Suche nach Ingrun zurückkehren. Dann wissen wir hoffentlich mehr."

Mit seinem Kopf an meiner Brust schlief er innerhalb von Sekunden ein, während ich nach seinem letzten Satz hellwach dalag. Was, wenn sie Ingrun sogar mitbrachten? Dann würde das Chaos über uns hereinbrechen, und das einzig Positive, das es mir bringen würde, wäre Klarheit darüber, dass ich nicht ihre Wiedergeburt sein konnte. Aus der Ferne hörte ich erneut die Wölfe heulen.

Ich schlief schlecht, träumte von Ingruns Leiche, an der sich die Wölfe ihre Wänste vollschlugen, während Arne ekstatische Freudentänze aufführte, und war am nächsten Morgen so erschöpft, dass ich nicht wach werden konnte. Immer wieder fielen mir die Augen zu, das Dämmerlicht in der Hütte wiegte mich in schwerelose Geborgenheit. Ein Teil von mir versuchte, dagegen anzukämpfen, doch die Müdigkeit und die permanente Überforderung der letzten Tage waren zu stark.

Ich spürte, wie Ivo sich vorsichtig hinter mich legte, mir die Decke bis an die Ohren hinaufzog und sie um mich herum feststeckte. Zart strich er mir meine Haare aus der Stirn, küsste meine Wangen. „Schlaf, die Sonne ist heute auch unter den Wolken eingepackt und ruht sich aus. Ich bin bald wieder da."

Ich verschlief den Tag und einen Großteil der folgenden Nacht, nur kurz unterbrochen von dem Tee, den Ivo mir einflößte, ein paar Haferkuchen und vereinzelten Stimmen, die von draußen zu mir drangen.

Ivo saß am Feuer, als ich endgültig ausgeschlafen hatte, es musste tiefe Nacht sein. Mit wackeligen Beinen stieg ich aus dem Bett und sackte neben ihm wieder zu Boden. Lächelnd nahm er mich in die Arme, reichte mir seinen Becher mit Met.

„Hast du Hunger?"

Matt schüttelte ich den Kopf, schlürfte an dem Met.

„Es schneit", erzählte er weiter, „leider nicht genug. Aber es wird das Zeichen für die Alamannen sein, in ihre Dörfer zurückzukehren, sodass auch wir hoffentlich bald an Heimkehr denken dürfen. Ich freue mich darauf, mit dir durch die verschneiten Wälder reiten zu können und danach am warmen Feuer zu sitzen."

Eine schöne Vorstellung, doch mir spukte Ingrun durch den Kopf, mehr als die Alamannen, die für mich bisher nichts als ein gesichtsloses Schreckgespenst waren. Von Ingrun wusste ich wenigstens, dass sie so aussah wie ich.

„Sind die Kundschafter zurück?"

Ivos Brauen gingen erstaunt in die Höhe, er schüttelte leicht den Kopf.

„Nein, ich erwarte sie in den nächsten Tagen. Machst du dir Sorgen, Christin?"

Ausweichend bewegte ich die Schultern, vergrub mein Gesicht in der Wolle seines gefilzten Pullovers. Ich mochte diesen warmen Geruch, der sich mit Ivos mischte. Wie schützend beugte er sich über mich, hielt mich eng umschlungen fest.

„Was geschieht, wenn sie Ingrun mitbringen?" Ich wagte einen Blick unter meinen Haaren hindurch in sein stilles Gesicht. „Wie wird sie reagieren, wenn sie erfährt, was wir in ihrer Abwesenheit getan haben? Wie wird das Dorf reagieren? Ich habe ein wenig Angst, Ivo."

Schweigend wiegte er mich in seinen Armen, wie er es so oft getan hatte in den Tagen, seit ich hier gestrandet war. „Sie werden Ingrun nicht mitbringen", erklärte er bestimmt, „ganz sicher nicht, Christin. Und selbst wenn, dann werden wir die Scheidung aussprechen, so wie sie es eh vorgehabt hat, und ich werde den Ehrenpreis zahlen, den sie bestimmt, weil ich ihr mit einer anderen Frau Unrecht getan habe. Mehr nicht."

„Was macht dich so sicher, Ivo?"

Wieder einmal fand ich die Kelten erschreckend modern.

Er atmete schwer und stöhnte, dann rieb er sich die Augen. „Ich glaube nicht, dass Ingrun noch lebt."

Der Satz krachte wie ein Baumstamm auf die Hütte nieder, ich sackte instinktiv zusammen.

„Was?"

Nicht dass er derartige Gedanken nicht schon mehrfach angedeutet hätte, doch so hart ausgesprochen klang das massiv endgültig.

Ich sah, wie er mit sich rang. „An sich ahnte ich es schon, als sie an jenem Nachmittag davonritt, aber ich wollte es nicht wahrhaben. Deswegen habe ich dir davon nichts erzählt."

Nickend reichte ich ihm seinen Becher zurück. „Und?"

„Kurz nachdem sie die Wallburg verlassen hatte, hörte ich einen entsetzlichen Schrei."

In der Hütte brach spontan die nächste Eiszeit aus. Oder waren wir überraschend von einem Gletscher überrollt worden? Mir war kalt bis ins Mark.

„Wahrscheinlich habe ich geschrien, als ich vom Pferd fiel, wahrscheinlich habe ich mir dabei auch die Rippen angestoßen", bemühte ich mich um eine Erklärung, doch er schüttelte den Kopf.

„Nein, ich weiß, wie ein Todesschrei klingt, und Ingruns Stimme ist mir vertraut. Außerdem kamst du erst wesentlich später mit deinen Pferden den Berg herauf. Deswegen war ich ja so aufgelöst, als ich dich und die Pferde fand. Ich war so glücklich, weil ich dachte, Ingrun lebt, sonst hätte ich sofort erkannt, dass du nicht sie bist. Ingrun ist tot, da bin ich mittlerweile sicher, auch wenn ich eine Zeit lang anderes gehofft hatte. Aber lass uns nicht weiter unnütz überlegen, sondern so schnell wie möglich mit Cedric reden."

Seine Worte sackten langsam in mir ab, langsam verstand ich sie auch, aber die möglichen Konsequenzen wollte ich mir nicht ausmalen. Stattdessen richtete ich mich neben Ivo auf und sah ihn an.

„Ich kenne dich noch nicht sehr lang, Ivo“, sagte ich leise, „aber ich habe dich sehr, sehr gern.“ Behutsam drückte ich ihn hinten über in die Kissen am Feuer. Sein Blick musterte mich abwartend, ich lächelte. An seinem männlich markanten Gesicht unter mir war so gar nichts Herbes, die Augen fast mandelförmig in strahlendem Blau. Ich war von meinen eigenen Gefühlen überwältigt.

„In meiner Verwirrung gestern Morgen“, fing ich leise an zu erzählen, „sagte ich Cedric, dass ich am liebsten sofort wieder verschwinden würde. Er lachte mich aus, fragte, ob ich tatsächlich ohne dich leben könnte.“

Zart streichelte er mir die Wange. „Was hast du ihm geantwortet?“

„Nichts, doch jetzt sage ich dir, Ivo, Ingmars Sohn, dass ich wahrscheinlich irgendwann ohne dich leben muss, aber ich weiß jetzt schon, dass es schrecklich sein wird.“

Er schluckte, musterte mich ernst und nickte dann. „Mein Wort, Christin, dass ich dich gehen lasse, wann immer es so weit sein wird. Ja, es wird schrecklich werden.“

Mit beiden Armen zog er mich neben sich ans Feuer. Sein Gesicht war mir ganz nah, ich spürte seinen Atem an meiner Wange und der Schein des Feuers warf ein goldenes Licht über uns. „Und ich frage mich seit jenem ersten Abend, ob der Schmerz größer oder erträglicher wird, je nachdem, ob ich dich früher oder später verliere. Ich bin dankbar für jeden Tag mit dir und fürchte jeden Tag mit dir, denn er bringt mich dem letzten näher.“

Tatsächlich bedeckte am nächsten Morgen eine dünne Schneeschicht den matschigen Boden. Die Eichen und Fichten um uns herum waren wie mit Puderzucker bestäubt, der Pelz der Pferde mit Raureif bedeckt. Es war klirrend kalt, obwohl die Sonne schien. Der verschlafene Tag hatte mir gutgetan, ich fühlte mich wieder standhaft genug, um in diesem fremden Leben zu bestehen. Und ich wollte jetzt wissen, was Cedric zu unserem Fall zu sagen hatte. Wenn Ingrun tatsächlich nicht mehr lebte, dann mussten sie und ich logischerweise etwas miteinander zu tun haben.

An Ivos Seite lief ich durch den frischen Schnee, sah Arne in der Tür seiner Hütte stehen, wie er uns mit bösen Augen nachstarrte. Der Mann war eine Art Dämon. Ich war froh, als wir nach einem kurzen Ruf in Cedrics Hütte schlüpfen durften.

Cedric hockte auf einem kleinen Schemel und rauchte. Seine Hündin lag mit ihren Welpen in einer Kiste nahe am Feuer, damit sie es warm hatten. Ich hörte es eifrig schmatzen und in hellen Tönen fiepen. Branna blaffte uns kurz an, legte sich dann wieder entspannt auf ihre Decke.

„Ivo, der friedvolle Krieger", ein Lächeln überzog das runzelige Gesicht des Druiden, als er grüßend das Haupt vor Ivo und mir neigte, „und die Zeitenwandlerin. Setzt euch zu mir ans Feuer."

Womit wir bei den ersten Rätseln waren. Zeitenwandlerin? Friedvoller Krieger? Ivo nickte, als sei er diese Begrüßung gewohnt, und glitt elegant Cedric gegenüber auf eines der Kissen am Boden. Ich plumpste hinterher. Die Hütte war höchstens halb so groß wie unsere, aber vollgehängt mit Kräuterbüscheln, Kupferschalen und seltsam geformten Wurzeln. In der hintersten Ecke, ich traute meinen Augen kaum, hing ein Wolfsfell mit Schädel, das mit roten Spiralen bemalt war, daneben baumelte eine hölzerne Handtrommel. Willkommen in der Schamanenklause.

„Ihr wollt Antworten", fuhr Cedric fort, ohne dass wir auch nur einen Ton gesagt hatten, griff nach zwei Bechern und schenkte uns Tee aus einer Kanne ein, „trinkt, es ist kalt draußen."

Gehorsam schlürften wir den Tee. Er war wunderbar süß, aber ich schmeckte weder Honig noch Zucker. Ein Himmelreich für ein Stück weiße Schokolade, dachte ich und schloss träumerisch die Augen. Ein Gummibärchen oder einen Butterkeks.

„Ich weiß, dass Ingrun tot ist", hörte ich Ivo in meine kleine Verzückung hinein sagen, ich riss erschrocken die Augen auf, „auch wenn ich es nicht gesehen habe, aber ich fühle es. Sag mir etwas dazu, Cedric."

Cedric wiegte den Kopf, was ich nicht als klares Ja deuten konnte. „Nein, du hast es nicht gesehen, Ivo. Was fragst du mich, wenn du es weißt?"

Ich kam mir vor wie vor Jahren bei der Kartenlegerin auf dem Mittelalterfest, die mir ihre Dienste aufgenötigt hatte. Jede Frage meinerseits hatte sie mit einer Gegenfrage als beantwortet hingestellt. Fiese Taktik.

„Weil ihr Tod mit Christin zusammenhängt. Weil Ingrun Gewalt angetan wurde. Ich habe ihren Schrei gehört. Cedric, hilf uns."

„Ja, ihren Schrei habe ich auch gehört, ich war unten am Bach", murmelte Cedric leise, und mir stellte es die Nackenhaare hoch. Ivos Vermutung wegen des Schreis hatte ich nicht wirklich ernst genommen, doch jetzt hörte es sich so an, als hätten die beiden tatsächlich einen Mord mitbekommen, aber nicht eingegriffen? Das klang mir nicht nach friedvollem Krieger, sondern nach feigem Krieger. Empört schnappte ich nach Luft.

„Wieso habt ihr nicht geschaut, wer da schreit?" Und hob fassungslos die Hände. „Wieso habt ihr nicht geholfen?"

Ivo seufzte und vergrub sein Gesicht in den Händen, der schmale Zopf baumelte irritierend hin und her. „Wer so schreit, dem ist nicht mehr zu helfen, und die Alamannen waren ganz in der Nähe. Die Sicherheit des Dorfes ging vor."

Derlei Moral war mir immer fremd gewesen. „Obwohl es um deine Frau ging, Ivo? Vielleicht hättest du sie retten können, oder wenigstens ihren Mörder gefangen nehmen."

„Darum geht es gar nicht, Christin", mischte sich Cedric ein. Er schenkte mir ein versöhnliches Lächeln, „die Dinge haben ihren Lauf genommen, als Ingrun sich entschieden hat, das habe ich dir doch schon gesagt. Wir hätten es vielleicht in diesem Moment aufhalten können, doch das Schicksal holt sich, was es haben will, und so hätten wir nur einen Aufschub erreicht. Und wie kommst du darauf, dass sie ermordet worden ist? Vielleicht hat sie ihrem Leben eigenhändig ein Ende gesetzt."

Unsicher griff Ivo nach meiner Hand, die ich ihm trotz meiner Empörung überließ. Ungern musste ich akzeptieren, dass ich den Vorstellungen einer anderen Welt gegenüberstand, und es war nicht an mir, diese zu verurteilen, auch wenn ich sie nicht teilte. Ergeben zuckte ich die Schultern. „Mag ja alles sein", versuchte ich einzulenken, „aber für was genau hat sie sich entschieden?"

Cedric stand auf, während Ivo angestrengt ins Feuer starrte. Er würde eindeutig keine Antwort geben. Aus einer Truhe kramte Cedric ein seltsames Gebilde aus Metall hervor und kam zu uns zurück ans Feuer. Er reichte mir das goldfarbene Ding. Es war schwer. Ich schluckte hart. Eine mehrfach in sich gedrehte Spirale, in die lauter kleine Spiralen hineingeritzt waren. Fragend schaute ich auf. „Was ist das?"

Mit einem genervten Seufzer schaute Ivo in die entgegengesetzte Richtung.

„Der Armreif eines keltischen Fürsten."

Ah ja. Warum fragte ich eigentlich? Warum ließ ich nicht einfach alles laufen? Irgendwie würde es sich schon regeln. Ein bisschen Spaß mit Ivo, ein bisschen ausreiten, mich um Haus und Hof kümmern und je nachdem an Beltane ein Zeitloch suchen. Aber ich wäre nicht ich gewesen, wenn ich nicht weitergefragt hätte. Das war zwanghaft bei mir. Leider.

„Gut, dann erklärt mir das jetzt bitte. Ich verstehe nichts und wie ich dir schon sagte, Cedric, mir reicht es dann auch mit dem heiteren Ratespiel. Was hat es mit Ingruns Entscheidung auf sich und wieso halte ich dieses Schmuckstück in den Händen? Was habe ich mit alldem zu tun?"

Ich sah genau, wie die Männer sich mit Blicken verständigten.

„Du redest wirr, Ingrun! Wegen dieses Armreifs hat Ingrun sich entschieden", Cedric erbarmte sich, während Ivo sich in Schweigen hüllte. „Es könnte Ivos Reif sein, wenn er denn in seinen Stand als Krieger zurückkehren würde. Mit diesem Reif könnte er Fürst der

Likater sein, vielleicht auch zum Hochkönig der Vindeliker gewählt werden. Aber Ivo will den Armreif nicht tragen und womöglich gegen Römer und Alamannen kämpfen. Also ist Ingrun gegangen."

Gut, den letzten Teil wusste ich bereits. Nachdenklich drehte ich den schweren Schmuck in meinen Händen. Wenn das Ding einem Fürsten gehören sollte, dann war es wohl Gold und zwar massiv. Hatte ich Ivos Herkunft unterschätzt? Er hatte von einem mächtigen Vater erzählt, aber was war schon mächtig? Verwirrt schaute ich unter meinen Haaren zu ihm hoch. Sein Gesicht war so angespannt, dass die Wangenknochen scharf hervorstachen, und noch immer wich er meinem Blick aus.

„Weiter!", forderte ich Cedric auf, bevor ich mich wieder mit einem Haufen zusätzlicher Fragen konfrontiert sah.

„Die Spirale ist uns heilig", Cedric schmunzelte und bewegte seine Hände in Kreisen, „sie symbolisiert die Wanderung der Seele vom Außen ins Innere und umgekehrt. Die Spirale bedeutet auch, dass sich etwas endlos bewegt, weiterentwickelt, und manchmal ist es wichtig, diese Entwicklung zu durchbrechen, um alles wieder ins Gleichgewicht zu bringen."

Jetzt nickte Ivo wenigstens zustimmend.

„Die Spirale der Gewalt. Ich habe sie durchbrochen, indem ich den Armreif nicht angenommen habe, obwohl mein Vater und der Ältestenrat mich als Nachfolger bestimmten. Ein Bote brachte sie an Mabon, kurz bevor wir uns hierher zurückziehen mussten. Deswegen hat Ingrun mich verlassen und ist gestorben und hat Platz für dich gemacht, Christin."

„Platz für mich?"

„Ihre Seele musste sich entscheiden", Cedric tat so, als erzählte er vom letzten Skatabend, „denn in diesem Stadium kam sie nicht mehr weiter. Ihr Weg war zu Ende. Und jetzt wird es interessant."

Ich ruckte instinktiv ein wenig zurück. Diese spirituellen Gespräche waren mir schon immer äußerst suspekt gewesen. Pseudowissenschaftlicher Spukkram. Wieder nickte Ivo still vor sich hin, ein Seitenblick streifte mich, den ich nicht deuten konnte.

„Was?"

„Was habe ich über die Seele und die Spirale gesagt, Christin?

Cedric gefiel sich sichtlich in der Rolle des Lehrers, was mich nervte. Ratlos hob ich die Hände. „Innen, außen, Weiterentwicklung?"

„Letzteres, Christin. Ingruns Seele brauchte Weiterentwicklung. Wir alle streben danach. Also hat sie sich mit ihrer eigenen Seele verbunden, die viele Generationen später inkarniert ist. Nun zu deiner Seele, Christin. Du bist Ingrun, Ingrun ist Christin. Du bist die Zeitenwandlerin, die mit Ivo die Spirale der Gewalt durchbrechen kann."

Ingrun ist Christin, dachte ich, spürte, wie mir gleichzeitig alles Blut aus dem Kopf wich. Totaler Druckabfall. Schwarze Sterne explodierten vor meinen Augen, in meinem Hirn passierte der Supergau.

„Nein!", war das Letzte, das ich noch halbwegs formulieren konnte, bevor ich zum zweiten Mal in diesem rückwärts inkarnierten Leben in Ohnmacht fiel. Nein.

Eine große Zunge schleckte mir hektisch das Gesicht, sie war nass und kalt und roch nicht besonders gut. Nein, dachte ich noch immer, nein, nein, und die Augen würde ich auch auf keinen Fall jemals wieder öffnen. Nein.

„Christin!", rief eine verstörte Stimme. „Bei allen Göttern, Cedric, so tu endlich etwas!"

Christin war ich, keine Frage, aber seit Neuestem war ich irgendwie nicht mehr allein mit mir. Was war geschehen? Die Zunge nervte und langsam wurde mir schlecht von dem stinkenden Atem, der mir in die Nase stach. Das war nicht Ivo. Ivo roch gut, Ivo war der liebenswürdigste Mensch, der mir je begegnet war, leider passte auch mit ihm irgendetwas nicht. Was nur?

Die Zunge hörte für ein paar Momente auf, ich dämmerte sofort wieder ins entspannte Nirvana zurück, nur, um von etwas, das mir in den Mund lief, unbarmherzig zurückgeholt zu werden. Noch nie in meinem Leben hatte ich etwas so Bitteres schlucken müssen, ich fuhr würgend und hustend hoch. Neben mir hockten Ivo, Cedric und die Hündin Branna, die alle drei recht besorgt auf mich herabblickten. Ivo war ziemlich blass, Strähnen hatten sich aus seinem Pferdeschwanz gelöst und hingen ihm wirr ins Gesicht. Ich wollte ihn fragen, was ihm geschehen war, dass er so aussah, doch das bittere Zeug verätzte mir noch immer den Mund, so sehr ich schluckte, es wurde nicht besser. Ich verzog das Gesicht, spürte, wie mir heiß wurde und mein Herz mächtig in Schwung kam. Was hatte mir der irre Druide bloß eingeflößt? Puren Fingerhut? Tollkirsche? Hoffentlich hatte er sich mit der Dosis nicht verschätzt. Schlagartig setzte meine Erinnerung wieder ein.

„Jungs", mein Atem kam meinem rotierenden Herzen kaum hinterher, „Schicht im Schacht! Sagt mir jetzt bitte sofort, dass ihr euch mal wieder einen schlechten Witz erlaubt habt und ich hier doch nur in ein dämliches Fantasy-Rollenspiel hineingeraten bin. Bitte."

Natürlich begriff weder Ivo noch Cedric, was ich ihnen sagen wollte. Erschrocken starrten sie mich an. Ich schloss kurz die Augen und richtete mich langsam auf. „Vergesst es einfach", ich schickte ein resigniertes Grinsen hinterher, „ich habe es nicht so gemeint. Ich hätte jetzt gern etwas zu trinken und dann muss ich wissen, was Ingruns Seelenentwicklung genau bedeutet."

Hastig griff Ivo nach meinem Teebecher und füllte ihn neu, um ihn mir mit einem scheuen Lächeln zu reichen. Ich trank den Becher in einem Zug leer, der bittere Geschmack im Mund blieb, meine Schleimhäute wurden langsam taub. Wortlos reichte ich Ivo den leeren Becher zurück, den er ebenso schweigend füllte.

„Also? Was erwartet mich."

Die Männer zuckten einhellig die Schultern.

„Das ist deine Entscheidung, Ingrun", erklärte Cedric mit einem verschmitzten Grinsen und Betonung auf dem Namen, „die nächsten Monate und unser Verhalten werden über unser Schicksal entscheiden. Es gilt, die Spirale der Gewalt zu durchbrechen. Ingrun wurde viel Gewalt angetan, sie hat aber spätestens in der Sekunde ihres Todes erkannt, dass Gewalt immer nur neue Gewalt hervorbringt. Du, als ihre Weiterführung, weißt das längst. Du bist Christin, die nach dem Lichtbringer Jeshua benannt ist. Also erinnere uns immer daran, dass wir friedfertig sind."

Friedlich? Ich? Selten hatte ich etwas Absurderes gehört.

„Ivo, ich wäre jetzt gern ein wenig allein. Lass mich bitte hinunter zum Bach gehen, bitte."

Ivo nickte ergeben und stand auf. „Dann komm, ich werde vom Rand der Schlucht über dich wachen."

Er reichte mir seine Hand und zog mich hoch. Mein Blutdruck schoss in Wellen durch mich hindurch. So kräftig war der sonst nie. Als wäre das auch ihr Stichwort gewesen, erhob sich die Hündin. Mit einem leisen Wedeln ihres Schwanzes begleitete sie uns zum Eingang. Zögernd drehte ich mich noch einmal nach Cedric um.

„Danke, Cedric", sagte ich leise, „jetzt weiß ich wenigstens, woran ich bin."

Seite an Seite, die Hündin dicht neben uns, schweigend, schritten Ivo und ich hinüber zum Tor, das Oswin uns mit verwirrtem Blick öffnete. Seine Hand auf meinem Rücken, leitete Ivo mich zu einer Stelle am Rand des Tobels, wo eine Art Pfad hinab angelegt worden war.

„Ich warte hier auf dich."

Ich nickte, zögerte kurz und strich ihm unsicher über die Brust. „Danke."

Es war nicht zu überhören, dass er nicht mehr wusste, wie er mich anreden sollte. Auch ihn schien die Entwicklung der Geschichte sehr zu verwirren. Mit unbewegtem Gesicht nickte er und lehnte sich an den Stamm einer Fichte, während ich vorsichtig den eisigen Pfad zum Bach des Tobels hinunterstieg. Branna eierte vor mir her, es sah lustig aus, doch mir war nicht nach Lachen zumute.

Unten angekommen, lief ich mit Branna ein Stück am vereisten Ufer entlang. Es war bitterkalt am Wasser, das würde also keine lange Einsamkeit werden. Leider. Ich schaute kurz den Hang hinauf, Ivo lehnte als Schatten am Baum. Ich empfand es als seltsam tröstlich, ihn zu sehen.

Entschlossen hockte ich mich auf einen bemoosten Baumstumpf. Dringend musste ich nachdenken, ganz dringend. Fühlten sich so Menschen, denen man eine multiple Persönlichkeit diagnostiziert hatte? Und war eine multiple Seele nicht fast schlimmer?

Wenn Cedric die Wahrheit gesagt hatte, was ich nicht bezweifelte, dann musste doch etwas, nein, alles von Ingrun in mir stecken. Nur wo?

Ängstlich, argwöhnisch lauschte ich in mich hinein. Nichts. Da war Totenstille in mir. Ich hatte mich nie sonderlich für Naturmedizin interessiert, war keine gute Hausfrau und mein Hof sah nicht wirklich gepflegt aus. Alles Dinge, die Ingrun perfekt beherrscht hatte. Brauchte ich sie also nicht mehr? Brauchte Ingrun dafür meine Art, mit Konflikten umzugehen? Das schien mir alles nicht schlüssig. Außerdem hatte ich nicht ein Fünkchen Bedarf nach der Gewalt, die mir in diesem Leben drohen könnte. Ich fühlte mich vor mir selbst fremd, so als hätte jemand mein innerstes Haus besetzt.

Apropos Haus. Das war die einzige offensichtliche Verbindung zwischen Ingrun und mir. Es hatte mich immer ins Oberallgäu gezogen, lange hatte ich nach meinem Platz gesucht und ihn genau dort gefunden, wo Ingrun und Ivo bald zweitausend Jahre zuvor schon gelebt hatten. Und ich hatte mein Herz an ein rundliches, schwarzes Pony verloren. Ein urwüchsiges Pony. Wie hatte damals der Verkäufer meine Runa angepriesen? Ja, ich rieb mir die Stirn und hauchte mir in meine kalten Hände. Er hatte sie als Keltenpony bezeichnet. Etwas ganz Besonderes.

Branna setzte sich mit einem Seufzer auf meine Füße. Fast sah es aus, als lächelte sie mich an, ich grinste zurück.

„Komisch alles“, sagte ich, und sie wedelte leicht. „Total irre. Und jetzt?“

Sie nieste und stand wieder auf, schlappte gemächlich wie ein Wolf zu dem Pfad zurück, den wir gekommen waren. Was blieb mir übrig? Eigentlich hatte sie auch recht, was half es mir, wenn ich hier in der Kälte saß und wüste Gedanken schob? Nichts. Endgültig musste ich akzeptieren, was hier geschehen war, endgültig sollte ich mich auf die schönen Seiten des Dramas besinnen. Ich schaute hoch zu Ivo. Er war das Schönste, das Wunderbarste, das mir widerfahren konnte. Ich holte erleichtert Luft. Und er würde mich nicht im Stich lassen, egal, wie das alles sich entwickeln würde, da war ich mir sicher. Ivo würde für mich da sein. Seltsam erleichtert kämpfte ich mich den steilen Abhang hinauf. Ich sah das scheue Lächeln auf Ivos Gesicht, sah die Zärtlichkeit, mit der er mir entgegenschaute. Glück passierte selten so, wie man es sich vorstellte. Aber es passierte.

Wir fielen einander in die Arme und hielten uns fest. Ivos Brust hob und senkte sich angestrengt an meiner. „Ich bin sehr froh, dass ich immer nur meine Frau geliebt habe, Christin", keuchte er, „trotzdem ist das alles auch für mich verwirrend."

„Ich bin Ingrun, Ivo", ich nahm sein Gesicht in meine Hände und schaute ihn an, „die Christin in mir versteht das auch alles nicht so richtig, aber wenn Ingruns Seele mich gerufen hat, dann werde ich jetzt wieder Ingrun sein, so wie damals vor fast zweitausend Jahren. – Und ich, Ingrun, werde jetzt Belana aufsuchen, damit ich endlich kochen lerne. Komm, Ivo, lass uns nach Hause gehen."

Diese Nacht war voll Zärtlichkeit, und jenes verwirrende Gefühl von Vertrautheit, das wir beide schon vorher empfunden hatten, wurde zur sicheren Basis. Wir schliefen wenig, redeten, erzählten von den Dingen, die uns in unseren Welten wichtig gewesen waren. Mit aller Konsequenz ließen wir uns aufeinander ein.

Der nächste Morgen brachte milde Temperaturen ins Allgäu zurück. Mit dem Föhn schmolz der Schnee dahin, plötzlich zwitscherten die Vögel wieder in den kahlen Bäumen und die Wallburg war von Leben erfüllt. Erst jetzt realisierte ich, wie viele Menschen hier tatsächlich Unterschlupf gefunden hatten. Auch mein erster Patient hockte mit den anderen Kindern und seinem Welpen spielend in der Sonne. Die Wärme tat so gut. Ich empfand eine nie gekannte

Leichtigkeit in meinem Leben. Mir war danach, permanent verzückt zu grinsen, und sobald Ivo in meiner Nähe auftauchte, war ich gleich gar nicht mehr zurechnungsfähig. Es machte mir auch nichts aus, vor mir selbst zuzugeben, dass ich so verliebt wie noch nie in meinem Leben war.

Ich übte bei Belana kochen, scherzte mit den anderen Frauen am Backofen, entlockte sogar dem ernsten Oswin ein Lächeln.

Nur der Häuptling brachte mich dazu, meine Mundwinkel zu senken. Arnes Blicke waren Dolchstöße in den Rücken, manchmal bildete ich mir sogar ein, dabei Schmerz zu fühlen.

Wenige Tage später meldeten die Wachen, dass sie auf der anderen Seite der Iller ein Lager der Alamannen ausgemacht hatten. Ivo fluchte wüst und wurde zusammen mit Cedric und Oswin zu Arne gerufen. Das gute Wetter hatte den Rückzug der Alamannen aufgehalten. Das war lästig für uns und wohl auch gefährlich. Das Risiko, hier im Wald entdeckt zu werden, war zwar nicht sehr groß, aber möglich. Was diese Gefahr wirklich bedeutete, konnte ich nicht einmal im Ansatz abschätzen. Tief in mir hoffte ich auch, dass ich sie für die Dauer meiner Anwesenheit nie kennenlernen würde.

Erst spät am Abend kehrte Ivo von der Besprechung bei Arne zurück. Ich saß wartend am Feuer.

„Und?“ Ich reichte ihm meine Hand entgegen. „Was habt ihr beschlossen?“

Er ging nur neben mir in die Hocke. „Nichts. Uns bleibt nichts übrig, als abzuwarten, bis sie abziehen. Schwierig wird es nur langsam mit den Rindern. Der Pferch ist auf Dauer zu eng.“

Mir huschten Erinnerungsfetzen der Varusschlacht durch den Kopf. Arminius, ein zwangsromanisierter Germane, hatte den Heerführer Varus mit seinen Legionen tagelang mit Angriffen aus dem Hinterhalt dezimiert und ihn dann geschwächt in eine Falle gelockt. Es dürfte einer der ersten Guerillakriege gewesen sein und immerhin schon gut zweihundert Jahre her.

„Könnten wir sie nicht aus dem Hinterhalt angreifen und vertreiben?" Die Worte waren heraus, bevor ich den Gedanken vernünftig zu Ende gedacht hatte.

Ivo wendete mir nur einen ungläubigen Blick zu. „Was sprichst du da, Ingrun?"

Ich schlug mir gegen die Stirn, schämte mich ansatzweise.

„Falsch, ich weiß."

„Erinnere uns daran, dass wir friedfertig sind."

Er lächelte, aber Cedrics Worte hätte es trotzdem nicht unbedingt gebraucht.

„War wohl ein Rest der alten Ingrun."

Sein Lächeln wurde versöhnlich. „Willst du die Horde sehen? Man sieht ihre Feuer auf der anderen Seite des Flusses."

Zögernd nickte ich.

„Dann lass uns gehen."

Im ersten Moment fühlte sich das ein wenig so an, wie die Löwen im Zoo durch eine Glasscheibe zu beobachten. Ich fühlte mich sicher und bekam trotzdem eine Gänsehaut. Wir zogen unsere Überwürfe und unsere Stiefel an und traten hinaus auf den schwach erhellten Platz vor den Hütten. Oswins Leibeigener öffnete uns das Tor, trotz nächtlicher Ausgehsperre.

Die Nacht war erstaunlich mild, aber ein fast unmerklicher Wind zauselte meine Haare und ließ mich frösteln. Irgendwie war das unheimlich. Noch war der Mond nicht aufgegangen, die Sterne glitzerten. Ivo schritt zügig durch die Dunkelheit hinter der Wallanlage bergauf, ich stolperte um einiges weniger trittsicher hinter ihm her.

Dort, wo zu meiner Zeit der schmale Holzsteg über den Bach führen würde, sprang Ivo zum anderen Ufer hinüber. Sein Lächeln ahnte ich nur in der Dunkelheit, als er mir seine Hand reichte und mich mit Schwung zu sich zog.

„Es ist nicht mehr weit."

Er hatte leise gesprochen. Mir schien es, als würde die Nacht atmen, Ohren haben, als wäre sie von einer fremdartigen Lebendigkeit erfüllt. Ich nickte, obwohl er schon wieder weiterlief. Auf einem kaum sichtbaren Wildwechsel ging es eine Weile geradeaus. Meinem Gefühl nach mussten wir uns grob auf der Höhe der Straße nach Albis befinden, als Ivo an einer gerodeten Stelle aus dem Wald trat und sich rechts wieder zurück bergab wendete.

Wenige Minuten später standen wir auf einem kleinen Plateau. Die Formation kam mir bekannt vor und fast hoffte ich, schräg unter mir den spitzen Kirchturm von Ottacker zu sehen. Doch da war nur dichter Eichenwald. Still betrachtete ich die vertraute Umgebung. Ich scheute es, die Burg zu verlassen, auch wenn mir das Leben dort viel zu eng war, doch der Schock, dass meine Welt nicht mehr existierte, der überfiel mich jedes Mal aufs Neue, wenn ich mit Ivo unterwegs war. Auch jetzt suchten meine Augen vergeblich die Blinklichter der Flugzeuge am Himmel, keine heimeligen Lichter der Weiler strahlten zu uns hoch und nach wie vor war der westliche Himmel über Kempten dunkel. Ich hätte mich sogar über die roten Positionslichter der Sendemasten des Grünten oder des Buchenbergs gefreut. Doch die Nacht war so schwarz, als sei es die erste auf Erden, bevor irgendjemand die magischen Worte „Es werde Licht“ gesprochen hatte.

Ivo winkte mich zu einem Stück Nagelfluh, das aus dem Boden ragte, und setzte sich. Ich rutschte dicht neben ihn, denn mir war ansatzweise unheimlich zumute. Wortlos deutete er auf den einzigen Flecken Licht, weit entfernt in der Ebene. Verwirrt beobachtete ich das seltsame Flackern, fragte mich, was für ein riesiges Höllenfeuer die da wohl veranstalteten.

„Sie lagern am anderen Ufer der Ilara. Eine Brücke gibt es nur in Cambodunum und eine Fähre eine gute Strecke flussaufwärts. Es sind an die zweihundert Krieger“, erklärte Ivo ungefragt, „die Wachen meinen, dass sie nach Cambodunum wollen. Aber ich glaube nicht, dass sie das wagen werden.“

Nachdenklich betrachtete ich das Licht. Viele Feuer für zweihundert Menschen. Bilder aus historischen Abenteuerfilmen zuckten mal wieder durch mein Hirn. Martialische Gestalten mit Schwertern und Äxten bewaffnet, wild bemalt, mit wehenden Haaren und halb nackt, die schreiend aus dem Unterholz brachen, um tapfere, strahlende Ritter zu massakrieren. Wie sahen Alamannen aus?

„Warum sollten sie es nicht wagen?", erwiderte ich leise, ohne meinen Blick von den Feuern zu wenden. „Der Winter beginnt erst und damit werden die Straßen dann auch für die Römer unpassierbar, sofern sie nach einem Überfall überhaupt noch die Kraft haben, die Alamannen zu verfolgen."

Überrascht schaute Ivo auf. „Da könntest du sogar recht haben. In Cambodunum sind kaum noch waffenfähige Legionäre."

„Was würde es für uns bedeuten, wenn sie uns finden würden?"

Meine Vorstellungen waren in der Tat recht diffus, wenn es um die Gefahren in dieser Zeit ging. Sicherlich lagen sie anders, als bei einem Flugzeugabsturz oder dem Risiko, in der U-Bahn vergewaltigt zu werden. Ivos Blick wanderte betont distanziert durch die Dunkelheit.

„Das willst du nicht wirklich wissen."

„Ich muss es wissen, Ivo, denn wir leben in dieser Zeit."

Er seufzte abgrundtief und rieb sich mit beiden Händen die Stirn.

„Im Frühjahr würde es für die meisten aus dem Dorf ein Leben in Sklaverei bedeuten", er streifte mich kurz mit seinem Blick, „jetzt im Winter den Tod, denn sie brauchen keine Arbeitskräfte. Sie würden unsere Vorräte, unser Vieh nehmen und unsere jungen Frauen, um sich mit ihnen die kalten Nächte zu verschönen."

Ich schluckte unwillkürlich, da war ein spontaner Nagelfluhbrocken in meiner Kehle und eine unwägbare Angst ergriff mich.

„Sklaverei?"

Sacht legte Ivo seinen Arm um mich und wendete sich mir halb zu.

„Ja, Ingrun, die Alamannen, die nahe dem Limes leben, betreiben regen Sklavenhandel mit keltischen Männern und Frauen. Wir sind sehr zäh und unsere Frauen sind wunderschön."

Bezeichnenderweise streichelte er mir über Schulter und Arme. Mir lief dabei eine Gänsehaut über den Rücken. Natürlich gab es auch zu meiner Zeit illegalen Menschenhandel, doch auch hier musste ich passen, was das nötige Begreifen anging. Das alles gehörte nicht in meine Welt, in mein Leben. Was bedeutete für jeden Einzelnen ein so unfassbar würdeloses, menschenverachtendes Schicksal? So unwirklich das alles für mich im Moment erschien, so beängstigend empfand ich es.

„Sorge dich nicht, Ingrun", Ivo fasste mich fester, „sie werden uns nicht finden, und bevor ich dich den Alamannen überlasse, töte ich dich mit eigener Hand. Das verspreche ich dir."

Unwillkürlich keuchte ich vor Schreck. Lieber tot als versklavt? Und was, wenn Ivo nicht mehr die Gelegenheit hätte, mich ins sichere Jenseits zu befördern? Wieder ging mein Blick zu den Feuern der Alamannen und im Stillen betete ich, dass sie niemals herausfanden, dass es Ivo und mich gab.

Wir Frauen arbeiteten am Brotofen, als die Kundschafter zurückkehrten, die Ivo vor bald zwei Wochen wegen Ingrun ausgesandt hatte. Ivo war wie jeden Morgen bei den Herden oben im Wald. Mein Herz raste. Die zwei erschöpften Männer führten ein schwarzes Pferd am Strick bei sich, das ein Klon meiner Runa sein konnte. Das Pferd war dreckig und abgemagert und es trug einen seltsamen Sattel, der entfernt an einen Hirtensattel erinnerte. Der strömende Regen an diesem Morgen machte das unheilvolle Bild nicht besser.

„Ich hole Ivo", raunte mir Oswin zu, ich nickte dankbar. Schweigend scharten wir uns um die Männer, die schwerfällig von ihren Pferden stiegen. Belana brachte warmen Tee und frisches Brot, das sie hungrig verschlangen. Was würden sie berichten?

Aus den Augenwinkeln sah ich Arne zu uns treten, der hatte mir mal wieder gefehlt, aber auch Cedric tauchte mit Branna aus seiner Hütte auf. Gelassen stellte er sich neben mich, berührte mich flüchtig an der Schulter. Tapfer atmete ich durch. Ivo würde dafür sorgen, dass niemand offen infrage stellte, dass ich Ingrun war, bin.

Die Minuten tropften wie der Regen dahin. Endlich stieß Ivo das Tor auf.

„Den Göttern sei Dank, dass ihr wohlbehalten heimgekehrt seid", rief er schon von Weitem, „und schöne Stuten können wir für unsere Zucht immer gut gebrauchen. Gut gemacht."

Völlig baff starrte ich ihn an. Kein Wort über ihren eigentlichen Auftrag und keinen Zweifel daran, dass diese Stute ein fremdes Pferd war. War sie es? Ich hatte natürlich sofort angenommen, dass es Ingruns Pferd sei, das nach ihrem mysteriösen Tod irgendwie verschwunden war. Aber erst jetzt kam mir die Idee, dass es ihr Pferd zu mir verschlagen haben könnte. Nacheinander klopfte Ivo den Männern anerkennend die Rücken.

„Arne ist nicht glücklich, dass die Männer mit dem Pferd zurückgekommen sind", murmelte Cedric an meinem Ohr. Ich blinzelte und mein Blick huschte zu Arne, der sich wie beiläufig aus der Gruppe herausschlängelte. Er schien blass.

„Warum?"

Cedric verzog nur das Gesicht und zupfte sich ein Stück Rinde von seiner Tunika.

„Das gilt es, in Erfahrung zu bringen, Ingrun. Alles zu seiner Zeit."

Ivo schickte die Männer zu ihren Familien und ließ ein weiteres Schwein schlachten, zur Feier ihrer Rückkehr. Mit dem Pferd am Zügel kam er zu Cedric und mir. Die anderen Dorfbewohner zerstreuten sich zögernd, offensichtlich würde es keine weiteren Neuigkeiten geben.

„Es ist Ingruns Stute", knurrte Ivo zwischen den Zähnen hervor, „der Sattel ist voller Blut."

Ein eisiger Schauer lief mir über den Rücken, stellte mir alle Haare auf, während Ivo Cedric und mich zu den Unterständen der Pferde schleifte.

„Sie haben das Tier erst vorhin auf den Wiesen am Fluss gefunden, wo es nach Futter gesucht hat, obwohl sie seit Tagen in Kreisen um das Dorf ziehen."

Am Gatter drückte er mir die Zügel in die Hand und fing an, die Gurtung zu lösen. Völlig erschüttert musste ich fast zwanghaft die dunklen, verwischten Flecken auf dem Leder anstarren. Ingruns Blut? Mein Blut. Was war geschehen?

„Das stimmt wohl, Ivo", Cedric strich mit den Fingerspitzen über den Sattel, „Ingruns Pferd, Ingruns Blut. Wir hatten wohl recht mit unserer Annahme. Das sieht nicht nach einer Selbsttötung aus."

Ivo schnaubte aufgebracht. Ganz offensichtlich war es auch für ihn eine komplett andere Geschichte, sich theoretisch über einen Mord und die Konsequenzen daraus Gedanken zu machen, oder die realen Spuren dessen in den Händen zu halten. Mitfühlend fasste ich nach seinem Arm, doch er streifte mich nur mit einem wilden Blick und knallte den Sattel auf den Zaun des Unterstandes. Dann führte er die erschöpfte Stute in den Pferch, gab ihr ein paar Handvoll Hafer und Heu. Sie fraß hungrig. Ihr Rücken war an vielen Stellen aufgescheuert.

„Wer, Cedric, sag mir, wer das getan hat? Ich weiß, dass du es weißt. Sag es mir!"

„Du weißt es auch, Ivo", erwiderte Cedric gelassen, „so gut wie ich. Aber du willst es nicht sehen, also bleibt es noch im Dunkeln. Verbrenn den Sattel. Er ist mit Unheil getränkt."

Sprach´s und ging seiner eigenen Wege. Unsicher trat ich von einem Fuß auf den anderen. Ivo krampfte seine Finger um das raue Holz des Zaunes.

„Ich kann nicht sehen", fauchte er und trat gegen den Zaun, „ich kann es nicht."

„Können es die Alamannen gewesen sein?"

Ich redete nur, um überhaupt etwas zu sagen, und das schien mir das Wahrscheinlichste zu sein. Wer sonst würde Ingrun töten wollen?

„Nein", sein Blick wanderte zu der schwarzen Stute, die sich gerade mit Askan anfreundete, „sonst hätten die uns gefunden und hier alle abgeschlachtet oder versklavt. Und ganz sicher hätten sie ein wertvolles Pferd nicht laufen lassen."

„Vielleicht war es ja unten am Fluss."

„Nein", kam es wieder, und er drehte sich zu mir um, die Augen dunkel vor Kummer, „es war hier. Wir haben den Schrei gehört. Der Regen hat nur alle Spuren verwischt."

Meine Gänsehaut kam heute Morgen nicht zur Ruhe, wieder sträubte sich alles an mir. Ivo holte tief Luft, packte entschlossen den Sattel. „Für mich gibt es keinen Zweifel mehr, Ingrun wurde an der Stelle ermordet, an der du vom Pferd gestürzt bist. Das alles hängt zusammen."

„Es tut mir leid, Ivo, eigentlich wollte ich überhaupt nicht hier sein."

Abrupt ließ er den Sattel wieder auf den Zaun krachen, die Pferde ruckten erschrocken mit den Köpfen.

„Was?" In seinem Blick war blanke Panik. „Willst du mich jetzt doch noch verlassen, Ingrun?"

Abwehrend hob ich die Hände. „Nein, nein, natürlich nicht. Aber ich wollte nicht, dass Ingrun fortgeht und du dafür mich bekommst."

„Du bist Ingrun", unsicher fasste er nach meinen Händen, „ihr seid eins. Ich bin den Göttern unendlich dankbar, dass sie mich nicht zum Witwer gemacht haben, sondern uns dieses zweite Leben schenken. Und ich bin auch dir dankbar, Ingrun, dass du den anderen Weg mit mir beschreiten willst, den Weg des Friedens."

Ich schloss matt die Augen. Diese Seelenwanderungsgeschichte war so lange für mich nachvollziehbar, wie ich nicht den blutigen Sattel vor Augen hatte.

„Und wenn sich Cedric doch irrt mit unserer Seele?"

Ivo schüttelte mich sacht an den Schultern, ich öffnete notgedrungen die Augen.

„Cedric irrt sich nicht und ich weiß es auch. Die Ingrun, die ich kennenlernte, bevor sie sich von ihrem Hass auffressen ließ, ist dir sehr ähnlich. Wenn ich dir ins Gesicht sehe, dann ist da nur sie. Wir müssen jetzt den Sattel verbrennen, Ingrun. Komm."

Ich zögerte, eine Sache brannte mir noch auf der Seele.

„Warte, Ivo“, wieder ließ er den blutigen Sattel sinken, ich blickte angeekelt zur Seite, „wieso hat niemand von den Dorfbewohnern ein Wort über das Pferd verloren? Warum hat niemand Ingruns Stute erkannt?“

„Jeder hat Tollkirsche erkannt und jeder hier weiß längst, dass mit dir irgendeine Art Zauber passiert sein muss. Aber keiner wird ein böses Wort darüber fallen lassen, denn jeder mag dich, der Druide erweist dir Achtung, du bist meine Frau. Wie ich dir schon am ersten Tag versichert habe: Du bist sicher, keiner wird dir etwas tun.“

Ich nickte langsam, nicht wirklich überrascht, dass die Dinge so lagen, es war nur logisch. Allerdings fand ich es befremdlich, einem Pferd den Namen einer hochgiftigen Frucht zu geben, und ich teilte Ivos Meinung nicht, dass niemand mir etwas tun würde, denn irgendjemand hatte mir schon etwas angetan – und wenn es in unmittelbarer Nähe der Festung geschehen war, dann lag die Vermutung nahe, dass es einer der Dorfbewohner gewesen sein musste. Unwillkürlich huschte mein Blick zu Arnes Holzhütte. Er stand in der Tür. Unsere Blicke trafen sich für den Bruchteil einer Sekunde, hielten sich fest, bis er mit einem seltsam verzerrten Gesicht rückwärts in die Hütte trat. Arne? Ich schüttelte mich und eine unfassbare Angst ergriff mich.

„Lass uns gehen, Ivo.“

Mit dem Sattel über dem Arm verließen wir die Festung, Regen fiel unentwegt in Strömen vom Himmel. Wir waren nass bis auf die Haut und eigentlich sehnte ich mich nur noch nach einem warmen Platz am Feuer, doch das hier musste wohl noch getan werden. Hinter Ivo her stieg ich den steilen, völlig aufgeweichten Pfad in den Tobel hinab. Unten angekommen, lief Ivo im Wasser bergauf. Meine Füße waren nach wenigen Schritten unterkühlt und schmerzten.

In einer Felsenge stieg er auf der anderen Bachseite ans Ufer. Mir war schleierhaft, wie er ohne Streichhölzer und trockenes Holz hier auch nur einen Funken zum Glühen bringen wollte, geschweige denn ein Feuer entfachen, welches diesen Sattel in Asche verwandelte.

Wasser quatschte in meinen Stiefeln, als ich ebenfalls auf das trockene Ufer stieg. Ivo kniete bereits im nassen Gras und wischte einen flachen Stein trocken, auf dem er dann Zunderbrösel aus einem der vielen Beutel an seinem Gürtel aufhäufte. Konzentriert schlug er seine Feuersteine aneinander. Ich sammelte derweil unter den Bäumen möglichst trockenes Holz, das ich schweigend neben ihm auf Boden fallen ließ. Er lächelte mich dankbar an.

Es dauerte ewig, bis endlich ein Rauchfähnchen aus dem Zunderhaufen aufstieg. Ivo blies sachte in die Glut. Ich hätte seine Geduld nicht gehabt. In meinen nächsten Zeitreisenrucksack würde ich unbedingt ein Feuerzeug einpacken. Dabei erinnerte ich mich an Runas gelbes Halfter und Askans Westernzaum, die versteckt zuunterst in einer der Truhen ruhten, genau wie meine Kleidung. Die hätte ich zur Sicherheit hier gleich mit verbrennen sollen, die durfte niemand finden, schon gar nicht jetzt, da meine Identität infrage gestellt war. Ich wäre ein gefundenes Fressen für Arne. Bei nächster Gelegenheit musste ich das nachholen.

Endlich züngelten kleine Flammen an den feuchten Ästen empor, es zischte und Harz knackte laut. Mit stoischer Ruhe fütterte Ivo das Feuer. Dann packte er den Sattel, und legte ihn in das Feuer. Das Leder schrumpelte sofort wie verbrannte Haut zusammen. Automatisch dachte ich an den Jungen, der Geruch war ebenfalls fies. Trotzdem konnte ich den Blick nicht abwenden. Schnell fingen die mit Rosshaar gefütterten Polster Feuer. Der Gestank war bestialisch.

„Ivo?"

Er wedelte mit einem dichten Fichtenzweig den Rauch auseinander, sodass er nur in dünnen Fäden in den Himmel stieg. Niemand würde das bemerken. Nachdenklich schaute ich den Schwaden nach.

„Wenn Ingrun in der Nähe der Wallburg getötet worden ist, dann müsste ihre Leiche doch auch hier irgendwo liegen? Oder gibt es keine Leiche, weil ich zeitgleich gekommen bin?"

Über das Feuer hinweg schauten wir uns an.

„Sie ist nicht hier", antwortete er knapp, „ich habe alles abgesucht. Aber es muss eine Leiche geben. Ihr seid eine Seele mit zwei Körpern, von denen aber auch immer nur einer zu seiner Zeit existieren kann."

Ich nickte langsam, das klang halbwegs einleuchtend, auch wenn mir die Vorstellung, meine eigene Leiche zu finden, ausgesprochen irrsinnig und gruselig erschien. Aber war das nicht alles irgendwie Irrsinn hier? Der nicht normale Wahn. Wenigstens wärmte der Sattelscheiterhaufen, ich bibberte in meinen nassen Kleidern.

In der Abenddämmerung gingen wir wieder zu der Stelle oberhalb des Waldes und schauten in die Ebene, wo die Feuer der Alamannen brannten. Ivo war nach wie vor sicher, dass sie den Fluss so spät im Herbst nicht mehr überqueren würden. Aber mussten sie nicht sowieso auf unsere Seite des Flusses, um nach Hause zu kommen? Ich jedenfalls traute dem Frieden nicht, auch wenn ich nur anhand von Ivos Angaben grob ahnen konnte, wo der Limes derzeit verlief. Irgendwo weit hinter Augsburg. Wie es schien, war die Donau die Grenze zwischen Germanien und den römisch besetzten Gebieten. Wenn sie jenseits der Iller bleiben wollten, dann würden sie wohl Richtung Ulm ziehen, sofern es diese Stadt schon gab. Das wäre für uns am sichersten.

Als wir uns auf den Heimweg machten, fing es leise an zu schneien. Die Welt war so still, dass ich die Schneekristalle rieseln hörte, nichts regte sich. Die Luft war klirrend kalt. Hoffentlich war das der Schnee, auf den wir alle warteten. Ich wünschte mir das erste Mal im Leben Massen davon, Berge von Schnee – und das, wenn möglich, bis in den April hinein. Vielleicht würde sich dann ein neuerlicher Einfall im kommenden Jahr für die Alamannen nicht lohnen und ich würde an Beltane versuchen, nach Hause zu kommen. Dieser Gedanke verursachte einen fiesen Stich in meinem Herzen. Ich würde Ivo verlassen müssen.

Der folgende Morgen brachte noch mehr Schnee und legte das Leben in der Wallburg weitestgehend lahm. Die Flocken fielen dicht wie ein Vorhang, dazu blies ein böiger Wind, der den Schnee an den Wällen auftürmte. Wir stapften gebeugt zu den Pferden und fütterten sie. Ivo verschwand kurz, um nach den Rindern zu schauen. Den Rest des Tages ließen wir das Feuer nicht herunterbrennen, tranken heißen Tee mit Met, eng beieinander, damit wir uns gegenseitig wärmten. Der Wind pfiff durch jede Ritze der Hütte, trieb sogar vereinzelte Schneeflocken herein. Es zog durch die Matte an der Tür. Schlicht gesagt, es war die Eishölle. Winter bekam eine ganz neue Qualität, hatte nichts mehr mit heimeligem Ofen und Kräutertee mit Rum, warmen, selbst gestrickten Socken und Daunenfederbett zu tun. Ivo versuchte mir zwar begreiflich zu machen, dass es in seinem Haus wesentlich angenehmer war als hier in der Weidenhütte, doch ganz wollte ich ihm an diesem Abend nicht glauben.

Trotzdem machten wir uns mit Einbruch der Dämmerung wieder auf zu unserem Ausguck, um nach den Feuern der Alamannen zu schauen. Der Weg durch den hohen Schnee war beschwerlich. Wir hatten Mitte November und gut einen halben Meter Neuschnee. Das hätte es zu meiner Zeit nicht gegeben. Das sprach für zweitausend Jahre Erderwärmung und Klimakollaps.

Beim Anblick der mickrigen Feuer im Lager der Alamannen konnte ich mir eine gewisse Schadenfreude nicht verkneifen. Im dichten Schneetreiben brannten die Feuer längst nicht so hoch wie die Abende zuvor, und mehr als Laubhütten zum Schutz würden sie kaum aufgebaut haben. Das toppte unsere Weidenhütte, deren Dach zumindest dicht war. Wären sie halt daheimgeblieben.

„Sie müssen jetzt zurück", Ivo ballte die Fäuste, „es bleibt ihnen nichts anderes mehr übrig."

Ich war mir da nicht sicher. Was, wenn sie, anstatt sich auf den beschwerlichen Heimmarsch zu machen, einfach eine der hiesigen Siedlungen enterten? Dann konnten sie gleich ganz bleiben. Frierend schob ich meine Hände unter Ivos Umhang.

„Was, wenn sie bleiben? Sich einfach irgendwo einnisten?“

„Meinetwegen könnten sie das gern tun, wenn sie es friedlich machen würden. Platz ist hier für alle. Aber sie sind nicht friedlich und zwingen uns damit zur Gegenwehr.“

Oder zur Flucht in eine der streng geheim gehaltenen Fliehburgen wie unsere oben im Wald.

Die Nacht brachte weiteren Schneefall. So etwas hatte ich wirklich lange nicht erlebt, schon gar nicht so früh im Winter. Wir trampelten in der Anlage Wege durch den Schnee. Von den Hütten war nur noch die Hälfte zu sehen, dafür zog es auch nicht mehr so sehr und es wurde überraschenderweise wärmer. Es war fast wie in einem Iglu.

An diesem Abend schauten wir nicht nach den Feuern.

Am Vormittag des nächsten Tages meldeten die Kundschafter, dass die Alamannen ihr Lager abgebrochen hatten. Ihre Spuren führten ans Flussufer und verloren sich dort. Diese Nachricht sorgte für Aufregung. Ein Zug von zweihundert Menschen konnte nicht einfach im Schnee verschwinden. Ivo und Oswin verbrachten den halben Tag bei Arne zur Lagebesprechung. Ich versuchte mich an einem der Eintöpfe, die Belana mir gezeigt hatte, und saß dann in ihrer Hütte bei frischem Tee und Honigkuchen. Für mich war nur wichtig, dass sie definitiv fort waren.

Die Männer waren sehr nervös, als sie zu uns in die Hütte schlüpften. Selbst der stoische Oswin hatte hektisch gerötete Wangen, was eventuell auch daran lag, dass sie zu viel Met getrunken hatten. Ivo war eher blass und hatte sorgenvolle Schatten unter den Augen.

„Wir haben noch mehr berittene Wachen draußen“, erklärte Ivo und küsste mich, „sie ziehen in großen Kreisen um die Fliehburg herum und zwei halten sich zwischen hier und Cambodunum auf. Wir müssen aufpassen.“

Belana schenkte den Männern Tee ein, ein Schnaps wäre sinnvoller gewesen, doch den gab es noch nicht. Wieder eine dieser interessanten Fragen: Wann war wohl die erste Schnapsdestille in Betrieb gegangen? Ich rollte kurz meine Zunge im Mund herum, in Erinnerung an feinen Oberstdorfer Marillenschnaps, Blutwurz oder einen guten Whiskey. Auch davon würde ich in meinem nächsten Notrucksack immer eine Flasche mitführen.

„Meinst du, sie haben es tatsächlich auf Cambodunum abgesehen?“, fragte ich zurück, die Augen noch genüsslich geschlossen.

„Wir haben deine Überlegung auf jeden Fall überdacht, es könnte sein. Vielleicht liegt der Schnee zu hoch, um noch nach Hause zu kommen.“

„Die Wachen werden sie finden“, Oswin schnüffelte skeptisch an seinem Tee und trank dann doch durstig den Becher leer, „so viele Männer können nicht einfach verschwinden.“

Trotz des vielen Schnees ritten Ivo und ich am späten Nachmittag zu der Stelle oberhalb von Straß, wo wir an meinem ersten Morgen gewesen waren, während Oswin und Arne zur anderen Seite das Tal nach Lagerfeuern absuchten. Die Wachen patrouillierten irgendwo dazwischen herum. Mit zunehmender Dunkelheit warteten wir auf ein Zeichen der Alamannen, irgendwo mussten sie doch ein Feuer machen. Doch so sehr wir hin und her wanderten und schauten, der Abend blieb dunkel. Halb erfroren kehrten wir heim. Jeder ging in stiller Nervosität auf seine Hütte. Etwas Gefährliches lag in der Luft, wir spürten es alle ganz genau. Der Schneefall ließ langsam nach, doch starker Wind kam auf, der weiße Schwaden vor sich hertrieb und zu seltsamen Gebilden auftürmte. Durch das Heulen des Windes meinte ich, immer mal wieder auch das Heulen der Wölfe zu hören. Mit dieser ungreifbaren Bedrohung im Nacken hockte ich am Feuer, Ivo hatte mir die Lammdecke um die Schultern gelegt, während er selbst unruhig im Feuer herumstocherte.

„Können sie uns hier finden?“

Die Frage lag mir seit unserem Erkundungsritt auf der Seele. Immerhin hatten die Pferde tiefe Spuren im Schnee hinterlassen. Ivo stöhnte leise und nahm mich fest in die Arme.

„Nein“, er legte seine Stirn in meine Halsbeuge, „ich glaube nicht. Wir sind gut versteckt. Die Götter würden es schon sehr schlecht mit uns meinen, wenn sie die Alamannen hierher führen würden. Der Wind verwischt die Spuren. Aber ich werde heute Nacht wachen. Im Wald sind Wachen verteilt, wir alle sind gewappnet. Sie werden uns nicht überraschen. Trotzdem werde ich Belenus opfern, wenn die Sonne aufgeht und wir unversehrt sind.“

Hoffentlich wusste Belenus, der Sonnengott, der Überbringer des Lichtes, diese Ehre zu schätzen.

„Ich wache mit dir, Ivo, ich habe Angst.“

Er lächelte leise. „Angst habe ich auch, Ingrun, aber wir zwei werden uns nicht fürchten. Zusammen wird uns die Nacht wohl weniger lang werden.“

Doch die Stunden tropften zäh dahin. Der Wind heulte durch den Wald, das Rindendach ächzte unter der Schneelast. Ivo erzählte vom Leben im Dorf, vom Sommer, wenn die Ähren auf den Feldern gelb wurden und das Vieh in der Sonne glänzte. Mir wurde gleich etwas wärmer ums Herz und es war die Nacht, in der ich versuchte, von meinem Leben zu erzählen, das fast zweitausend Jahre später ganz anders aussah. Vielleicht war der Duft des Sommers noch derselbe, oder der Himmel so blau wie jetzt, aber ansonsten war die Welt vollkommen verwandelt. Ivo fand es beruhigend und hoffnungsvoll, dass unser Land seit fast hundert Jahren weitestgehend in Frieden lebte. Aber auch wir hatten es bisher noch nicht geschafft, tolerant mit fremden Kulturen umzugehen. Daran hatte sich in all den Generationen nichts geändert.

„Das Fremde macht den Menschen Angst“, Ivo blinzelte mit schweren Lidern ins Feuer, „sie kennen es nicht, sie verstehen es nicht. In Cambodunum war einmal ein Mann, der hatte ein seltsames Tier bei sich, größer als ein Pferd, mit einem Buckel auf dem Rücken. Er kam von sehr weit her. Die Menschen haben ihn mit Knüppeln vertrieben, weil sie Angst vor ihm hatten, dabei wollte er nur etwas zu essen und dann sowieso weiterreisen. Er sprach sogar Latein. Ich habe lange mit ihm geredet.“

Die Vermutung lag nahe, dass es sich um einen Nordafrikaner mit einem Dromedar gehandelt hatte, an sich nichts Ungewöhnliches. Aber selbst zu meiner Zeit hätte man ihn sicherlich neugierig auf der Straße angestarrt. Wie war der über die Alpen gekommen? Über diesem Gedanken fühlte ich, wie mir die Augen zufielen. Ich versuchte noch kurz, dagegen anzukämpfen, doch die Müdigkeit war stärker als meine Angst, langsam sank ich auf Ivos Schoß.

Wir schliefen immer wieder ein, die Nacht schien endlos. Wenigstens beruhigte sich irgendwann der Sturm, das Heulen der Wölfe entfernte sich. Mir war kalt, trotz des Feuers, und der Boden wurde immer härter. Mein Rücken schmerzte. Nur zu gern wäre ich auf unser Lager gekrochen, doch etwas in mir hielt mich ab. Die Nacht war voll Unruhe, Ahnungen, wispernder Geister, die hin und her huschten. Ivo murmelte immer wieder unverständliche Worte, die wie ein Gebet klangen.

Fast war ich erleichtert, als endlich in den frühen Morgenstunden, als die Nacht am kältesten und dunkelsten war, verhaltene Rufe durch die Wallburg hallten. Sofort waren wir auf den Beinen, pures Adrenalin und die schlimmsten aller namenlosen Schrecknisse strömten durch mich hindurch. Wir warfen uns nur unsere Umhänge über die Schultern und stürmten hinaus auf den kleinen Platz. Die Späher waren zurück. Eben schloss Oswin das Tor hinter den beiden Männern. Oswin trug die einzige Fackel, die die Dunkelheit nur noch gespenstischer machte. Ivo eilte sofort auf sie zu, während ich unsicher zu den erregt miteinander flüsternden Frauen hinüberrückte. Die Szene jagte mir eine Gänsehaut über den Rücken. Arne gestikulierte ebenfalls wild und redete auf die Männer ein. Dann schwappten die ersten Meldungen zu uns herüber. Cambodunum brannte.

Unwillkürlich wendete ich mich um, doch das Stück Himmel im Westen war dunkel wie immer. Dann trat Cedric gemessenen Schrittes zwischen uns.

„Kommt in die große Hütte, damit wir alle erfahren, was in Cambodunum geschehen ist."

Eine Horde verschreckter Lemminge folgte Cedric in Arnes Haus. Dicht gedrängt harrten wir auf den Katastrophenbericht. Ich schob mich zu Ivo vor, der neben Arne und Cedric auf Hockern Platz genommen hatte. Alle anderen hockten sich auf den Boden. Die Wachen wirkten im schwachen Licht von ein paar wenigen Kerzen extrem erschöpft und aufgewühlt. Arnes Frau reichte ihnen warme Haferkuchen. Zu meiner Zeit hätte man die Männer auf einen Schock behandelt, jetzt jedoch krampften sie ihre zitternden, von Kälte geröteten Finger um Becher mit warmem Met und gaben stockend einen Bericht der Nacht.

Die Alamannen waren weit nach Mitternacht erst im Auwald der Iller, dann geschützt von der Dunkelheit auf der Römerstraße bis nahe Cambodunum marschiert. Von ihrem Wachposten aus, den ich irgendwo in der Nähe der heutigen Ludwigshöhe vermutete, hatten unsere Leute alles beobachten können. Gleichzeitig hatten sie den Lichterschein von zwei weiteren Trupps aus Norden und Westen nahen sehen. Von drei Seiten aus waren sie in die Stadt eingefallen und hatten Brände gelegt. Die beiden Späher waren dann sofort zurück zu uns geritten.

Die Stille in der kleinen Hütte war bedrückend. Ich rang nach Luft, mir grauste, auch wenn ich nicht wusste, was genau so ein Überfall bedeutete. Die keltischen Frauen um mich herum schienen dagegen recht ungerührt, oder man sah ihnen ihre Angst nicht so an wie mir. Sie hockten aufrecht da, während Arnes Frau und seine drei Töchter halb verschleiert, wie es bei den Römern Sitte war, im dämmrigen Hintergrund der Hütte kauerten.

„Haben die Römer die Stadt kampflos übergeben?" Ivo brach als Erster das Schweigen. Ich fragte mich, ob das einen Unterschied machte. Die Stadt war offensichtlich trotzdem zerstört worden. Der Jüngere der beiden zuckte die Schultern.

„Es ging alles sehr schnell. Vielleicht. Kampfgeschrei haben wir keines gehört, weil es so stürmte."

Ivo nickte leicht vor sich hin, sein Blick wanderte zu dem einzigen kleinen Fenster, durch das uns die Dunkelheit anfiel. „Wo sind sie nach dem Überfall geblieben?“

Wieder zuckten die beiden einträchtig die Schultern. „Wissen wir nicht. Wir sind sofort hierhergekommen, um euch zu warnen.“

„Wir sollten sofort bei Tagesanbruch damit anfangen, die Burg weiter zu befestigen“, Arne sprang erregt auf, „sie werden womöglich wegen des vielen Schnees in Cambodunum überwintern, dann müssen auch wir hier oben bleiben.“

Ein unwilliges Raunen ging durch die Hütte. Jeder hier hoffte seit Tagen, endlich heim in sein Dorf zu dürfen, jeder hatte den Schnee herbeigesehnt und jetzt sollte der Schnee daran schuld sein, dass die Alamannen nicht abrückten? Das traf tief. Noch tiefer traf die Sorge. Ich suchte Ivos Blick, doch er starrte weiter auf das dunkle Fenster.

„Sie werden nicht bleiben“, meldete sich stattdessen Cedric zu Wort und schenkte uns allen ein beruhigendes Lächeln, „sie sind Menschen wie wir und wollen im Winter daheim bei ihren Familien sein, wie wir. Ganz sicher werden sie in den nächsten Tagen abziehen.“

„Menschen?“, brüllte Arne los und sprang mit einer wilden Drehung vor Ivo und Cedric herum, „Bestien sind sie! Sie rauben unser Land und schänden unsere Frauen!“

Ivo und Cedric wechselten einen kurzen Blick, dann holte Cedric ergeben Luft.

„Setz dich, Arne.“

Der Häuptling erstarrte in der Bewegung, zögerte kurz, ob er der Weisung Folge leisten sollte, und blieb dann trotzig stehen. Wieder murrten ein paar der Leute um mich herum. Dem Druiden widersprach man nicht. Das hatte ich gleich in den ersten Tagen gelernt. Arne hatte es offensichtlich noch nicht begriffen und seine Haltung verschaffte ihm keine Pluspunkte.

„Du als halber Römer“, fuhr Cedric mit scharfer Stimme fort, „solltest da besser den Mund halten, Arne.“

Arne erbleichte und sein Gesicht verzerrte sich vor unterdrücktem Zorn. Ich sah, wie er die Fäuste ballte, aber er wagte es nicht, sich gegen die Rüge des Druiden zu wehren. Sekundenlang herrschte eisige Stille im Raum, dann fing Arne wieder an zu atmen.

„Wie du meinst, Cedric. Was schlagt ihr vor?"

Argwöhnisch schaute ich Arne nach, wie er sich scheinbar völlig ruhig wieder auf seinen Hocker setzte. An sich war er ein sehr gut aussehender Mann, mit einem markanten Gesicht, das Haar nach römischer Sitte kurz geschnitten, kräftig, kleiner als Ivo. Aber da war etwas in seinem Blick, das ich nicht anders als verschlagen nennen konnte. Aalglatt und gefährlich. Es war sicher nicht klug von Ingrun gewesen, sich diesen Mann zum Feind zu machen. Und Cedrics Zurechtweisung vor allen Leuten würde Arne nicht auf sich sitzen lassen. Da war ich mir sicher.

Ivo seufzte und holte tief Luft. „Du und ich, Arne, wir werden jetzt gleich mit ein paar Männern so nahe wie möglich nach Cambodunum reiten und die Lage sichten. Wir müssen wissen, was die Alamannen vorhaben. Oswin bewacht die Wallburg."

Jetzt blieb mir die Luft weg. Das war nicht sein Ernst! Das erschien mir unkalkulierbar gefährlich, doch ein warnender Blick von Ivo brachte mich vorzeitig zum Schweigen.

„Packt warme Kleider ein, Verpflegung für mindestens zwei Tage, wir reiten sofort los." Er nickte dreien seiner Männer zu, Arne brüllte nach seinen Sklaven. Was für ein Unterschied.

Mit weichen Knien trippelte ich neben ihm her zu den Unterständen der Pferde, wo er auf mein Anraten hin Askan sattelte. Askan war schneller und wendiger als Runa und erfahrener als sein junger grauer Hengst. Der Gedanke, dass beide in Gefahr geraten konnten, war schrecklich.

In aller Eile suchte ich in der Hütte einen weiteren Umhang für Ivo, packte Trockenfleisch, Brot und Käse in eine der Satteltaschen und brachte ihm mit einem dicken Kloß im Hals alles hinaus. Er saß schon auf Askan, der in Erinnerung an eine männliche konsequente

Hand für seine Verhältnisse recht artig dastand. Trotzdem war es ein ungewohnter Anblick.

„Mach dir keine Sorgen, Ingrun", Ivo legte kurz vom Pferd aus seine Hand auf meine Schulter, „wir suchen die Gefahr nicht."

Netter Versuch, dachte ich und rang mir ein halbherziges Lächeln ab.

Starr schaute ich dem kleinen Trupp nach, wie er hinaus in die Dunkelheit ritt. Mit dem vertrauten Knarren schloss sich das Tor hinter ihnen. Ich war allein. Spontan fühlte sich das richtig mies an. Super mies. Wie die anderen Frauen stand ich da, schaute auf das verschlossene Tor, lauschte dem leisen Stapfen der Hufe im Schnee. Dann war es still. So still, wie es nur im Winter sein konnte und nur in einer Zeit ohne Maschinen. In diesem Moment war mir Ingruns Seele echt egal, ich hatte Heimweh nach meinem Haus, meinem Ofen und meiner Geborgenheit. Schweigend verteilten wir uns auf unsere Hütten, um zu warten. Nichts anderes blieb mehr übrig.

Mir war kalt so ohne Ivo, ich schürte das Feuer. Müde und steif von der angespannten Nacht legte ich mich auf unser Lager, aber schlafen konnte ich nicht wirklich. Immer wieder nickte ich ein, schrak dann aber beim geringsten Geräusch hoch. Also wartete ich darauf, dass die Sonne irgendwann wieder aufging.

Es wurde immerhin hell, die Sonne versteckte sich allerdings hinter einer dicken, schwarzen Wolkenwand und ein fieser Wind pfiff Schneekristalle vor sich her, die uns in die Gesichter stachen. Wieder verharrte das Dorf wie ein Karnickel in Todesstarre. Ich kümmerte mich, nur um nicht warten zu müssen, um Corr, den verletzten Jungen, der glücklich seinen Welpen im Arm hielt und mich eigentlich nicht mehr brauchte, und trank mit Belana und ein paar anderen Frauen Tee. Dazwischen schaute ich nach den Pferden, schmierte die Wunden von Ingruns Stute mit Salbe. Aber die Zeit verging nicht. Am frühen Nachmittag setzte wieder Schneefall ein.

Als ich das Tor knarren hörte, sprang ich ohne Umhang hinaus, in Erwartung, dass Ivo und die Männer heimkehrten. Auch die anderen Frauen stürzten aus ihren Hütten. Aber es waren nicht die Männer, denen Oswin Einlass gewährte.

Erschüttert starrten wir den Haufen an, der sich da auf dem kleinen Platz vor uns sammelte. Frauen, Kinder, ein paar Männer, vielleicht zehn Personen. Blutbeschmiert, mit zerfetzten Kleidern, ohne Schuhe, ohne Mäntel und die Wunden nur notdürftig verbunden. Mit einem Schrei des Entsetzens warf sich Arnes Frau auf die Ankömmlinge, fasste mit irren Bewegungen nach den verstörten Menschen, als suchte sie jemand.

„Ihre Eltern fehlen", murmelte Belana neben mir. Verwirrt schaute ich sie an.

„Das sind die Römer aus Loja?"

Sie nickte. „Wenigstens das, was von ihnen noch übrig ist."

„Gott im Himmel, was ist denen passiert?"

Die Frauen um mich herum musterten mich betreten.

„Das sieht nach einem Überfall der Alamannen aus", Belana klang noch immer seltsam unbeteiligt, „was sollen wir jetzt tun, Ingrun?"

Das fragte sie mich? Warum? Ich scheiterte doch eigentlich schon beim Anlegen eines Pflasters. Aber dann fiel mir ein, dass ein Teil von mir sich mit so etwas auskennen sollte, fragte sich nur, wie ich an den Teil herankam und das möglichst schnell. Ich schluckte und warf einen scheuen Blick auf die Gruppe. Dann räusperte ich mich.

„Erst einmal alle in Arnes Hütte, die ist am größten. Feuer machen, Wolldecken für die Verletzten, Tee, und irgendjemand soll einen Topf heiße Suppe kochen."

Die Frauen um mich herum nickten.

„Ich hole dir deine Kiste." Belana lächelte zaghaft und alle liefen tatsächlich los, um zu holen, was ich wünschte.

„Kommt", sagte ich zu den Römern und deutete auf die Hütte, „dort ist es wärmer als hier draußen."

Währenddessen bemerkte ich aus den Augenwinkeln, dass Arnes Frau zum Tor rannte, an dem Oswin stand. Sie redete erst wild auf ihn ein, dann schlug sie genauso wild um sich. Ich hörte sie schreien, alle drehten sich um. Oswin wehrte sich recht halbherzig gegen ihre Attacken, wich aber auch keinen Schritt vom Riegel weg, der das Tor verschloss. Erst als zwei weitere Wachen die Frau packten und in die Hütte schleiften, trat Oswin zu mir, die ich auch endlich ins Warme wollte.

„Wir müssen nach Ivo und Arne schicken", erklärte er ernst, „das hier ist wichtiger als Cambodunum und die Alamannen, die Eltern von Arnes Frau scheinen noch in Loja zu sein. Ich reite gleich los."

„Warte", ich hielt ihn am Ärmel fest, „ich begleite dich, wenn die Verletzten versorgt sind. Es dauert nicht lange."

Er brummte unwillig, nickte dann aber. „Gut, beeil dich, ich mache die Pferde fertig."

Hastig schlüpfte ich in die Hütte, es war wunderbar warm. Ich zitterte ein wenig vor Kälte und Anspannung. Die Frauen hatten unterdessen die Verletzten in Wolldecken eingewickelt, verteilten Tee und Suppe. Zwei Frauen versorgten die Wunden. Unsicher hockte ich mich neben Belana und ein junges Mädchen, das auf den ersten Blick außer ein paar Kratzern nicht weiter verwundet zu sein schien. Aber der Ausdruck in ihren Augen war schrecklich. Belana wiegte sie sanft, ich sah Tränen auf ihren Wangen und verstand. Sie war tot und musste dennoch weiterleben.

Fassungslos schweifte mein Blick zu den anderen Frauen und Mädchen, deren Augen alle tot und leer waren. Das Trauma der Frau, geschändet, entehrt. Ich lernte in diesem Moment, dass keine Seele unsterblich war, wenn sie den Fehler beging, als Frau wiedergeboren zu werden. Entschlossen stand ich auf.

„Wir brauchen viel heißes Wasser", sagte ich laut, „sehr viel, und Kessel, Seife, saubere Tücher. Trennt einen Teil der Hütte für die Frauen ab, damit sie sich waschen können."

Erst jetzt sah ich Cedric in der Tür stehen, seine Hündin neben sich. Er nickte mir zu.

„Ich wusste, dass ihr mich nicht sofort braucht, Ingrun. Ich habe dafür auch eine beruhigende Medizin dabei."

Der Mann hatte Nerven. Trotzdem mochte ich seine schlitzohrige Art.

„Danke, Cedric. Ich werde sobald als möglich mit Oswin nach Ivo und Arne suchen. Belana braucht deine Hilfe."

„Geht ihr nur."

Innerhalb kürzester Zeit hatten wir mit Decken einen Teil der Hütte blickdicht abgeteilt und der Dampf von heißem Wasser wallte. Zögernd ließen sich die Frauen mit unserer Hilfe entkleiden, ich sah die Angst in ihren Gesichtern und die Verwirrung über mein Handeln. Doch recht schnell merkten sie, wie gut es tat, wenigstens ihre Körper vom Dreck und der Beschmutzung fremder Männer zu reinigen.

„Schaffst du das jetzt allein mit Cedric, Belana?"

Sie nickte und mich hielt nichts mehr in der warmen Hütte. Draußen war es bitterkalt, Schnee stach mir in mein überhitztes Gesicht und die Feuchtigkeit auf meiner Haut fühlte sich an, als würde sie sofort gefrieren. Schlotternd rannte ich zu unserer Hütte, wo ich hastig nach Umhang und Handschuhen griff, im letzten Moment zog ich noch Ivos Filzpullover über. Wer wusste schon, wie lange wir durch die Kälte reiten mussten.

Es dämmerte bereits, als ich mit Oswin die Wallburg verließ. Er hatte ungeduldig gewartet, schlug direkt ein flottes Tempo an, obwohl es steil bergab ging. Ich hasste es, bergab zu traben, doch was blieb mir übrig. Wir hatten es eilig.

Im spitzen Winkel steuerten wir auf das Illerufer zu. Immer wieder bremsten Schneeverwehungen die Pferde und mit zunehmender Dunkelheit verlor ich den letzten Rest Orientierung. Der Wind blies scharf, meine Augen schwammen, ich blinzelte und hatte das Gefühl, dass alles gleichzeitig erfror. Handschuhe und Umhang weichten langsam durch. Warum war ich nicht daheimgeblieben? Keiner meiner Ausritte bisher hatte diesen netten Freizeitcharakter gehabt, den ich aus meinem früheren Leben kannte. Eigentlich sollte ich langsam wissen, dass es in dieser Zeit immer nur querfeldein ging. Ich schwor mir, dass ich nie, nie wieder über die bösen Bauern schimpfen würde, die uns Reitern nicht erlaubten, über ihre Wiesen zu brettern. Für dieses Leben hatte ich genug davon. Ein Himmelreich für eine befestigte Straße oder wenigstens einen markierten Wanderweg, denn nichts davon war hier zu sehen.

Der Schnee hatte immerhin den Vorteil, dass er den kläglichen Rest des Lichtes so reflektierte, dass man sich der Illusion hingeben konnte, es sei nicht ganz und gar stockfinster. Oswin trabte von all dem unberührt durch den Schnee. Runa schnaufte hinterher. Ich fuhr mit dem Auto etwas mehr als zehn Kilometer bis Kempten, zu Pferd hätte ich wenig über eine Stunde für die Strecke gebraucht, doch heute erschien mir das unendlich weit. Wir folgten der Iller, die nur grob den gleichen Verlauf hatte wie zu meiner Zeit. Die Schleife bei Graben erkannte ich wieder. Und ab da sahen wir den Schein der Feuer. Die Stadt brannte noch immer. Eine Gänsehaut zog sich über meinen Rücken, als mir der erste Rauchgeruch in die Nase stach.

Oswin lenkte uns tiefer in den Schatten der Bäume am Ufer und kurz danach bog er scharf nach rechts ab, einen Hügel hinauf, der dicht bewaldet schien. Unvermittelt stand mir Ivo gegenüber. Er griff hart in Runas Zügel.

„Was ist passiert?"

„Die Alamannen haben Loja überfallen", antwortete Oswin an meiner Stelle mit ruhiger Stimme, während mir noch immer das Herz vor Schreck bis in den Hals klopfte, „Octavias Eltern fehlen, der Rest ist zu uns in die Burg geflohen."

Trotz der Dunkelheit sah ich, wie Ivo erbleichte. „Ist ihnen jemand gefolgt?"

Mit einem Kopfschütteln stieg Oswin vom Pferd.

„Nein, der Wind hat die Spuren schnell verweht und ich habe die Wachen noch weiträumiger verteilt. Es sind keine Alamannen mehr in der Nähe. Wahrscheinlich fand der Überfall statt, bevor sie nach Cambodunum gezogen sind, und sie hatten keine Zeit mehr, unser Versteck aus ihnen herauszupressen. Hoffen wir nur, dass diese Horde niemals wiederkommt und sich daran erinnert, dass es hier ein Dorf gibt."

„Gut", Ivo schenkte mir ein kleines Lächeln, „es ist gut, dass ihr sofort gekommen seid. – Arne!"

Zwischen den Bäumen hindurch sah ich schattenhaft einen Mann zu uns treten. Es war Arne. In diesem Moment tat er mir leid. Ich wusste zwar nicht, ob er ein gutes Verhältnis zu seinen Schwiegereltern hatte, vielleicht gab es so etwas ja, aber wenn er seine Frau nur etwas mochte, dann würde der wahrscheinliche Tod ihrer Eltern ihn treffen.

Arnes Blick hastete argwöhnisch zwischen uns hin und her, ich versuchte mich ausnahmsweise an einem freundlichen Lächeln für ihn, was ihn offensichtlich aber noch misstrauischer machte.

„Was? Wieso seid ihr hier?"

„Loja ist überfallen worden", wiederholte Oswin, „wir vermissen bei den Flüchtlingen die Eltern deiner Frau."

Nur Arnes Lider flatterten, ansonsten zeigte sich keine Regung in seinem Gesicht.

„Wir reiten sofort zur Fliehburg zurück", er gab Ivo ein Zeichen, die Männer zu rufen, „dann werde ich Alamannen jagen." Mir lief es kalt den Rücken hinunter, als sein Blick den meinen festhielt. „Und dieses Mal wird niemand als Geist zurückkehren, denn die Köpfe der Barbaren werden den Giebel meines Hauses zieren."

Als Geist zurückkehren? Köpfe am Giebel? Wie gruselig war das denn? Sein eisiger Blick ließ mich erst los, als Ivo ihm die Zügel seines Pferdes reichte und er aufsaß. Ich atmete instinktiv auf.

Vorsichtig ritten wir aus dem Schatten der Bäume hinaus auf die Ebene, die später einmal der Flugplatz von Durach sein würde. Ich wendete mich kurz um, bevor die Männer, Ivo und Arne im Galopp Richtung Sulzberg davonsprengten. Der Himmel über Kempten war blutrot von Feuerschein, der sich in den dichten Rauchwolken fing. Mir erschien das wie ein böses Omen.

Unser kleiner Trupp jagte ohne jede Deckung durch die Senke zwischen Kempten und Sulzberg, umrundete den Hügel, auf dem später einmal Steingaden liegen würde.

Der Wind wuchs sich wieder zum Sturm aus, ich überließ dem Pferd die Zügel, drückte mein Gesicht so tief es ging in Runas Mähne, denn Schneekristalle bissen mir scharf in die Haut. Mit aller Kraft hielt ich mich im Sattel, um bloß nicht vom Pferd zu fallen, und der Wind verwischte unsere Spuren.

Viel schneller als auf dem Hinweg und durch den Wald oberhalb der Wallanlage kamen wir nach Hause. Die Pferde tropften vor Schweiß, ich war völlig am Ende. Reiten war für mich Freizeitspaß gewesen, nicht notwendige Fortbewegung – und der Unterschied zwischen beidem war immens.

Ivo schickte mich sofort in die Hütte, vordergründig um Feuer zu machen, während er und die anderen Männer, außer Arne, sich um die nassen Pferde kümmerten.

Mit klammen Fingern schrubbte ich mit dem Feuerstein herum, zerstörte dabei diverse Male meine Holz-Zunder-Aufschichtung. Mit jedem Augenblick wurde mir kälter, mein Atem dampfte in der Hütte. Ölzentralheizung, dachte ich sehnsüchtig, mit Thermostaten, die man einfach aufdrehte und Wärme bekam. Welch unglaublicher Luxus. Mit spitzen Lippen pustete ich in die zarte Glut, fütterte sie mit dürrem Holz. Als mein Feuer endlich brannte, fühlte ich trotzdem einen gewissen Triumph, den mir das Thermostat nie beschert hätte. Kein Nachteil ohne Vorteil. Ich wärmte den Eintopf vom Vortag auf.

Ivo war halb erfroren, als er endlich auftauchte. Ich reichte ihm noch im Stehen eine Schale mit Suppe, die er gierig trank. „Belana braucht dich noch einmal bei den Frauen“, erklärte er zwischen zwei Schlucken, „ein paar beruhigen sich nicht, trotz des Trankes von Cedric. Sie meint, du wüsstest sicherlich Rat.“

Jetzt wusste ich wieder, warum ich lieber durch die klirrend kalte Nacht geritten war, als daheimzubleiben. Ich erstarrte. Psychotherapie war erst recht nicht mein Fach, in Sachen Seelenkommunikation war ich eine glatte Null.

„Natürlich“, murmelte ich wider Willen, „ich muss mich nur kurz aufwärmen.“

Er nickte verstehend. „Eine blutende Wunde ist mir auch lieber als diese Seelenqual. Sie sind noch alle in Arnes Hütte. Morgen errichten wir ein paar Rindenhütten für den Übergang, bis wir nach Hause können."

Er reichte mir die leere Schale, die ich ihm erneut füllte. Mein Appetit war mir vergangen. „Die Alamannen machen sich übrigens bereit für den Abzug. Sie verlassen bereits Cambodunum. Der Sturm treibt sie voran. Bald können wir heim ins Dorf."

Das klang fürs Erste nach einer guten Nachricht, ich atmete auf. „Gott sei Dank."

„Welchen Gott meinst du, Ingrun?" Er betrachtete mich interessiert über den Rand seiner Schale hinweg.

„Wir haben nur noch einen", erwiderte ich, „den, den der Lichtbringer unseren Vater nennt. Er ist alle in einem."

Nachdenklich hob ich meine Schale an die Lippen. Im selben Augenblick hallte wüstes Geschrei durch die sonst so stille Burg. Vor Schreck ließ ich alles fallen, Suppenspritzer zischten im Feuer. Pferde wieherten schrill. Es klang, als trampelte eine Herde vor unserer Hütte herum. Bisher hatte ich hier nie mehr als einen leisen Ruf gehört, doch jetzt brüllten ohne Rücksicht auf unsere Sicherheit mehrere Männerstimmen durcheinander und zum dritten Mal stürzten wir blindlings aus unserer Hütte. Im diffusen Licht einer einsamen Fackel am Tor sah ich Oswin und die Torwachen mit Männern auf Pferden rangeln, Cedric stand seltsam ungerührt dazwischen, er wich nicht einmal den aufgeregten Pferden aus.

Mit wenigen Sätzen stand Ivo mitten unter den Streitenden, stieß Oswin zur Seite und packte Arnes Pferd energisch am Zügel. Arne und seine drei männlichen Sklaven wollten die Wallburg verlassen. Warum? Ich schob mich dezent zwischen ein paar Männer und Frauen, die sich das Schauspiel aus sicherer Entfernung anschauten.

„Wo willst du hin, Arne? Die Pferde sind erschöpft, es stürmt und wir hatten beschlossen, dass nach Einbruch der Nacht niemand mehr die Wallburg verlässt! Du wirst hier gebraucht!"

Arne stieß seinem Pferd so übermäßig grob die Fersen in die Flanken, dass es stieg. Ich sah die wirbelnden Hufe vor Ivos Gesicht, doch er wich keinen Zentimeter. Erschrocken schrie ich auf, Arnes hasserfüllter Blick streifte mich.

„Du willst mich zurechtweisen, Ivo? Du? Dein Weib, die Zauberin, bricht dauernd die Regeln! Ich muss nach Loja und Octavias Eltern finden. Jetzt! Sofort! Mach das Tor auf oder ich schlage den Riegel entzwei!"

Tatsächlich zog er ein kurzes Schwert aus seinem Gürtel, schwang es wild über seinem Kopf und trieb das Pferd gnadenlos voran. Es blieb ihm nichts anderes übrig, als Ivo zu überrennen. Im letzten Moment ließ Ivo die Zügel fahren, sprang fluchend zur Seite. Arnes Pferd rammte stöhnend das Tor.

„Arne!", rief Ivo völlig außer Atem. „Sei vernünftig! Es ist zu gefährlich. Warte wenigstens bis zum Morgengrauen. Noch sind die Alamannen nicht abgezogen. Sie können überall lauern!"

„Dann werde ich sie jagen!", Arne schwang sein Schwert im Kreis um sich herum, es zischte im Wind. „Und ich werde ihnen die Köpfe abschlagen, wie es alter Brauch ist, damit sie nicht als Geister wiederkommen! – Öffnet das Tor!"

Zum zweiten Mal hatte er diesen verwirrenden Spruch mit den Geistern gebracht. An irgendetwas erinnerte mich das, doch so sehr ich nachdachte, ich kam nicht drauf, was es war.

„Dann geh, Arne!" Ivo riss den Riegel aus seiner Halterung und stieß mit einer heftigen Bewegung das Tor auf. „Geh, und bete, dass es nicht unsere Geister sind, die dich heimsuchen werden!"

Der kleine Trupp verschwand in der Nacht.

Cedric schob sich näher an Ivo heran, ich folgte ihm. „Lass ihn, Ivo", murmelte er, sich zu uns neigend, „ich habe die Gestirne neu berechnet, wir haben den Weg verändert und diese Nacht wird uns die Führung bringen."

Ich sah, wie Ivo unter Cedrics Worten zusammenzuckte, sein hastiger Seitenblick streifte mich, bevor sein Gesicht im Halbdunkel völlig ausdruckslos wurde.

„Wir werden sehen, Cedric", brummte er, „geh in die Hütte, Ingrun, es ist zu kalt hier draußen."

Schau her, dachte ich nur schwach belustigt, die Herren wollten mich an ihrem weiteren Gespräch offensichtlich nicht teilhaben lassen, dabei fand ich es gerade spannend. Was meinte Cedric mit Gestirne berechnet? Spielte er den Astrologen? Um welchen Weg ging es? Um welche Führung? Ich zögerte, denn für so eine männliche Ansage war ich nicht bereit, in Jahrhunderten erkämpfte, weibliche Emanzipation zu opfern. Andererseits war mir mittlerweile so kalt, dass ich mein Schlottern nicht mehr unter Kontrolle hatte, stand ich doch ohne Mantel seit einer ganzen Weile in dieser stürmischen Eisnacht. Mir schien es entsprechend klüger, zugunsten meiner Gesundheit auf meine Emanzipation zu verzichten. Mit einem Rest Hochmut nickte ich den beiden Männern zu, doch bevor ich mich in Bewegung setzen konnte, fasste Cedric mich am Arm. „Arne hat Angst vor Geistern, Ingrun, vergiss das nicht."

Ich wusste nicht, ob es ein spöttisches Grinsen war, das in den Mundwinkeln des Druiden hockte. „Geh jetzt und kümmere dich um die Frauen."

Fast grob stieß er mich in Richtung Arnes Hütte, ich stolperte mit einem Fluch vorwärts. Arnes Geisterphobie hatte ich bereits mitbekommen.

In der Hoffnung, dass die Hütte ein Hort der Wärme sein würde, drückte ich die Tür auf. Tatsächlich flutete mir Wärme entgegen, allerdings auch Arnes Frau Octavia. Sie sah mich und stürzte mit erhobenen Fäusten schreiend auf mich zu. Vor Schreck stand ich stocksteif, unfähig, mich zu wehren. Sie schlug auf mich ein, trat, spuckte und schrie in einer Sprache, die mich entfernt an Italienisch erinnerte. Instinktiv hielt ich mir die Arme über den Kopf, versuchte, mein Gesicht zu schützen. Ihre Tritte krachten schmerzhaft gegen meine Beine, ich taumelte und ging in die Knie. Sie war wie rasend, ein tollwütiges Tier. Meine Hilfeschreie mischten sich mit ihrem Wüten.

Endlich riss sie jemand von mir weg, Ivo und Oswin drängten die Frau mit aller Kraft gegen die Wand der Hütte. Sie trat noch immer, spie nach mir aus. Belana half mir auf die Beine. Meine Knie zitterten vor Schreck und mein Herz raste. Noch nie hatte mich jemand geschlagen. Das war neu für mich und es fühlte sich scheußlich an. Ganz davon abgesehen würde ich einen Haufen blauer Flecken und Prellungen davontragen. Warum hatte sie das nur getan? Belana rieb mir beruhigend den Rücken, starrte mich aber wie die Leute aus Loja seltsam argwöhnisch an.

„Gut", ich ruderte mit den Armen, „alles prima, okay, nix passiert."

Die Blicke wurden noch skeptischer, ich rang mir ein gequältes Lächeln ab. Belana wich leicht zurück. Langsam reichten mir dieser Tag und diese Nacht. In solchen Momenten reichte mir überhaupt das alles hier. Da wollte ich nur noch Christin sein, daheim sein und meine Ruhe haben. Genug der Historienabenteuer. Noch bevor ich mich halbwegs wieder gesammelt hatte, packte mich Ivo am Arm und zerrte mich aus der Hütte hinaus in die Kälte, die Tür schepperte hinter mir ins Schloss. Wortlos drängte er mich in unsere eigene Behausung, in der es eisig kalt war, weil das Feuer längst heruntergebrannt war. Aber die Kälte brachte mich vollends wieder zur Besinnung. Ich plumpste auf die Matten an der Feuerstelle.

„Was war das?"

Ivo ging neben mir in die Knie und versuchte, die kläglichen Reste der Glut wieder zu entfachen. „Das war Angst."

„Sehr lustig", konterte ich trocken, „das nächste Mal, wenn ich mich fürchte, dann haue ich einfach dem nächstbesten Trottel, der zur Tür hereinschneit, ein paar in die Schnauze und fühle mich spontan besser, ja?"

Ivo blinzelte verwirrt, wie immer, wenn ich sprachlich nicht den zeitlichen Gepflogenheiten entsprach. Für den Moment war mir das total egal.

„Du redest wirr, Ingrun“, er wich meinem Blick aus, tat so, als würde nur das Feuer seine Konzentration beanspruchen.

„Ach ja?“ Ich fuhr hoch wie eine Furie, jetzt war Schluss mit lustig. „Ich rede wirr? Und nenn mich nicht Ingrun! Für heute habe ich das echt satt! Dauernd passiert irgendetwas, dauernd rastet jemand aus, dauernd lauert Gefahr und immer ist es kalt!“

Ivo ließ mich toben, wahrscheinlich verstand er eh nur die Hälfte meiner Worte. Stoisch legte er Holz ins Feuer. Da war jeder Wutanfall für die Katz. Ich war so müde.

„Warum, Ivo? Heute Nachmittag war doch noch alles in Ordnung mit Octavia. Warum schlägt sie mich heute Nacht zusammen?“

„Aus Angst“, wiederholte er und schenkte mir ein versöhnliches Lächeln. „Sie hat Angst vor dir.“ Scheu rückte er neben mich. Ich streckte meine Hände dem wärmenden Feuer entgegen. Alles an mir war eisig. „Arne hat ihr gesagt, dass du eine Zauberin bist, ein Geist, und Unheil über uns bringst.“

„Wie reizend!“

Mir war wieder danach, ein wenig Gift und Galle zu spucken, das hätte dann auch zu meinem neuen Image gepasst. Gebt mir einen Besen, damit ich fröhlich durch die Nacht reiten kann. Unheil war sicherlich mit das Letzte, das ich meinen Mitmenschen antun wollte. Wie kam der hinterhältige Arne dazu?

Ivos Blick nach konnte er Arnes Einschätzung meiner Person zunehmend Verständnis entgegenbringen. Es war Zeit, ein paar kleinere Brötchen zu backen, sonst würde ich nie eine sinnvolle Antwort bekommen.

„Erklär's mir, Ivo, bitte. Ich bin hundemüde, mir ist kalt, mir tun die Knochen weh, ich will endlich schlafen.“

Zaghaft fasste er nach meinen eisigen Fingern und suchte meinen Blick.

„Ich weiß nicht, was Arne vorhat. Ich weiß auch nicht, warum er dich einen Geist nennt. Cedric weiß es, doch der sagt mir dauernd, ich müsse nur hinsehen, um es selbst zu erkennen. Aber ich sehe nicht. – Halt dich in nächster Zeit fern von Arne und seiner Familie. Auf die anderen hat er mit seinem Gerede keinen Einfluss. Belana kümmert sich um die Frauen."

Ratlos starrte ich ins Feuer. Geist, Unheil? Ich kam einfach nicht darauf, was mir das sagen sollte. Da zappelte etwas in meinem Hirn herum, aber ich bekam es nicht zu fassen. So etwas nervte. Still stand Ivo auf und suchte etwas aus meiner Medizinkiste heraus. Mit einer Flasche in der Hand kam er zurück.

„Ingruns Seelentrost", er schwenkte die Flasche mit einem kleinen Lächeln vor meiner Nase, „den gönnen wir uns jetzt und dann wird endlich geschlafen. Schlechte Nachrichten von Arne erreichen uns noch früh genug."

Er reichte mir die entkorkte Flasche. Ich schnupperte wie immer recht skeptisch. Ich roch Alkohol und Kräuter, dann nahm ich einen kräftigen Schluck. Es schien nichts Hochprozentiges, aber genug für einen Hauch von Wohlbefinden. Ich nahm gleich noch einen Schluck hinterher. Ich seufzte, reichte Ivo die Flasche. „Sehr gut. Jetzt geht's mir besser."

Erschöpft und gänzlich übermüdet fielen wir auf unser Lager. Meine Kraft reichte gerade noch aus, um uns beiden die Lammfelldecke über die Schultern zu ziehen. Der Tonofen neben dem Bett verbreitete endlich ein wenig Wärme, ich schlief sofort ein.

Durch den Sturm und die aufwühlenden Ereignisse der letzten zwei Tage schliefen wir beide sehr unruhig, Ivo legte immer wieder Holz auf das Feuer. Manchmal drückte der Wind den Rauch in die Hütte zurück. Ich fühlte mich wie gerädert, miefig, als wir früh am nächsten Morgen wieder erwachten. Noch immer tobte draußen stürmisches Wetter. Meine Motivation, diesem Tag mit Freude entgegenzutreten, tendierte gegen null. Außerdem spürte ich schmerzhaft meine geprügelten Knochen. Jetzt, am helllichten Tag, erschien mir Octavias Attacke noch absurder, so absurd wie Arnes Anschuldigungen.

Ivo kümmerte sich erneut um das Feuer. Der Sturm pfiff durch den Rauchfang, Schnee wirbelte kurz herum, bevor er im Feuer zischend zu Wasserdampf wurde. Ich beneidete Arne und seine Männer nicht darum, bei diesem Wetter unterwegs zu sein. Ob sie bereits auf dem Heimweg waren? Und was würden sie berichten? Was würde es für mich bedeuten?

Seufzend kuschelte ich mich wieder in die Decke, der Tag konnte noch warten. Ivo lächelte spöttisch und kroch zu mir. „Das ist das Einzige, was ich am Winter liebe", wisperte er mir ins Ohr, „man kann mit seiner Liebsten den Tag im Bett verbringen."

Wenn es denn ein richtiges Bett wäre, dachte ich halb mürrisch, oder wenigstens ein halbwegs dichtes Haus. Aber so? Immerhin hatten wir die Hütte für uns allein. Andere mussten sich den Raum mit der ganzen Familie teilen.

Erst am späten Vormittag krochen wir langsam aus der Hütte. Dick vermummt stapften Ivo und ich durch die Schneewehen zu den Pferden hinüber. Langsam ließ der Wind nach. Nur wenige Dorfbewohner waren mit uns unterwegs. Ich zog die Schultern hoch. Noch nie, seitdem ich meine unfreiwillige Zeitreise angetreten hatte, hatte ich mich so unwohl gefühlt, so falsch an diesem Ort.

Arnes Hütte lag düster und wie verwaist im blendenden Schnee. Eine Schneewehe türmte sich die halbe Tür hinauf. Offensichtlich hatte noch niemand seit dem Abend die Hütte verlassen. Mich grauste seltsam. Argwöhnisch schielte ich zu den wenigen Frauen, die geduckt umherhuschten. Alle lächelten mir gewohnt freundlich zu. Keiner außer Arne und seiner Frau hielten mich anscheinend für eine Unheilsbotin. Trotzdem fühlte ich mich plötzlich nicht mehr richtig hier.

Das Trauma meines bisherigen Lebens. Schon als Kind hatte ich mich oft fremd unter anderen Kindern gefühlt, anders und nicht dazugehörig. Ich hatte zwar mit ihnen gespielt, aber sie nicht verstanden. Andere Menschen waren mir oft befremdlich vorgekommen. Ein weiterer Grund, warum ich mich eher mit meinem Job und meinen Pferden verheiratet hatte und ansonsten mit mir allein geblieben war.

Hier hatte ich mich das erste Mal in meinem Leben als Bestandteil eines Ganzen gefühlt, am richtigen Platz und passend. Ein dummer Satz von Arne hatte das zunichte gemacht. Unreflektierter Zorn schoss in mir hoch, ich ballte meine Fäuste in den Filzhandschuhen. Nein, dachte ich, so einfach geb ich mich nicht geschlagen, nein. Keine Arnes dieser Welt würden mir weiterhin das Leben schwer machen, niemals wieder. Abrupt drehte ich mich um, starrte wütend auf die verrammelte Hütte. Kein Wunder, dass meine bisherige Seele den Typen so dick gehabt hatte.

„Ich schaue jetzt noch nach dem Vieh, Ingrun", mischte sich Ivos ernste Stimme in meine grummeligen Gedanken, „ich bin bald zurück."

Ohne den Blick von der Hütte zu wenden, nickte ich.

„Wenn du wiederkommst, gibt es auch etwas Warmes zu essen."

Ivo lachte und küsste mich mit kalten Lippen. „Wer hätte gedacht, dass du so eifrig wirst, Ingrun. Da kommt man doch gern heim."

Mit zweien seiner Männer verließ er die Wallburg. Meine Wut verpuffte ins Nichts und ich fühlte mich spontan völlig schutzlos und verletzbar. Wenn Arne jetzt zurückkehrte, würde ich ihm ziemlich allein gegenüberstehen. Unsicher schielte ich zu Cedrics Behausung hinüber. Sollte ich zu ihm gehen? Arne würde es nicht wagen, in seinem Beisein mit dem Finger auf mich zu zeigen. Außerdem mochte ich den Druiden, der seine Klugheit gern hinter einer schrulligen Fassade versteckte.

Zögernd quetschte ich mich zwischen den Latten des Zaunes hindurch, blieb dann abwartend stehen. Verstecken war nicht meine Art und kneifen auch nicht. Eigentlich wollte ich nur in Ruhe gelassen werden. Aber wenn Arne mich nicht in Ruhe ließ, würde ich mich wehren. Also war es falsch, jetzt Zuflucht in Cedrics Hütte zu suchen. Genervt von mir selbst zwängte ich mich wieder zu den Pferden durch. Denen würde ein wenig winterliche Pflege nicht schaden. Danach würde ich eines der vielen Kesselgerichte mixen, die Belana mir gezeigt hatte, und den Tag so gut es ging in Ruhe ausklingen lassen. Arne war kein Lebensinhalt, solange er nicht die Alamannen anschleppte.

Ich schrubbte Askan die Schlammkrusten aus dem Fell und aus der Mähne und reinigte auch die beiden schwarzen Stuten. Mir war kalt, der Wind ging noch immer durch und durch, doch am Himmel spickte immer wieder ein Klecks strahlendes Blau durch die grauen Wolken. Das Wetter würde besser werden. Und der Schnee würde reichen, um die Alamannen nach Hause zu schicken. Eigentlich war alles gut. Eigentlich. Dieses Wort war so gesehen eine Einschränkung und genau in diesem Moment brach ein weiteres Mal die Hölle los.

Aus den Augenwinkeln sah ich, wie Oswin das Tor öffnete. Drei Männer und vier Pferde schwankten auf den kleinen Platz. Ich fuhr herum. Das waren eindeutig Arnes Sklaven. Doch wo war Arne? Von allen Seiten rannten wir auf die Gruppe zu. Dann sah ich eine Gestalt bäuchlings über dem vierten Pferd liegen, der Oswin gerade recht unsanft in die kurz geschnittenen Haare griff und ihren Kopf hochzerrte. Arne. Oder vielmehr das, was von ihm noch übrig war. Erschüttert trat ich neben Oswin. Die Haut hing ihm in Fetzen vom Gesicht herunter, die Lider waren wund, die Lippen zerrissen. Im ersten Moment war ich sicher, dass er nicht mehr lebte.

„Oh, mein Gott", hauchte ich fassungslos, „was ist geschehen?"

„Alamannen", knurrte Oswin und lupfte die Decke, in die Arne gewickelt war, „sie haben ihn hinter einem Pferd hergeschleift, das machen sie gern."

Der ältere der drei Sklaven wankte zu uns, die anderen beiden hielten sich nur dank ihrer völlig abgezehrten Pferde aufrecht. Ein weiteres Bild des Schreckens, das sich in mein Hirn brannte.

„Sie haben uns vor der Siedlung überrascht", ächzte er, „wir konnten noch fliehen, doch Herr Arne war weiter voraus. Ihn haben sie erwischt. Wir konnten nichts tun. Erst vorhin haben wir ihn auf dem Hof der Eltern der Domina gefunden. Sie haben den alten Herrn und seine Frau am Giebel ihres Hauses aufgehängt. Aber jetzt sind die Alamannen fort. Ihre Spuren führen nach Cambodunum."

Oswin biss sich auf die Lippen. „Lauf zu den Herden, Ingrun, und hol Ivo. Schnell."

Ich hob abwehrend die Hände, doch Oswin schloss nur die Augen.

„Lauf, Ingrun, immer den Pfad bergan. Du kannst sie nicht verfehlen."

Ergeben schob ich mich rückwärts von Arne und dem Pferd weg, drehte mich dann um und rannte aus dem Tor hinaus, das bisher eine magische Grenze für mich bedeutete, die ich allein noch nie überschritten hatte. Einen kleinen Augenblick lang blieb ich wie angewurzelt vor dem Tor stehen, das mit einem erschreckend abweisenden Knarren hinter mir zufiel. Ich war allein und ich war schutzlos. Hatten mich die Palisaden und die hohen Wälle bisher eher erdrückt, so fehlten sie mir jetzt recht unvermittelt.

Aber ich drehte mich nicht um, sondern rannte durch den tiefen Schnee am Rande des Tobels bergauf. Den Weg, den wir allabendlich gegangen waren, bevor die Alamannen die Iller überschritten hatten. Wie war ich vor drei Tagen noch ahnungslos gewesen. Christin auf Abenteuerurlaub. Jetzt war ich Ingrun, die um ihr Leben rannte. Ich folgte blindlings den Spuren im Schnee, die oben im Wald auf der Höhe des Grates nach links abbogen. Hier lag der Schnee vom Sturm hoch aufgetürmt und von Kühen war rein gar nichts zu sehen oder zu hören. Ich schwitzte vom anstrengenden Laufen und mein Herz wummerte. Fast befürchtete ich, dass ich falsch gelaufen war, als die Spuren tiefer in ein dichtes, dorniges Gestrüpp führten, das den Eingang zu einer tiefen Senke versperrte. Und dann hörte ich sie leise muhen.

Das Tälchen war kaum größer als die Fläche der Wallburg und von dichten Büschen und Bäumen umstanden, die einen natürlichen Zaun bildeten. Ivo und ein paar Männer drängten sich um ein kleines Feuer, das sie unter einem Weidenunterstand entfacht hatten. Ihre Gesichter erstarrten, als sie mich bemerkten. Unsicher drängte ich mich zwischen den Kühen hindurch, die mich ein wenig an schottische Hochlandrinder erinnerten, klein und wuschelig mit monströsen Hörnern. Ivo rannte mir entgegen.

„Was ist jetzt schon wieder geschehen, Ingrun?"

„Oswin schickt mich, du sollst sofort kommen! Arne ist von den Alamannen erwischt worden", keuchend holte ich Luft, ich hatte Seitenstechen und stemmte mir die Hände in die Hüfte, „seine Männer haben ihn vorhin gefunden und heimgebracht. Die Alamannen sind Richtung Kemp... Cambodunum abgezogen."

Grübelnd irrte Ivos Blick über den aufklarenden Himmel. Die Zeit schien stillzustehen, nichts rührte sich. Nur mein Herzschlag dröhnte mir in den Ohren und die anderen Männer starrten mich mit großen Augen an. Dann drehte sich Ivo entschlossen zu den Hirten um. „Füttert so viel Heu, wie nötig ist, damit das Vieh ruhig ist. Dass die Alamannen abgezogen sind, glaube ich erst, wenn ich es mit eigenen Augen gesehen habe. Ich hoffe inständig, dass Arnes Männer sie nicht schnurstracks hierherführen. Flieht in den Wald, wenn sie kommen."

Er gab mir ein Zeichen und rannte den Weg zurück, den ich gerade gekommen war. Notgedrungen raffte ich also meinen langen Rock und wetzte hinter ihm her. Abwärts ging es zwar leichter, doch der nasse Rock verfing sich dauernd in meinen Beinen. Nach diesem Sprint würde ich die erste keltische Frau in Hosen werden.

„Es war klug von Oswin, dich zu schicken", Ivo drehte sich im Laufen zu mir um.

„Warum?" Ein Wort musste reichen, denn Luft war knapp.

„Wegen Octavia. Sie wird dir die Schuld an dem Unglück geben. Jetzt ist hoffentlich der erste Schock schon mal vorbei. Aber halt dich bitte fern von Arne und den Römern."

Wessen Schock war vorbei? Meiner sicherlich nicht! Ich schwitzte, doch eine eisige Gänsehaut zog sich über meinen Rücken. Ausnahmsweise hatte ich mit seiner Anordnung keine Probleme. Um Arne und die seltsamen Römer würde ich freiwillig mehr als einen Bogen machen.

Ivo hämmerte kurz und heftig gegen das Tor, ich rang nach Luft, ich glühte. Hinter ihm her stolperte ich in die Wallburg. Oswin und Cedric eilten sofort auf uns zu.

„Warum?" Völlig verdutzt realisierte ich, dass Ivo Cedric hart am Mantel packte. „Du hast es gewusst, Cedric. Warum hast du das zugelassen?"

Mein Mund stand mir nicht nur offen, weil ich außer Atem war, auch Oswin schaute recht verwirrt, während Cedric seinen Mantel mit sanfter Konsequenz aus Ivos Fäusten befreite. „Das Rad des Schicksals lässt sich nicht aufhalten, Ivo", erwiderte er fast heiter, „das solltest du wissen. Man kann seinen Lauf manchmal ändern, aber nie aufhalten. Erst der Tod lässt es stillstehen. Und tot ist Arne nicht." Er trat einen betonten Schritt von Ivo weg, lächelte. „Ich habe auch nur gesehen, dass sich die Führung zugunsten des friedvollen Kriegers verändern wird. Zu deinen Gunsten, Ivo."

Im Gegensatz zu mir schien Oswin langsam zu dämmern, um was es im Gespräch der beiden ging. Ich verstand nichts.

„Wohl und Segen, Ivo, Ingmars Sohn", murmelte Oswin leise und verneigte sich vor Ivo, der zur Abwechslung mal rot anlief. Rot vor Zorn, wie ich erschrocken feststellen musste.

„Nein, Oswin, nein. Erzählt mir endlich, was geschehen ist."

Die beiden zögerten, warfen fragende Blicke auf mich. Ivo schloss kurz die Augen, dann nickte er. „Ingrun, warte bitte in unserer Hütte auf mich. Es ist sicherer wegen Octavia und den anderen Römern. Bitte."

Bei so viel Bitten konnte ich schlecht Nein sagen, gezwungenermaßen nickte ich, zumal Ivo schrecklich erschöpft wirkte. Natürlich fragte ich mich trotzdem, was hier vorging?

„Ist gut, Ivo."

Ich trollte mich in unsere Hütte, die wie immer kalt war. Auch ich kühlte nach dem Dauerlauf im Tiefschnee langsam wieder runter. Also Feuer machen. Und nachdenken. Aber es gab nichts, woran ich meine Gedanken orientieren konnte. Ich hatte nicht einmal konkrete Fragen, außer dass ich das Verhalten der drei Männer äußerst befremdlich fand und gern gewusst hätte, was die Alamannen mit Arne angestellt hatten. Hinter einem Pferd herziehen? Was für eine Folter war das? Hatten sie ihn liegen gelassen, weil sie ihn für tot hielten? Waren sie wirklich abgezogen? Wenn Ivo das bezweifelte, dann machte mich das richtig nervös.

Ich schürte die Glut und suchte die Lebensmittel zusammen, die ich brauchte, um Ivo die versprochene warme Mahlzeit zu kochen. Das lenkte mich auch von meinen krausen Gedanken ab. Dann musste ich warten, denn Ivo kam nicht wieder.

Warten war etwas, das ich nicht so gut beherrschte. Geduld war kein Thema, da wusste man ja, warum es dauerte, doch sinnlos am Feuer sitzen und den Flammen bei ihren seltsamen Figuren zuschauen, ging über meine Fähigkeiten. Wenn ich wenigstens ein Buch gehabt hätte, oder ein Radio, Fernsehen, Internet, um nutzlos Zeit mit Surfen zu vertrödeln. Derzeit wäre eine Schriftrolle aus Pergament in Latein verfasst wahrscheinlich die einzig verfügbare Ablenkung gewesen. Aber selbst die gab es nicht und mein Latein beschränkte sich auf das, was man so landläufig zur unpassenden Gelegenheit als Floskel streute.

Außerdem war ich müde. Nach der ersten Unendlichkeit am Feuer aß ich allein, damit ich nicht auch noch hungrig warten musste. Dann rollte ich mich mit der Decke auf unserem Lager zusammen. Draußen war es längst dunkel geworden. Das Feuer warf flackernde Schatten an die Weidenwände, denen ich wie hypnotisiert folgte – darüber schlief ich ein.

Bei Morgengrauen war Ivo noch immer nicht da, ich fuhr erschrocken hoch. Wage erinnerte ich mich daran, dass in der Nacht jemand meine Medizinkiste geholt hatte. Ich meinte Ivos Stimme gehört zu haben, doch sicher war ich mir nicht.

Einmal mehr war es recht frostig, als ich mich aus der Decke schälte, und mir fiel ein, dass ich ärgerlicherweise keine Glut für den Morgen aufgehoben hatte. Mit Zunder neu anschlagen, war schwierig. Ich seufzte, spielte kurz mit dem Gedanken, mich einfach wieder in die Decke zu wickeln und weiterzuschlafen. Draußen würde es eh keine besonders guten Nachrichten geben und müde war ich noch immer.

Andererseits war ich schrecklich neugierig, wo Ivo war und was in der Nacht geschehen war. Also stemmte ich mich hoch und schlurfte zur Feuerstelle. Voller Hoffnung stocherte ich ein wenig in der Asche herum und stieß tatsächlich auf ein paar winzige glühende Holzstücke, die ich mit ein wenig Reisig und viel Puste langsam wieder entfachte.

Das Wasser im Kessel war kalt. Sehr kalt. Aber waschen war notwendig. Als das Feuer brannte, stellte ich den Funkenschutz davor, nahm meinen Umhang und machte mich auf die Suche nach Ivo. Erst stiefelte ich zu Oswins Hütte hinüber, wo niemand war, dann zu Cedric. Ob ich es bei Arne versuchen würde, wollte ich spontan entscheiden. Ich bollerte sacht gegen das Weidengeflecht von Cedrics Hütte, obwohl ich Ivos Stimme längst gehört hatte und auch die von Oswin und Cedric. Sekundenlang herrschte Stille im Inneren der Hütte.

„Ich bin's", rief ich leise, „Ingrun."

Ivo schob die Türmatte zur Seite und ließ mich mit einem Nicken herein.

Die Männer hatten es angenehm warm, da blieb man gern. Es duftete nach Tee, ein wenig auch nach ungewaschenem Mann. Scheu wünschte ich einen guten Morgen und hockte ich mich neben Ivo. „Wie geht es Arne?"

Drei paar schwarz umrandete Augen schauten mich an. Die drei hatten definitiv in dieser Nacht nicht geschlafen. Schweigend reichte mir Cedric einen Becher mit dampfendem Tee. „Er hat die Nacht überlebt, also besteht Hoffnung."

„Belana und Octavia haben sich die ganze Nacht über um ihn gekümmert", ergänzte Oswin mit einem beruhigenden Lächeln, „Belana hat Octavia auch klarmachen können, dass du mit alldem nichts zu tun hast."

Wenigstens etwas, ich atmete auf. Mir war nicht bewusst gewesen, wie sehr ich Octavia als Bedrohung empfunden hatte, doch jetzt fühlte ich mich um einiges erleichtert. Lächelnd nippte ich an dem Tee, wunderte mich allerdings gleichzeitig, warum Ivo noch immer abweisend in seinen Becher starrte. Da stimmte etwas nicht.

„Was ist los?"

„Der Stamm ist ohne Häuptling." Cedric grinste heiter, sein Blick glitt zu Ivo, der nicht mehr nur abweisend, sondern richtig mürrisch schaute. Wirkte sich Schlafentzug bei Männern dahingehend aus, dass sie sich seltsam benahmen? Ich hielt es für klüger, auf eine Antwort zu verzichten. Mit einem ärgerlichen Ivo war nicht zu spaßen. Irgendetwas war doch auch in der Nacht mit der Führung des Dorfes gewesen. Oswin hatte sich außerdem vor Ivo verneigt. Ivo, der Lieblingssohn von Ingmar, der nebulöse Keltenfürst.

„Nicht ohne Häuptling", auch Oswins Blick heftete sich eindringlich auf Ivo, „aber ohne Führung."

Ohne Vorwarnung und blitzartig landete Ivos Tee samt Becher in einem hohen Bogen im Feuer, während er selbst wütend auf seine Beine sprang. Ich zuckte erschrocken zur Seite. „Bei der Seele meines Vaters", brüllte Ivo völlig von Sinnen, „lasst mich endlich in Ruhe!"

Instinktiv rutschte ich auf meinem Hintern noch weiter aus Ivos Reichweite. Das war nicht der sanfte Mann, mit dem ich sonst mein Lager und mein Leben teilte. Tiefe Kerben hatten sich um seinen Mund gegraben, seine Augen waren dunkel vor Zorn, übernächtigt und wund. Der perlenverzierte Zopf schwang wild hin und her und ein Teil des Pferdekopfes erschien unter seiner Tunika. Das war der Krieger, der er eigentlich sein sollte. Furcht stieg in mir auf.

„Du willst nicht in Ruhe gelassen werden", brummte Cedric ungehalten und versuchte gleichzeitig, den tönernen Becher aus dem Feuer zu angeln, „du weißt, was du tun musst, aber deinen Platz einnehmen willst du nicht. Wir schwätzen jetzt schon die ganze Nacht auf dich ein. Es reicht."

„Falls es mich auch etwas angeht", mischte ich mich vorsichtig ein und schielte halb zu Ivo, halb zu Cedric, die beide nicht besonders freundlich schauten, „dann erklärt mir bitte, was es mit der Führung und dem Häuptling auf sich hat."

Endlich kullerte der Becher reichlich verrußt vor Cedrics Füße, ein letzter ärgerlicher Blick streifte Ivo, der sich noch weiter vom Feuer zurückzog und konfliktbereit mit verschränkten Armen auf weitere Überredungsangriffe wartete.

„Es geht dich nichts an, Ingrun!"

Mehr hatte Ivo dazu nicht zu sagen. Ich zog die Schultern hoch und die Beine unter mich, um ebenfalls aufzustehen. Mit so einer klaren Ansage konnte ich umgehen.

„Bleib sitzen, Ingrun!", fauchte mich Cedric an. Ich plumpste verblüfft zurück auf meinen Hintern. „Denn es geht dich sehr wohl etwas an. Du bist die Frau des Fürsten."

Was? Welcher Fürst? Mir reichte es schon, dass ich ziemlich überraschend mit Ivo verheiratet sein sollte. Ich versuchte mich zu sammeln, war aber dermaßen wüst verstreut, dass ich nicht wusste, wo ich anfangen sollte, meine Gelassenheit wiederzufinden.

„Ihr spinnt doch alle."

Wie immer, wenn es ernst wurde, verstand mich niemand.

„Deine Sprache ist seit deinem Sturz wirklich befremdlich, Ingrun", kam es prompt von Oswin. Wenigstens das war geklärt.

„Lasst uns beide in Frieden", murrte Ivo dazwischen, „wir gehen jetzt. Komm, Ingrun."

„Ihr bleibt, bis ich euch erlaube, zu gehen!" Cedric baute sich gebieterisch in seiner vollen Größe vor uns auf, auch wenn er den Kopf wegen des Hüttendaches einziehen musste. Der Druide überragte Ivo und mich mindestens um einen Kopf. Automatisch dachte ich an Gandalf, den Grauen, und wenn ich nicht aufpasste, schrumpfte ich ganz schnell zum Hobbit. Dem Druiden widerspricht man nicht.

Auch Ivo beherzigte die oberste Regel und ging mit eisigem Gesicht neben mir in die Knie. „Ich kann warten."

„Nein, Ivo, Ingmars Sohn, du kannst und darfst nicht mehr warten", Cedric zauberte ein versöhnliches Lächeln auf seine Lippen, das nicht zu seinen deutlichen Worten passen wollte, und setzte sich mit einem schwerfälligen Schnaufen wieder uns gegenüber ans Feuer, „es ist Zeit zu handeln. Der Stamm braucht dich jetzt mehr denn je. Du bist der Einzige, der uns den Frieden erhalten kann. Das Dorf braucht Sicherheit, einen verlässlichen und umsichtigen Führer, keinen Halbrömer, der nicht weiß, wohin er gehört. Du bist Ingmars ältester Sohn, der Rat der Ältesten hat dich zum Nachfolger deines Vaters bestimmt. Du könntest der Hochkönig werden."

„Du hast es eben erwähnt, Cedric", Ivos Stimme vereiste die Hütte, „wir schwätzen schon die ganze Nacht darüber und seit Stunden sage ich euch: Nein, ich werde nicht den Häuptling für euch spielen, nur weil ich einer der vielen Söhne des Fürsten der Likater bin. Ich lebe hier, weil ich kein guter Druide geworden wäre und ein noch schlechterer Krieger bin, aber ein passabler Viehzüchter. Und nichts anderes will ich sein."

Ich hauchte ein leises „Basta!" hinter seinen Worten her. Die Bezeichnung „Fürst" ließ mich aufhorchen. Aus meiner Sicht war es ein gewaltiger Unterschied, ob Ivo der Sohn irgendeines zeugungsfreudigen Landjunkers war, oder der eines Fürsten. Das alles passte nur bedingt zusammen. Hielt Ivo bestimmte Informationen vor mir bewusst zurück? Und wenn ja, warum schleuderte er sie jetzt so munter in der Gegend herum?

„Lasst Ivo doch, wenn er nicht will", ich zauberte ein hoffentlich unwiderstehliches Lächeln in mein Gesicht, „ich mag den Viehzüchter. Mir reicht das. Irgendwer wird sich schon finden, der zum Häuptling taugt."

„Ingrun!"

Cedrics Ausruf war mehr als ein schnöder Vorwurf. Ich blinzelte verdutzt.

„Wie kannst du es wagen? Du bist die Zeitenwandlerin. Du bist gekommen, um mit Ivo den Weg des Friedens zu gehen! Und wenn jemand hier weiß, um was es geht, dann bist du das!"

Ich? Was wusste ich schon? Im Gegensatz zu allen anderen hier war ich eine dumme Nuss, die längst verhungert oder erfroren wäre, wenn nicht ein paar sehr geduldige Menschen mir die einfachsten Dinge des Überlebens gezeigt hätten. Aber gut, ich atmete ein paarmal tief durch. Theoretisch war mir schon klar, was Cedric mir sagen wollte. Ja, ich war die Einzige hier, die wusste, wie die Zukunft grob aussehen würde und was die Alamannen für dieses Dorf bedeuteten. Die Völkerwanderung würde sich durch nichts aufhalten lassen, am wenigsten durch Krieg und Gewalt.

„Ich weiß nicht, ob ich das kann", erwiderte ich leise, „mir geht es wie Ivo, am liebsten habe ich meine Pferde um mich und meine Ruhe."

Wider Erwarten lächelte Oswin mich an. „Das ist uns allen das Liebste. Um unseren Frieden zu wahren, brauchen wir einen starken Häuptling." Er neigte leicht den Kopf vor Ivo. „Und der braucht eine starke Frau an seiner Seite." Sein Lächeln an mich war warm. „Ingrun, eigentlich verändert sich nichts. Arne hat immer nur das getan, was Ivo ihm gesagt hat. Jeder hier weiß, dass Ivo der echte Häuptling ist. Jeder wendet sich an ihn oder dich, wenn er Rat braucht. Ivo ist Ingmars Sohn", er betonte das, als erklärte es alles, „nur er kann unser Oberhaupt sein. Keiner hat den Halbrömer ernst genommen."

Scheu fasste ich nach Ivos Hand und drückte sie. Er nickte langsam.

„Dann soll es wohl so sein, Ivo. Wir können die Alamannen nicht aufhalten, aber vielleicht können wir ihnen widerstehen und dadurch überleben."

Ivo schluckte angestrengt, ich sah die Lichtreflexe des Feuers in seinen Augen tanzen, sah eine seltsame Trauer in ihnen und erkannte, dass Ivo sich in sein Schicksal ergab.

„Mein Vater", sein Blick hielt den meinen fest, „mein Vater ist nicht irgendein keltischer Häuptling. Er ist der Stammesfürst der Likater, obwohl sein Land eine besetzte römische Provinz ist. Er kämpft mit meinen jüngeren Brüdern offen gegen die Alamannen und heimlich gegen die Römer. Und ich soll versuchen, den Frieden zu wahren? Du weißt nicht, was das bedeutet, Ingrun."

Nein, wahrscheinlich hatte ich nicht die geringste Ahnung davon, was es für mich bedeuten würde, oder für uns, für die Menschen dieses Dorfes, für die Römer und für die Alamannen. Aber so irrwitzig das alles schien, ich hatte das erste Mal in meinem Leben das Gefühl, auf dem richtigen Weg zu sein. Wie viele Tage und Nächte hatte ich darüber nachgegrübelt, für was mein armseliges Einsiedlerleben gut sein sollte. Welche Spur würde ich hinterlassen?

Als wir vor die Hütte traten, schien die Sonne von einem strahlend blauen Himmel und irgendwo über uns in einem der Bäume trällerte eine Drossel, die wohl vergessen hatte, ihren Urlaubsflug in den Süden anzutreten. Es war ein Gesang der Erinnerung an einen warmen Sommer und ein Lied von Hoffnung, dass es auch nach diesem dunklen, eisigen Winter irgendwann wieder hell werden würde. Wir vier vor der Hütte hielten inne und lauschten. Ich sah, wie Ivos Brust sich wie unter einer Zentnerlast hob und senkte, sacht fasste ich nach seiner Hand.

„Du hast mir in unserer ersten Nacht gesagt, dass alles wohl seinen Sinn hat, auch wenn wir die Götter nicht immer sofort verstehen. Lass uns einfach nach dem Sinn suchen, irgendetwas wird sich schon finden und wir machen das Beste aus unserem Fund."

Er seufzte und lauschte noch einmal der Drossel.

„Ich wünsche mir das erste Mal in meinem Leben, dass es ein endloser Winter wird, auch wenn ich die Drossel so gern höre. Aber wenn der Frühling kommt, werden meine Worte eine ganz neue Bedeutung bekommen, die ich jetzt schon fürchte."

Ich schluckte, weil mir der Hals spontan eng wurde und eine ungreifbare Angst sich in mir festsetzte.

„Hab keine Angst, Ingrun", er nahm mich in die Arme, „die Götter haben ihre eigenen Vorstellungen, aber sie lassen uns auch nicht im Stich. Wir schaffen das schon und der Winter fängt ja eben erst an. – Octavia reist ab."

Ich stutzte, brauchte einen Moment, bis mir klar wurde, von wem er sprach. Überrascht machte ich mich von ihm los und drehte mich zur großen Hütte hinüber. Dort standen tatsächlich drei gesattelte Pferde und eine Art Planwagen, in den eben Arnes Frau, gefolgt von ihren beiden Töchtern, einstieg.

„Wo will die jetzt hin?"

Cedric und Oswin traten neben uns.

„Sie reist zu ihren Verwandten nach Foetibus, um dort zu überwintern. Sie wähnt sich dort sicher." Oswin machte keinen Hehl daraus, dass er das unerhört fand, auch Cedrics Blick war mit Verachtung auf die Gruppe gerichtet.

„Und Arne? Sie kann ihn doch jetzt nicht allein lassen."

Idiot, dachte ich gleichzeitig. Zu meiner Zeit ließen wir alle unsere Kranken mehr oder weniger allein, gaben sie in Krankenhäusern oder Pflegeheimen ab. Sehr oft war das zwingend notwendig, doch genauso oft auch Feigheit oder Bequemlichkeit.

„Belana wird sich kümmern." Oswin drehte sich weg, nickte uns zu und verschwand in seiner eigenen Hütte. Aha. Davon abgesehen, welchem Ort meiner Zeit entsprach dieses Foetibus? Füssen? Andere Orte mit F fielen mit spontan nicht ein und eigentlich war es auch egal.

„Du hältst dich fern von Arne", holte mich Ivo aus meinen Gedanken, „ich will dich in seiner Hütte nicht sehen."

Mein Gesicht wurde lang, wie immer war ich Befehlen nicht besonders zugänglich, doch ich schwieg, denn zu Arne zog mich nichts. Wortlos beobachteten wir, wie die kleine Gruppe die Wallburg verließ. Niemand schien größere Notiz davon zu nehmen, niemand verabschiedete Octavia.

„Und die Alamannen?", fragte ich abwesend in die Stille hinein, die nur von der unverdrossen zwitschernden Drossel durchbrochen wurde, „sind sie wirklich weg?"

Ivo seufzte und schob mich zu unserer Hütte hinüber. „Sie sind auf dem Heimweg, reiten ungestört auf der Römerstraße. Unsere Späher behalten sie im Auge. Ich muss jetzt schlafen, Ingrun. Danach reden wir weiter."

Tags darauf ließ Ivo weitere Hütten für die Römer aus Loja bauen, auch wenn unsere Rückkehr ins Dorf schon fast absehbar war. Sobald die Späher vermeldeten, dass die Alamannen definitiv den Limes überschritten, würden wir in kleinen Gruppen auf verschiedenen Wegen ins Dorf zurückkehren.

Und Cedric versammelte die Dorfbewohner, um Ivo zum neuen Häuptling auszurufen. Sobald Arne wieder genesen sein würde, versprach Cedric eine allgemeine Wahl, bis dahin aber sollte Ivo die Führung übernehmen. Er bat um Handzeichen, wenn jemand damit nicht einverstanden war. Niemand meldete sich. Ivo nickte nur mit verkniffenem Gesicht und grummelte eine Art Dank in die Menge. Auf mich wirkten die Menschen erleichtert.

Auf die Erleichterung hin folgte dann aber verhaltener Unmut, denn die Römer weigerten sich, in die Weidenhütten zu ziehen, da sie nicht dem Lebensstandard entsprachen, den sie sonst gewöhnt waren. So eine barbarische Unterkunft war ihrer unwürdig. Die drei Römer, die Ivo darüber in Kenntnis setzten, drängten sich mit verächtlichen Blicken in unserer bescheidenen Unterkunft, und das Minimum an Respekt, das sie Ivo als Häuptling und Gastgeber entgegenbrachten, war nur darauf zurückzuführen, dass unsere Hilfsbereitschaft sie gerettet hatte.

Da mein Menschenbild von modernen Umgangsformen geprägt war, traf mich die grob unhöfliche Absage der Römer nicht besonders, doch Ivo wurde mal wieder blass. Mit steifen Bewegungen stand er auf, fixierte einen nach dem anderen, dann nickte er knapp.

„Wie ihr wollt. Dann bleibt in der Holzhütte, bis es Zeit ist, heimzukehren. Geht jetzt."

Das war ein glatter Rauswurf, ich schmunzelte still. Die Römer neigten mit arrogant verkniffenen Lippen die Köpfe und verließen grußlos unsere Hütte. Ivo dagegen holte tief Luft, die er sekundenlang anhielt, dann atmete er langsam aus.

„Und sie nennen uns Barbaren", knurrte er halblaut, „welch ein Hohn."

Die Lage mit den Römern spitzte sich in den folgenden Tagen weiter zu. Anfangs fand ich ihre dekadente Herablassung amüsant. Sie wendeten sich ab, wenn einer der Kelten sie im Vorbeigehen grüßte. Sie machten einen demonstrativen Bogen um Cedric, den das ebenfalls sehr zu erheitern schien, denn er trat ihnen stets extra in den Weg. Auch wir Frauen mussten weichen, wenn die Römerinnen zum Backofen kamen.

Wir schluckten die Erniedrigung um des Friedens willen. Die Anlage war zu klein, um mit Streitigkeiten zu leben, und ein Ende der Situation schien ja absehbar. Bald würden die Späher heimkehren und uns berichten, dass die Alamannen den Limes in die richtige Richtung überschritten hatten. Doch bis dahin schienen die Römer sich vorgenommen zu haben, uns das Leben zur Hölle zu machen. Mich traf es wenige Tage später. Ich kam von den Pferden zurück. Durch den vielen Schnee führten nach wie vor mehr oder weniger flach getretene Gänge, in denen man sich nur schwer ausweichen konnte. Zudem trug ich Ivos Sattel, den ich in der Hütte reinigen wollte. So beladen, kam mir der älteste der Römer entgegen.

„Geh mir aus dem Weg, Weib!", herrschte er mich sofort an.

Falsch, dachte ich, superfalsch. Da waren hässliche Missklänge in seinem Ton und auf das Zauberwort legte ich besonderen Wert. So viel Höflichkeit musste sein. Also blieb ich erst einmal sattelbreit stehen.

„Verzeih", sagte ich eisig, „ich habe dich nicht verstanden."

„Mach den Weg frei, Zauberin", herrschte er mich lauter an, „du hast zu weichen, wenn ein römischer Bürger deinen Weg kreuzt, weißt du das nicht?"

Das war mir tatsächlich neu, wie so vieles in diesem antiken Leben, und es erinnerte mich scheußlich an die Zustände im Dritten Reich. Schlimm genug, dass es derartige unnötige Wiederholungen gab. Außerdem fand ich die Bezeichnung Zauberin für meine Person auch kein bisschen erbaulich und kein bisschen konfliktvermeidend. Ich ließ meinen Blick so herablassend wie möglich von oben bis unten und wieder zurück über den schmächtigen Römer gleiten. Dem spuckte ich noch auf den Kopf, wenn ich wollte.

„In meiner Gesellschaft lässt man aus Achtung und Höflichkeit der Frau den Vortritt", erwiderte ich, „und wenn sie schwere Lasten trägt, dann nimmt der Mann sie ihr ab. Willst du mir also nicht den Sattel abnehmen?" Ich schickte ein hinterhältiges Lächeln hinterher, das allerdings auf keinerlei Reaktion traf, außer auf einen ungläubigen Blick. „Arne hat recht", spie der Römer, „du bist besessen und redest wirr. Aus dem Weg jetzt!"

Ich erstarrte unter seinen Worten. Wann immer Arne etwas über mich sagte, kam ich nicht besonders gut weg. Im Prinzip machte mir das nichts aus, aber das hier hatte eine ganz schlechte Qualität. Plötzlich stand Belana neben mir, mehrere andere Frauen des Dorfes sammelten sich ebenfalls um mich herum. Überrascht schaute ich sie an, wie sie mit mir in breiter Reihe vor dem Römer im Schnee standen. Wenn er jetzt an uns vorbeiwollte, musste er ganz tief durch den Schnee stapfen. Schweigend standen wir da und warteten. Mit jedem Augenblick geriet die Selbstsicherheit des Römers mehr ins Wanken. Unsicher tappte er von einem Fuß auf den anderen, schaute sich suchend um, doch keiner seiner Landsleute war unterwegs, um ihm gegen geballte keltische Frauenpower beizustehen. Langsam drehte er sich um, zögerte, trat dann zum Brunnen, wo er mit verschränkten Armen stehen blieb.

„Danke", sagte ich halblaut in die Runde, „danke für euren Beistand."

Mehrere Hände legten sich auf meine Schulter, strichen mir über den Rücken, bevor die Frauen wortlos wieder ihrer Arbeit nachgingen. Ich richtete mich auf und ging, ohne den Römer weiter zu beachten, zu unserer Hütte hinüber. Noch nie in meinem Leben war mir so offensichtlich Rückhalt und Unterstützung geboten worden. Ich war völlig verwirrt und irgendwie beschämt und glücklich zugleich. Aber mir machte auch Angst, dass Arne die Hetzerei gegen mich nicht aufgab. Mir war schleierhaft, was er damit bezweckte. Selbst wenn die bisherige Ingrun ihn schikaniert hatte, so war ihm die jetzige nicht ein einziges Mal in die Quere gekommen. Jedenfalls bildete ich mir das ein.

Ivo erzählte ich nichts von dem Vorfall. Ich war mir nicht sicher, ob er mich oder den Römer schelten würde.

Wenige Tage später tauchten am späten Abend endlich die sehnsüchtig erwarteten Späher auf, die die Alamannen verfolgt hatten. Die Freude in der Wallburg war riesig, denn die Alamannen waren endlich fort. Mein bisheriges Leben war gänzlich ohne jede direkte Bedrohung verlaufen, deswegen war die Erleichterung, die ich verspürte, seltsam fremd und intensiv. Ich hatte überlebt. Wir alle hatten überlebt, wenn auch teilweise mit schlimmen Verletzungen an Leib und Seele. Ivo ließ ein großes Feuer entzünden, ein weiteres Schwein verlor sein Leben. Wir lachten, tranken Met, tanzten um das Feuer. Nur die Römer hielten sich abseits, beäugten argwöhnisch unser Treiben, aßen und tranken ohne ein Wort des Dankes. Doch das kümmerte in dieser Nacht niemanden.

Ich war unsagbar glücklich. An Ivos Hand wirbelte ich um das Feuer herum, das hypnotisch zu den dumpfen Schlägen einer Trommel loderte. Jemand spielte wilde Melodien auf einer Flöte, kein modernes keltisches Gesäusel, sondern treibend, ekstatisch, Töne, denen ich mich willenlos hingab.

Dann ging über uns der Vollmond auf, der mir den Rest meiner Sinne betörte. Sein Licht mischte sich mit dem Flackern der Flammen, der Himmel über uns war silbrig hell, der Schnee glitzerte. Es war eine jener raren Stunden, in denen man sich eins mit der Welt und ihren Bewohnern fühlte. Sogar für die mürrischen Römer hatte ich ein Lächeln übrig. Sie bemerkten es nicht.

Irgendwann stand Ivo atemlos vom Tanz vor mir, um uns lachten die Menschen, sangen. Er packte mich fest um die Taille und zog mich eng an sich. Ich spürte ihn hart an meinem magischen Dreieck.

„In früheren Zeiten", raunte er mir ins Ohr, ich fühlte seine Lippen an meiner Wange, „hat der Häuptling sich mit seiner Frau am

Feuer vereint, vor den Augen des Dorfes, und damit die Fruchtbarkeit des Landes geehrt."

Obwohl ich kein bisschen voyeuristisch veranlagt war, hatte diese Vorstellung eine ungeheuer erregende Wirkung auf mich. Ivos Hände schoben sich unter meinen Umhang, wühlten sich durch diverse Lagen Stoff, bis sie warm meinen Rücken fanden. Ich unterdrückte ein Keuchen, als seine Finger sacht über meinen Bauch glitten, dann höher meine Brüste erreichten. Dabei sah er mir direkt in die Augen. In seinen funkelte das Feuer und diverse Becher Met und etwas Wildes, das mir den Puls schlagartig in die Höhe trieb. Fast bedauerte ich, dass es diesen Fruchtbarkeitsbrauch nicht mehr gab.

„Komm, Ingrun", seine Stimme war rau, „dies ist die letzte Nacht hier oben auf dem Berg und ich weiß, wie man den Göttern für eine glückliche Heimkehr dankt."

Ich war mir der Blicke der anderen sehr wohl bewusst, als wir eng umschlungen zu unserer Hütte hinübergingen, und ich war stolz darauf.

Ivo öffnete den Rauchfang und ließ das Mondlicht hinein. Nur der Tonofen verbreitete mit seiner Glut ein wenig Wärme. Die Nacht war eigentlich klirrend kalt.

Langsam drängte er mich auf unser Lager, öffnete die Schließe meines Umhangs, der mir schwer von den Schultern glitt. Dann schnürte er mir mein Mieder auf, bedächtig, wie in Trance und doch ganz bewusst. Ich selbst schwebte irgendwo zwischen den silbernen Welten des Mondscheins und der warmen Glut der Hütte, den wilden Trommeln und Gesängen. Entrückt und doch ganz da. Hier war mein Leben, das wurde mir in diesem Moment klar. Wenn ich jemals glücklich gewesen war, bedingungslos geliebt und gelebt hatte, dann jetzt. Jetzt in dieser seltsamen Welt mit Ivo, dem friedvollen Krieger, dem Häuptling wider Willen, Ingmars Sohn.

„Ich liebe dich, Ivo", flüsterte ich in seine Lippen, „ich liebe dich."

Obwohl der Großteil der Dorfbewohner erst in der späten Nacht den Weg ins Bett fand, waren wir doch alle bei Morgengrauen schon wieder auf den Beinen, um für die Heimkehr zu packen. Die Wallburg vibrierte vor Aufbruchsstimmung. Jeder strahlte und scherzte, sogar die Römer benahmen sich weniger arrogant. Sie wollten gleich zurück nach Loja, obwohl die Häuser des Weilers fast vollständig zerstört waren. Belana hatte mir erzählt, dass die Alamannen Octavias Eltern am Giebelbalken ihres Hofes aufgehängt hatten. Octavia war unterwegs nach Foetibus, wo sie über den Winter auf Arne warten wollte, um dann irgendwo in Norditalien in den Heimatort ihrer Familie zu ziehen. In wenigen Jahren würden immer mehr Römer vor den einfallenden Stämmen der Germanen flüchten, es war der Beginn der Völkerwanderung.

Loja würde irgendwann im Sumpf versinken und nichts als eine Kapelle und ein paar wirre Legenden um einen Goldschatz würden mehr daran erinnern, dass es ein römisches Landgut gegeben hatte. Aber das erzählte ich Belana nicht. Es reichte, wenn Arne mich als Zauberin beschimpfte.

Auf Ivos Anordnung hin, sollten wir uns in drei Gruppen von drei Seiten dem Dorf langsam nähern und in der kleinen Fichtenschonung in der Nähe des Tores warten, bis die Männer die Häuser gründlich durchsucht hatten. Den meisten von uns erschien das übertrieben, waren doch offensichtlich alle Alamannen abgezogen. Aber Ivo, Oswin und Cedric bestanden darauf. Die Alten, Schwangeren und Kinder durften den direkten Weg bergab nehmen, während meine Gruppe den Bogen über Straß einschlug und Belana mit ihren Leuten die Route über Albis oberhalb von Ottacker. Das Vieh und die jungen Pferde wollten die Männer erst tags drauf ins Tal holen.

Der Marsch durch den tiefen, verharschten Schnee war anstrengend. Wir schleppten unsere Habe in Tragekiepen auf dem Rücken, die Reitpferde waren beladen, was Askan ganz schrecklich fand. Ich musste ihn mehrfach daran erinnern, dass er für diese Arbeit ursprünglich gezüchtet worden war. Runa erledigte alles wie immer mit stoischer Gelassenheit. Ihr war es egal, wer oder was auf ihrem Rücken hockte.

Ein paar der Männer hatten auch provisorische Schlitten aus dünnen Stämmen gezimmert, die mich entfernt an unsere Hörnerschlitten erinnerten. Damit transportierten wir die wenigen sperrigen Güter. Wir pflügten uns mühsam voran.

Gut zwei Stunden waren wir unterwegs. Zeit, in der ich ein weiteres Mal versuchte, mich auf diese doppelte Heimkehr vorzubereiten. Erst jetzt würde dieses Leben richtig wahr werden. Unser Haus stand dort, wo mein Haus stehen würde. Ob ich es spürte? Mir war nicht wohl bei dem Gedanken, zumal es jetzt mit dem Häuptling ernst werden würde. Arne ging es kaum besser, die Wunden heilten schlecht und es würde noch Wochen dauern, bis er wieder Anspruch auf sein Amt erheben konnte.

Erschöpft lehnte ich mich gegen den rauen Stamm einer Fichte. Runa und Askan naschten gleich von den Zweigen. Durch die Bäume sah ich das offene Tor des Dorfes und die Männer, die mit gezogenen Schwertern und Äxten von Haus zu Haus gingen. Die Gruppe, die den direkten Weg genommen hatte, war längst eingetroffen, Belana fehlte noch.

Vielleicht war es gar kein so großer Unterschied, mit Ivo in einem richtigen Haus zu leben, und eigentlich war es doch eher schön zu wissen, dass ich viele Generationen später wieder hier leben würde, wenn auch ohne Ivo. Erst in diesem Moment fragte ich mich, wo Ivos Seele zu meiner Zeit abgeblieben war? Wieso hatten wir uns nicht im Jahr 2012 wiedergefunden? Konnte Ivo nicht zukünftig leben? War das ein weiterer Grund, warum Ingrun ermordet werden musste und ich in die Vergangenheit reiste? Verwirrend. Darüber sollte ich mit Cedric reden. Über all den wirren Gedanken kühlte ich langsam aus. Ich stemmte mich von dem Baumstamm weg und bemerkte gleichzeitig die Gruppe von Belana, die sich langsam durch den Schnee der Fichtenschonung näherte.

Vom Tor des Dorfes aus gab einer der Männer gleichzeitig das Zeichen, dass wir eintreten durften. Energisch packte ich die Stricke der Pferde und wuchtete mir die Kiepe wieder auf den Rücken. Jetzt wurde es ernst.

Noch vor dem Tor lief mir Ivo entgegen, nahm Askan und die Kiepe. Er lächelte glücklich. „Der Ofen ist schon angeheizt, aber es ist noch sehr kalt im Haus."

Ich rang mir ebenfalls ein Lächeln ab. „Danke, Ivo."

Ganz bewusst schaute ich mich um. Noch fühlte sich das nur scheußlich fremd an, kein bisschen wie zu Hause. Aber das durfte natürlich niemand merken. Vielleicht zwanzig bis fünfundzwanzig kleine Häuser und Katen und zusätzlich diverse Stadel lagen in der kleinen Senke verstreut, von einem Wall aus Palisaden notdürftig geschützt. Die Häuser hatten kleine Fenster, deren Läden geschlossen waren. Ihre Dächer waren mit Stroh oder Reet gedeckt, genau konnte ich es nicht erkennen. Stallungen schmiegten sich eng an die Häuser oder waren gleich ins Haus eingebaut. Ivos Haus schien tatsächlich, wenigstens zum Teil, gemauert zu sein, die anderen waren seltsam verputzt, was die Vermutung nahelegte, dass die Außenwände ähnlich wie die Hütten oben in der Wallburg aus Weidengeflecht bestanden.

Einige der Ställe sahen aus wie Walserblockbauten. In der Mitte des Dorfes stand ein gemauerter Brunnen, über den sich das weite Geäst einer mächtigen Eiche wölbte. Ich sah Viehpferche, brachliegende Gemüsegärten und ein kleines Gebäude, das ich für das Backhaus hielt. Alles wirkte im Moment sehr unbewohnt auf mich, fast abweisend im winterlichen Grau.

Laut schwatzend verteilten sich die Menschen auf ihre Häuser, lachten und winkten sich zu. Aus ein paar Rauchfängen sah ich Qualm aufsteigen, Fensterläden wurden aufgestoßen. Ivo führte mich zu dem großen, weiß verputzten Haus mit dem Bruchsteinsockel. Vor der kleinen Veranda ließ er die Kiepe fallen.

„Lass uns die Pferde in den Stall bringen, dann dürfen auch wir nach Hause kommen."

Aufmerksam stiefelte ich hinter ihm her, um das Haus herum, wo er durch einen eingezäunten Auslauf ging und eine zweigeteilte Tür öffnete, die in einen geräumigen Stall führte, der direkt ans Haus angebaut war. Der Boden bestand aus mit Schilf bedeckten Holzbohlen, eine Heukrippe befand sich auf der einen Seite und ein Trog für Wasser auf der anderen. Über uns war das Heulager. Das sah nicht anders aus, als mein späterer Stall. Und ich war sehr froh, dass die Pferde endlich auch wieder ein Dach über dem Kopf hatten.

Ivo wuchtete geschickt unseren Hausrat von den Packsätteln der Pferde, ich räumte das Zeug vor das Haus. Allein eintreten getraute ich mich nicht. Gemeinsam fütterten wir die Pferde und dann kam der Moment, in dem ich an Ivos Hand das erste Mal die Schwelle meines und unseres Hauses überschritt. Sogar die Eingangstür lag zur selben Seite. Unwillkürlich schaute ich den Hang hinauf nach der Kirche von Ottacker, deren Turmuhr die einzige Uhr in meiner Nähe war. Aber da war nur Wald.

Über die drei Stufen erreichten wir die Haustür, an der wir die Schuhe schwäbisch korrekt auszogen, und betraten die Stube. Was ich im Haus erwartet hatte, war mir nicht wirklich klar, jedenfalls nicht solch zweckmäßige Wohnlichkeit. Zu meiner Zeit wäre diese Einrichtung schon fast kultig gewesen und es hätte sicherlich einen Haufen Leute gegeben, die viel Geld für Tisch und Stühle in so wunderschöner Tischlerarbeit gezahlt hätten. Überrascht blieb ich stehen. Vor mir ragte eine mächtige, gemauerte Feuerstelle aus dem Dielenboden, an deren Schwenkarm ein großer Kessel sowie diverse Eisenroste hingen. Ein Feuer brannte darin, das wohlige Wärme verströmte. Mattes Licht fiel durch die Fenster an der Südseite, die mit dünnen Häuten bespannt waren. Bemalte und geschnitzte Truhen, in denen tönernes Geschirr ordentlich gestapelt lagerte, säumte die Wände, an denen sich Kleiderhaken und Borde befanden. In der hinteren linken Ecke standen Esstisch, Bank und Hocker.

Eine Leiter führte auf einen Dachboden hinauf, der, wie Ivo erklärte, eigentlich als Schlafraum für das Gesinde gedacht war, doch da die bisherige Ingrun keine anderen Menschen im Haus haben wollte, nutzten sie das Dach als Trockenraum für Kräuter und als

Lagerraum für alles, was Ingrun nicht herumstehen haben wollte. Ivo grinste.

„Das ist gut so", erwiderte ich auf sein Grinsen hin und spürte, wie die Anspannung von mir wich, „ich bin auch lieber mit dir allein hier im Haus und mag es nicht, wenn ungenutzte Gegenstände in den Ecken herumliegen."

Tief aufatmend schickte ich ein Lächeln hinterher. Erst jetzt wurde mir bewusst, wie viel Angst ich vor der Konfrontation mit diesem Ort gehabt hatte. Aber ich fühlte mich daheim, hier war nichts mehr fremd, und dass Ivo bei mir war, machte mein Leben perfekt. Er hatte in meinem früheren Dasein definitiv gefehlt, das Haus war leer gewesen. Erleichtert trat ich zu ihm und lehnte mich an ihn.

„Es ist schön hier", sagte ich leise und schaute ihn kurz an, während er seine Arme um mich legte, „ich habe mich ein wenig vor diesem Ort gefürchtet, weil es zu meiner Zeit so ganz anders ist. Aber jetzt ist es erst richtig. Später werde ich ohne dich hier sein müssen, dann ist es einsam. Vielleicht werde ich irgendwann Dinge aus meinem bisherigen Leben vermissen. Manchmal würde ich gern ein paar MP3s hören oder ein Buch lesen. Mal mit einer Freundin telefonieren, die viele Tagesreisen entfernt wohnt. Doch ich verzichte gern darauf, denn dafür bist du da und all die Menschen hier, mit denen ich mich sehr wohlfühle."

Er legte seine Wange an meine, wiegte mich sanft. „Ich verstehe nicht, was du da vermissen könntest, Ingrun", sein ernster Blick streifte mich, dann schob er mich ein wenig von sich fort und ging mit einem Bein aufgestellt vor mir in die Knie. Die Perlen in seinem Zopf glitzerten. Behutsam zog er seinen langen Dolch aus dem Gürtel, den er mit beiden Händen, die Spitze nach unten, zwischen uns hielt.

„Aber", sein Blick bohrte sich tief in den meinigen hinein, „aber ich verspreche dir jetzt bei meinem Blut, bei meiner Ehre und meinem Leben, der Ehre meiner Ahnen, meiner Eltern, bei den Göttern, die mir so heilig sind wie dieser Boden hier, dass du in deine

Zeit zurückkehren darfst, wann immer es dein Wille ist. Ich werde dich nicht aufhalten, weder mit Zwang noch mit meiner Liebe, die nur dir gehört. So sei es!"

Ehe ich erfassen konnte, was er tat, ritzte er sich mit der Spitze des Dolches beide Handinnenflächen auf. Blut quoll in dicken Tropfen hervor, rann vor mir auf den Boden.

„Bei meinem Blut!", wiederholte er.

Blut war grundsätzlich nichts für meine Nerven, in Verbindung mit einem solchen Schwur wurde es ansatzweise furchtbar. Ich krachte vor ihm ebenfalls auf meine Knie und fasste nach seinen Händen. Ein Himmelreich für Jodtinktur und steriles Pflaster. Er lächelte mich an. „So macht man das in dieser Zeit. Mein Schwur ist mit Blut besiegelt, er kann nicht gebrochen werden. Deswegen werde ich für jeden Tag mit dir, jeden Sonnenaufgang und jeden Sonnenuntergang, dankbar sein."

In Ermangelung von Verbandsmaterial zerrte ich mir meine Tunika vom Leib und tupfte mit dem rauen, aber halbwegs sauberen Stoff die Schnitte ab. Sie waren nicht sehr tief. Erleichtert atmete ich auf. Mit derlei Bräuchen tat ich mich noch schwer.

„Danke, Ivo", murmelte ich verlegen, „du brauchst mir nichts zu schwören, ich weiß, dass du mich gehen lassen würdest." Mit einem schrägen Lächeln schaute ich von seinen Händen auf. „Aber ich möchte nicht mehr fort."

Sein Blick hing an meinem Mieder, das ich unter der Tunika trug und das ich wie immer nur lose geschnürt hatte. Kaum merklich fuhr er mit den Spitzen seiner Finger über mein Schlüsselbein, schob den linken Träger zur Seite und küsste zärtlich meine Schulter. Ein Schauer jagte mir über den Rücken.

„Gibt es eine Schlafkammer in diesem Haus, Ivo?", flüsterte ich.

„Sogar eine, in der es warm ist."

Er packte mich im Aufstehen und zog mich mit sich durch einen winzigen Flur zu einer Tür im hinteren Teil des Hauses, die er hart aufstieß. Ein Schlafzimmer. Die Welt des Luxus hatte mich zu einem kleinen Teil wieder. Ich seufzte glücklich, zumal es tatsächlich muckelig warm im Zimmer war, denn die große Variante des Tonofens aus unserer Hütte bollerte fröhlich vor sich hin. Ein einfaches Bettgestell aus Holz nahm den größten Teil des Raumes ein, ansonsten gab es ein Wandbord und zwei große Truhen, ein Fenster, verputzte Wände. Ich küsste Ivo wild, eine unbändige Leidenschaft brodelte in mir hoch. Endlich waren wir daheim und die unterschwellige Gefahr mit den Alamannen erst einmal vorüber. Hastig fummelte ich an den Bändern meines Mieders, während Ivo mit seinen Stiefeln kämpfte.

In dem Moment, als ich mir das Mieder herunterstreifen wollte, krachte die Haustür auf und ich stand in einem eisigen Luftzug. Einer von Ivos Leibeigenen rannte durch die Stube direkt auf mich zu. Erschrocken raffte ich mein Mieder vor meinen Brüsten zusammen und sprang zur Seite.

„Herr Ivo!", brüllte der Mann wie irr, „Herr Ivo, in meinem Kellerloch hat sich ein Alamanne versteckt. Ein Barbar! Du musst kommen, Herr!"

Ivo erstarrte, während ich mich so gut es ging aus dem Blickfeld des Mannes schob und an meinem Mieder herumnestelte, um es halbwegs zu schließen. Meine Tunika lag noch in der Stube auf dem Boden.

„Das kann nicht sein", erwiderte Ivo ungläubig, seinen einen Stiefel in der Hand, „wir haben jeden Raum im Dorf durchsucht."

„Doch, doch, Herr Ivo", der Mann schaute Ivo mit geweiteten Augen an und nickte bestätigend, „doch. Er hat mit dem Schwert nach mir geschlagen und schreit in einer Sprache, die ich nicht verstehe. Ich habe die Klappe zugemacht und eine Truhe darüber geschoben, er kann jetzt nicht weg. Du musst ihn töten, Herr Ivo, komm."

Der letzte Satz ließ mich herumfahren. Töten? Meine Augen sprangen zu Ivo, der in seinen Stiefel stieg und wortlos an dem Mann vorbei in die Stube trat, wo er nach seinem Schwert griff, das er bei unserer Ankunft auf den Tisch gelegt hatte. Unmöglich, dass er tun würde, was der Mann verlangte!

„Ivo?"

Er drehte sich kurz um. „Ich bin gleich wieder da, Ingrun, gleich."

Verblüfft starrte ich ihm nach. Wie jetzt? Mal eben einen wehrlosen Mann metzeln gehen und dann vergnügt mit der Ehefrau ins Bett steigen und guten Sex haben? Hallo?

„Ivo!"

Doch er hörte mich schon nicht mehr, oder wollte mich nicht hören. Ratlos drehte ich mich um meine eigene Achse. Wie hatten sie den Mann übersehen können? Gammelten womöglich noch mehr von denen unbemerkt im Dorf herum? War das ein Grund, sie umzubringen? Kurz entschlossen raffte ich meine blutbefleckte Tunika vom Boden, zerrte sie mir über den Kopf und rannte den beiden Männern hinterher aus dem Haus. Natürlich waren sie längst in irgendeiner Tür verschwunden, nur in welcher? Suchend schaute ich hin und her, dann bemerkte ich noch mehr Männer, die auf eine Kate am hinteren Ende des Dorfes zurannten. Also rannte ich auch. Mein Rock war noch immer nass von der Wanderung und verfing sich ständig in meinen Beinen, ich stolperte durch die Unebenheiten im Schnee. Das erinnerte mich kurz daran, dass ich ja eigentlich zu Hosen übergehen wollte.

Völlig außer Atem erreichte ich die kleine Kate. Ein Knäuel Menschen versperrte den ohnehin schon schmalen Eingang, schrie, wütete, geballte Fäuste sausten aggressiv durch die Luft, dass ich den Kopf einziehen musste, um nicht selbst erwischt zu werden. Die Frauen, die ein Halbrund um uns bildeten, waren nicht besser. In wilder Raserei forderten sie alle lautstark den Tod des Mannes, den sie wahrscheinlich noch nicht einmal gesehen hatten. So viel zum Thema Frieden.

Dann gellten auch aus dem Inneren der Hütte laute Schreie. Jemand schrie vor Angst, dazwischen glaubte ich, Ivos Stimme zu hören. Ich konnte doch nicht danebenstehen und zulassen, dass Ivo einfach so einen Menschen abstach. Fieberhaft suchte ich nach einem Weg ins Innere der Hütte. Aber es gab nur die eine Tür. Also musste ich an den Männern vorbei. Ohne groß darüber nachzudenken, was ich tat, prügelte ich mit beiden Händen auf die Rücken der nächststehenden Kerle ein.

„Lasst mich vorbei!“, brüllte ich so energisch wie möglich. „Zur Seite, ich muss zum Häuptling.“ In der Tat war der Mann, der mit dem Schwert in der Hand unser Haus verlassen hatte, für mich nicht mehr mein Ivo, sondern der Häuptling. Jetzt dämmerte mir der Unterschied, von dem er gesprochen hatte. Die erste Reaktion der Männer ging gegen null. Sie drehten sich nicht einmal um. Also zwängte ich mich fluchend und schimpfend zwischen sie, drängelte, boxte, trat um mich, bis sie mich an sich vorbeiließen. Ich stolperte ins Innere der Kate, direkt in Cedrics Arme. Er fing mich auf, musterte mich erstaunt und reichlich unfreundlich.

„Was willst du hier, Ingrun? Das hier ist nichts für Frauen wie dich! Verschwinde.“

Ach ja? Harsch machte ich mich von ihm los.

„So? Was ist denn etwas für Frauen wie mich?“

Provozierend blickte ich mich um. Ivo kniete mit gezücktem Dolch über dem Mann am Boden, eine Hand in dessen verdrecktem Haar, bereit, ihm die Kehle durchzuschneiden. Ein dünner Faden Blut sickerte an seinem Hals herunter, wo Ivos Dolch ihn bei meinem Auftauchen geritzt hatte.

Ivos Gesicht wurde bei meinem Anblick noch härter. Drei andere Männer, die ich nur flüchtig kannte, umringten ihn und die Gestalt am Boden, von der ich außer dem Blut nur die brennenden Augen wahrnahm, die mich und die Waffen fixierten, die auf sie gerichtet waren. Gift und Galle brodelte in mir hoch.

„Soll ich Ivo abends die Hausschuhe und ein Bier an den Fernseher bringen? Danach im hauchzarten Negligé seinen Betthasen spielen? Ist es das, was Frauen wie ich tun sollten, Cedric? Sag's nur!“

Ivo schloss kurz die Augen und erhob sich, während die anderen mich völlig befremdet musterten. Aufgebracht rieb ich mir mit beiden Händen über mein Gesicht. Ich musste lernen, mich auch unter Stress sprachlich zu beherrschen, sonst glaubten bald alle, dass ich von irgendetwas besessen war, was ich ihnen nicht einmal verübeln konnte. Für sie sprach ich plötzlich eine Fremdsprache. In ihren Hirnen existierte kein Bild zu dem Wort Fernseher und die Erotik eines Negligés fehlte ebenfalls in ihrem Erfahrungsschatz, so wie mir viele Dinge und Begriffe aus ihrem Alltag völlig fremd waren, weil es sie zu meiner Zeit nicht mehr gab. Fatal.

Ein paarmal atmete ich tief durch. Wahrscheinlich war ich in der letzten Sekunde aufgetaucht, einen Moment später, und ich wäre nur noch in ein Blutbad getappt. Ich musste einen positiven Einstieg in meine Verhandlungen bringen, diese Kommunikationsregel galt zu allen Zeiten. Herumgeschnauzt hatten wir jetzt genug. Behutsam, um bloß nicht wieder die Männer zu verschrecken, richtete ich mich auf und drehte mich zu Ivo um, der noch immer mit dem Dolch in der Hand vor dem am Boden liegenden Mann stand. Dieser Dolch hatte noch vor kaum mehr als einer Stunde einen Liebesschwur besiegelt, jetzt war er bereit, eine Kehle aufzuschlitzen. Mich schauderte. Draußen randalierten die Bewohner des Dorfes. Sie wollten Blut sehen. Nur ein toter Alamanne war ein guter Alamanne. Dieser Spruch würde leicht abgewandelt noch länger über unsere Erde spuken.

„Ivo", ich zwang ein Lächeln auf meine Lippen, „bitte. Nenn mir einen triftigen Grund, warum du den Mann umbringen musst."

Die anderen Männer wendeten sich mit empörten Gesichtern an ihren Häuptling, der gequält dreinschaute. Er nickte den dreien zu. Cedric schob sich noch weiter in den Hintergrund. Seine Rolle hier verstand ich am allerwenigsten, denn er war doch derjenige gewesen, der den Frieden gepriesen hatte. Und jetzt? Jetzt bekam er den Mund nicht auf.

„Das ist Mord, Ivo", ergänzte ich. „Schändlicher Mord."

Besonders positiv war mein Einstieg ins Gespräch nicht ausgefallen, da musste ich beim nächsten Mal noch üben, aber jetzt war es raus. Ivos Kiefer schoben sich angestrengt hin und her. Er war da in einer üblen Zwickmühle. Entweder er hörte auf mich und ließ den Kerl am Leben, dann war seine Autorität als Häuptling für immer dahin, oder er verprellte seine Frau, ohne zu wissen, wie scharf ihre Konsequenzen sein konnten. Gefährlich.

„Wo sollen wir mit ihm hin, Ingrun“, sagte Ivo scharf und mit starrem Blick aus dem kleinen Fenster, „sollen wir ihn hier einsperren, bis der Winter vorüber ist, und ihn dann seiner Wege ziehen lassen?“ Er wendete den Kopf zu mir herum, seine Zöpfe flogen. „Bis dahin weiß er alles von uns und kennt auch unser Versteck. Er wird uns verraten. Das dürfen wir nicht zulassen. Deswegen muss er sterben.“

Ich nickte verstehend und hatte endlich Gelegenheit, den Mann genauer zu betrachten. Noch immer starrte er mich mit hellen Augen an, die wie kaltes Eis brannten. Nackter Überlebenswille und eine seltsame Gier standen in ihnen. Mit der getrockneten Blutspur am Hals wäre er an Fasching locker als Vampir durchgegangen. Mir lief es kalt den Rücken hinunter. Der Mann war ein Hüne, zumindest im Gegensatz zu den Kelten. Schmierige, blonde Zöpfe standen wild um seinen Kopf herum und ein langer, verdreckter Bart verdeckte den Großteil seiner unteren Gesichtshälfte. Seine Kleidung ähnelte der der Kelten, war aber weniger farbenfroh und grob gearbeitet. Alles an ihm wirkte auf den ersten Blick recht roh. Ein Barbar aus dem Bilderbuch.

Sein rechtes Bein lag unnatürlich verdreht neben ihm. Blitzartig erinnerte ich mich an jenen Nachmittag, als Ivo und ich mit den Pferden vor dem Dorf standen. Er war der Schatten zwischen den Häusern. Dieser Mann war damals schon im Dorf gewesen. Hinkend war er davongerannt, denn seine Wade war zerschmettert. Eine schwärende Wunde, eitrig, mit schmutzigen Stoffstreifen notdürftig verbunden. Plötzlich wurde mir der Gestank in der Kate bewusst. Faulendes Fleisch, schmutziger Mensch.

Ich würgte, täuschte einen Hustenanfall vor. Wahrscheinlich hätte eine Badewanne voll Desinfektionsmitteln und Antibiotikum intravenös bei dem Mann nichts mehr geholfen. Und noch immer bohrten sich seine eisblauen Augen in mich hinein. Ob er damals gesehen hatte, was wir auf den Pferden getan hatten? Ich räusperte mich ein letztes Mal. „Steck ihn wieder in den Keller, Ivo“, erwiderte ich so kalt wie möglich, „wenn sich niemand um die Wunde kümmert, stirbt der eh in den nächsten Tagen. An dem brauchst du dir die Finger nicht schmutzig zu machen.“

Nur die Lider des Mannes bewegten sich kurz, sonst regte sich nichts in seinem Gesicht. Trotzdem war ich mir fast sicher, dass er uns verstand.

„Ist es kein Mord, wenn wir ihn einfach verrecken lassen, Ingrun?“ Ivo ließ demonstrativ den Dolch sinken und schaute mich an. „Ein Tier in diesem Zustand lasse ich nicht unnötig leiden. Sag mir, Ingrun, was ist menschlicher?“

Auf eine philosophische Diskussion mit ihm wollte ich mich nicht einlassen. In diesem Fall schien mir kein Weg ethisch besonders wertvoll und keiner moralisch gangbar. Okay, die Diskussion brauchte sofort einen Richtungswechsel.

„Mach dem Spiel endlich ein Ende, Herr Ivo!“, murrte der ältere der drei Männer. „Was soll das Geschwätz?“

„Evan hat recht“, das war der nächste, „du bist der Häuptling, es ist deine Pflicht, uns zu schützen.“

Ich sah Ivo atmen, sein Blick richtete sich wieder abwesend aus dem Fenster, während der Alamanne Spott in seinem bärtigen Gesicht hatte. Mir dämmerte, dass es bei den germanischen Stämmen diese Auseinandersetzung nicht gegeben hätte. Da wäre Ivo längst tot. Wieder zog ein Schauder über meinen Rücken.

„Wenn der Herr Ivo sich dafür zu fein ist“, pöbelte der dritte Mann mit abfälligem Blick auf Ivo, „dann schlitze ich dem Kerl halt die Kehle durch. Ich bin zwar nicht von Stand, wie der Häuptling, aber ich kann meinen Dolch gebrauchen. Schafft ihn raus. Dann haben die anderen auch noch etwas davon und wir haben hier keine Sauerei.“

„Wartet“, Ivo hob gebieterisch die Hand, „ich will gerecht sein. Ich bin mir nicht zu fein, das weiß jeder hier. Aber ich töte auch nicht aus Spaß. – Ingrun, gib mir Gründe, ihn am Leben zu lassen.“

Gründe? Sich gegen Mord zu entscheiden, benötigte keine Begründung. Aber damit brauchte ich den Kelten nicht zu kommen. Mit einem Nicken trat ich vor ihn, ignorierte die Männer. „Mord an einem Wehrlosen bringt keine Ehre", erklärte ich zögernd, „du und Cedric, ihr wolltet, dass ich euch an unsere Friedfertigkeit erinnere. Das tue ich jetzt. Es ist nicht friedfertig, einen verletzten Mann abzuschlachten. Du hast mir auch gesagt, dass es genug Platz für alle gäbe, wenn die Alamannen bleiben wollten. Vielleicht möchte dieser Mann bleiben, hier eine Familie gründen, mit uns leben. Wer sagt, dass er uns verraten würde? Wer sagt überhaupt, dass er zu seinem Stamm zurück möchte? Du hast recht, Ivo", ich zog den letzten Trumpf, „die Menschen fürchten sich vor dem Fremden, deswegen töten sie es lieber oder verjagen es, anstatt das Fremde als eine Bereicherung zu sehen. Wir könnten voneinander lernen."

Aus den Augenwinkeln sah ich, wie Cedric lächelnd nickte und ging. Wie immer. Die drei Männer lachten zynisch, johlten und schlugen sich gegenseitig vor die Brust. Einer trat nach dem Alamannen. „Meine Tochter bekommst du nicht, du dreckiger Barbar!"

Ein wüster Fluch war die Antwort.

Ivos Blick hielt meinen fest, er schwieg, aber ich erkannte, dass er mich verstanden hatte. Langsam und ganz bewusst trat er zwei Schritte von dem Verletzten zurück. Die Männer verstummten. Es schien, als würde Ivo wachsen, während er bedächtig seinen Dolch in seinen Gürtel steckte.

„Schafft ihn in meinem Haus in die Dachkammer. Sorgt vorher dafür, dass er gewaschen wird, aber nicht von den Frauen, und gebt acht auf ihn. Er bleibt trotz allem gefährlich. Und wehe, er landet nicht lebend in meiner Dachkammer."

Auf dem Absatz drehte er sich um, seine Augen funkelten erregt. Mich am Arm packend, stürmte er aus der Kate ins Freie. Die Männer an der Tür platzten zur Seite, ich stolperte an der Schwelle und fing mich nur, weil Ivo mich eisern festhielt und abrupt vor der Ansammlung der Dorfbewohner stehen blieb. Er schnappte nach Luft, Dutzende von neugierigen Augen hingen an uns.

„Alle sollen sich an der Eiche sammeln", Ivos Blick erfasste jeden im Rund, „damit ich euch berichten kann, was ich beschlossen habe, und wir abstimmen können, ob ihr meine Entscheidungen mit mir tragen wollt. – Du, Frau, kommst mit mir!"

Die Aufforderung galt mir, und dass er mich nicht bei meinem Namen nannte, war ein eindeutiges Zeichen dafür, dass er sehr zornig auf mich sein musste. Mein Herz flatterte unruhig in meinem Magen herum, zumal diese Abstimmung dem Alamannen noch immer den Tod bringen könnte. Dann hätte ich mich umsonst in die Löwengrube gestellt. Im Stechschritt rannte Ivo zu unserem Haus hinüber, ich trabte mit wehendem Rock hinterher. Ungestüm riss er die Tür auf, scheuchte mich mit einer unmissverständlichen Handbewegung vor sich hinein. Ganz toll. Das machte Eindruck. In der Mitte des Raumes blieb ich atemlos stehen. Die Wärme überfiel mich und ich fing nachträglich vor Kälte und Aufregung an zu zittern.

„Bei allen Göttern, Ingrun, mach das nie wieder!"

Ich war versucht, in typisch weiblicher Zickigkeit nachzufragen, was genau ich nie wieder machen sollte. Eigentlich hatte ich mir unsere Heimkehr doch ein bisschen romantischer und ruhiger vorgestellt. Der Anfang war ja auch ganz nett gewesen, die Fortsetzung allerdings war zum Abgewöhnen. Ich seufzte.

„Bitte, Ingrun", er zerrte das Band aus seinem Pferdeschwanz und sein dunkles Haar fiel ihm wild über die Schultern, „zweifle nie wieder offen vor den Dorfbewohnern meine Entscheidungsgewalt als Häuptling an."

Ich reckte die Nase hoch. „Ich dachte, ein Häuptling ist kein Alleinherrscher, sondern nur derjenige, der dafür sorgt, dass alle sich an die Regeln halten. Außerdem wärst du jetzt ein Mörder, wenn ich dich nicht aufgehalten hätte."

„Ein Mörder bin ich längst", erwiderte er erschöpft und lehnte sich gegen die Tür, „es ist immer Mord, wenn man tötet. Und der erste Alamanne wäre der Mann auch nicht gewesen. Ich bete zu den Göttern, dass sie ihn doch noch an seinen Verletzungen sterben lassen. Das würde uns viel Übel ersparen. Was den Häuptling angeht …", sein Blick suchte den meinen, „… ich habe dir schon einmal gesagt, dass ich nicht Arne bin. Wenn ich es wollte, dann wäre mein Wort Gesetz. Dem Sohn des Fürsten von Damasia widerspricht man genauso wenig wie dem Druiden. Aber eigentlich will ich das alles ja nicht. Eigentlich wäre ich weiterhin gern Ivo, der Viehzüchter, der mit dir hier in Ruhe lebt."

Damasia? Hastig überlegte ich, an was mich dieses Wort weit entfernt in meinem überfüllten Hinterstübchen erinnerte. Aber da war erst einmal nichts. Also später noch einmal grübeln. Jetzt war die Sache mit dem Alamannen wichtiger.

„Gut", ich versuchte mich an einem leichten Lächeln, das er prompt erwiderte, „ich will mich bemühen, deine derzeitige Häuptlingswürde nicht mehr infrage zu stellen. Das vorhin in der Kate hätte ich aber niemals zulassen können. Sperr mich das nächste Mal sicherheitshalber ein. Und wenn meine Zunge mal wieder mit mir durchgehen sollte, dann tritt mir einfach gegen mein Bein."

Er lachte befreit auf und streckte mir seine Hände entgegen. „Eine gute Idee, Ingrun. Das wird mir den Ruf eines sehr strengen Ehemannes einbringen." Ich fiel in seine Arme.

„Er ist der Schatten von jenem Nachmittag, den ich im Dorf gesehen habe."

„Ich weiß", er seufzte und wühlte sein Gesicht in meine Haare, „ich weiß. Hätte ich ihn nur an diesem Tag schon umgebracht. Er wird uns verraten, auch das weiß ich sicher. Trotzdem müssen wir ihm die Chance geben, es nicht zu tun."

Die augenblickliche Stille war ein Vorgeschmack auf das, was uns durch diesen Mann drohen konnte. Hatte ich vielleicht einen Fehler begangen? Das Thema Frieden zu weit und ins Gegenteil getrieben? Jetzt war es zu spät, um daran etwas zu ändern.

„Wie dem auch sei, Ingrun", seine Stimme wurde wieder kategorisch und sehr ernst, eine Hand lag am Griff der Tür, „du wirst niemals allein mit ihm sein, eine der Wachen wird auf euch Frauen aufpassen, wenn ihr ihn pflegt. Die Bodenklappe werde ich noch heute mit einem Riegel versehen lassen, denn sonst sind wir beide hier nicht sicher. Ich möchte nicht umgebracht werden. Und falls er wider Erwarten überlebt, wird er in Ketten gelegt, sobald er laufen kann. Hast du mich verstanden, Ingrun? Wag es, dich allein dort oben herumzutreiben! Da ich dich nicht bestrafen kann, werde ich ihn für dein Vergehen töten. Merk es dir."

Alles in mir schrie nach Widerspruch, empört holte ich Luft. Und erpressen wollte er mich auch noch! Doch er schüttelte den Kopf.

„Nein, Ingrun", er drückte meine Hand und ich atmete gepresst aus, „ich weiß, wie schwer es dir fällt, dich Anordnungen zu beugen. Aber dieses Mal wirst du es zu unserer aller Sicherheit tun müssen. Keine Widerrede! Es gilt für uns alle, absolutes Stillschweigen über unser Leben zu bewahren. Unser Dorf ist reich. Wir haben Vieh und Pferde, große Vorräte an Getreide, das darf dieser Mann nicht wissen. Ingrun ...", wieder suchte er meinen Blick, „... du musst da als gutes Vorbild vorangehen. Bitte."

Ich nickte notgedrungen, seine Worte ließen keinen Zweifel aufkommen, dass er es bitterernst meinte, aber ich wusste nicht, was ich darauf antworten sollte.

„Gut", ich nickte noch einmal, „klare Worte, Chef."

Seine Augenbrauen gingen hoch, er grinste. „Du redest wirr, Ingrun."

In diesem Moment wurde die Tür zum zweiten Mal rüde aufgestoßen, Ivo stolperte zur Seite. Drei junge Männer schleiften den bewusstlosen Alamannen herein. Splitterfasernackt, blau gefroren, aber immerhin grob entdreckt. Ungläubig starrte ich sie an. Hatten die den Ärmsten bei den Temperaturen mit kaltem Wasser gewaschen? Fast schien es so. Ivo musterte sie mit gerunzelter Stirn, dann deutete er die Leiter hinauf. „Ich hatte angeordnet, dass er lebend hierhergebracht wird. Nicht erfroren. Deckt ihn zu und zündet den Ofen an, der oben steht. Dann kommt zur Versammlung."

Die drei wirkten nicht sonderlich beeindruckt von Ivos Rüge, einer zuckte gleichmütig die Schultern, dann schleppten sie den

Mann rücksichtslos die Leiter hinauf. Ich schloss die Augen und trat hinaus auf die kleine Veranda. Es wäre zu viel verlangt, den Mann zu schonen. Wenigstens musste er durch die Ohnmacht keine weiteren Schmerzen erdulden. Unschlüssig drehte ich mich zu Ivo um, der noch immer ins obere Geschoss hinaufstarrte. Der Wind hatte gedreht und fegte klirrend kalt durch das verschneite Dorf. Etwas mehr als vierzig Erwachsene und unzählige Kinder drängten sich gegen den Wind geduckt um die große Eiche. Das würde mein erster Auftritt als Frau des Übergangshäuptlings werden.

„Wo soll ich gehen, Ivo?"

Irritiert schaute er mich an und schloss die Haustür. „Na, neben mir, wo sonst?"

Abwägend bewegte ich die Schultern.

„Du bist meine Frau, Ingrun, dein Platz ist immer an meiner Seite. Links, auf der mein Herz für dich schlägt."

Trotz des eisigen Windes wurden meine Wangen spontan sehr heiß. Ich schlug verschämt die Augen nieder. Da musste ich Hunderte von Jahren in die Vergangenheit geraten, bis endlich mal ein Mann etwas Nettes zu mir sagte und ich mir sogar noch sicher sein konnte, dass er es ernst meinte. Er reichte mir seine Hand, gemeinsam schritten wir den wartenden Menschen entgegen. Die Gesichter verschwammen vor mir zu einer Masse, von der ich nicht genau sagen konnte, ob sie uns freundlich gesonnen war. Mein Herz fing unruhig an zu pochen. Was, wenn sie mich für mein Eingreifen zur Rechenschaft zogen? Was konnte mir drohen? Intuitiv verlangsamte ich meinen Schritt, bis ich halb hinter Ivo herschlich. Ein befremdeter Blick traf mich.

Kurz vor den Menschen, auf Höhe des Brunnens, blieb Ivo stehen. Direkt vor uns harrten Oswin, Belana und ihre Geschwister auf unser Erscheinen. Wo war Oswin eigentlich vorhin gewesen? Er war doch sonst immer an Ivos Seite? Mit dem Moment, als Ivo das Gesicht zur Menge hob, wurde es still. Sein Blick strich über sie hinweg und es schien, als schaute er jedem Einzelnen in die Augen. Ich sah Blicke, die auswichen, Blicke, die ihm freundlich zunickten, neugierige Blicke.

„Danke, dass ihr gekommen seid“, sein Lächeln umfasste die Menschen, „obwohl wir eigentlich alle Besseres zu tun hätten. Ich bin sehr froh, endlich wieder daheim zu sein, und würde das auch gern genießen, doch die Umstände machen diese Zusammenkunft nötig. Es dauert nicht lang. Es ist zu kalt, um hier herumzustehen.

„Dass du eure Heimkehr genießen wolltest, Herr Ivo“, einer der Männer in der zweiten Reihe warf mir einen kritischen Blick zu, „das sieht man an deinem Weib. Sie hatte nicht einmal mehr Zeit, sich ordentlich zu kleiden.“

Mir wurden vor Schreck die Hände feucht, hastig schaute ich an mir herunter. Natürlich, meine Tunika hing noch immer ungegürtet über meinem Rock, der auch nur nachlässig gebunden war. Seitdem der Leibeigene mit seiner Hiobsbotschaft in unser beginnendes Liebespiel geplatzt war, hatte ich keine Sekunde Zeit gehabt, mich anzukleiden, selbst wenn ich daran gedacht hätte. Hatte ich aber nicht. Ich errötete und senkte meinen Blick.

Ivos Gesicht blieb unbewegt und freundlich, er nickte nach wenigen Momenten der Stille. „Ich bin ein Mann … , wie du, Cillian“, er zwinkerte dem Mann verständnisinnig zu, „am liebsten sehe ich meine Frau nackt in unserer Schlafkammer, wo wir vorhin auch waren. Aber ich finde sie auch grundsätzlich wunderschön, egal, was und wie sie welche Kleider trägt.“

Die Menge lachte verhalten, während ich noch ein paar Töne dunkler anlief. Ich war nicht so gut darin, gute Miene zum bösen Spiel zu machen. Verschämt senkte ich ein wenig den Kopf und ließ meine Haare schützend vor mein Gesicht fallen. Das half nur bedingt.

„Wie dem auch sei“, fuhr Ivo mit erhobener Stimme fort, wieder war alle Aufmerksamkeit bei ihm, „meine Frau ist nicht nur schön, sondern auch sehr klug. Sie ist mir immer eine ehrliche, meistens unbequeme Ratgeberin.“

Dieses Mal erntete er schallendes Gelächter und ich sah mehr als einen Ehemann, der seiner Frau bezeichnend in die Seite knuffte. Ganz toll, Ivo. Doch Ivos Blick lag voll Zärtlichkeit auf mir. Er hatte mit seinen Worten erreicht, was er offensichtlich gewollt hatte, die Menge lauschte entspannt und freundlich. Der Mann hätte Politiker werden sollen.

„Ingruns Rat war es auch, der mich im letzten Augenblick davon abgehalten hat, dem Alamannen die Kehle durchzuschneiden." Ivo baute eine weitere Kunstpause ein, die ihm aufmunterndes Nicken seiner Zuhörer verschaffte. Auch er nickte wie grübelnd vor sich hin. „Ja, er hatte schon meinen Dolch an seiner Kehle." Sein Blick ruckte hoch und erfasste alle. „Es gibt zwei … nein, drei Möglichkeiten, wie wir in Zukunft mit den Alamannen umgehen können. Nach dem Überfall auf Cambodunum und Loja können wir weniger denn je mit der Hilfe der Römer rechnen. Irgendwann werden die Römer ganz abziehen, sie werden Rätien nicht halten können. Der Limes ist jetzt schon mehr oder weniger ungeschützt. Die erste Möglichkeit wäre also, es wie sie zu machen. Wir könnten weiter in die Berge ziehen zu den Norikern oder über den großen See im Süden zu den Helvetiern und dort eine neue Siedlung bauen. Weder die Noriker noch die Helvetier werden uns willkommen heißen, und ich für meinen Teil liebe meine Heimat viel zu sehr, als dass ich sie verlassen möchte. Aber diese Entscheidung bleibt jedem selbst überlassen."

Ablehnendes Gemurmel und Kopfschütteln begleiteten Ivos Worte, während ich mir vorstellte, wie es am Bodensee wohl aussehen mochte. Asterix bei den Schweizern war da sicherlich kein Anhaltspunkt, auch wenn das das Einzige war, das mir bei Helvetiern einfiel. Ich grinste vor mich hin. Die Noriker waren bisher eine nette Pferderasse für mich gewesen, aber hier lag die Vermutung nahe, dass es sich um einen Teil Österreichs handeln musste. Und in diesem Moment fiel mir ein, dass Damasia jene bisher nicht sicher entdeckte Keltenstadt auf einem Berg gewesen war. Ich rieb mir über die Stirn, als könnte ich weitere Erinnerungsfetzen herausreiben.

Auerberg. Irgendwo zwischen Füssen und Marktoberdorf. Genau. Dort hätten sie die Felsenstadt gern gehabt, allerdings zu einer viel früheren Zeit, lange vor Christi Geburt. Gab es sie noch immer? Und Ivos Vater war der Herr von Damasia?

Nur schwer konnte ich mich erneut auf Ivos Worte konzentrieren, meine eigenen krausen Gedanken nahmen wie immer zu viel Raum in mir ein.

„Wollen wir also nicht von hier fortziehen, bleibt uns nicht viel. Die zweite Möglichkeit ist, dass wir so weitermachen wie in den letzten zwei Jahren. Im Spätsommer und Herbst ziehen wir uns in die Wallburg auf dem Berg zurück, in der Hoffnung, dass uns die Alamannen dort nicht finden. Wir warten ab oder kämpfen, wenn es sich nicht vermeiden lässt. Auch das ist, glaube ich, dauerhaft keine Lösung. Irgendwann sind wir zu spät dran oder sie finden uns."

Ich sah die plötzliche Furcht in den Gesichtern der Menschen, die mir noch immer irgendwie irreal erschien, auch wenn mir langsam dämmerte, was die Bedrohung der Alamannen bedeuten konnte. Seit zwei Jahren also flüchteten die Einwohner des Dorfes regelmäßig mit Sack und Pack auf den Berg. Eigentlich ein Wunder, dass sie es bisher unbemerkt geschafft hatten und das Dorf noch immer stand.

„Ich habe mich für die dritte Möglichkeit entschieden", Ivo erhob die Stimme, sein Blick bekam etwas Herausforderndes, „sie bietet alles andere als Sicherheit, sie ist vielleicht sogar die gefährlichste." Unwillkürlich wich die Menge ein paar Schritte zurück und ich fragte mich, ob diese Einleitung so klug war, doch Ivo fuhr unbeirrt fort.

„Schauen wir der Gefahr ins Auge. Wir können die Alamannen nicht aufhalten. Und warum auch?" Sein Blick strich ernst über die Leute, als erwartete er tatsächlich, dass jemand die Frage beantwortete, doch alles schwieg. Er musste die Lösung bieten, also holte er tief Luft. „Dieses Tal ist groß", er holte mit beiden Armen weit aus, „so groß, dass viele von uns es noch nicht gänzlich durchquert haben. Hier ist Platz für viele Menschen. Die Alamannen sind Menschen wie wir, sie haben Götter, die den unseren nicht unähnlich sind. Vielleicht wird der verletzte Mann unser Vermittler zu den Alamannen, damit wir beginnen können, friedlich nebeneinander zu leben."

Er fasste nach meiner Hand, auch eine Geste des Friedens, und zog mich nahe an sich heran. „Keinem von uns ist, soweit ich weiß, jemals etwas von den Alamannen zuleide getan worden, außer Ingrun. Sie haben unser Dorf stets verschont, obwohl es ungeschützt war. Hätten sie es abgebrannt, müssten wir den Rest des Winters in den Weidenhütten verbringen. Ich vertraue darauf, dass das ein guter Anfang ist."

„Bin ich niemand?", in einer synchronen Bewegung fuhren wir herum. Arne hing unter Aufbietung aller Kräfte im Türrahmen seines Hauses. Sein Gesicht war von Wut und den Wunden grotesk entstellt.

„Mir ist von den Alamannen sehr viel angetan worden. Sie haben meine Familie zerstört und mich fast getötet. Ich bin dagegen, dass Ivo den Mann am Leben lässt. Blut um Blut. Seine Zauberin", ich sah mit Entsetzten, dass sein Finger auf mich zeigte, „hat ihm das nur wieder eingeflüstert. Das wird uns weiteres Unheil bringen. Wir müssen uns auf die Römer verlassen. Wir alle sind Römer. Die Alamannen haben die Römer in Loja und Cambodunum abgeschlachtet! Also schlachten wir *sie* ab."

Die Stimmung schwankte augenblicklich. Ein paar der Umstehenden schauten murrend in meine Richtung, andere musterten mich zweifelnd. Offensichtlich hatten sie aber alle Verständnis für Arne. Seine Sichtweise war vertrauter als Ivos unsicheres Friedensangebot. Misstrauisch drängte ich mich näher an Ivo, der mich demonstrativ um die Schulter fasste. Keiner würde es wagen mich anzugreifen, so hoffte ich zumindest.

„Du bist noch immer unser Häuptling, Arne", Ivo neigte leicht den Kopf in Arnes Richtung, „und einer der Führenden des Dorfes. Die Alamannen haben Römer getötet. Die Zerstörung von Loja und Cambodunum hat mich mit tiefem Entsetzen erfüllt. Aber, Arne, du bist in jener Nacht gegen unseren Rat nach Loja aufgebrochen, vielleicht hätten sie dich verschont, wenn sie bei Tag erkannt hätten, dass du kein Römer bist. Ich bin, wie wahrscheinlich alle hier, froh, dass du überlebt hast."

Wir nickten einträchtig, doch Arne stieß sich mit hasserfülltem Gesicht vom Türpfosten ab, er schwankte, einer seiner Sklaven stützte ihn im letzten Moment, sonst wäre er in den Schnee gestürzt. Noch zorniger schlug er auf den Mann ein, der erschrocken zur Seite taumelte. Aber keiner wagte, etwas zu sagen.

„Rache für Loja!", brüllte er.

Ich spürte an meiner Schulter, wie Ivo mehrmals tief atmete, dann schob er mich energisch von sich fort.

„Ich bin kein Römer", erklärte er ernst, „ich bin mütterlicherseits Estione. Mein Vater ist ein Fürst der Likater. Wir sind Kelten und seit Menschengedenken hier ansässig. Dieses Land ist meine Heimat, auch wenn es jetzt eine römische Provinz ist."

Trotz der bitteren Kälte öffnete er die Schließe seines Umhanges, den er achtlos in den matschigen Schnee fallen ließ. Dann zog er sich die Tunika und das Hemd über den Kopf und stand halb nackt vor den Menschen des Dorfes. Sein Stammeszeichen, das tätowierte springende Pferd, und der goldene Halsreif des Fürsten stachen im schwindenden Licht hart gegen seine helle Haut ab.

„Und ich bin in der Tradition meines Volkes erzogen und ausgebildet worden. Ich ehre die alten Götter, achte die hohen Feste und Gesetze. Ich suche den Rat des Druiden. Daran werde ich nichts ändern, nur weil mein Land eine römische Provinz geworden ist." Seine Haltung war pure Provokation, Arne erstarrte, während der Rest der Menge voll ehrfürchtiger Scheu Ivos Brust und Schulter anstarrte. Meine Wenigkeit inklusive. Er war unglaublich schön, zumal der Wind sein offenes Haar zauste.

„Was meine Frau angeht", Ivo fasste hart nach meinem Arm und riss mich an sich, „sie ist klug. Eine eigenständige Frau. Wie ich vorhin schon sagte, gefällt mir nicht immer, was sie von sich gibt, aber sie ist keine Zauberin, bei allen Göttern, nein."

Mit einem wüsten Schrei schlug Arne gegen das Holz der Tür, ich schrak zusammen, denn wieder richtete sich sein Zeigefinger auf mich.

„Sie ist eine Zauberin, glaubt Ivo nicht, sie hat ihn verblendet. Sie bringt Unheil über uns alle. Sie ist …!"

„Verzeih, wenn ich dich unterbreche, Arne", Cedric schlenderte, seinen Druidenstab schwingend, von der Seite her zwischen uns und Arne. Seine Stimme hatte den Klang eines distinguierten Briten, was mich fast schmunzeln ließ. Außerdem fragte ich mich mit leichter Beunruhigung, was Arne wohl über mich preisgegeben hätte, wenn Cedric ihn nicht unterbrochen hätte. Was ließ ihn glauben, dass ich eine Zauberin war? Vorstellen konnte ich mir nur, dass er Ivo und mich vielleicht einmal belauscht hatte. Ein Lächeln überzog Cedrics Gesicht, das einen vermuten ließ, dass er alles um sich herum äußerst erheiternd fand.

„Von Anfang an lausche ich eurer Beratung mit großem Interesse. Sie ist wichtig. Die Sache will gut bedacht sein." Er nickte gemächlich vor sich hin, während er sich zwischen Ivo und mich schob und mit seinem Stab Ivos Kleider vom Boden hob. Schweigend zog Ivo sich wieder an. „Aber wenn ihr jetzt auch noch besprechen wollt, ob Ingrun womöglich eine Zauberin sein könnte, wie Arne vermutet, dann werdet ihr heute sicherlich noch hier draußen erfrieren." Sein Grinsen zog alle in seinen Bann, leises Gelächter hallte in der zunehmenden Dämmerung. „Macht das ein anderes Mal." Er strich mir überraschend sanft über die Wange, seine Hand war warm. „Ich kann euch versichern, dass sie keine Zauberin ist, aber eine sehr, sehr schöne Frau und ziemlich klug."

Wieder ertönte verhaltenes Lachen, ich wurde rot und senkte den Kopf. Mit einem Tätscheln meiner Wange ließ Cedric mich gleich darauf stehen und stiefelte entspannt auf seine Hütte zu. Nach wenigen Metern drehte er sich noch einmal um.

„Ach ja. Wenn ihr auch ungefragt meine Meinung hören wollt, so will ich euch sagen, dass ich Ivos Entscheidung, den Alamannen am Leben zu lassen, von ganzem Herzen befürworte."

Unter meinem Pony hindurch sah ich Arne wutschnaubend in seinem Haus verschwinden, die Tür krachte laut. Wir anderen standen unschlüssig in der Kälte herum, tappten von einem Fuß auf den anderen. Dem Druiden widerspricht man nicht.

„Ihr habt Cedrics Worte gehört", Ivo lächelte knapp, „bevor wir alle erfrieren, lasst uns abstimmen, was wir mit dem Alamannen machen. Ich bin dafür, ihn am Leben zu lassen."

Er hob seine rechte Hand weit über seinen Kopf, meine ruckte hinterher. Vor uns gingen Belanas und Oswins Hände in die Luft und zögernd folgten viele weitere. Ivo zählte und bat um die Stimmen für den Tod des Mannes. Mit klopfendem Herzen wartete ich auf die Hände und war im nächsten Moment sicher, dass er überleben würde. Ivo hatte gut gesprochen, dem Mann ein zweites Mal das Leben gerettet.

„Ich danke euch", sagte er leise, „danke für euer Vertrauen. Ich hoffe, es ist nicht umsonst. Geht jetzt heim und wärmt euch an euren Herdfeuern."

Tief aufatmend blieben wir beide mit Belana und Oswin zurück, während sich die Menge zerstreute. „Mögen die Götter mit uns sein, Ivo", murmelte Oswin, an Ivo vorbeistarrend.

„Wir sollten im Heiligtum ein Opfer bringen."

Ivo nickte. „Aber erst müssen wir den Mann versorgen. Bist du an Ingruns Seite, Belana?"

Belana warf einen unsicheren Blick auf ihren Vater, dann nickte sie.

„Natürlich, ein Heiler fragt nicht danach, wer der Mensch ist, sondern was ihm fehlt."

Ich wiegte anerkennend den Kopf. „Eine gute Einstellung, Belana."

Sie seufzte und nahm mich am Arm, um mich zu unserer Hütte zu ziehen.

„Die stammt doch von dir, Ingrun. Lass noch Mara und ihre Tochter rufen, dann werden wir den Mann schon irgendwie durchbringen."

Mein früheres Leben zeigte sich immer wieder als schwarzes Loch. Da war nichts. Nichts außer einem Haufen Gelegenheiten, die es darauf anlegten, mich in einen Fettnapf zu katapultieren. Zögernd öffnete ich die Tür unseres Hauses. Hier war auch keine fettnäpfchenfreie Zone. Belana drückte sich hinter mir völlig ungeniert ins Haus, Ivo folgte ihr gleich auf dem Fuß, wurde aber sofort wieder von ihr hinausgeschickt, die beiden anderen Frauen zu holen. Das bedeutete immerhin einen Aufschub, bis ich versuchen musste, die Wunden des Mannes zu versorgen. Ich schickte einen Blick hinauf an die Decke, über der in der Dachkammer der Alamanne hoffentlich noch lebte, und warf diverse Scheite Holz in die Feuerstelle.

Mir war kalt bis auf die Knochen. Und mir war mulmig in meiner Haut. Als Heiler war ich nun einmal eine glatte Niete, auch wenn ich in den vergangenen Wochen die ein oder andere Heilkräuteranwendung mitbekommen hatte. Aber da oben lag ein Mann mit einer Verletzung, die so entzündet und vereitert war, dass meiner Meinung nach selbst moderne Antibiotika nur in Überdosis geholfen hätten. Wie sollten da Knoblauch und Konsorten eine Wirkung zeigen? Die Sache war eigentlich von vornherein schon verloren. Wütend stocherte ich in der Glut herum, dass die Funken flogen. Die perfekte Einstellung für den Erfolg einer Heilung.

Belana machte derweil Anstalten, die Leiter hinaufzusteigen.

„Lass das!", fauchte ich ein Tönchen zu giftig.

Mit großen Augen drehte sie sich zu mir um. „Was?"

Innerlich verdrehte ich die Augen. „Ivo hat mir strickt untersagt, allein dort oben bei dem Mann zu sein. Das gilt auch für dich. Wir dürfen nur in männlicher Begleitung zu ihm und ich weiß nicht, ob im Moment jemand oben ist. Aber das wird Ivo uns sicherlich gleich noch einmal in aller Deutlichkeit erklären. Warte einfach."

Ihre hochgezogenen Augenbrauen sprachen Bände, keine freundlichen. Aber sie schwieg und hockte sich mit leicht missmutigem Ausdruck auf die Stufen der Leiter. Ich ordnete derweil endlich meine derangierte Kleidung. Nicht dass der namenlose Herr

Alamanne sich auch noch über mich beschwerte. Ich sehnte mich nach einer halben Stunde Alleinsein, trockenen Kleidern und Wärme. Hungrig war ich auch. Mürrisch kramte ich auf der Suche nach etwas Brot in meiner Kiepe herum, die noch so im Raum stand, wie ich sie von den Schultern hatte fallen lassen, und reichte Belana schweigend ein Stück von meinem Kanten. Wir kauten in schlecht gelaunter Eintracht, bis Ivo und Oswin mit der alten Mara und ihrer Tochter samt einem eisigen Windstoß zur Tür hereinbrachen. Mara trug ihren Korb, in dem sie allerlei merkwürdiges Räucherwerk verwahrte.

Ich hatte mich schon oft gefragt, wie alt die Frau wohl sein mochte. Wahrscheinlich war sie jünger, als sie ausschaute, zerfurcht vom Leben, zahnlos, aber ihre grauen Zöpfe waren so dick wie mein Arm und in ihren Augen strahlte ein ewiges Licht. Auf sie hätte Arnes Anschuldigung der Zauberin im guten Sinne gepasst.

Ihre Tochter dagegen hatte etwas Dümmliches an sich. Sie schlurfte mit hängenden Schultern hinter ihrer Mutter her. Belana verdrehte ein wenig die Augen und setzte dann ein Lächeln auf. Ich schmunzelte.

Ivo kam durch den Raum auf mich zu, fasste mich ernst am Arm.

„Ingrun", er drehte mich von den anderen weg, „wir müssen unbedingt in Erfahrung bringen, ob der Mann unsere Sprache versteht. Denk dir etwas aus. Es wäre sehr gefährlich, wenn er uns hinters Licht führen würde."

Ich? Was sollte ich mir ausdenken? Er küsste mich sanft.

„Du kannst das. Mich bringst du doch auch dauernd dazu, Dinge zu sagen, die ich keiner anderen Frau je sagen würde."

So schnell war man mundtot. Ivo beherrschte die Taktik der positiven Motivation wesentlich besser als ich, wie ich nicht ganz neidlos feststellte. Trotzdem strahlte ich ihn völlig betört an. „Ich will es versuchen."

Er nickte nur und wendete sich dann an die drei wartenden Frauen, um ihnen mit der gleichen Klarheit wie mir zu sagen, dass es dem Mann das Leben kosten würde, wenn wir uns nicht an seine

Anweisungen hielten. Ich bemerkte genau, wie Belana aufmüpfig die Nase rümpfte, doch ein scharfer Blick von Ivo brachte sie vorzeitig zum Schweigen. Noch, dachte ich amüsiert.

Dann kletterten wir hinter Ivo und Oswin her die Leiter hinauf. Meine Hände waren feucht vor Aufregung.

Der Mann lag mit geschlossenen Augen auf einer dünnen Strohmatratze, nur das leichte Heben und Senken seiner Brust und die Atemwolken aus seiner Nase zeigten an, dass er noch lebte. Die Jungen, die ihn hochgeschleppt hatten, waren Ivos Anweisung insofern nachgekommen, als dass sie ihm eine Decke über seine nackte Mitte geworfen hatten. Auch den Ofen hatten sie angeheizt, ein wenig. Es war empfindlich kalt hier oben.

Flüchtig schaute ich mich um. Die Dachkammer erstreckte sich über die ganze Länge des Hauses, nur unterteilt von Weidenparavents. In einer Ecke hingen Kräuterbüschel von der niedrigen Decke, während im hinteren Teil allerlei Hausrat lagerte und noch mehr von diesen Strohmatten. Zwei Luken, jetzt fest verschlossen, waren in die Giebel eingelassen. Licht spendeten nur der Ofen und eine dicke Kerze.

Wortlos hockte sich Ivo einen halben Meter vom Kopf des Mannes entfernt auf den Boden, seinen Dolch legte er griffbereit unter sich. Oswin lehnte sich ebenfalls mit gelockertem Dolch an die Giebelwand. Wir Frauen gingen unsicher im Halbrund um den Mann herum in die Knie. Sein Bein lag grotesk verdreht, das Fleisch der Wade hing daran herum. Die Wunde stank, Mara rümpfte die Nase und fing gleich an, in ihrem Korb zu kramen. Wie konnte ich sicher in Erfahrung bringen, ob der Mann unser Keltisch verstand? Bisher hatte ich mir keine großen Gedanken über die Sprachen gemacht. Ich selbst musste das Keltische mit meiner Seelenrückführung irgendwie mitbekommen haben, denn eigentlich sprach ich etwas, das es zu dieser Zeit noch überhaupt nicht gab und in seiner Grundform wohl dem Germanischen entsprach. Germanisch und Keltisch, zwei grundverschiedene Sprachen.

Nachdenklich glitt mein Blick über den Mann, der sich noch immer nicht regte. Er ignorierte uns komplett, obwohl er bei Bewusstsein schien.

Die Wunde sah ekelerregend aus. Und roch noch viel schlimmer. Überhaupt starrte der Mann für meine Begriffe noch immer vor Dreck. Hände, Füße, Hals und Gelenke waren derart verkrustet, dass man ihn wahrscheinlich in Desinfektionsmittel einweichen und die Haut danach mit einer Wurzelbürste bearbeiten musste, um eine ansatzweise rosige Färbung zu erreichen. Unwillkürlich musste ich mich schütteln.

Ein Wunder, dass ihn noch keine Blutvergiftung ereilt hatte. Der musste eine stählerne Konstitution haben. Ich schaute kurz zu Ivo und blinzelte ihm zu. Er nickte leicht.

„Was meint ihr", fragte ich laut in die Runde und beugte mich halbherzig über die Wunde, „wäre es nicht das Beste, wenn wir ihm die Wade absägen? Lieber ein halbes Bein, als an dieser Wunde elendig krepieren?"

Belana und Mara folgten meinem Blick sofort, doch bevor sie etwas sagen konnten, schnellte der Oberkörper des Mannes senkrecht in die Höhe. Belana saß ihm am nächsten, er packte sie brutal am Arm. Ihr spitzer Schrei stach mir in den Ohren.

„Wagt es", sein eisblauer Blick biss sich wieder an mir fest, „wagt es und ich töte euch alle."

Im Schreck erstarrt sah ich aus den Augenwinkeln, wie Ivos Hand blitzartig zum Dolch glitt. Er hatte sich trotz des Angriffs keinen Zentimeter bewegt. Ein kaltes Lächeln zog einen seiner Mundwinkel in die Höhe. Jetzt wussten wir, dass er unsere Sprache verstand, meine Falle hatte funktioniert.

„Lass sie los, Mann", erklärte Ivo gelassen, während sein Dolch fast spielerisch über der bedeckten Mitte des Mannes balancierte, „lass sie los, oder du verblutest daran, dass ich dich kastriere. Wir wollten nur wissen, ob du unsere Sprache sprichst."

Die Eisaugen lösten sich ohne jede Hast von meinem Gesicht und wanderten zu Ivo hinüber, der Alamanne grinste ihn verächtlich an.

„Ich habe vorhin schon bewundern dürfen, wie gnadenlos du deinen Dolch führst, Häuptling. Ich spreche eure Sprache sehr wohl."

Er ließ Belana los. Wie ein Kaninchen in Todesstarre blieb sie trotzdem neben ihm hocken, ihr Blick unverwandt auf den verletzten Mann gerichtet. Ich atmete vorsichtig auf. Ivos Dolch wirbelte mit einer akrobatischen Drehung zu ihm zurück. Behutsam legte er ihn dann wieder griffbereit unter sich.

„Nur weil ich keine Freude am Töten habe, heißt das noch lange nicht, dass ich es nicht kann." Ivo musterte ernst das eingefallene Gesicht des Alamannen. „Du tätest gut daran, dich in Höflichkeit zu üben, Mann. Willkommen in meinem Haus."

Die Lider des Alamannen flatterten kurz, als schien er zu überlegen. Dann legte er den Kopf zurück und schloss seine Augen.

„Töte mich lieber gleich, Häuptling, du wirst kein Lösegeld für mich bekommen. Ich bin nichts wert."

Verwirrt suchte ich Ivos Blick, der aber nur abschätzend die stille Gestalt musterte. Belana dagegen zog hörbar die Luft ein, als Ivo seinen Dolch erneut zur Hand nahm und ... ihn in die Scheide steckte.

„Ich sagte dir doch, dass ich nicht gern töte", erwiderte Ivo gelassen, „und Lösegeld interessiert mich nicht. Du bist Gast in meinem Haus und in unserem Dorf. Einzig erwarte ich, dass du dich entsprechend höflich benimmst. Wie ist dein Name?"

Die Stille im Raum wurde nur vom Knistern des Holzes im Ofen unterbrochen, draußen heulte der Wind ums Haus. Ich warf einen prüfenden Blick ins Dach, doch das Stroh schien dicht.

„Ich habe keinen Namen für euch", antwortete der Mann nach unendlichen Minuten, ohne die Augen zu öffnen, „nennt mich, wie ihr wollt."

„Wie du meinst, Mann“, Ivos Augen wurden schmal, „aber vielleicht änderst du deine Meinung noch. Jetzt werden sich erst einmal die Frauen um dich kümmern.“

Während Mara wie auf ihr Stichwort anfing, eine tönerne Räucherschale zu befüllen, hatte ich mehr als eine Frage im Kopf. Wieso wollte er uns seinen Namen nicht nennen? War er so berühmt oder so unwichtig für seinen Stamm? Wieso würde für ihn kein Lösegeld gezahlt werden? Überhaupt, Lösegeld? Ich war der irrigen Vorstellung gewesen, dass derlei Handel ein Auswuchs unserer modernen Gesellschaft sei. Mal wieder falsch gedacht.

Als die ersten Rauchschwaden aus der Schale quollen, öffnete der Mann kurz die Augen, um Mara zu fixieren. Angst schimmerte in ihnen. Ich räusperte mich, diese Räucherei war nicht mein Ding, zumal Maras Mischungen zu meiner Zeit die Drogenfahndung auf den Plan gerufen hätten. Mir wurde schwummerig, Oswin öffnete demonstrativ die hölzerne Luke im Giebel. Ein Schwall eisiger Luft strömte herein, was ihm einen bösen Blick von Mara bescherte. Sie murmelte unverständliche Worte, die wie Reime klangen, und wedelte mit der Adlerfeder immer mehr Rauch über den Mann, dessen Gesichtszüge sich langsam entspannten. Kein Ersatz für eine moderne Narkose, aber immerhin eine Erleichterung.

Währenddessen kramte Belana leise in meiner Kiste. Ich saß wie immer etwas unnütz herum, genau wie Maras dümmliche Tochter.

„Gundermann? Knoblauch?“, flüsterte Belana mir leise zu. Ich wiegte unsicher die Schultern. Einen weiteren Blick auf die völlig vereiterte und verwesende Wunde ersparte ich mir.

„Heißes Wasser“, murmelte ich, nur um etwas zu sagen, „der gelbe Auswurf der Wunde muss weg.“

Belana nickte und gab Oswin den Auftrag, uns heißes Wasser zu beschaffen. Das wiederum gab mir Aufschub. Mir war schleierhaft, wie wir diese Wunde auch nur im Ansatz desinfizieren sollten. Wegätzen war alles, was mir einfiel, aber dazu fehlten jegliche Mittel und das wäre sicherlich auch nicht gesund gewesen. Abkratzen?

Womit? Spülen. Heißes Wasser war zwar so weit keimfrei, aber kaum scharf genug, um gegen die Entzündung anzukommen. Ich seufzte, mein Hirn war von Maras Drogenrauch vernebelt. Wir alle schauten etwas glasig aus den Augen. Mit was konnten wir den Dreck rausfressen? Fressen … ?!

Da war etwas, woran ich mich erinnern sollte. Bei dem Wort grummelte mein müdes Hirn unleidlich herum. Fressen. Wer hatte Spaß an einer solchen Mahlzeit? So wie mein Hirn langsam auf Touren kam, so meldete sich mein Magen ab. Magen … Maden. Nur ein einfacher Buchstabe Unterschied, und doch hatte das Ganze eine riesige Wirkung. Maden. Natürlich. Maden ernährten sich nur von zerfallendem Gewebe, gesundes verschmähten sie. Ich hielt meine Nase in die frische Brise aus der Giebelluke. Atmen und nicht übergeben, sagte ich mir. Ich vermied weiterhin den Blick auf die zerfetzte Wade des Alamannen. Dann kam Oswin wieder. Maden? Woher sollten wir die nehmen bei den Temperaturen?

„Wir brauchen Fleischmaden", nuschelte ich in die Runde, meine Zunge war seltsam schwer, „die werden uns die Wunde säubern."

Da auch meine Augen nicht mehr richtig schauen konnten, wusste ich nicht, wie viele entsetzte Augenpaare mich anstarrten. Nur Mara nickte nachdenklich.

„Gut, Frau Ingrun, gut, gut", sagte sie und fächerte weiter Rauch über den Mann,

„Maden sind kluge kleine Tierchen. Maden machen gründlich sauber."

Belana schluckte. „Ich habe vorhin Fleisch zu den Schweinen in den Koben geworfen, das voller Maden war. Das ist nicht dein Ernst, Ingrun?"

„Doch", langsam wurde mein Hirn wieder klarer, denken war eine gute Sache, „lauf und hol mir die Reste, wenn die Schweine noch etwas übrig gelassen haben. Wir brauchen die Maden. Ich reinige derweil die Wunde mit heißem Wasser."

Mit blassem Gesicht gab Oswin mir den Ledereimer mit dampfendem Wasser in die Hand, ich lächelte schwach.

„Schau weg", flüsterte ich und hoffte, dass ich selbst hinschauen konnte, ohne dem Mann in seine eh schon hochgradig infizierte Wunde zu speien. Ich hockte mich nah neben ihn, seine kalten, blauen Augen saugten sich wieder an mir fest. Es war mir unangenehm, doch ich konnte ihm kaum verbieten, mich anzuschauen.

Das heiße Wasser verbrühte mir erst meine Hand, als ich den Lappen zum Desinfizieren hineintunkte, dann taute es mich auf. Meine roten Finger schwebten zögernd über dem, was einmal eine stramme, männliche Wade gewesen war, und senkten sich dann entschlossen. Weg mit dem Eiter.

„Wer bist du, Frau", zischte der Mann mir halblaut ins Ohr, sein Atem strich unangenehm an mir vorbei.

Mein Blick schoss hoch zu Ivo, der die Worte sehr wohl gehört hatte.

„Sie ist meine Frau", erwiderte er an meiner Stelle. Sein Ton ließ keinen Raum für Missverständnisse.

„Deine Frau ist eine Schönheit, Häuptling", kam es unbeirrt, ich zog unwillig die Schultern hoch. So wollte ich nicht abgehandelt werden. Ich tupfte etwas gröber in der Wunde herum. Vielleicht brachte ich ihn damit zum Schweigen. Doch der Mann war hart im Nehmen. „Du musst gut auf sie aufpassen, Häuptling."

Ich knurrte vor mich hin. „Das kann ich allein."

Ivos Blick schnitt mich ärgerlich, doch er schwieg, während der Alamanne mich spöttisch betrachtete. Endlich kam Belana mit einem tönernen Gefäß in der Hand die Leiter hinauf. Sie war blass um die Nase.

„Die Schweine fressen wirklich alles", ihre Augen ruckten scheu zu dem Mann, dessen Blick aber nach wie vor an mir hing, „aber ich habe noch ein paar Maden retten können."

Ich nickte, wartete nur auf den Protest des Verletzten, der diese Behandlung sicherlich genauso indiskutabel finden würde wie die Amputation des Fleischklumpens. Aber einen Tod musste er sterben und sein dauerndes Gestarre machte mich ganz aggressiv. Doch er schenkte Belana und den Maden keinerlei Beachtung, sondern legte sich mit einem verächtlichen Zug um seinen Mund einfach wieder auf den Rücken. Auch gut, dachte ich, so bohrten sich seine Eisaugen wenigstens nicht länger in mich hinein.

Mara feuerte derweil wieder ihre Räucherung an, ich atmete so flach wie möglich, denn mir wurde sofort schwummerig im Kopf. Auch Ivo zog sich den Kragen seiner Tunika über Mund und Nase, Oswin lehnte an der Luke im Giebel. Nur den anderen drei Frauen schienen die Drogen überhaupt nichts auszumachen. Das sprach für Gewöhnung. Ich seufzte leise und griff nach der filigran gearbeiteten Pinzette aus Ingruns Medizinkasten. Jetzt würde sich zeigen, wie robust mein Magen wirklich war. Die Maden wanden sich in der Tonschale herum, kein schöner Anblick. Sie waren dreckig vom Schweinekoben, also würde ich sie vor ihrem neuen Job noch irgendwie säubern müssen. Noch einmal mit einem Seufzer ausatmen und jedes der Tierchen mit dem Lappen feucht abwischen, dann möglichst gleichmäßig auf der Wunde verteilen. Konzentriert packte ich eine Made nach der anderen. Belana saß würgend neben mir, Ivo hatte sich ganz in seine Tunika geschoben. Maras Tochter schob giggelnd die Maden in der Schale herum, während ihre Mutter wieder leise Beschwörungen murmelte. Die letzte Made verschwand in einem Klecks Eiter, mir war schlecht. Mal wieder hätte ich ein Himmelreich für einen Schnaps gegeben, zwei für ein Glas Whiskey. Aber vielleicht würde uns Belana wenigstens ein Bier spendieren. Und den Rest der Woche würde ich streng vegetarisch kochen. Kein Fleisch.

Mit einem letzten Rest Energie wickelte ich einen langen Leinenstreifen locker um die Wunde und wünschte den Maden einen schönen Abend. Meine Gelenke knackten, als ich mich langsam in die Senkrechte brachte.

„Wir brauchen noch Decken, Ivo", sagte ich leise in die Stille hinein, „es wird sonst zu kalt hier oben. Irgendwie sollten wir auch das Feuer im Ofen erhalten."

Ivo nickte. Wie immer kam er mit einer anmutig fließenden Bewegung auf die Beine. Da knackte nichts. Er ging in den hinteren

Teil der Dachkammer. Mit mehreren Wolldecken im Arm kam er zurück und breitete sie eigenhändig über den Mann aus. Wieder reagierte der nur mit einem abfälligen Grinsen. Kein Dank, kein nichts.

„Ich werde mich heute Nacht um den Ofen kümmern", versprach Ivo, „später kann er es selbst machen. Kommt jetzt, der Tag war lang und wir sind noch nicht einmal richtig nach Hause gekommen. Ich danke euch allen für eure Hilfe."

Er schenkte jedem von uns einen warmen Blick, der nur an Belana irgendwie verpuffte.

„Ich bleibe noch", gab sie mit gesenktem Kopf trotzig von sich, „ich werde die Nacht bei ihm wachen und mich um das Feuer kümmern." Sie hob kurz ihr Gesicht, ihre Lider flatterten. „Du kannst ruhig warm bei Ingrun liegen, Onkel Ivo."

Der Nachsatz war durchaus unverschämt zu verstehen, doch Ivo blieb völlig unbewegt.

„Nein, Belana, du bleibst nicht allein hier. Du hast meine Anweisungen vorhin gehört. Geh jetzt heim und kümmere dich um deinen Vater und deine Geschwister. Geh."

Auch Ivos Handbewegung zur Leiter war eindeutig, doch Belana schüttelte den Kopf. Aus den Augenwinkeln sah ich ihren Vater langsam zu uns treten.

„Nein, Belana", knurrte er kaum hörbar, „nein."

„Lass mir dein Weib für die Nacht da, Häuptling", ertönte die Stimme des Alamannen schwach, aber unüberhörbar spöttisch hinter uns, „dann brauche ich auch keinen Ofen."

Bevor ich überhaupt erfasst hatte, was der Mann da von sich gegeben hatte, hing Ivo mit gezücktem Dolch über dem Alamannen. „Unser Gastrecht hört bei der Belästigung unserer Frauen und Kinder auf, Mann", zischte Ivo, „es ist besser, du beherzigst das jetzt sofort, sonst wird mein Dolch deine Kehle womöglich doch noch finden."

Der Mann lachte rau und hustete. Sofort war Belana neben ihm und reichte ihm einen Becher Wasser. Ivo wich langsam zurück und unsere Blicke trafen sich. Ich zuckte die Schultern. Belana schien eine spontane Schwäche für den gefällten Riesen zu empfinden, die ansonsten keiner von uns teilte. Ihr Vater dagegen fackelte nicht lang und riss sie am Arm auf die Beine. Wasser spritzte über den Mann, der Becher knallte mit einem Scheppern auf den Holzboden.

„Ein Heiler bleibt bei seinem Pflegling", quiekte Belana aufgebracht und versuchte, sich aus dem Griff ihres Vaters zu befreien, „Ingrun ist auch immer bei den ihrigen geblieben. Jetzt bleibe ich auch. Wir tragen die Verantwortung!"

Völlig unbeeindruckt zerrte Oswin seine Tochter trotz ihrer Tiraden zur Leiter und hinunter in die Wohnstube. Die Haustür krachte ins Schloss, bevor wir anderen auch nur die Dachkammer verlassen hatten. Schweigend stiegen wir dann hinterher. Mara nickte mir zu, ihre Tochter grinste etwas blöde. Sie gingen und ich blieb mit Ivo und dem seltsamen Mann allein im Haus.

Die plötzliche Stille war nicht so wohltuend, wie ich es mir erhofft hatte. Langsam atmete ich tief durch, trat mit vorgestreckten Händen zur Feuerstelle. Ich zog mir einen Hocker vom Tisch zum Feuer, Ivo tat es mir nach und warf große Scheite in die Glut. Harz zischte in einer blauen Flamme und es roch kurz nach Fichte und Petroleum.

„Hättest du sie oben gelassen?", fragte Ivo nach einer Weile. Ich schüttelte den Kopf.

„Nein, nicht allein. Nicht heute Nacht. Sie ist zu betört von dem Mann. Hast du Hunger?"

Er schüttelte ebenfalls den Kopf, grinste schwach. „Nein, der ist mir gründlich vergangen. Ich bin nur müde. Was glaubst du, Ingrun, wird der Mann überleben?"

Ich rieb mir müde über mein Gesicht, meinte noch immer, Eiter und Blut an meinen Fingern zu riechen, das Metall der Pinzette und die Maden.

„Bestimmt, ja. Vielleicht bleibt sein Bein steif. Aber er wird überleben. Ein seltsamer Mensch. Seine Augen sind so eisig."

„Ja“, Ivo griff sanft nach meiner Hand, „er macht mir Angst, aber ich fürchte ihn nicht.“

Eine ganze Weile saßen wir so am Feuer, schweigend, einträchtig. Dann packten wir einen Teil der Kiepen aus und ich wusch mich endlich in einem richtig warmen Raum, fühlte mich auch das erste Mal seit meiner Ankunft in diesem Leben richtig sauber. Ein gutes Gefühl.

Aus der Dachkammer war nichts zu hören. Ivo stieg zweimal hinauf, legte Holz im Ofen nach und brachte dem Mann Brot und Käse und warmen Tee. Dann befestigte er einen provisorischen Riegel an der Klappe. Erst danach zogen wir uns in unsere Schlafkammer zurück, um endlich ein wenig Zeit für uns zu haben.

Das Feuer des Ofens flackerte einen goldenen Schimmer über Ivos Haut, Schatten tanzten einen geborgenen Reigen über die verputzten Wände und ich hörte nebenan die Pferde im Stall herumstampfen. Sanft massierte ich Ivo den Rücken, etwas, das er bisher nur von den Huren in Cambodunum kannte, wie er mir lachend erzählte. Er war mit seinem älteren Bruder dort gewesen und hatte als Mann kläglich versagt. Ich lachte bei der Vorstellung. Er besaß so wenig männliche Eitelkeit.

„Bei dir würde ich meinen Mann stehen“, murmelte er in das Kissen, das ich ihm untergeschoben hatte. „Wahrscheinlich hat Arne doch recht, wenn er behauptet, dass du eine Zauberin bist. Hör nicht auf, Ingrun.“

Nein, ich hörte nicht auf, die Tätowierung an seinem Hals bewegte sich mit dem Spiel seiner Muskeln, ich konnte nicht fortschauen. Er hatte einen fast filigranen Körper, elegant und voller Anmut. Nie zuvor hatte ich einen Mann gesehen, der so schön war wie Ivo. Gegen ihn kam mir der hünenhafte Alamanne wie ein grober Klotz vor.

Langsam zog ich mir mein Hemd über den Kopf und löste die Spangen aus meinem Haar. Strähne für Strähne fiel es mir über die Schultern. Auch auf meiner Haut malte das Feuer weiche Schatten und ich sah einen Ausschnitt meines nackten Körpers in dem kleinen Kupferspiegel an der Wand neben dem Bett. Ich fand auch mich schön. Diese zarte Sinnlichkeit pulsierte erregend durch uns hindurch, ich wiegte mich im Spiegel, in Ivos Augen, die dunkel vor Lust an mir hingen.

Verzehrend langsam schob ich mich über ihn, die Hitze unserer Körper ließ mich glühen, ich spürte den harten Schaft an meinem Bauch und rieb mich an ihm. Ivos Hände glitten mit einem Hauch von Berührung über mich, ganz langsam drang er in mich ein. Ich richtete mich auf, wollte ihn wild spüren, doch er hielt mich fest.

„Halt still", flüsterte er rau, „beweg dich nicht."

Seine Hände umfassten meine Taille, hielten mich fest, so wie seine Augen sich mit den meinigen vereinigten. Er wiegte mich mit seinen Hüften in einem Rhythmus, langsam und tief, dann wieder kurz. Es war wie eine Trance, seine dunklen Augen, das Gold des Feuers.

„Jetzt verstehe ich endlich, warum es die heilige Vereinigung heißt", keuchte er, seine Finger krallten sich in meinen Rücken, „der heilige Rhythmus."

„Was?"

Eigentlich war es mir egal, wie er das nannte, es war wunderschön. Doch Ivo war erst einmal zu keiner weiteren Erklärung fähig, genauso wenig wie ich fähig gewesen wäre, seinen Worten zu folgen. Der Nebel in meinem Hirn verdichtete sich immer mehr, mein Körper wurde immer leichter. Wir erreichten beide gemeinsam unseren Höhepunkt in einer bunten Spirale aus Licht. Unsere Körper glühten von innen heraus und die Stille um uns herum lag erst einmal wie ein Pfropf auf meinen Ohren, bis ich langsam wieder anfing zu hören. Das Knistern des Feuers, die knackenden Holzdielen, die Pferde. Ingrun an Erde …

Ächzend rollte ich mich von Ivo herunter, er lachte leise.

„In den Jahren, in denen ich bei den Druiden gelernt habe, mussten wir den heilgen Rhythmus üben, aber ich habe das immer für eines dieser vielen leeren Rituale gehalten, die es gab, ohne dass jemand noch ihren Sinn kannte. Mit der richtigen Frau jedoch ist er heilig. Die Götter werden Freude an uns haben."

Das nannte ich mal ein natürliches Verhältnis zum Sex. Ich schmiegte mich eng an ihn und zog die Felldecke über uns. Keiner in meinem früheren Leben hätte Sex als etwas Heiliges bezeichnet, geschweige denn behauptet, dass Gott und die Kirche ihn fantastisch fänden. Schade eigentlich.

„Was habt ihr geübt?"

„Den heiligen Rhythmus, damit Frau und Mann eins werden."

Aha. Das klang nach spaßigem Unterricht. An was erinnerte mich das nur?

„Das Ritual ist sehr alt", fuhr Ivo schläfrig fort, „es stammt aus einer Zeit, als die Kelten noch weit im Osten gelebt haben, lange bevor wir hierherkamen. Frag Cedric."

Osten, Indien, Tantra. Jetzt wusste ich wenigstens, dass Tantra tatsächlich so unglaublich gut war, wie alle immer behauptet hatten. Und ja, ich fühlte mich eins mit Ivo, rein, hell und ganz in mir. Das war tatsächlich ein wenig wie heilig.

Gerade als wir in den Schlaf hinüberdämmerten, bummerte es unsicher gegen unsere Haustür. Erschrocken schoss ich hoch. Das schien mir nicht die Zeit für netten nachbarlichen Besuch. Ivo glitt sofort aus dem Bett, haschte nach einer der Decken, die er sich locker um die Hüften wickelte, und schritt zur Tür, nicht ohne vorher nach seinem Dolch zu greifen, der neben der Schlafzimmertür lehnte.

„Wer ist da?", hörte ich Ivo unwirsch fragen.

„Wir sind es, Ivo, mach bitte auf."

Wer auch immer „wir" waren, Ivo schien sie zu kennen und ruckte den Riegel zurück, um die Haustür zu öffnen. Ich zog mir meine Decke über die Schultern und lugte um die Ecke der Tür. Oswin und Belana traten dick vermummt ins Haus. Ich sah, wie Oswin unter Ivos fragendem Blick linkisch die Schultern zuckte und mit dem Kopf zu Belana nickte, die ungewohnt schüchtern halb hinter ihrem Vater stand.

„Ich konnte sie nicht mehr aufhalten", erklärte Oswin mit brummiger Stimme, „sie will unbedingt die Nacht bei dem verletzten Alamannen verbringen. Kümmert sich ja sonst niemand um den Kerl, meint sie."

Belanas Blick glitt pikiert zwischen Ivo und Oswin hin und her, wobei ihr Ivos Aufzug offensichtlich sehr missfiel, also raffte auch ich meine Decke um mich herum und schlurfte hinaus in die Wohnstube.

„Ich habe ihm zweimal den Ofen neu geheizt und Essen und Tee gebracht", Ivo war durchaus bemüht, seine Nichte ernst zu nehmen, „du kannst also ganz beruhigt sein, Belana. Geh heim. Die Nacht ist kalt."

Doch Belana schüttelte wie zu erwarten vehement den Kopf. „Nein, Onkel Ivo, du hast ihm zwar vielleicht das Leben gerettet, doch ihr behandelt ihn trotzdem alle schrecklich schlecht. Der arme Mann. Allein dort oben, ohne Beistand."

Ich seufzte. Irgendwie konnte ich sie verstehen, andererseits war Belana nicht die Person, die ich persönlich gern dort oben sehen wollte. Ivo ging es sicherlich genauso, wie mir ein Blick in sein strenges Gesicht sagte, während ihr Vater offensichtlich resigniert hatte.

Ivo seufzte. „Also gut, Belana, aber dann wirst du mich dort oben auch ertragen müssen, denn du erinnerst dich hoffentlich an meine Anweisungen. Glaub mir, der Kerl ist tot, wenn ich nur den Zipfel eines Rockes ohne männliche Begleitung dort oben sehe."

Belana verzog das Gesicht und ihr Blick auf unser Outfit machte klar, was sie dachte. Ich grinste leise in meine wirren Haare hinein, obwohl ich die Aussicht auf die erste Nacht daheim ohne Ivo nicht besonders prickelnd fand.

„Ich bleibe da, Ivo", mischte sich Oswin gequält ein, „keine Sekunde werde ich sie aus den Augen lassen." Ein bezeichnender Blick ging an Belana, die ihn mit töchterlicher Überheblichkeit quittierte.

Ivo nickte langsam und wendete sich an mich. „Hol Decken, Ingrun, ich bringe noch Holz und den kleinen Ofen."

Oswin bewegte unbehaglich die Schultern. „Danke."

Vor Belana stieg er die Leiter hinauf und entriegelte die Klappe. Von oben ertönte ein ungehaltener Fluch, den Oswin mit böser Stimme beantwortete. Wahrscheinlich wäre kein Vater von so einer Aktion mitten in der Nacht begeistert gewesen. Ich wechselte einen weiteren Blick mit Ivo und ging die Decken holen, die ich ihm kurz darauf von der Leiter aus anreichte.

Danach brauchte ich lang, bis ich einschlafen konnte.

Am nächsten Morgen verließen Ivo und die meisten Männer das Dorf, um die Herden vom Berg zu holen. Zwei halbwüchsige Jungs hatten die ehrenvolle Aufgabe, uns Frauen vor dem Alamannen zu schützen. Das fanden die besser, als in dieser Eiseskälte und dem starken Wind Vieh durch den tiefen Schnee vom Berg zu treiben.

Ich ging eigentlich nicht davon aus, dass der Mann in seinem Zustand zu mehr als einem unsittlichen Griff fähig war, doch riskieren wollte ich auch das nicht. Belana wich kaum von seiner Seite, nahm ihre Mahlzeiten in der Dachkammer ein und verschwand nur, wenn sie unbedingt noch andere Arbeiten erledigen musste, die ihr Vater ihr aufgetragen hatte. Ich sagte nichts dazu, noch nicht, aber ich behielt sie gut im Auge. Der Mann schien nach wie vor eine unglaubliche Faszination auf sie auszuüben, obwohl er sie meistens grob missachtete. Wenn überhaupt, richtete er das Wort an mich, und im Bann seiner Augen fühlte ich mich schrecklich unwohl.

Gegen Mittag, als die Sonne ein wenig Wärme verströmte, kümmerte ich mich um die Pferde. Die Luft tat gut, genauso wie es erleichternd war, nicht mehr nur dunkle Eichen und Palisaden um mich herum zu haben. Ich gab mir Mühe, in meiner Umgebung nicht nach Parallelen zu meinem früheren Leben zu suchen. Es sollte reichen, dass ich diesen Teil des Illertales immer geliebt hatte. Vor allem im Winter, wenn die Hügel von einer weichen Hülle aus Schnee bedeckt waren. Blauer Himmel, strahlende Sonne und das

Gleißen des Schnees. Die Weite, unterbrochen von den Bäumen der Illerniederung. Berge am Horizont. Jetzt war Winter auch wunderschön, doch das Leben existenzieller und der Winter eine potenzielle Bedrohung. Andererseits bietet er uns auch eine gewisse Sicherheit, dachte ich mit einem Blick durch das Tor, hinunter Richtung Kempten. Im Sommer, wenn die Straßen wieder passierbar waren, würden die Alamannen wiederkommen und es war fraglich, ob sie unser Friedensangebot als solches verstehen würden. Dann doch lieber Winter.

In aller Ruhe striegelte ich an den Pferden herum und vermisste den Luxus von Mähnenspray für Askan, dessen Drahthaarlocken kaum noch zu entwirren waren. Im Gegensatz zu meiner Runa erschien mir Ingruns Tollkirsche wieder ernsthaft gut im Futter zu sein. Selbst jetzt im Winter sollte das nicht noch mehr werden, es sei denn, ich strich ihr scheu über ihren rundlichen Bauch, ja, es sei denn, sie war tragend. Zwar hatte Ivo bisher nichts gesagt, doch er sollte es eigentlich wissen.

Ich überlegte kurz, ob ich spontan eine Schneeschaufel erfinden sollte, anstatt den Schnee nach und nach rund ums Haus plattzulaufen, aber mir fiel rechtzeitig wieder Arnes Anschuldigung der Zauberin ein. Die Idee musste jemand anderes haben. Automatisch ging mein Blick zum gegenüberliegenden Haus, in dem Arne zurzeit allein lebte. Seine Sklaven drängten sich in einem kleinen Anbau. Es war einer dieser raren Momente, in denen er mir fast leidtat. Allein, verlassen von seiner Frau und den Kindern, verletzt an Leib und Seele.

Andererseits fand ich, dass er es auch verdient hatte, denn als eine Ausgeburt an Freundlichkeit hatte ich ihn nie erlebt. Nie. Aber so lang kannte ich Arne auch noch nicht, oder nicht mehr. In Gedanken zählte ich die Wochen seit meinem Sturz vom Pferd und durch die Zeit. Fünf oder sechs? Ivo hatte etwas von Alban Arthuan gesagt, Wintersonnenwende, und dass es nicht mehr weit sei, bis das Licht wiederkommen wird. Wintersonnenwende war nach meiner alten Zeitrechnung am 21. Dezember, dann würden es sieben Wochen sein. Viel und wenig zugleich. Die alte Verwirrung stieg wieder in mir hoch, zwei Welten, eine Seele, und ich verstand nicht einmal einen Bruchteil davon.

Ich sah, wie sich die Dorfbewohner vor ihren Häusern sammelten, wunderte mich, doch dann hörte ich vom Wind verwehte Stimmen und das Muhen von Kühen und trat ebenfalls vor unser Haus. Ivo kehrte mit den Herden heim.

Die Rinder walzten wie eine Herde aus einem Western auf das Dorf zu, nur waren die Hirten keine Reiter, sondern rannten keuchend, schreiend und mit langen Stöcken bewaffnet um sie herum und trieben sie immer wieder an. Das hätte meinem Haflinger Freude gemacht. Er liebte es, Kühe zu treiben, und wenn ich in meinem früheren Leben kein besonders strebsamer Reiter gewesen war, so hatten wir uns hin und wieder einen Kurs im Rindertreiben gegönnt. Nur so zum Spaß. Das hätte ich Ivo vorher sagen sollen.

Dahinter sah ich Männer mit Pferden an der Hand näherkommen. Ich lachte leise.

Die Kühe, Kälber und der mächtige Stier brachen in einer Wolke aus Schnee ins Dorf hinein, vorbei am Spalier der Dorfbewohner, die sich teilweise recht waghalsig einem ausbrechenden Vieh in den Weg stellten. Die meisten trabten aber schnurstracks auf ihren Pferch zu und das Gatter schloss sich, bevor sie es sich wieder anders überlegen konnten.

Neugierig ging ich den Männern mit den Pferden entgegen. Mir war nicht klar gewesen, wie viele es waren und welchen Reichtum diese Herde für das Dorf bedeutete. Ivo hatte lachend gesagt, dass die Rinder ihr Vermögen seien, aber die Pferde der Reichtum. Jetzt dämmerte es bei mir. Gut an die zwanzig Pferde hingen da zu viert oder fünft an einem Mann dran. Dazwischen rannten die Fohlen frei herum, ein paar Jährlinge wagten sich etwas weiter in die Freiheit und ganz zum Schluss kam Ivo mit dem braunen Deckhengst an einem langen Strick. Er tanzte aufgeregt um Ivo herum, stieg immer wieder. Ein mächtiges Tier, wenn auch höchsten so groß wie mein Haflinger.

Und die Nachhut bildeten ein paar der halbwüchsigen Jungs, die große Fichtenzweige in einer breiten Bahn hinter sich herzogen, um die Spuren zu verwischen. Ich lachte. Die Pferde waren wie die Kühe kaum noch zu halten, als sie ihren Auslauf und die Futterraufen vor Augen hatten. Ivo zerrte dem Hengst, sobald er das Tor durchschritten hatte, das Strickhalfter vom Kopf und ließ ihn frei. Hinter ihm fiel das Tor zu und der Hengst raste seinen Stuten nach.

Das gesamte Dorf sammelte sich bei den Ausläufen, Gelächter hallte, ein paar Frauen verteilten heißen Tee und Haferkuchen mit Honig.

Ich hatte nur Augen für die Pferde. Es gab alle Schattierungen von Braun, ein paar Rappen, Schwarzbraune und Falben, mit den untrüglichen Zeichen der Wildpferde. Es waren wie Runa kleine und kompakte Pferde mit viel Mähne und Schweif, wie ich es liebte. Und beim Anblick der Fohlen ging mir wie immer mein Herz auf. Sie strahlten Lebensfreude pur, Eleganz auf dünnen Beinen und kindliche Anmut aus.

Ivo legte seinen Arm um meine Schultern, er war noch immer erhitzt von der Anstrengung des Weges.

„So viele", hauchte ich mit großen Augen, „wunderschön. Der Hengst ist ein Traum. Wer reitet ihn?"

„Niemand", konterte Ivo mit einem Lachen, „selbst Göttin Epona würde es nicht wagen. Er vererbt seine Schönheit, aber zum Glück nicht seinen Charakter. Jammerschade, dass dein Weißmähniger kein Hengst mehr ist. Der brächte unsere Zucht wirklich weiter."

Meine großen Augen wechselten von Faszination zu Überraschung und das gleich aus zwei Gründen. Zum einen gab Ivo da etwas wie eine Gotteslästerung von sich, zum anderen hätte zu meiner Zeit niemand behauptet, dass ein Haflinger eine Zucht weiterbringen könnte. Im Gegenteil, wahrscheinlich würden die meisten Züchter sich bei so einem Vorschlag bekreuzigen. Ich lachte, eine lustige Vorstellung. Trotzdem notierte ich keinen Haflingerhengst auf meiner Zeitreisenpackliste. Vielleicht eher eine Stute. Dabei fielen mir wieder Tollkirsches Rundungen ein.

„Ist Tollkirsche tragend von ihm?“ Ich schob mein Kinn in Richtung des unreitbaren Hengstes.

„Ja, und wir sollten sie wieder in die Herde zurückbringen, damit nicht doch irgendwann jemand auf die Idee kommt, sich über Tollkirsche, Runa und dich Gedanken zu machen.“

Dass sich deswegen noch niemand öffentlich gewundert hatte, war mir trotz Ivos Erklärung komisch vorgekommen. Automatisch huschte mein Blick zu Arnes Haus hinüber. Er lehnte in der Tür, starrte wie wir auf die Pferche, aber sehen konnte er aus der Perspektive sicherlich nichts. Der Mann brauchte Krücken, sonst würde der sich die nächste Zeit überhaupt nicht bewegen können. Die könnte ich erfinden, dachte ich, und nagte kurz an meiner Lippe – besser als eine Schneeschaufel, und eventuell würde das Arne etwas positiver auf meine Person stimmen. Krücken.

„Wir müssen auch überlegen“, fuhr Ivo fort, „wo wir im nächsten Frühjahr die überzähligen Pferde und Rinder verkaufen, denn Cambodunum hat andere Sorgen, als den Viehmarkt abzuhalten. Vielleicht bringen wir sie nach Foetibus. Ich weiß nicht. Was denkst du, Ingrun?“

Wie immer nicht viel. Ich kannte beide Städte, nur knapp zweitausend Jahre später. Füssen erschien mir aus jetziger Sicht unglaublich weit entfernt. Dorthin eine Herde Rinder und Pferde ohne fahrbaren Untersatz zu verfrachten, brauchte sicherlich mehrere Tage. Und Kempten als Ruine entzog sich meiner Vorstellung komplett.

„Foetibus ist weit entfernt“, erwiderte ich, „lass uns abwarten, ob sich Cambodunum über den Winter vielleicht etwas erholt.“

„Sicher nicht“, sein Blick wurde starr, „die Menschen aus Cambodunum ziehen schon jetzt bettelnd durch die Gegend. Die Alamannen haben ihnen nicht viel gelassen, um sich über den Winter zu erholen.“

Alamanne war das nächste Stichwort, das sich nie gut anfühlte. Mein Blick schweifte über die anwesenden Menschen und ich sah Oswin und zwei Brüder von Belana, doch Belana selbst war nicht hier. Ich hoffte für sie, dass sie sich an Ivos Anweisungen hielt, denn Ivo würde seine Drohung wahr machen. Vielleicht wäre das sogar das Beste für uns alle.

„Ist sie bei ihm?", Ivos Augenbraue deutete bezeichnend in die Richtung meines Blickes. Unbehaglich bewegte ich die Schultern. „Vielleicht solltest du ihr noch einmal deutlich sagen, dass ich es ernst meine. Der Mann ist tot."

Ich dehnte meine Schultern nach hinten, ich fror und nickte wortlos.

„Belana ist jung und dieser Mann macht ihren eintönigen Alltag etwas spannender", fuhr Ivo fort, ohne die Augen von seinem Hengst zu lassen, „wenn ich nur wüsste, was mit ihm genau geschehen ist, dann wäre es mir noch egal."

Überrascht drehte ich mich zu ihm um. „Wie meinst du das? Belana hat schon recht, wir nennen ihn unseren Gast, aber behandeln ihn wie einen Verbrecher."

„Ich bin auch ziemlich sicher, dass er einer ist", war Ivos trockene Antwort. Er seufzte und lehnte sich mit dem Rücken gegen den Holzzaun. Ich sammelte erst einmal Speichel gegen die akute Trockenheit in meinem Mund. Einmal mehr zweifelte ich den Sinn meiner Rettungsaktion an.

„Langsam", flüsterte ich, damit bloß niemand unseren Wortwechsel hörte, „ich bin bisher davon ausgegangen, dass der Mann einen Unfall hatte. Allein unterwegs war, gestürzt ist oder von einem Eber angegriffen wurde, so wie die Wunde aussieht, und dass seine Clanleute ihn nicht gefunden haben, bis sie abgezogen sind. Ich dachte, er hat sich bis hierher geschleppt und irgendwie überlebt."

Ivos Atem dampfte in der klaren Luft, minutenlang starrte er zu unserem Haus hinüber, bis er ergeben die Hände hob. „Die Möglichkeit besteht, dass du recht hast, Ingrun", er verzog den Mund zu einem schiefen Lächeln, „es wäre schön, aber ich glaube es nicht. Oswin hat weiter oben am Steilufer des Flusses einen gerissenen Strick an einem Baum gefunden, der über dem Wasser hing, und Blutspuren an den Felsen darunter. Seine Leute hätten ihn gesucht, wenn er es wert gewesen wäre. Selbst die harten Germanen lassen niemanden aus ihrem Stamm zurück. Es sei denn, er hat seine Ehre verloren. Ihre Strafen sind barbarisch."

Ein weiteres Frösteln ließ mich meine Schultern dehnen, während ich im Geist die Wunde vor mir sah und überlegte, ob die Verletzung von einem scharfkantigen Felsen stammen konnte. Möglich. „Wie könnten wir die Wahrheit herausfinden?"

Ivos Schnauben hüllte ihn kurz in Dampf ein. „Abwarten. Vielleicht ist sogar Belana der Schlüssel zur Wahrheit. Vielleicht bringt sie ihn zum Reden."

Der Mann besaß in der Tat eine eiserne Konstitution, die Maden leisteten ganze Arbeit. Wahrscheinlich hätte es jeden modernen Menschen mit dieser Wunde trotz intensiver medizinischer Betreuung dahingerafft, doch der Alamanne, den alle nur den Barbaren nannten, steckte jeden Fieberschub und jeden Schmerz mit einem sarkastischen Satz einfach weg. Nach drei Tagen entfernten wir die Maden, Mara räucherte uns dabei fast wieder ins Delirium. Die wenigen übrig gebliebenen brandigen Stellen reinigten wir mit verschiedenen Kräutern, mit denen wir die Wunde auch verschlossen.

Zugegeben, ich hielt mich nicht gern bei dem Mann auf. Sobald ich den Dachraum betrat, saugten sich seine kalten Augen an mir fest und jedes Wort an mich war eine sexuelle Nötigung. Selbst Ivos Anwesenheit hielt ihn nicht davor zurück, mich mit geflüsterten, aber eindeutigen Sätzen zu bedrängen. Sehr unangenehm.

Unterdessen versuchte ich mich an einem Paar Krücken für Arne, was Ivo mit reichlich Misstrauen betrachtete.

„Er wird sie nicht annehmen", murrte er leise, „sich davor fürchten, dass du sie verzaubert hast. Ich verstehe dich nicht, Ingrun."

Verstehen brauchte er mich auch nicht, es reichte, dass er mich machen ließ. Vielleicht war mir selbst nicht so ganz klar, warum es mir wichtig schien, Arne für mich einzunehmen. Er war mir seltsam unheimlich, nicht einzuschätzen und deswegen gefährlich für mich. Mein Leben hier stand zwar theoretisch auf sicheren Beinen, im praktischen Alltag aber brauchte mir nur ein dummer Schnitzer passieren und wer schützte mich dann? Ivo gegen den Rest des Dorfes? Mit klammen Fingern schnitzte ich an dem Griff der zweiten Krücke herum. Es war ein Versuch. Ein Versuch gegen die unterschwellige Angst, die mich stets begleitete.

Es wurde wärmer, der aufkommende Wind brachte Regen mit sich, der den Schnee in Eismatsch verwandelte.

„Wir nähern uns Alban Arthuan, der Wintersonnenwende", erklärte mir Ivo in einer der Nächte, in denen der Wind ums Haus heulte, ich warm in seinen Armen lag und den tanzenden Schatten auf seiner Haut zuschaute. Alles an Ivo war pure Sinnlichkeit.

„An Alban Arthuan schenken uns die Götter zur Wiedergeburt des Lichtes oft ein paar Tage der Wärme, bis das Licht in den Raunächten umso schärfer um sein Überleben kämpfen muss."

Ich erinnerte mich an viele Winter, in denen ich an Weihnachten im T-Shirt in der Sonne gesessen hatte und die Pferde bei der geringsten Anstrengung im eigenen Schweiß standen. Weihnachten. Bisher war das kein Fest gewesen, auf das ich mich besonders gefreut hatte, na ja, vielleicht noch als Kind, wegen der Geschenke. Ich lag im Bett und schmunzelte leise vor mich hin. Weihnachten. Jetzt war es anders. Bisher drehte sich alles um Jesu Geburt, den Lichtbringer, wie Cedric ihn nannte, geboren in der längsten Nacht des Jahres, dies zum Zeichen der Hoffnung. Auch jetzt würde das Licht geboren werden. Ich freute mich darauf. Ivo würde mit den Männern in den Wald gehen und einen Tannenbaum schlagen, um den wir in der Nacht tanzen würden. Ein Baum mit Lichtern, dem wir unsere Wünsche erzählen durften, behängt mit getrocknetem Obst und Sternen aus Stroh. Das Dorf würde feiern, tanzen. Jeder steuerte dazu bei, was er hatte, wir würden backen, kochen und

Bier brauen, Weihnachtsbier. Haus und Hof mit Tannenzweigen dekorieren, ein Meer aus Lichtern entzünden. Eine frohe Weihnacht.

Davor galt es aber, Haus und Hof auf Hochglanz zu bringen und vor allem die jährlichen Gespräche mit den Leibeigenen zu führen. Also putzten wir Frauen und wuschen Berge von Wäsche. Etwas fassungslos war ich, als Ivo mir eröffnete, dass es Frauensache sei, die Gespräche mit den Leibeigenen zu führen und die Weihnachtsgeschenke zu verteilen. Ich? Ahnungsloses Huhn?

„Schenken sich die Menschen später nichts mehr an Alban Arthuan?", Ivo schien ehrlich erschüttert über meine Ablehnung. „Teilen sie nicht mehr mit den Ärmeren ihres Stammes?"

Pf ... Schenken und Teilen waren dehnbare Begriffe, vor allem unter dem Aspekt des scheußlichen Kommerzes, der zu meiner Zeit an Weihnachten die Menschen durch eine angeblich besinnliche Zeit trieb. Natürlich war die Spendenbereitschaft nie so hoch wie am Fest der Liebe, aber über die Beweggründe war ich oft sehr im Zweifel. Ausweichend bewegte ich die Schultern.

„Schon, doch. Sogar zu viel davon. Es ist vielleicht nicht mehr so herzlich wie jetzt. Was soll ich den Leibeigenen bringen?"

„Was die Menschen brauchen. Das gilt es, vorher in den Gesprächen zu erfragen. Geben und Nehmen ist ein Gleichklang."

Ah ja. Eine ethisch korrekte Antwort, aber für mich leider erst einmal total untauglich. Wie sollte ich erfragen, was Menschen brauchen, deren Leben ich nur im Ansatz begriff? Wie mir alles merken ohne ein Stück Papier, auf dem ich mir Notizen machen konnte? Es fehlte mir, dass es nichts gab, auf das ich schreiben konnte. Schreiben. Sich Dinge notieren, Einkaufszettel, Telefonnummern, Erledigungen. Gedanken schriftlich festhalten, um sie zu sortieren und zu verstehen. Was hätte ich für ein Stück Papier und einen Kugelschreiber gegeben. Seufzend fixierte ich die weiße Wand. Selbst wenn ich ein beschreibbares Material gefunden hätte, wäre ich damit für Arne ein gefundenes Fressen geworden. Er hätte die Zauberin in flagranti bei ihrer Magie ertappt. Dann hätte ich mir auch die Arbeit mit den Krücken sparen können.

Ich musste also eine andere Möglichkeit finden, mir alles zu merken. Prähistorisches Gehirnjogging.

Gleich am nächsten Vormittag stapfte ich tapfer und bepackt mit frischen Haferkuchen durch den Matsch zur Hütte des Leibeigenen, der am weitesten von uns entfernt wohnte, also gleich am Tor des Dorfes, um herauszufinden, wie er das Jahr mit Ivo als Herrn gefunden hatte. Dann galt es, seine Bedürfnisse zu sondieren, und danach musste ich gleich zum Nächsten eilen. So würde ich mich an drei Tagen von Hütte zu Hütte durcharbeiten und hoffentlich nichts und niemanden vergessen, und noch Ivo als Superarbeitgeber und Beschützer vertreten. Dafür war ich gemacht, jawohl. Man musste nur an sich und seine Aufgabe glauben.

Überall wurde ich herzlich empfangen, bekam Tee oder Löwenzahnkaffee zu trinken und verteilte meine Haferkuchen. Es berührte mich zutiefst, wie achtungsvoll die Menschen mit mir umgingen, nicht unterwürfig, sondern so, wie man es neudeutsch im Management „auf Augenhöhe" nannte. Ich war eine von ihnen. Sie hatten sich für Versorgung und Schutz an Ivo verdingt, doch sie waren keine Sklaven, sie waren Herren ihres eigenen Lebens und ihrer Entscheidungen.

Ich stellte auch recht schnell fest, dass ein Klemmbrett mit einem Haufen Blätter nicht notwendig gewesen wäre, denn die Wünsche der Menschen waren einfach. Ein paar Schaffelle als Decken für die Kinder, eine Medizin gegen Husten, die Erlaubnis, einen größeren Pferch für die Schweine zu bauen. Und Melvins Frau Elke bat mich, die Patenschaft für ihr ungeborenes Baby zu übernehmen. Das beschämte mich. So sehr, dass ich keine Antwort wusste und erschrocken feststellte, dass ich entsetzlich von vorgeblicher Zivilisation geschädigt war. Ich nickte hastig und mit gesenktem Kopf, murmelte ein „Danke, gern" in den Rauch des Herdfeuers und verdrückte mich.

Mir hatte nie jemand erklärt, wie man mit Verantwortung für Menschen umgeht, deswegen lebte ich ja auch mit meinen Tieren, die waren klar und einfach. Jetzt sollte ich über ein Baby wachen. Ich, für die menschliche Nähe noch immer ein waberndes Monster war, das mich erdrücken würde, wenn ich es nicht von mir fernhielt.

Taumelnd vor Freude und latenter Überforderung stapfte ich durch den Matsch zurück nach Hause. Ivo saß am Herdfeuer und reparierte das Lederzeug der Pferde.

„Pirmin braucht ein paar Schaffelle für die Kinder", platzte ich seltsam atemlos heraus und plumpste neben seinem Hocker auf den Boden, „und Melvin möchte einen größeren Schweinepferch und dass ich die Patin seines ungeborenen Kindes werde, aber ich weiß nicht …?"

„Was weißt du nicht?"

Über uns rumpelte etwas über den Boden, ich schaute hinauf. „Belana und einer ihrer Brüder sind oben", erklärte Ivo mit leicht gerunzelter Stirn, „also, was?"

Tief durchatmend stand ich wieder auf, um uns Tee und mir einen Hocker zu holen.

„Seine Frau erwartet bald ihr viertes Kind", zögernd schlürfte ich an dem Tee, Ivo nickte belustigt.

„Ich weiß."

„Sie möchten, dass ich die Patin des Kindes werde. Was bedeutet das bei euch, Ivo?"

Er biss sich kurz auf die Lippen, dann legte er das Geschirr auf den Boden und schaute mich an. „Was bedeutet es für dich?"

Fragen mit einer Gegenfrage zu beantworten, konnte ich überhaupt nicht leiden.

„Ich habe zuerst gefragt", konterte ich entsprechend unleidlich, „und ich würde gern eine Antwort haben."

„Meine Frage ist die Antwort."

Es gab Momente, in denen ich mir wünschte, dass Ivo vielleicht ein paar Jahre weniger bei den Druiden verbracht hätte, denn ein großer Philosoph war ich persönlich nie gewesen und verstand das alles auch nur bedingt.

„Erklär es mir bitte.“

„Kinder sind der Segen der Götter“, sein Lächeln war zart, „aber nicht jedem wird er gespendet. Melvin und Elke geben dir die Möglichkeit, ein Kind zu wiegen. Ich bin sicher, dass du eine gute Wahl als Patin bist.“

Etwas in meiner Denkweise passte nicht in dieses Leben oder mein Weltbild war zu materialistisch geprägt, aber Pate für ein Kind zu sein, war in meinen Augen nichts anderes, als ein möglichst spendabler, meist fremder Mensch zu sein, der an Festtagen auftauchte und einen Umschlag mitbrachte. Von einer liebevollen Beziehung war da nie die Rede gewesen. Um die sollte es jetzt jedoch gehen. Unbewusst legte ich meine Hände auf meinen Bauch und erst Ivos lächelnder Blick ließ mich erkennen, was ich da tat. Verlegen suchten sich meine Hände einen anderen Platz, den sie natürlich nicht so einfach fanden. Ich räusperte mich.

„Nein, Ingrun, du trägst kein Kind unter deinem Herzen, sicher nicht.“

Ivos Mundwinkel wurden starr und seine Augen distanzierten sich von mir.

„Deswegen machen die beiden dir ja die Freude, an ihrem Kind teilzuhaben.“

Bitte? Unwillkürlich rutschte mein Blick an mir hinunter. Mit jedem Herzschlag schwankte ich dazwischen, mich selbst rechts und links derbe zu ohrfeigen und eine verwirrende Freude in mir zu spüren. Natürlich hätte ich längst schwanger sein können. Man sollte kaum glauben, dass ich einem aufgeklärten Zeitalter entstammte, in dem sichere Schwangerschaftsverhütung zum guten Ton gehörte. Fassungslos holte ich Luft und betrachtete erneut meinen superflachen Bauch. Seitdem ich hier gelandet war, hatte ich diverse überflüssige Pfunde verloren. So schlank war ich noch nie in meinem Leben gewesen. Aber Gedanken über die Folgen meiner Nächte mit Ivo hatte ich mir keine gemacht. Unglaublich. Seit Jahren war kein Mann ohne Verhütung in mein Bett gekommen, wenn überhaupt, und jetzt schlief ich fast nächtlich mit Ivo. Meine Hände wurden feucht. Kinder hatten außerdem in meinem Leben nie eine Rolle gespielt, selbst wenn ich einen Partner gehabt hätte, der die Idee super gefunden hätte. Hatte ich aber nie. Wie dachte Ivo über Kinder? Waren sie auch für ihn ein Segen?

Ich schluckte und schaute unsicher in sein nachdenkliches Gesicht. Der Hauch eines Schmunzelns lag jetzt in seinen Mundwinkeln.

„Du kannst mir vertrauen, Ingrun", sagte er leise, „ich sorge dafür, dass mein Samen nicht in dir aufgeht, solange du nicht sicher bist, ob du bei mir bleiben willst."

Ob ich bei ihm bleiben wollte, war eigentlich keine Frage, es ging eher um die äußeren Umstände, deren ich mir nicht sicher war. Skeptisch nickte ich.

„Danke, ich vertraue dir, Ivo. Möchtest du grundsätzlich Kinder haben?"

Ich erinnerte mich an meine ersten Tage hier, als Ivo mir zu meiner Beruhigung versicherte, dass er und Ingrun auf Anraten des Druiden hin enthaltsam gelebt hatten, weil Ingrun ein Kind verloren hatte.

Versonnen stocherte Ivo in der Glut des Herdfeuers herum, über uns rumpelte es wieder und Belana und ihr Bruder stiegen die Leiter herab. Ich nickte den beiden kurz zu und wendete mich dann wieder ab, was hoffentlich deutlich machte, dass ich sie jetzt nicht gebrauchen konnte. Die Haustür schepperte leise ins Schloss. Im Luftzug schlugen die Flammen im Herd wie verärgert hoch, Harz knallte und die Glut sirrte vor Hitze. Ivos Augen glitzerten im Schein des Feuers, er nagte an seiner Unterlippe.

„Ich hatte ursprünglich zwölf Brüder und fünf Schwestern von verschiedenen Müttern", seine Augen wurden schmal bei der Erinnerung, „mein Vater ist sehr fruchtbar. Er hat seinen Samen fleißig gestreut. Auch meine älteren Brüder haben viele Kinder. Belanas Mutter starb früh, wie fast alle meine Schwestern, im Kindbett. Ich möchte nicht, dass dir bei der Geburt etwas geschieht. Das wäre es mir nicht wert, obwohl man seine Kinder ja liebt. Aber du bist alles in meinem Leben. Auch kommt es mir so vor, als sei mein Samen nicht so fruchtbar wie der meines Vaters. Ich habe noch kein Kind gezeugt außer dem einen, das Ingrun im Winter verloren hat."

Das war nicht wirklich eine Antwort auf meine Frage, doch sie reichte mir. Das Risiko einer Schwangerschaft und Geburt unter diesen Verhältnissen war mehr als groß. Absichtlich würde ich es nicht eingehen, also, Vertrauen hin oder her, ich würde mich selbst auch um Verhütung kümmern müssen.

„Eine Patenschaft ist vielleicht für uns beide schön."

Tags drauf schleppte ich die Felle zu Pirmin und überbrachte Ivos Zustimmung für den großen Schweinepferch an Melvin und seine Frau, der ich auch einen goldenen Armreif als Dank für die Patenschaft überreichte. Sie freuten sich riesig – wie mir schien, mehr über die Patenschaft als über das Schmuckstück. Beschwingt schritt ich weiter zu den nächsten beiden Kandidaten, wo ich mit Weihnachtsbier und Früchtekuchen bewirtet wurde und mir dafür ein paar Kritikpunkte anhören musste.

Sie waren bei der Dinkelernte zu kurz gekommen, und obwohl sie beide ihre Mutterkühe durch Krankheit verloren hatten, war von Ivo kein Ausgleich gekommen. Oha. Ich nickte, ohne zu verstehen, warum Ivo tote Kühe vergüten sollte. Seltsam. Aber ich versprach, mit Ivo darüber zu reden, um eine Lösung zu finden. Das Bier stieg mir zu Kopf, ich blinzelte in die Sonne, als ich vor die letzte Hütte trat. Der Wind hatte wieder aufgefrischt und ich fand, dass es nach Schnee roch, obwohl der Himmel strahlend blau war und die Welt eher nach Frühlingsanfang aussah. Eben versuchten die Männer unter großem Geschrei und Gejohle, die mächtige Tanne aufzurichten, die sie im Wald geschlagen hatten. In zwei Tagen war Alban Arthuan, Weihnachten.

Arne lehnte wie immer am Pfosten seiner Haustür, es war die Gelegenheit, um ihm seine Krücken zu schenken. Ohne groß zu überlegen, rannte ich mit meinem Schwips quer über den Platz vor unserem Haus, stieß die Haustür auf und griff die beiden Krücken, die an der Wand lehnten. Atemlos schritt ich zurück auf Arne zu, der mich schon auf diverse Schritte Entfernung hin argwöhnisch betrachtete. Ich verzog mein Gesicht zu einem unsicheren Lächeln, grüßte artig, was an ihm abprallte und mich etwas aus dem Konzept brachte.

„Ich habe dir Gehhilfen gebaut, Arne", anbietend hielt ich die Krücken vor seine Nase, die er fast angewidert musterte, „damit du wieder beweglicher im Dorf bist. Wenn sie zu lang sind, dann brauchst du sie nur unten etwas abzusägen."

Aus den Augenwinkeln sah ich Belana an uns vorbeihuschen, Arnes Augen folgten ihr kurz, dann haftete sich sein Blick wieder an mich. Das erinnerte unangenehm an den Alamannen.

„Danke", sagte er harsch und voller Misstrauen, griff aber trotzdem nach den Krücken, „Ivo hat mir schon gesagt, dass du etwas für mich baust."

Er hüpfte einen uneleganten Schritt zurück und die Tür krachte vor meiner Nase zu. Wie er das so schnell geschafft hatte, war mir schleierhaft.

Verdutzt starrte ich auf das fein geschnitzte Holz der Tür. Ich hätte noch ein „Gern geschehen" auf den Lippen gehabt oder ein „gute Besserung", aber das Holz war da wohl der falsche Ansprechpartner. Oder der richtige, dachte ich und wendete mich ab. Hilfe sollte ja eine selbstlose Angelegenheit sein, insofern verbuchte ich Arnes grobe Unhöflichkeit einfach unter der Rubrik Lebenslektionen. Nicht ärgern.

Langsam schlenderte ich über den kleinen Platz, vorbei an den werkelnden Männern, zurück zu unserem Haus. Ivo hatte mich gewarnt, was Arnes Reaktion anging. Wahrscheinlich hatte sich seine Einmischung sogar noch positiv ausgewirkt.

„Ingrun!", rief Ivo vom Tannenbaum herüber, „wir sind durstig. Sei so gut und hol uns Wasser vom Brunnen!"

Ich nickte und drehte ab zum Brunnen, wo ich mit einem der Holzeimer Wasser schöpfte, das ich den Männern brachte. Ivo rann der Schweiß von der Stirn, es war Mittag und wegen des anhaltenden Föhns sehr warm. Doch die Männer waren ausnehmend guter Laune, lachten, frotzelten, während sie den Baum aufstellten und drum herum in einem gewissen Abstand etwa meterhohe Baumstämme verteilten, die kreuzweise angesägt waren. Verblüfft erkannte ich, dass sie es nicht anders machten, als ich es aus meiner Zeit kannte. Diese Baumöfen verbreiteten eine wohlige Wärme und es war faszinierend anzuschauen, wie die Glut im Inneren immer neue Bilder malte. Ich freute mich auf die längste Nacht des Jahres.

Ich trug den leeren Eimer zum Brunnen zurück und ging endlich nach Hause. Es wurde dringend Zeit, dass ich neues Holz ins Feuer legte, denn selbst wenn die Tage im Moment frühlingshaft warm waren, so zeigten sich die Nächte doch sehr eisig.

Beschwingt von meiner Vorfreude öffnete ich die Haustür und automatisch ging mein Blick zur Decke. Die Klappe stand offen. In Bruchteilen von Sekunden konstruierte mein Hirn verschiedene Varianten von Gründen dafür. Mara war morgens bei dem Mann gewesen, ich hatte vor meinen Weihnachtsbesuchen nach ihm geschaut, als auch Ivo noch daheim gewesen war – und ich war mir vollkommen sicher, dass wir die Klappe geschlossen hatten. Leise drückte ich die Tür hinter mir zu und schlich durch die Stube zu der Wand, an der Ivos Waffen hingen. Ich griff mir den Dolch, in der Hoffnung, dass ich mich im Zweifelsfall nicht selbst damit verletzen würde. Im Zweifelsfall wäre es sowieso besser gewesen, sofort das Haus zu verlassen, um Ivo oder Oswin zu rufen, doch die leise Warnung in meinem Hirn ignorierte ich. Eigentlich konnte nichts sein, denn von oben war es nicht möglich, die Klappe zu öffnen, nur von unten, also musste jemand bei dem Mann sein. Fragte sich nur, wer? Ich fürchtete, dass die Antwort darauf weder schwer noch unproblematisch war.

Möglichst unhörbar kraxelte ich die Leiter hinauf und schob die Nase vorsichtig über den Rand, um die Lage zu peilen. Dort, wo eigentlich das Lager des Mannes aufgebaut gewesen war, lag nichts mehr. Ich stutzte und stemmte mich behutsam samt Dolch auf die Bodendielen. Etwas weiter hinten waren zwei von den Weidenparavents zusammengeschoben worden, an deren unterem Ende ein langes, bestrumpftes Paar Füße und ein kürzeres mit kunstvoll bestickten Lammfellstiefeln hervorlugten. Die Stiefel kannte ich gut. Leider.

Innerlich seufzend, richtete ich mich auf und trat mit festen Schritten auf den Paravent zu. Der Anblick, der sich mir bot, ließ meine Gesichtszüge komplett entgleisen.

Belana versuchte erschrocken, zur Seite zu rutschen, doch die Hand des Alamannen um ihre Schulter fixierte sie am Boden, sodass ihre Bewegung ein unwirksamer Rucker wurde. Die andere Hand des Mannes knetete weiter ungeniert ihre Brüste unter der Tunika, während Belanas Hand auf einer verdächtigen Beule unter dem Hosenbund des Mannes lag. Ich hätte auf meine Vernunft hören und Ivo holen sollen. Jetzt stand ich hier in einer unmöglichen Situation.

Wie immer hefteten sich die Augen des Alamannen sofort an mir fest, ein anzügliches Lächeln verzog seinen Mund.

„Frau Ingrun, wie schön, dich zu sehen“, er zerrte Belanas Mund an seinen und küsste sie, „ich habe noch eine Hand frei, wenn du möchtest.“

Er wedelte bezeichnend mit den Fingern an Belanas Hals, während mir spontan übel wurde vor Ekel. Belanas Blick wandelte sich von erschrocken zu trotzig abweisend. Das war ihr Dauergefühl, seit der Mann unser Pflegling war. Es nervte.

„Lass nur, Mann“, erwiderte ich so verächtlich wie möglich, trat aber noch einen Schritt näher, „ich kann mir nicht vorstellen, dass meine Bedürfnisse jemals so stark sein könnten, dass ich freiwillig auf jemand wie dich zurückgreife. Dann lieber gar nicht. – Belana, du weißt, welche Konsequenzen deine Anwesenheit hier hat?“

Der Trotz in ihren Augen verstärkte sich und sie griff demonstrativ tiefer in die Hose des Mannes, der sich ihr nur zu gern entgegenräkelte. Fast hätte ich meinen Blick abgewendet, es war widerlich. Schon allein, weil der Kerl so schmutzig war, sein ungewaschener Geruch ließ die Dachkammer schier explodieren. Was ging bloß in dem Mädchen vor? Es gab im Dorf einige nette Jungs in ihrem Alter.

„Frau Ingrun", der Blick des Mannes wurde leicht glasig, sein Grinsen ließ mich alle Sexualität infrage stellen, „zier dich nicht so, ich kenne euch keltische Frauen. Ihr seid alle wie läufige Hündinnen. Komm, und zeig dem Kind, wie eine erfahrene Frau einen Mann verwöhnt. Dein Mund ist schön, Frau Ingrun, wie geschaffen."

Schlagartig wich mir alles Blut aus dem Gesicht. Noch nie hatte ich das Bedürfnis gehabt, einen Mann zu schlagen. Aber jetzt. Mehr noch, blitzartig flackerte da die Fantasie in mir hoch, wie ich ihm mit Genuss in seine Schwellung trat. Ich hatte mir schon viel anhören müssen im Laufe meines Frauseins, doch das war der Gipfel der Unverschämtheit. Ungetoppt auf Lebenszeit.

Was tat ich eigentlich hier? Warum blieb ich in dieser barbarischen Zeit? Ja, dieser Mann war wirklich so ein Barbar, wie ihn alle nannten. Alle außer Belana. Und die schaute mich so wütend an wie ich den Mann und rückte besitzergreifend näher an ihn heran. Er grinste spöttisch, knetete grob ihre Brüste und fuhr mit seiner Zunge in ihren Mund. Ich schmeckte die aufsteigende Galle des drohenden Erbrechens. Entweder, ich kotzte den beiden jetzt gleich vor die Füße, oder ich entlud mich irgendwie anderweitig.

„Deine angebliche Manneskraft lässt mich kalt, Mann", giftete ich leise, „und wenn der Häuptling dich jetzt noch am Leben lässt, dann wird der Dolch aus meiner Hand dich dort treffen, wo es dich am meisten schmerzt."

„Der Dolch deiner Zunge ist treffsicherer als der in deiner Hand, Frau", konterte er lachend, „aber ich fürchte beide nicht. Du wirst deine Meinung schon noch ändern, da bin ich mir sicher."

Ohne mich weiter zu beachten, drehte er sich auf die Seite, seinem verletzten Bein zum Trotz, und schob seine freie Hand unter Belanas Rock. Sie stöhnte, während ich fassungslos danebenstand.

„Niemals“, erwiderte ich hart, „nie. – Belana, du weißt, dass der Mann stirbt, wenn ich Ivo von dem Vorfall erzähle?“ Sie ignorierte mich. „Belana“, brüllte ich haltlos, „schau mich an, wenn ich mit dir rede!“

Unsicher blinzelte sie zu mir herüber und der Alamanne, von jetzt ab würde ich ihn auch nur noch den Barbaren nennen, grinste spöttisch.

„Ich gehe jetzt, Belana“, mein Blick war hart, „und bereite unten das Abendmahl. Bis ich damit fertig bin, bist du hier verschwunden, sonst dauert es keinen Atemzug, bis Ivo und dein Vater alles wissen.“

Ich drehte mich abrupt zur Treppe. „Ach ja“, meine Stimme frostete alles um mich herum, nur den Barbaren nicht, dessen Augen an mir hingen, „du kennst meine Kochkünste. Die Bereitung eines Mahles dauert bei mir nicht lang.“

Mit aller verfügbaren Würde und Autorität hangelte ich die Leiter hinab. So nicht. Ich fühlte mich beschmutzt und benutzt, obwohl dieser Mann mich mit keinem Finger angerührt hatte. Erniedrigt. Mir war danach, mich sofort mit Wasser und Seife zu waschen, was die Erinnerung an die Frauen aus Loja in mir wachrief. Unwillkürlich krampfte ich meine Hände um den Griff des Dolches und rannte atemlos um die Feuerstelle herum. Meine Rettungsaktion stellte sich als immer fragwürdiger heraus. Beherbergten wir einen Frauenschänder und Mörder in unserem Haus? Mein Herz raste. Auch Ivo hatte zugegeben, dass er schon Menschen getötet hatte. Er war also ebenfalls ein Mörder.

Der Dolch fiel mit einem dumpfen Poltern auf den Dielenboden, knapp an meinen Zehenspitzen vorbei, was mich zur Besinnung brachte. Ich bückte mich fahrig und griff nach dem Dolch, um ihn wieder an seinen Platz an der Wand zu hängen. Er fühlte sich mit einem Mal wie eine Schlange in meiner Hand an. Kalt und heimtückisch. Ich hatte nie etwas für Waffen übrig gehabt und selbst das alberne Cowboygeballere der Jungs an den Schießbuden früher auf dem Rummel hatte mir weder imponiert noch hatte es mich begeistert.

Nachdenklich glitt mein Blick über Ivos Sammlung an der Wand, über ein Kurzschwert in einer schön gearbeiteten Scheide, einen langen und einen kurzen Dolch, eine Axt mit einem halbrunden Blatt, ein fürchterliches Teil. Ich betrachtete seinen bemalten Schild aus Holz und Leder und diverse Messer. Alle waren bedrohlich schön, gaukelten Macht und Sicherheit vor, Unbesiegbarkeit. Doch die Realität waren Tod und Verstümmelung. Mich schauderte bei der Vorstellung, dass diese Axt auf einen menschlichen Körper treffen könnte. Mit einem seltsam grausigen Gefühl berührte ich die Schneide, sie war scharf wie ein Rasiermesser. Würde ich so ein Mordinstrument im Falle eines Angriffs gegen einen Menschen führen können?

Ich war noch nie in eine Notlage geraten, in der ich mich anders als verbal hätte zur Wehr setzen müssen. Mir hatte einmal jemand weismachen wollen, dass man aus jedem Menschen einen Mörder machen konnte, wenn man ihn nur mit den richtigen Mitteln weit genug trieb. Damals hatte ich das für absurd gehalten. In Anbetracht der Erlebnisse der vergangenen Wochen erschien mir in diesem Moment meine damalige Naivität und Unwissenheit wie ein echtes Geschenk.

Seufzend drehte ich mich um und trat ans Herdfeuer zurück, um endlich ein Essen zu bereiten. Der Barbar war ein Mensch, der Knöpfe in mir drückte, die mich zum Mörder machen konnten. Die Einsicht kam schlagartig und mit einem Gefühl der Wut, die ich so an mir nicht kannte. Ich erschrak vor mir selbst.

Meine Hände zitterten, als ich mechanisch begann, eingelegten Kohl und Bohnen zu schneiden. Dann holte ich Fleisch aus der Kühlkammer neben dem Stall. Ich konzentrierte mich mit Macht auf jedes Stück, das ich in den Kessel warf, rührte. Trotzdem wühlte sich der Eisblick des Barbaren immer wieder durch mein Hirn, flüsterte widerliche, lüsterne Worte. Zweimal fiel mir der langstielige Löffel in den Topf. Fluchend fischte ich ihn heraus. Dann knarrte die

Treppe unter Belanas zögernden Tritten. Ordnungsgemäß verriegelte sie die Klappe. Ihr Gesicht abgewendet, wollte sie zur Tür hinaus.

„Belana?"

Ihr Rücken versteifte sich, doch sie blieb stehen, ohne sich umzuwenden. Nur ihr angestrengter Atem bewegte sie. „Er gehört mir, Ingrun!", ihre Hände ballten sich zu Fäusten, noch immer starrte sie die Tür an. „Mir ganz allein. Du hast Ivo, also lass die Finger von dem Mann. Er gehört mir."

Reichlich überrascht stierte ich ihren Rücken an. Wie kam sie auf diesen Schwachsinn?

„Und wenn er der letzte Mann auf Erden wäre, Belana, mit keiner Fingerspitze würde ich ihn anrühren, niemals. Aber wenn er dir mehr bedeutet als ein Pflegling, dann solltest du mit deinem Vater darüber reden und mit deinem Onkel."

Mit fassungslosem Gesicht drehte sie sich endlich zu mir um. „Was?" Sie rang die Hände. „Er bedeutet mir alles, mehr als mein Leben, und du redest so … so … verächtlich von ihm?"

Meine Oma sagte immer diesen Spruch: Wo die Liebe hinfällt – und wenn es auf einen Misthaufen ist. Aber den sollte ich jetzt nicht anbringen. In diesem Moment tat mir Belana leid und meine Worte noch viel mehr.

„War nicht so gemeint", ich verzog meinen Mund zu einem verbindlichen Lächeln, während hinter mir mein Eintopf überkochte. Hastig drehte ich den Schwenkarm vom Feuer weg. Kurz verharrte ich mit dem Kessel in der Hand, um nachzudenken. „Wenn … wenn er dir alles bedeutet", ich schaute über die Schulter, das Wort Liebe kam trotz meines Mitgefühls nicht über meine Lippen, „Belana, dann musst du unbedingt mit deinem Vater und mit Ivo reden."

Sie starrte mich voll Zorn an. „Damit sie ihn aus dem Dorf werfen oder gar umbringen? Für wie dumm hältst du mich, Ingrun?"

„Ich halte dich für sehr klug", erwiderte ich, schwankend, ob ich sie entnervt anzicken oder konstruktiv bleiben sollte. „Dein Vater wird sicherlich nicht den Mann töten, der dir nahesteht, und Ivo macht das erst recht nicht."

Verständnis zu zeigen, schien mir der effektivere Weg. „Sprich mit ihnen, damit er vielleicht bei euch weiter gepflegt werden kann und ihr zwei euch in Ruhe annähern könnt, anstatt immer zu befürchten, dass ihr entdeckt werdet. Denn dann ist der Mann tatsächlich tot."

Das Argument zog. Sie blinzelte nachdenklich und nickte dann. „Vielleicht hast du recht."

Grußlos verließ sie das Haus.

Die Tür war noch nicht richtig zu, da tanzte Ivo schon mit einem strahlenden Lächeln ins Haus herein. So wünschte sich das jede Frau, nur in diesem Moment war er mir einfach zu viel. Ein paar stille Momente wären alles gewesen, was ich noch gebraucht hätte, um mich in diesem Wirrwarr zu sammeln.

„Hat Belana eine wertvolle Tinktur verschüttet, oder warum schaut die so unglücklich drein und kann nicht einmal grüßen?"

Ich verzog das Gesicht. Ivo brauchte ich nicht vorzugaukeln, guter Laune zu sein, er durchschaute mich eh sofort.

„Nein", ich schüttelte den Kopf und drehte mich zu meinem Topf um, „nur ein bisschen Zank unter Frauen, mehr nicht."

Das war nicht gelogen, wenn es auch nicht der Wahrheit entsprach. Ich hatte keine Ahnung, wie Ivo reagieren würde, wenn er erfuhr, was heute tatsächlich geschehen war. Auch ich hatte gegen seine Anweisungen gehandelt, war ohne männliche Begleitung oben gewesen und hatte noch dazu Belana mehr oder weniger in flagranti erwischt. Wenn das nicht Grund genug für unseren ersten Ehestreit geben würde. Mit Ivo zu streiten, schien mir nicht besonders klug zu sein. Seufzend hängte ich den Kessel wieder über das Feuer, legte Holz nach und tat so, als sei nichts wichtiger, als die fein geschnitzten Holzlöffel auf den Tisch zu legen und die Tonschalen zu holen.

„Was ist los, Ingrun?" Ivo stand noch immer einen Schritt hinter der Tür. Mit den Schultern zuckend, stiefelte ich zwischen Tisch und Herd hin und her.

„Nichts, wie gesagt, wir haben uns nur gezankt. Das Essen ist fertig."

Ich wuchtete den kleinen Kessel auf den Tisch und warf einen flüchtigen Blick über die Schultern. Etwas in mir sperrte sich völlig gegen den Mann, nicht gegen Ivo. Ich würgte an dem Gefühl der Erniedrigung, das diese Erkenntnis in mir hochkommen ließ. Verhalten kam er an den Tisch, eine tiefe Kerbe hing zwischen seinen Augenbrauen, doch er schwieg und berührte mich nicht, obwohl er dicht an mir vorbeiging. Ich atmete flach. Der Gedanke, angefasst zu werden, verursachte mir Übelkeit. Was war los mit mir? Was hatte dieser Barbar bei mir angerichtet?

Meine Hände zitterten, als ich Ivo von dem Eintopf schöpfte, ich kleckerte prompt und hatte keine Ahnung, was ich letztendlich alles in den Kessel geworfen hatte und wie das schmeckte. Das würde sich jetzt zeigen. Ivo schwieg zu meinen ungewohnt grobmotorischen Aussetzern. Unsicher schob ich mich auf die Holzbank und fing an, den Eintopf zu löffeln, wobei ich jeglichen Blickkontakt mit Ivo mied. Es schmeckte richtig scheußlich, denn anscheinend war ich mit dem Salztopf ein wenig zu großzügig umgegangen.

„Meine Großmutter sagte immer", Ivo griff nach meiner Hand und lächelte mich sanft an, „dass Liebe das Salz in der Suppe des Lebens ist, und wenn eine Frau die Suppe versalzt, dann liebt sie ihren Mann. Ich glaube", sein Grinsen wurde fröhlich, „dass du mich demnach sehr liebst, Ingrun."

Das tat ich, kein Zweifel. Ivo war alles für mich, wie für Belana dieser Barbar. Fraglich nur, ob der Barbar für Belana genauso empfand. Das wiederum stellte ich sehr wohl in Zweifel. Mein Hirn drehte hohl und ich spürte, wie meine Wangen sich röteten.

„Ich liebe dich, Ivo", bestätigte ich verschämt, entzog ihm aber dennoch meine Hand, „es tut mir trotzdem leid, dass ich die Suppe versalzen habe. Ich hole dir Brot und Fleisch."

Mit abgewendetem Gesicht wollte ich aufstehen, doch er packte blitzschnell meine Hand und hielt mich auf.

„Ingrun?" Seine mandelförmigen Augen musterten mich von unten herauf. „Hast du geträumt oder kamen wieder die schlimmen Erinnerungen hoch? Was fehlt dir?"

Verwirrte ruckte ich mit dem Kopf. „Wovon redest du?“

Unsere Blicke trafen sich über dem Tisch, ich plumpste wieder auf die Bank, während mir Ivos warme Hand die Finger verbrannte.

„Ich frage mich oft, wie tief sich deine Seele erinnert? Bevor du an Samhain davongeritten bist, hattest du oft schlimme Träume aus der Zeit, als die Alamannen deine Familie geschändet und getötet haben. Es gab Phasen, in denen ich dich nicht anfassen durfte. Jetzt scheinst du das nicht mehr richtig zu wissen, denn sonst hättest du den Mann wohl kaum gerettet, trotzdem bist du nicht du selbst, sobald er in der Nähe ist. Und jetzt benimmst du dich wie früher.“

Meine Augen studierten die Rillen im Kupfer des Kessels, jede war anders, breit, gewellt und das Kupfer schimmerte in vielen Rottönen. Nicht denken. Er hatte auch eine Delle, wo ich ihn fallen gelassen hatte. Meine Welt bestand nur noch aus einem Kupferkessel.

„Ingrun!“

Wild entzog ich Ivo meine Hand und presste mir die Fäuste in die Augen, bis ich den Druck nicht mehr aushalten konnte. Dann holte ich Luft.

„Hat er dich angefasst?“

Ich schüttelte den Kopf, ohne meine Hände von den Augen zu nehmen. Wieder nicht gelogen, und trotzdem nicht die Wahrheit gesagt.

„Dann sag mir, wozu du den Dolch gebraucht hast?“

Überrascht schaute ich auf, mein Blick huschte automatisch von Ivo zu den Waffen an der Wand.

„Ich weiß, wie ich meine Waffen aufhänge. Was ist geschehen, Ingrun?“

„Nichts“, meine Atmung klemmte, „lass mich bitte heute einfach nur in Ruhe. Bitte, Ivo.“ Abrupt stand ich auf und ging in die Schlafkammer hinüber. Wie so vieles in diesem Leben verdrängte ich immer wieder diese schizophrene Seelenwanderungsgeschichte. Oder nein, die verdrängte ich nicht, denn ich war mir sicher, dass es tatsächlich so geschehen war. Was ich verdrängte, war das frühere Leben mit all seinen Erfahrungen, guten wie schlechten.

Ivo hatte mir erzählt, dass die andere Ingrun mit ansehen musste, wie ihre Familie qualvoll ermordet worden war. Aber es hatte mich irgendwie nicht betroffen. Oder ich hatte es nicht fühlen wollen, wer wusste das schon?

Irgendwie war ich völlig verstört, stand da mitten im Zimmer, überwältigt von Erinnerungen und Gefühlen, dem Durcheinander, das eine unbekannte Seele in meiner Brust verursachte. Wer war ich eigentlich jetzt? Die alte Ingrun, weil ich schlappe zweitausend Jahre mehr auf meinem Seelenbuckel mit herumschleppte, oder die junge, weil ich das alles aus der Sicht des modernen Menschen betrachtete, für den das hier seit Menschengedenken vorbei war? Erschöpft ließ ich mich auf unser Bett sinken und zog die Felldecke über mich. Solche Gedanken waren grenzwertig paranoid, aber dafür hatte ich im Moment durchaus Verständnis.

Minutenlang starrte ich den Putz an der Wand an, der sich zu immer neuen Figuren formte. Das brachte mir eine wohlige Leere im Kopf. Nebenan hörte ich Ivo leise durch die Stube gehen. Ich liebte diesen Mann und es tat mir leid, dass ich ihn so rüde stehen gelassen hatte. Wäre ich geblieben, dann hätte er mich irgendwann mit seinen Fragen in die Enge getrieben und ich hätte sicherlich viele Dinge gesagt, die alles nur noch schlimmer gemacht hätten. Ich wollte ihn nicht verletzen, denn ich liebte auch den Alltag mit ihm, die Menschen hier im Dorf und unsere kleine, intakte Welt.

Trotzdem vergaß ich viel zu oft, dass die Beschaulichkeit des Dorfes eine sehr trügerische war. Die Bedrohungen von anderen Stämmen waren mir kaum greifbarer als die surreale Welt eines Computerspieles. Hungersnöte oder Naturkatastrophen, wilde Tiere, das alles gehörte zu diesem Leben dazu, auch wenn ich es bisher nur bedingt erlebt hatte. Mir war nie klar, auf was ich mich einließ.

Aber ich liebte Ivo. Er war der erste Mann in meinem Leben, bei dem ich mir sicher war, dass er mich als ganzen Menschen wahrnahm und nicht nur als Christin, … wie fremd das plötzlich klang … die coole Christin, die eigenbrötlerische Christin, die immer auf der Flucht war. Nein, ich durfte die weiche Ingrun sein, die kluge, ich durfte müde sein und schlecht kochen und offen zugeben, dass ich mir in vielen Dingen gar nicht sicher war. Das war neu. Einander Zuflucht sein, aufgefangen werden, getragen. Das war Ivo.

Aber da waren auch die schlimmen Gefühle, die dieser Barbar in mir hochkommen ließ. Gefühle, die sich wie ein roter Faden durch mein bisheriges Leben gezogen hatten, ohne dass ich je ergründen konnte, warum ich sie fühlte.

Unkontrolliert schossen mir die Tränen in die Augen. Ich schniefte in die Decke, denn wenn Ivo hörte, dass ich weinte, würde er mich trösten wollen. Langsam dämmerte mir, dass diese Gefühle von sexueller Erniedrigung und Wehrlosigkeit aus Ingruns Erfahrungsschatz stammen mussten. Das war ein Schock, ehrlich, und mir wurde schlagartig klar, woher in diesem Leben meine entsetzlichen Albträume herrührten. Ich rollte mich zu einer jämmerlichen Kugel zusammen und zog mir die Decke über den Kopf. Sie roch zart nach Ivo, ich drückte meine Nase hinein, heulte gleich noch mehr. Nicht nur, dass es ein weiterer Beweis dafür war, dass sie und ich uns eine Seele teilten oder eine waren, sondern auch, dass unsere Seele seit bald zweitausend Jahren mit dem Trauma der Gewalt heruminkarnierte und nicht fähig war, das Problem zu reparieren. Arme Ingrun, arme Christin. Da quälte frau sich durch einen Haufen Beziehungen, immer auf der Suche nach Liebe und Geborgenheit, und hatte eigentlich keine Chance, sie zu finden.

Wie oft hatte ich an verregneten Sonntagnachmittagen daheim allein auf dem Sofa gelegen und mich gefragt, was eigentlich so derbe danebengegangen war mit meinem Leben? Eigentlich war ich zufrieden als Single, ersparte es mir doch ätzende Enttäuschungen. Aber wie ich jetzt feststellen durfte, fühlte sich Erfüllung anders an. Ivo. War er die Chance für die junge Ingrun und mich, mit unserer Altlast fertigzuwerden? Mussten mich die Widerlichkeiten des Alamannen erst auf den Weg dahin bringen?

Mannomann, mir platzte schier der Schädel und meine Augen brannten von den Tränen, außerdem war die Decke bereits nass. Was war zu tun? Musste ich mich endgültig entscheiden, ob ich hierbleiben wollte? Sollte ich Ivo erzählen, was ich früher oft mit Männern erlebt hatte, und ihn um Hilfe bitten? War das sogar vielleicht der eigentliche Teil meiner ominösen Friedensmission? Ich sollte mich selbst befrieden? Dafür hatte ich dann wohl auch den Alamannen retten müssen. Schicksal. Ingrun hatte damals die Alamannen überlebt, jetzt überlebte der Alamanne. Das wurde alles immer wirrer und klarer zugleich.

Trotzdem war ich an dem Punkt, an dem es mir reichte. Den Barbaren wollte ich nicht länger hier im Haus haben und ich wollte mich nicht noch einmal von ihm sexuell nötigen lassen. Ich hoffte inständig, dass Belana mutig genug war, um mit ihrem Vater über diese seltsame und wie mir schien auch einseitige Liebe zu sprechen, damit wir den Mann schnellstmöglich loswurden.

Durch das mit dünner Haut bespannte Fenster sickerte das fahle Licht der nahenden Dämmerung, draußen schlug die Haustür ins Schloss. Ivo verließ das Haus.

Mein schlechtes Gewissen regte sich, Ivo hatte nicht einmal ein genießbares Essen von mir bekommen, geschweige denn eine halbwegs verständliche Erklärung für mein Verhalten. Resigniert überlegte ich, ob ich meinen Ärmel als Taschentuch für meine laufende Nase benutzen sollte, denn Papiertaschentücher hatte ich vergessen einzupacken, und die Kühlgelmaske gegen verquollene Augen lag leider auch unerreichbar im Gefrierfach meiner Küche daheim. Ob mittlerweile jemand bemerkt hatte, dass ich samt meiner Pferde verschwunden war? Vielleicht die Nachbarsbäuerin oder der Postbote mit dem großen Herzen für Singlefrauen?

Abrupt setzte ich mich auf, nicht noch eine Baustelle aufbauen. Wenn ich jetzt anfing, mir darüber Gedanken zu machen, wie meine Welt im Jahr 2012 derzeit aussah, dann würde ich der erste Amokläufer der keltischen Geschichte werden. Ein zweifelhafter Ruhm, noch dazu ohne Schlagzeile. Jetzt war hier und alles andere durfte in seiner Parallelwelt seinen eigenen Gang gehen – und zwar ohne mich.

Energisch schwang ich meine Beine aus dem Bett. Der Kupferspiegel zeigte mir dieses Mal keine sinnliche Frau beim Liebesspiel, sondern ein verheultes Etwas mit wirren Haaren. Außerdem verspürte ich langsam Hunger.

Vielleicht konnte ich die versalzene Suppe so verdünnen, dass sie doch noch genießbar wurde. Ich atmete durch und trat in die warme Stube.

Ivo hatte den Tisch ordentlich aufgeräumt und den Kessel mit der Suppe zur Seite gestellt. Im Herd brannte ein großes Feuer, was mich vermuten ließ, dass er nicht damit rechnete, dass ich in absehbarer Zeit wieder auftauchen würde, und er selbst würde wohl auch länger fortbleiben. Es gab nicht viele Möglichkeiten, wo er den späten Nachmittag verbringen konnte, entweder bei Cedric oder bei Oswin. Wenn er bei Oswin saß, dann standen die Chancen gar nicht schlecht, dass Belana den beiden Männern mit ihrem Problem auf die Nerven ging und wir den Alamannen loswurden. Ich seufzte und schaute zur Decke hinauf. Oben war es wie immer verstörend still.

Ich schürte das Feuer und kramte die Wolle zum Spinnen aus ihrem Korb im vorderen Bereich der Stube. Obwohl Mara eine Engelsgeduld darin besaß, mir die Kunst des Spinnens näherzubringen, erkannte ich für mich kaum Fortschritte, wenn ich versuchte, die Spindel tanzen zu lassen, um einen halbwegs gleichmäßigen Faden zu drehen. Üben sollte ich, sagte sie, immer üben, bis die Spindel sich von allein drehte. Also nutzte ich die Zeit des Alleinseins, um die Wolle mit der Karde zu entwirren. Dann klemmte ich sie auf den seltsamen Stab und drehte die Spindel. Es war eine monotone, hypnotische Arbeit, die mich beruhigte und meinen Kopf leerte wie eine Meditation.

Ich war so vertieft, dass ich Ivo erst bemerkte, als er schon fast neben mir stand und ich vor Schreck beinahe die Spindel ins Feuer geworfen hätte. Er lachte, sein Atem duftete nach Weihnachts
bler.

„Das sieht schon fast nach dem Garn für meinen neuen Mantel aus“, er strich mir im Vorbeigehen sacht über die Schulter und verschwand in der Schlafstube, „geht es dir besser, Frau?“

Mit meiner nassgeheulten Decke auf dem Arm und ein paar Kissen kam er zurück. Sein Lächeln war reizend angesäuselt.

„Es tut mir leid, dass ich vorhin so scheußlich zu dir war“, murmelte ich, während ich versuchte, meine kläglichen Spinnübungen so unter mein Kissen zu schieben, dass er sie nicht sofort sah. „Ja, es geht wieder besser.“

„Dann ist es gut“, ein Kuss landete auf meiner Wange, „ich habe jetzt Hunger, denn Cedric hatte nur Bier daheim und das macht nicht satt.“

Noch vor wenigen Wochen hätte ich einem Mann nach solchen Worten den Weg zum Kühlschrank erklärt, jetzt jedoch erhob ich mich, um uns eine Brotzeit zu richten. Bei Ivo musste ich nicht mehr betont auf meine Gleichstellung als Frau achten, er stellte sie nie infrage. Mit einem vollgepackten Tablett kehrte ich zum Feuer zurück, wo Ivo uns ein gemütliches Lager gerichtet hatte. Ein wenig befangen ließ ich mich neben ihm nieder. Er zog mich an sich und legte die Felldecke um uns. Seufzend vergrub ich mein Gesicht an seinem Hals, war einerseits froh, dass er nicht versuchte herauszufinden, was los gewesen war, und andererseits hätte ich gern über die Dinge geredet. Aber selbst anfangen konnte ich nicht.

Schweigend reichten wir uns gegenseitig Brot mit Griebenschmalz, Trockenfleisch und eingelegtes Gemüse. Ivo schenkte warmen Met ein, den er aus einer Art Warmhaltehöhle im Mauerwerk der Feuerstelle holte. Ich kaute und spürte die Entspannung, die mit der Sättigung kam. Ivo gähnte, dass ihm die Kiefer knackten, ich lächelte. Sein Tag war anstrengend gewesen, Cedrics Bier hatte ihm sicherlich den Rest gegeben. Nebenan im Stall rumorten die Pferde. Eigentlich war es wie immer in den letzten Jahren meines Lebens, sogar die Albträume waren die gleichen, aber ich musste nicht mehr allein damit klarkommen. Sanft küsste mich Ivo auf die Wange, bettete dann seinen Kopf in meinem Schoß. Das Feuer umfing uns in einem Kranz aus Licht und Wärme. Ich schlürfte leise an meinem Met, eine Hand in Ivos dunklem Haar, und starrte wie hypnotisiert in die Flammen.

„Ivo?"

Schläfrig blickte er zu mir hoch.

„Ich möchte, dass der Barbar so schnell wie möglich in einem anderen Haus weiterversorgt wird."

Seine Lider flatterten kurz, dann streifte mich ein verstehender Blick aus seinen schmalen Augen. Er nickte auf meinem Schoß. „Ich werde mich darum kümmern, Ingrun."

„Danke."

Nach einer Weile griff ich wieder nach meiner Spindel, Ivo schien in meinem Schoß zu schlafen. Nur das Knacken des Holzes im Feuer und das leise Sirren der rotierenden Spindel waren zu hören. Es fühlte sich an, als seien wir die einzigen Menschen auf dieser Welt, ein beruhigendes Gefühl. Mit stillen Atemzügen verstrich der Abend. Das Feuer versank langsam in einem Haufen Glut, die lebendig pulsierte. Und ich drehte meine Spindel.

Es musste später Abend geworden sein, als es gegen die Haustür bollerte. Augenblicklich war ich hellwach, auch Ivo fuhr blitzschnell hoch, stand dann aber gelassen auf.

„Wer ist da?"

„Ivo, lass mich herein, ich bin es, Oswin. Ich muss mit dir reden."

Wir wechselten einen schnellen Blick, bei dem mich die steile Falte zwischen Ivos Augen ein wenig irritierte. Er schob den Riegel zurück und mit Oswin zusammen fegte ein Schwall eisiger Luft ins Haus.

„Wohl und Segen", grüßte er mit halb gesenktem Kopf. Ivo nickte und deutete zum Feuer. „Wärm dich auf, Bruder, nimm Platz und sei willkommen."

Rasch stand ich auf, um den beiden zwei Hocker zur Feuerstelle zu rücken. Das sah stark nach einem Männergespräch aus. Schweigend nahmen sie Platz, Ivo schenkte Met ein. Ich hockte mich auf meinem Kissen ein wenig abgewendet, griff wieder nach meiner Spindel.

„Was führt dich zu dieser Stunde zu uns, Oswin?" Ivos Stimme klang betont beiläufig, ich warf neues Holz ins Feuer, das laut knackend in Flammen aufging. Wilde Schatten tanzten über die weißen Wände.

Aus den Augenwinkeln sah ich, wie Oswin vorn übergebeugt seinen Becher in den Händen drehte, während Ivo ihn forschend musterte. Mir schwante, was ihn zu uns geführt haben könnte, und ich war nicht besonders erpicht darauf, denn das konnte auch mir einen Haufen Stress bringen.

„Ich komme heute nicht als dein Freund, Ivo, sondern weil du der Häuptling bist."

Ivos Gesicht versteinerte, doch er nickte auffordernd. „Was ist los?"

„Meine älteste Tochter hat deinen Anweisungen zuwider gehandelt."

Automatisch zog ich die Schultern hoch, zupfte unauffällig ein paar Strähnen vor mein Gesicht. Unsichtbar werden wäre das Beste gewesen. Ivos Blick streifte mich abschätzend.

„Von welcher Anweisung sprichst du genau, Oswin?"

Oswin schluckte schwer, hielt Ivo seinen leeren Becher hin, den er wortlos mit Met auffüllte. Lange Augenblicke herrschte Stille, nervös fummelte ich an meiner Spindel herum und drehte prompt einen dicken Filzknoten in den Faden.

„Sie …", Oswin holte hörbar Luft, „Belana war allein bei dem Alamannen oben."

Die Spindel knallte dumpf auf den Holzboden, meine Finger hatten spontan ihren Dienst versagt und wieder ruhte Ivos nachdenklicher Blick auf mir.

„Damit hat sie sein Leben verwirkt."

Stöhnend rieb sich Oswin die Stirn. „Deswegen bin ich hier, Ivo. Bitte …", er wendete sich frontal zu Ivo, in dessen Gesicht sich nichts regte. Eine unnahbare, eisige Maske.

„Weswegen, Oswin?"

„Sie begeht eine Torheit, Ivo, ich weiß das, doch sie glaubt, den Mann zu lieben."

Zwei tiefe Kerben bildeten sich um Ivos Mund.

„Das ist in der Tat eine große Torheit, Oswin, und die Folgen ihres Handelns hätte sie sich vorher überlegen müssen. Sie wusste, dass ich dem Mann die Kehle durchschneide, wenn sie allein zu ihm geht."

Hilfesuchend wendete sich Oswin zu mir, doch ich schaute demonstrativ weg. In dieser Sache hatte ich viel zu viel eigenen Dreck am Stecken. Wenn Ivo jetzt auch noch erfuhr, dass ich davon wusste, dann war alles vorbei.

„Meinem Kind zuliebe bitte ich dich, Häuptling, um Gnade für die beiden."

Oswins bittende Augen hätten Granit erweichen können, doch Ivo blieb hart. Verwirrt suchte ich nach Anzeichen von Mitgefühl in seinem Gesicht, in seiner Haltung. Belana war seine Nichte. Aber ich suchte vergebens. Da war nichts.

„Seit Stunden reden meine Söhne und ich auf das Mädchen ein, versuchen sie zur Vernunft zu bringen, doch sie glaubt an ihre Gefühle. Bitte, Ivo! Ich hole den Mann zu uns. Er wird mit Belana in der Dachkammer wohnen."

Regungslos lauschte Ivo Oswins Worten. Oswin rang hilflos die Hände.

„Bei Aengus, dem Gotte der Liebe, Ivo. Sie wollte mit dem Mann allein sein. Sie wollte bei ihm liegen. Wir wissen doch alle, dass Liebe blind macht."

„In der Tat, Oswin", erwiderte Ivo kalt und wendete sich zu mir, „ich glaube, mir wird jetzt Verschiedenes klar, was heute geschehen ist."

Ich senkte den Kopf, wich Oswins verschwörerischem Blick aus. Es war ein Fehler gewesen, Ivo nicht sofort davon zu erzählen, was nachmittags in der Dachkammer geschehen war. Zwar hätte er nicht erfahren dürfen, dass der Barbar auch meine Liebesdienste in

Anspruch nehmen wollte, aber von Belana hätte ich berichten müssen. Jetzt lag das Kind ziemlich tief im Brunnen. Da war nicht mehr viel zu retten.

Abrupt stand Ivo auf, der Schemel fiel krachend um. Minutenlang rannte er zwischen den beiden Türen hin und her. Mehr denn je erinnerte er mich an eine Raubkatze. Oswin und ich machten uns so gut es ging unsichtbar, tauschten nur den ein oder anderen flüchtigen Blick.

Genauso plötzlich, wie er losgerannt war, kehrte Ivo zu uns zurück. Bedächtig stellte er den Schemel auf und setzte sich. „Du wirst bei Belana durch Reden nichts erreichen, Oswin", erklärte er ruhig, während er mir seinen leeren Becher hinhielt, den ich nur zu gern mit Met füllte, „sie wird erst hören, wenn sie schmerzhaft fühlt. Das werden wir ihr kaum ersparen können. Selbstverständlich werde ich den Mann nicht töten."

So selbstverständlich schien das weder Oswin noch mir, wobei Oswin ein Gesicht machte, als wäre ihm diese Variante lieber gewesen.

„Danke, Ivo."

Ivo schüttelte den Kopf und schenkte Oswin ein schmerzliches Lächeln.

„Kein Dank, Oswin. Er wird Belana sehr wehtun, denn ich wage zu bezweifeln, dass er sie überhaupt jemals wirklich angeschaut hat, von Liebe ganz zu schweigen. Du und ich, wir wissen beide fast sicher, dass er von seinem Stamm verstoßen wurde. Geächtet. Sei achtsam, Oswin."

Trotz des schummrigen Lichtes sah ich, wie Oswin erbleichte, fahrig drehte er seinen Becher in den Händen.

„Das ist auch meine Befürchtung, Ivo. Aber was bleibt uns übrig?"

„Nichts. Ihr könnt ihn morgen früh holen. Jetzt geh, Oswin, geh und sprich mit Belana."

Zögernd erhob sich Oswin, unschlüssig nagte er an seiner Unterlippe. „Ivo?"

Tief einatmend wendete sich Ivo vom Feuer ab zu Oswin. Nur seine Augenbraue zuckte.

„Es wird Gerede geben."

Mit einer abfälligen Bewegung zuckte Ivo die Schultern. „Ich weiß."

„Viele im Dorf werden sich fragen, warum der Barbar noch lebt, obwohl du mit seinem Tod gedroht hast."

Wieder zuckte Ivo die Schultern. „Es wird immer welche geben, die sich fragen, wie ein Sohn des wilden Ingmar so feige sein kann. Es ist mir egal, Oswin. Geh schlafen."

Zaudernd wanderte Oswins Blick von Ivo zu mir, auch ich zuckte die Schultern, dann nickte er ergeben. „Gute Nacht, ihr beiden."

Offensichtlich war Ingrun nicht die Einzige gewesen, die Ivo gern etwas blutrünstiger gesehen hätte. Die Haustür schloss sich leise hinter Oswin. Ivo machte keinerlei Anstalten, sie wieder zu verriegeln, sondern starrte wie ich abwesend ins Feuer.

Was war schon feige? Ein feiger Mensch ist bisher für mich einer gewesen, der sich aus seiner Verantwortung gestohlen hätte, mangelnde Zivilcourage gezeigt hätte. Ivo gehörte nach meinen Maßstäben definitiv nicht in die Kategorie feige. Aber war er mutig? Ich schielte unter meinen Haaren zu ihm hinüber. Sein Gesicht wirkte müde und eingefallen mit tiefen Schatten unter den Augen. Er agierte ohne Rücksicht auf die eigenen Belange, setzte sich für andere ein, trug Verantwortung für den Stamm. Seine moralischen Ansprüche waren aus meiner Sicht vorbildlich, er hatte klare Werte, für die er bereit war, einzustehen. Ja, Ivo war sehr mutig.

Aus derzeitiger Sicht war sein Mut allerdings wohl eher zweifelhaft. Der Alamanne lebte noch immer, Loja war überfallen und jetzt wurde Ivos Autorität zusätzlich noch von Belana untergraben – und ein wenig auch von mir.

„Seit wann geht das so, Ingrun?"

Diese Frage passte nicht in meine verworrenen Gedankenkonstrukte. Ich blinzelte verwirrt und schaute auf.

„Seit wann weißt du, dass Belana sich mit dem Alamannen eingelassen hat?"

Bedächtig legte ich die Spindel in den Weidenkorb mit Wolle. Ja, seit wann? Theoretisch war mir ihre Faszination sofort aufgefallen, genauso wie Ivo auch. Spontan fühlte auch ich mich furchtbar müde. So oft registrierte man lange vor dem eigentlichen Problem, dass Handlungsbedarf bestand, und blieb trotzdem tatenlos. Meistens war es dann recht schnell zu spät. Ich hob vage die Hände.

„Geahnt habe ich es von Anfang an", brummte ich, „erwischt habe ich die beiden heute Mittag."

Langsam dämmerte mir, dass Ivo nicht wegen der Sache an sich so zornig war, sondern weil er glaubte, dass ich ihn wissentlich hintergangen hatte. Aber so war es nicht gewesen. Langsam wendete er sich mir zu, ich schickte ihm ein schüchternes Lächeln, das aber schon auf halbem Weg zu Boden schepperte. Zu früh gelächelt. Da hatten wir den befürchteten ersten Ehekrach.

„Und warum weiß ich nichts davon?"

Seine Stimme zerschnitt scharf wie der Dolch, mit dem er mir seine Liebe geschworen hatte, die Stille zwischen uns. „Beim Zorn der Götter, Ingrun, ich war den ganzen Tag in Sorge um dich, habe mir Vorwürfe gemacht, weil ich dir nicht helfen konnte, dabei habt ihr Frauen ein falsches Spiel mit mir gespielt."

Wild schüttelte ich den Kopf. „Nein, Ivo, um Himmels willen, so war es nicht!"

„Wie war es dann?"

In Erinnerung an die entwürdigende Szene vom Mittag schloss ich die Augen. Das Flackern des Feuers drang trotzdem durch meine Lider, ich presste mir die Fingerknöchel auf meine Augen. Wieder hörte ich die anzüglichen Worte: „… dein Mund ist wie geschaffen dafür …", und spürte die Übelkeit, die sie in mir hervorriefen.

„Sprich mit mir, Ingrun!"

Ivo war sehr wütend, und das fühlte sich genauso schlecht an.

„Ingrun!"

Wie sollte ich darüber reden? Worte wiedergeben, die eine einzige Nötigung waren, erniedrigend.

„Ingrun, ich warte!"

Unter seiner quälenden Hartnäckigkeit wiegte ich mich hin und her. Ich fand keinen Ausweg, fühlte mich in die Ecke gedrängt. Fehlte nur noch, dass er den Häuptling herauskehrte. Er hatte mich gewarnt. Alle seine Anweisungen galten unserer Sicherheit. Ich hing mindestens genauso tief drin wie Belana.

„Nachdem ich euch das Wasser gebracht habe", meine Atmung klemmte, ich keuchte, und versuchte mich auf das Flackern des Feuers hinter meinen geschlossenen Lidern zu konzentrieren, „bin ich hier ins Haus. Die Klappe stand offen."

Vorsichtig blinzelte ich, Ivo starrte ins Feuer. „Ich weiß, dass es besser gewesen wäre, gleich dich oder Oswin zu rufen, doch mir schien die Situation nicht so gefährlich. Der Mann kann sich kaum bewegen und ich dachte, es wäre jemand bei ihm oben. Also habe ich mir zur Sicherheit deinen Dolch genommen und bin hinaufgestiegen."

Endgültig öffnete ich die Augen und verschränkte die Arme vor meiner Brust. Wenn er das alles hören wollte, dann sollte er es bekommen, doch sein Mitleid würde ich im Keim ersticken, falls er es wagen würde.

„Belana hatte das Lager des Mannes an die Wand verlegt und die Abtrennungen davorgestellt. Ich sah nur ihre Füße."

Jetzt wendete sich Ivo zu mir herum. „Was?"

Ich ruckte die Schultern. „Ja, ich möchte das jetzt auch nicht weiter beschreiben, bitte, Ivo."

Seine Kiefer mahlten unschlüssig, dann nickte er.

„Hat er dich angefasst?"

Obwohl ich vor lauter Anspannung fast einen Krampf im Nacken bekam, schüttelte ich vehement den Kopf. „Nein, das habe ich dir doch schon gesagt."

„Ich bin mir nicht sicher, ob ich deiner Antwort Glauben schenken darf, Ingrun. Sie ist nicht gelogen, denn du lügst nicht, doch wahr ist sie auch nicht." Die Luft zwischen uns vereiste merklich, daran änderte auch das lodernde Feuer nichts. „Und ich bin weder blind noch taub, oder hast du dir etwa eingebildet, ich hätte die Gier des Mannes nicht bemerkt, wenn du in seiner Nähe bist?"

„Dann wirst du hoffentlich auch bemerkt haben, dass mir diese Gier zutiefst zuwider ist und ich ihr keinerlei Nahrung gebe!"

Langsam bröselte mein Verständnis für seinen Ärger. Sicherlich hatte ich einen Fehler begangen, aber sein persönliches Ventil spielte ich trotzdem nicht.

„Du hast sie aber auch nicht unterbunden! Und warum hast du mir nicht gleich erzählt, was geschehen ist?"

Ivo gehörte zu den Menschen, die umso leiser wurden, je zorniger sie waren, was die Schärfe in seiner Stimme schlimmer machte als jedes Gebrüll. Ich war kurz davor, mich vor ihm zu fürchten. Wenn dieser Mann mit dem Schwert in der Hand genauso kaltblütig kämpfte, wie er es mit Worten tat, dann war er mehr als gefährlich – und feige sicherlich nicht das Attribut, das ich für so einen verwendet hätte. Entschlossen schaute ich ihn an.

„Ich habe gelernt, solche Männer zu übersehen. Er ist nicht der erste dieser Art in meinem Leben und wird wahrscheinlich auch nicht der letzte sein."

Womit ich mehr als deutlich meine augenblickliche Meinung über Männer wie den Barbaren zum Ausdruck gebracht hatte. Keine faire Meinung sondern eine, die meiner Wut entsprang. Ivos Blick war entsprechend.

„Und ich habe es dir nicht gesagt, weil ich Belana geraten habe, mit dir oder ihrem Vater zu reden. Deswegen hat sie dich im Gehen auch so böse angeschaut. Die Zeit wollte ich ihr einfach geben."

Ivos verwirrter und ärgerlicher Blick glitt von mir ab und blieb am Feuer hängen. Harsch griff er nach dem Schürhaken, was meine Körperspannung für Bruchteile von Sekunden erhöhte, doch er stieß ihn nur ins Feuer.

„Gut", knurrte er, ohne mich anzuschauen, „lass mich jetzt bitte allein, Frau."

Was? Ungläubig starrte ich ihn an, er wiederum fixierte abwesend das Feuer. Die Perlen in seinem Zopf glitzerten. Ich stemmte mich zögernd vom Kissen hoch. Er schickte mich ernsthaft weg? Ohne vorher Frieden zu schließen? Das war nicht in Ordnung, nicht fair. Hatte ich es dieses Mal übertrieben mit meiner Meinung?

„Ich muss nachdenken, Christin", erklärte er leise, ein Auge streifte mich flüchtig und mein Name klang seltsam fremd, schaffte eine Distanz zwischen uns, die mich verletzte. So hatte er mich schon lang nicht mehr angesprochen. Ich nickte unfreiwillig und trat zwei unsichere Schritte Richtung Schlafzimmer. Sollte ich ein Friedensangebot machen? Oder war das zu früh für ihn? Bisher hatte er sich nie als nachtragend gezeigt. Ich warf einen prüfenden Blick über meine Schulter. Er lächelte mich müde an, streckte mir seine Hand entgegen, die ich nur zu gern ergriff. Sanft zog er mich zwischen seine Beine und drückte seine Stirn gegen meinen Bauch.

„Ich muss nachdenken", wiederholte er gedämpft, sein warmer Atem drang durch den Stoff meiner Tunika, „so viel ist in den vergangenen Wochen geschehen und hat sich verändert. Und die Veränderungen, die uns erwarten, werden vielleicht noch umwälzender sein. Es heißt, die Römer werden die Legion von Cambodunum abziehen, dann ist der Limes ungeschützt. Die Alamannen und Juthungen werden uns gnadenlos überrollen. Ich frage mich auch nach der Sache heute und allem anderen, das geschehen ist, ob ich dich nicht besser in deine Zeit zurückgehen lassen soll. Auch an Alban Arthuan sind die Grenzen durchlässig, hat Cedric gesagt."

Erschrocken stieß ich ihn von mir. „Du willst, dass ich gehe?"

Müde schüttelte er den Kopf, ein Lächeln hing in seinen Mundwinkeln, als er zu mir aufschaute. „Nein, bei Belenus, das will ich nicht. Ich möchte dich immer bei mir haben, dich sehen, schmecken, deinem Atem lauschen, deinen Körper spüren. Du bist die klügste Frau, die ich kenne, dein Rat ist mir wichtig und deine Liebe gibt meinem Leben endlich einen Sinn."

„Aber?“ Mein Mund war trocken vor Angst, was wohl gegen mich sprechen könnte.

„Aber?“ Unschlüssig bewegte er die Schultern, sein Lachen klang zynisch. „Aber ich weiß nicht, ob ich dich immer schützen kann. Ich weiß nicht, was uns droht, und ich will nicht, dass dir etwas zustößt. Das hier ist nicht deine Welt. Ich sehe es doch immer wieder, wie fremd dir unser Leben ist. Für dich sind wir Barbaren. Nach allem, was du erzählt hast, lebt ihr viel leichter, wärmt euch ohne Feuer und ein fremder Mensch bedeutet keine Gefahr für dich. Hier ist es kalt und gefährlich. Jeder, der kommt, könnte den Tod bringen. Geh, Christin, es wäre besser.“

Sein Verhalten war mir vollkommen unverständlich, und was er da von sich gab, machte mich wütend. Was nutzten mir seine Liebesschwüre, wenn er mich zurück durch die Zeit jagen wollte? Nichts. Überhaupt nichts. Er machte sich das alles ganz schön einfach. Ich stieß ihn endgültig von mir.

„Mag ja sein, dass du recht hast, Ivo“, zischte ich, während ich mich zu ihm hinunterbeugte, „und ich habe dir nie versprochen, für immer zu bleiben. Noch nicht, aber ich war nahe dran, denn ich bin hier glücklicher als jemals zuvor. Glücklich mit dir und diesem Leben. Ich liebe dich. Du tust wirklich gut daran, über alles nachzudenken.“

Ohne eine Antwort abzuwarten, marschierte ich ins Schlafzimmer und knallte die Tür hinter mir zu. Ich war stinkstocksauer! Enttäuscht, verletzt und mit einem Mal einsam. Allein der Gedanke daran, dass dies nicht unser gemeinsames Schlafzimmer sein könnte, sondern meines der Zukunft, und ich allein hier stünde, war unsagbar schmerzhaft. Ohne Ivo? Nein. Keine Ahnung, wie ich in ein paar Monaten über das Thema Rückkehr denken würde, aber derzeit stand es für mich nicht zur Diskussion. Trotz der Alamannen und des eisigen Winters.

Just in diesem Moment hörte ich in der Ferne Wölfe heulen. Konnte Ivo mich zwingen zu gehen? Oder hatte Cedric irgendeinen Zauberspruch parat, mit dem er mich schicken konnte? Das wagte ich zu bezweifeln, aber unmöglich war es nicht. Entschlossen trat an den Krug mit Wasser, um mich trotz des kalten Zimmers zu waschen. Es hätte mich nicht gewundert, wenn eine Eisschicht darauf gewesen wäre, schlotternd wusch ich mir Gesicht und Hände, mehr war nicht drin, und für einen winzigen Augenblick bekam der Gedanke an eine Rückreise einen Hauch von Verlockung. Warmes Wasser, Heizung, Wärmedecke. Traurig kroch ich unter die Felldecken. Ohne Ivo war es scheußlich kalt und leer im Bett. Er fehlte mir. Lange lauschte ich in die Stube, bis ich endlich irgendwann kurz vor Morgengrauen einschlief.

Gedämpfte Stimmen weckten mich, graues Licht sickerte durch das bespannte Fenster. Wie immer hatte ich keine Ahnung, wie viel Uhr es sein könnte, doch es musste recht spät sein. Ich hatte verschlafen und Ivo war nicht ins Bett gekommen. Mein Atem dampfte in der kalten Luft des Zimmers, ich fühlte mich wie gerädert vom Stress und der Kälte. So schlecht hatte ich lang nicht geschlafen, wenn man diesen Dämmerzustand überhaupt schlafen nennen konnte. Meine Laune sackte drastisch in den Keller. Auch in mir herrschten Minusgrade. So machte es keinen Spaß, liegen zu bleiben, und aufstehen war auch keine reizvolle Alternative. Trotzdem setzte ich mich auf, wickelte die Decke um mich und wagte es, meine Füße auf die kalten Bodendielen zu setzen. Nix wie raus hier. Ich trippelte hastig zur Tür, lauschte kurz, doch es war nichts zu hören, und trat in die Stube. Sie war leer, aber warm. Ivo war fort.

Automatisch warf ich Holz ins Feuer, während mein Blick durch das Zimmer rotierte. Die Klappe war zu, Kissen und Hocker sauber aufgeräumt. Ein Becher stand auf dem Tisch. Nichts zeugte mehr davon, dass wir in der vergangenen Nacht aus unserem ersten Ehekrach eine potenzielle Trennung gebastelt hatten. Aber meine Wut war verpufft, stattdessen fühlte ich mich schrecklich allein.

Ich wusch mich mit warmem Wasser in einem warmen Zimmer. Möglich war das schon, wenn auch weniger komfortabel als früher. Böse grinste ich vor mich hin.

Mit einer Tasse Tee trat ich dann an die Haustür, die ich einen Spalt weit öffnete, um überrascht festzustellen, dass es draußen in einem dichten Vorhang weiße Flocken schneite. Schnee bedeckte den Matsch zwischen den Häusern und Katen, türmte sich gut zwanzig Zentimeter hoch auf den Dächern.

Auch unser Weihnachtsbaum war wunderschön verschneit. Morgen war Weihnachten, Alban Arthuan, der Tag, an dem mich Ivo vielleicht nach Hause schicken wollte. In ein Zuhause, das ich nicht mehr wollte. Auf den ersten Blick war niemand unterwegs, ich machte die Tür vollends auf und schaute durch das Dorf. Mein Tee dampfte, die Luft rieselte still. Allein diese ungetrübte Stille war es wert, hierzubleiben. Ich lachte leise und zog fröstelnd die Schultern hoch. Am Ende des Dorfes standen die Pferde und Rinder dicht an dicht zum Schutz gegen das Wetter. Lichter strahlten durch die bespannten Fenster der Häuser. Nur bei Arne war alles dunkel.

Ich beschloss, der Situation zum Trotz noch die letzte Familie von Ivos Leibeigenen zu besuchen. Ein älteres Paar, das allein in einer der Katen im vorderen Bereich des Dorfes lebte. Meine Tasse stellte ich neben Ivos auf den Tisch, dann waren die wenigstens zusammen, wenn wir es schon nicht sein konnten, und zog Stiefel und Mantel über. Geduckt stapfte ich durch den Schnee Richtung Tor, das wie üblich halb geöffnet war. Wieso auch immer, doch ich trat an den beiden Wachen vorbei ein paar Schritte vor das Dorf, anstatt die warme Hütte des Leibeigenen aufzusuchen.

Die Landschaft, Wald und Wiesen versanken in dichtem Weiß. Zuerst erkannte ich darin nichts als eine dunkle Masse, die sich durch den Schnee auf das Dorf zubewegte. Verwirrt starrte ich minutenlang auf das seltsame Gebilde, dann rannte ich schreiend zurück ins Dorf. Da kamen Menschen durch das Schneegestöber.

Die Wachen verschlossen sofort das Tor. Wer jetzt noch draußen war, hatte Pech. Ich hoffte nur, dass Ivo sich innerhalb der Umfriedung aufhielt. Binnen weniger Minuten war ich von den Dorfbewohnern umringt, sah auch Ivo und Oswin aus Oswins Haus heraustreten. Ich winkte. Sie rannten durch den pappigen Schnee herbei, bahnten sich einen Weg durch die Menge zu mir und den Wachen.

„Was gibt es?"

Ivo packte mich recht unsanft am Arm und mir wurde trotzdem einmal mehr bewusst, wie sehr ich diesen Mann liebte. Er hatte übernächtigte Schatten unter den Augen und trug sein Haar ungewohnt offen. Selbst sein Zopf fehlte. Ich strich ihm sanft über seine frisch geschabte Wange.

„Eine Gruppe Menschen kommt auf das Dorf zu. Sie sind zu Fuß."

„Leute aus Cambodunum", knurrte Oswin, „nur die ziehen jetzt noch umher."

Ivo nickte. „Macht das Tor auf!"

Die Menge um uns herum murrte leise, zeigte offen ihren Unmut über den Besuch der Fremden, was ich im ersten Moment mal wieder nicht verstand, doch dann schepperte Erkenntnis über mich. Diese Menschen waren Bettler. Ihre Stadt existierte nicht mehr, war verbrannt. Verbrannt war sicherlich auch so gut wie alles, was sie besessen hatten, und der Winter gab ihnen den Rest. Trotzdem hatten sie zu viel zum Sterben, aber kaum genug, um zu überleben. Wer wollte schon Bettler im Ort. Niemand, zu keiner Zeit.

„Du schickst sie nicht weg, oder, Ivo?", flüsterte ich, nach seinen Handgelenken fassend, und schaute ihn eindringlich an. „Bitte schick auch mich nicht zurück. Ich möchte bleiben, Ivo, weil du hier bist. Erst wenn du gehst, werde ich auch gehen. Bitte, Ivo."

Unsere Hände verwoben sich ineinander, so wie sich unsere Blicke hielten. Ich hatte keine Ahnung, was mich dieses stumme Versprechen kosten könnte, aber ich war mir sicher, dass Ivo es wert sein würde.

Schnee schmolz in glitzernden Tropfen in seinem schwarzen Haar, hing in seinen dichten Wimpern. Liebe war immer schmerzhaft, aber manchmal, so wie jetzt in diesem wunderbaren Augenblick, war sie schmerzhaft schön. Scheu nahmen wir einander in die

Arme, er wiegte mich sanft. Die Gesichter der Menschen um uns herum verschwammen mit dem Schnee und den Tränen in meinen Augen. Ich kniepte meine Lider zusammen und spürte meine Tränen laufen.

„Ich schicke niemanden weg", murmelte er leise in mein Ohr, „und dass du bleiben willst, ist das größte Geschenk, das du mir machen kannst, Ingrun", er atmete angestrengt ein, fast klang es wie ein Schluchzer, „trotzdem steht es dir immer frei zu gehen, wann immer du willst oder es nötig wird. Ich habe Angst um dich, Ingrun …"

„Ivo, sie sind da!" Oswin schien ernsthaft genervt von unserer Zweisamkeit, bollerte Ivo zusätzlich zu seinen Worten auch noch auffordernd gegen die Schulter. Wir lösten uns voneinander und ich lächelte Oswin entschuldigend an. Langsam drehte ich mich um. Ich war auch da und würde bleiben. Wir, ich, hatten nicht bewusst entschieden, aber mit dem Herzen, und wenn man dem Dalai-Lama Glauben durfte, war das die einzig richtige Art, seinen Verstand zu gebrauchen. Dieses Glücksgefühl machte mich ganz ruhig. Es fühlte sich gut an. Wir waren nicht allein. Ivo hatte mich und ich hatte Ivo. Einander tragen, beistehen, in Verbundenheit leben. Ich hatte nicht geglaubt, dass es möglich sein könnte.

Selbstbewusst stellte ich mich an Ivos Seite und auch Oswin schob sich neben ihn. Der Rest der Menschen scharte sich um uns herum. Ich fühlte die Macht im positiven Sinne, den Rückhalt des Dorfes.

Der Haufen, der uns da entgegenkroch, war mehr als erbarmungswürdig. Mit wachsendem Entsetzen schaute ich von einem ausgemergelten, verstümmelten Gesicht zum anderen. Eine Gruppe von vier Frauen, einem Greis und Kindern, in Lumpen, ohne Mäntel und teils barfüßig. Viele trugen kaum verheilte oder nässende Wunden am Körper, vermutlich Brandwunden, wofür auch die teils kahlen Köpfe und wimpernlosen Augen sprachen. An den Händen und Füßen zeigten sich Erfrierungen. Die Kinder starrten uns mit übergroßen Hungeraugen an. Ich schnappte entsetzt nach Luft.

Auch Ivo und Oswin waren genau wie alle anderen sichtlich bestürzt. Ein paar der Frauen bargen ihre Gesichter in den Händen. Also war dieser Anblick auch für sie keine Normalität.

„In Loja ist niemand mehr", erklärte eine der Frauen mit kraftloser Stimme und gesenktem Kopf, „die Kinder sind so hungrig. Habt ihr etwas Brot für uns?"

Überrascht wechselte Ivo einen Blick mit Oswin. Niemand mehr in Loja? Wann waren die Römer verschwunden und wohin? Wusste Arne davon?

„Ihr wolltet nach Loja?", fragte Ivo verwundert zurück. Die Frau nickte. Sie schien die Älteste zu sein, und obwohl sie in Lumpen gehüllt und ihr Haar teilweise verbrannt war, strahlte sie Stolz und Anmut aus.

„Ich hatte Verwandte dort. Wir wissen nicht, wohin sie gegangen sind. Wir kommen aus Cambodunum … Alles ist verbrannt. Wir haben Hunger. Der Weg zurück ist weit."

In der Tat war der Weg nach Kempten unter diesen Umständen unendlich. Das schafften sie nicht mehr, selbst mit einem Kanten Brot in der Hand. Unmöglich.

Ich sah, wie Ivo ein paar Worte mit Oswin wechselte, der nickte, und sich dann an die Dorfbewohner wandte. Mit einem Wink holte er uns nahe zu sich heran.

„Wir haben zwei leere Katen und genügend Vorräte", Ivos Blick zog wie immer alle in Bann, „wir können nicht alle aus Cambodunum aufnehmen, aber die hier werden sterben, wenn wir ihnen nicht helfen. Was sagt ihr?"

Ich nickte, auch wenn ich nicht mitgeholfen hatte, diese Vorräte zu erwirtschaften. Im nächsten Jahr, schwor ich mir im Stillen. Nächsten Sommer werde ich bei der Ernte helfen können. Auch alle anderen um mich herum nickten mehr oder weniger eindeutig. Wirklich dagegen schien keiner zu sein. Das wunderte mich, denn die Römer aus Loja waren in der Wallburg keine angenehmen Untermieter gewesen.

„Gut, danke", Ivos Lächeln erhellte den Tag, „ich hatte eure Entscheidung nicht anders erwartet. Wer etwas hat, was er entbehren kann, der ist bei den Leuten sicherlich willkommen."

Langsam wendete er sich wieder den Flüchtlingen zu.

„Ihr seid willkommen, Frau, Wohl und Segen", er trat einen Schritt näher an die Menschen heran, „wir haben zwei Katen, die ihr bewohnen könnt. Wir teilen mit euch, was wir haben, und die Frauen werden eure Wunden versorgen. Kommt."

Mit einer einladenden Geste zeigte er auf zwei abseits an den Palisaden gelegene Katen.

„Herr Oswin wird euch alles zeigen."

Die Veränderungen, die seine Worte in den Gesichtern der Leute erzeugten, war unbeschreiblich. Tote, hoffnungslose Augen wurden wieder lebendig. Sie hatten bestenfalls mit einem Stück Brot gerechnet und bekamen ein sicheres Dach über dem Kopf. Zögernd wendeten sie sich Oswin zu, dessen verschlossenes Gesicht in einer Wärme leuchtete, die ich an ihm so noch nicht gesehen hatte.

„Kommt nur", sagte auch er, „wir haben lang genug in der Kälte und dem Schnee gestanden. Kommt."

Stolpernd, laute Dankesworte stammelnd, folgten sie Oswin zu den Hütten, während sich Ivo zu mir wendete. „Kümmerst du dich um die Wunden, Ingrun?"

Ich nickte. Es war das erste Mal, dass ich mit Freuden Ingruns schweres Erbe des Heilens annehmen wollte. Im Gehen schaute ich mich nach Mara und ein paar anderen Frauen um, deren Hilfe ich benötigen würde. Sie nickten mir ebenfalls zu und eilten nach Hause, um ihre Medizinkisten zu holen. Als ich mich noch wenige Schritte von unserer kleinen Veranda entfernt befand, ging unsere Haustür auf und Belana stürzte heraus. Sie blitzte mich unfreundlich an, ich stutzte.

„Ein paar Frauen und Kinder aus Cambodunum sind eben eingetroffen, die unsere Hilfe brauchen, Belana. Kommst du? Ich wollte gerade meine Sachen holen."

„Wenn du dich nicht immer so in den Vordergrund spielen würdest, Ingrun", giftete sie mich böse an, „dann könnte ich mich jetzt schon um den Einzigen kümmern, der meine Hilfe braucht. Nein, ich habe keine Zeit für die Bettler aus Cambodunum. Wären sie nur allesamt verbrannt, dann bräuchte ich hier nicht warten! Die Alamannen waren noch viel zu gnädig mit den verdammten Römern!"

Mit einem letzten Funkeln stapfte sie an mir vorbei zum Haus ihres Vaters hinüber. Bestürzt blickte ich ihr nach. Auch Arne hatte uns genau im Blick, was alles nur noch schlimmer machte. Ich sah Häme in seinem Gesicht. Was war in das Mädchen gefahren? Wo und wann hatte ich mich in den letzten Wochen in den Vordergrund gespielt? Nichts lag mir ferner. Hatte sie auf Ivo und ihren Vater gewartet, um den Alamannen heimzuholen? Wahrscheinlich. Und die Flüchtlinge waren dazwischengekommen. Aber rechtfertigte dieser kurze Aufschub einen solchen Ausbruch? Das war mehr als verbal entgleist.

Ich fühlte die Enttäuschung, die Belanas Verhalten in mir auslöste, und fragte mich, ob es das Phänomen der Pubertät schon immer gegeben hatte und ob Belana samt eines unkontrollierten Hormonschubes bis zum Scheitel darin versank. Normal tickte die jedenfalls im Moment nicht. Mir fehlte der Zugang, um das alles wenigstens amüsant zu finden. Spaßbremse, dachte ich und griff nach dem Riegel an unserer Tür.

„Ingrun!"

Innerlich seufzend wendete ich mich wieder ab und drehte mich zu Belana um, die auf halber Strecke mit wehenden Haaren und flatterndem Rock im Schneetreiben stand. Mir schwante, dass ihre nächsten Worte noch viel weniger zu meiner Bespaßung beitragen würden.

„Was noch?"

„Ich frage mich seit einer Weile, ob ...", sie warf einen Blick zu Arne hinüber, schwang dann mit hochgezogenen Brauen zu mir zurück, „... ja, ob Arne nicht vielleicht recht hat mit seiner Vermutung, dass du eine Zauberin bist?"

Sprachlos starrte ich sie an. Schlagartig wurde mir heiß und ich sah, wie Arne in seinem Haus verschwand. Was wurde hier für ein Spiel gespielt? Hastig atmete ich ein. Ich wollte mir keine Blöße geben, das wäre tödlich. „Ach wirklich", konterte ich so trocken wie möglich, „sprich dich nur aus, Belana. Vielleicht geht es dir dann wieder besser."

Sie zuckte schnippisch die Schultern.

„Mir geht es blendend, Ingrun, danke. Bei dir bin ich mir da nicht so sicher. Seit deinem Unfall an Samhain stimmt etwas nicht mit dir. Du umgarnst die Männer, Ivo ist dir völlig verfallen, sogar mein Vater betet dich an, als seiest du eine Göttin, vom senilen Cedric ganz zu schweigen. Meinen Mann wirst du mir aber nicht wegnehmen, das werde ich zu verhindern wissen. Du benimmst dich äußerst seltsam, gibst vor, dich nicht mehr zu erinnern und redest wirres Zeug …! Welchen bösen Bann hast du über uns gelegt? Was hast du mit uns vor? Ach, und ich frage mich schon länger, welches der beiden schwarzen Pferde wirklich Tollkirsche ist? Spannend auch, warum dich Ivo manchmal mit Christin anredet."

Da ist die Situation, die ich seit Wochen befürchtete, dachte ich reichlich beunruhigt. Jetzt galt es, hart zu parieren.

„Fertig?" Haltung, Christin. Schultern hoch, mach dich groß, wie eine böse Katze. Ja, eine böse Katze war ein gutes Bild, ich blitzte sie aus Sehschlitzen an, verzog überheblich den Mund. Böse Katze. Fies fauchen. Ich schnippte lässig Schnee von meiner Schulter. In meinem Kopf rotierten die Gedanken. Sie musste uns belauscht haben und der Fake mit den Pferden war sicherlich noch anderen aufgefallen, da durfte ich kein Pardon geben. Belana war ein süßes, cleveres Mädchen und gehörte zu den Oberen des Dorfes. Ihre Meinung war ein Barometer für die anderen. Sie durfte ihre Überlegungen auf keinen Fall streuen.

„Weißt du, Belana", ich trat wie beiläufig an den Rand der Veranda, „interessante Gedanken hast du da. Ich wusste schon immer, dass du ein kluges Mädchen bist."

Das sollte als netter Einstieg reichen. Ich richtete mich hart auf, mein eisiger Blick traf sie unerwartet. Belana zuckte instinktiv zurück. „Aber ich kann es nicht gut leiden, wenn man mich grundlos verurteilt oder anschuldigt. Hüte dich." Bedenkpause. „Bevor du mich hier schlecht machst, solltest du erst einmal dich selbst infrage stellen, wie zurechnungsfähig du im Moment bist", ich winkte bezeichnend zum Giebel hinauf. „Wenn Ivo mir verfallen ist, dann bist du es dem da oben erst recht."

Sie wollte protestierend herumfahren, doch eine einzige Handbewegung von mir stoppte sie. Offensichtlich hatte sie noch genug Respekt vor mir. Gut so. Ich lächelte kalt.

„Ivo nennt mich Christin, weil ich diese Bruderschaft der Christen achte. Ach, …", ich hatte mich halb zur Tür zurückgewendet, „… falls ich wirklich eine Zauberin sein sollte, dann tust du gut daran, mich nicht zu sehr zu ärgern. Womöglich wachst du morgen sonst als Kröte auf."

Das Letzte, was ich von ihr sah, war ihr Mund, der unschön offen stand. Den Satz hätte ich mir zwar sparen können, doch dafür hatte er mich zu sehr gereizt. Schmunzelnd und trotzdem ernüchtert trat ich in unser Haus.

Sobald der Alamanne durch die Tür war, würde ich Mara bitten, mit ihrem stärksten Räucherqualm anzurücken. Mir kam es so vor, als hingen die widerlichen Gedanken, die erniedrigenden Worte und der Geruch des Mannes in jeder Pore des Hauses, atmeten ihre zersetzenden Kräfte aus, die auch vor Ivo und mir nicht Halt machten. Drei Kreuze, wenn er endlich fort war. Die Klappe war ordnungsgemäß verschlossen, wenigstens etwas.

Eilig suchte ich meine Sachen zusammen, überlegte kurz, ob ich auch Decken und Lebensmittel mitnehmen sollte, kam aber zu dem Entschluss, dass es keinen Sinn machte, wenn jeder wahllos Zeug anschleppte. Falls niemand daran dachte, würde ich zwei Frauen schicken, eine warme Grütze für alle zu kochen.

Nur wenig später hastete ich wieder durch das Schneegestöber. Der Wind frischte auf, trieb den Schnee in dichten Wolken vor sich her und türmte ihn an den Ecken der Hütten zu hohen Wehen auf. Das sah im Moment noch nicht danach aus, als könnten wir morgen um den Baum tanzen und Weihnachten im Freien feiern.

Ich hatte wegen Belana länger gebraucht, als ich vermutet hatte, denn als ich die erste Kate betrat, brannte dort schon ein warmes Feuer und ein Kessel mit Grütze hing darüber. Die Kinder saßen in Decken gehüllt auf einem Bettgestell.

Ivo und Oswin standen gleich neben der Tür.

„Belana wartet sehnsüchtig auf euch", sagte ich halblaut, „geht und bringt es endlich hinter euch."

„Belana sollte hier sein und helfen", murrte Oswin ungehalten, schob sich aber trotzdem an mir vorbei zur Tür, „der Mann rennt ihr schließlich nicht weg."

Nein, dachte ich, der Mann rennt ihr nicht weg, noch nicht. Mir grauste ein wenig vor der Zeit, wenn er mir überall begegnen konnte.

Ergeben klopfte Ivo Oswin auf die Schulter.

„Lass uns gehen. Hier werden wir eh nicht mehr gebraucht."

Ich blieb allein mit den Frauen zurück und fing an, die teilweise schon verheilten Wunden der Flüchtlinge zu versorgen. Zum Glück war keine schlimm entzündet oder gar brandig. Die Erfrierungen taten den Kindern sicherlich mehr weh.

Seltsam glücklich war ich, als eines der Kinder das erste Mal lachte. Im Gespräch stellte sich zu meiner Verwunderung heraus, dass die Frauen keine echten Römerinnen waren. In der Stadt mischten sie sich seit Generationen, im Gegensatz zu den Dorfbewohnern, die sich als Kelten bezeichneten und abgesehen von Arne unter sich geblieben waren.

Sie alle hatten ihre Männer und viele Verwandte im Kampf gegen die Alamannen in den Flammen der brennenden Stadt verloren. Unweigerlich dachte ich an den Alamannen in unserem Dorf und wie sie wohl damit umgehen würden, dass auch er hier Unterschlupf gefunden hatte? Ich hoffte inständig, dass der Mann sich nicht als noch gröberer Klotz herausstellen würde. Selbst jetzt fühlte ich seine eisigen Augen auf mir, dieses lüsterne Lauern, mit dem er mich immer begaffte. Kurz senkte ich den Kopf, um Abstand zu gewinnen, und streckte mich dann seufzend. Eines der kleinen Mädchen strich mit mitfühlendem Blick über meine Wange und reichte mir ihren angeknabberten Haferkuchen. Mir schossen Tränen in die Augen. Die Kleine war kaum dem sicheren Tod von der Schippe gesprungen und tröstete mich. Sanft nahm ich sie in die Arme und wiegte sie.

„Alles ist gut", flüsterte ich ihr ins Ohr, „alles."

Draußen war es bereits dunkel, als wir Frauen endlich wieder unsere eigenen Häuser aufsuchten. Der Schneefall hatte nachgelassen und über uns glitzerten zwischen den Wolken vereinzelte Sterne. Der Schnee machte die Welt unwirklich hell, über den Türen ein paar weniger Häuser hingen brennende Laternen, die leise im böigen Wind schwangen. Auch über unserer Tür hing eine Laterne. Mein Herz wurde ganz weit. Der Schnee knirschte unter unseren Schritten, müde starrte ich in den schwarz glitzernden Himmel. Die Stille tat unendlich wohl. Auch die anderen blieben stehen und schauten zu den Sternen auf. Der Tag war voller widersprüchlicher Eindrücke gewesen, von denen ich keinen auch nur im Ansatz verarbeitet hatte. Doch jetzt war ich eins mit allem, glücklich. Ivo wartete hoffentlich auf mich, allein, ohne den Mann im Dachboden. Ich wünschte Belana, dass sie dieses Glück auch fühlen würde, und war in diesem Moment bereit, dem Barbaren ein bisschen zu verzeihen.

„Gesegnete Nacht, Frau Ingrun", Elke trat scheu auf mich zu, „morgen kommt das Licht zurück, kannst du es schon sehen?"

Sehen? Meine Augen wanderten über den Himmel, an dessen westlichem Ende noch ein zarter Hauch von kaltem Rosa schimmerte. Ja, in meinem Herzen sah ich das Licht der wiederkehrenden Sonne. „Ja, ich sehe es, Elke, und es macht mich so glücklich, dass ich hier mit euch das Fest der Sonnenwende feiern darf. Danke."

Mehrere Augenpaare schauten mich überrascht, aber freundlich an. Dann nickten mir die Frauen zu. „Gesegnete Nacht!", kam es von allen Seiten.

Leise öffnete ich den Riegel der Haustür und schlüpfte in die Stube. Ivo saß auf einem Hocker am Feuer. Die Wärme und meine Liebe legten sich wie eine Decke über mich. Ich konnte mich nicht erinnern, dass ich jemals so gern nach Hause gekommen war. Lächelnd blickte Ivo über seine Schulter und stand auf. Ganz bewusst schaute ich ihm entgegen. Da kam der Mann, den ich liebte, für den ich bereit war, alles aufzugeben, was mein Leben bisher ausgemacht hatte. Noch immer trug er sein Haar offen, es glänzte feucht und der Schein des Feuers malte sanfte Schatten auf seine Wangenknochen, ließ seine Augen dunkel leuchten. Ich genoss die Anmut, mit der er sich bewegte. Behutsam nahmen wir einander in die Arme. Er roch frisch nach Rosenseife.

„Gesegnete Nacht, meine Sonne", murmelte er mir ins Ohr, „mit dir kommt das Licht zurück."

Ich schmiegte mich nah an ihn, spürte seinen Herzschlag an meiner Brust und seinen Atem, der mir sanft im Nacken kitzelte.

„Auch dir eine gesegnete Nacht, Ivo. Mein Licht brennt, weil deine Liebe es in mir angezündet hat." Ich löste mich ein wenig von ihm, um ihm ins Gesicht schauen zu können. „Ich liebe dich, Ivo."

Er schluckte und biss sich kurz auf die Unterlippe, dann trat er einen Schritt zurück und neigte verwirrenderweise den Kopf vor mir.

„Vergebung, Ingrun", murmelte er leise.

Irgendetwas zog sich schockartig in mir zusammen. Vergebung? Wofür? Was war jetzt schon wieder los? Ich war sonst nicht der Typ, der mit den magischen drei Worten inflationär um sich warf, und das Letzte, was ich damit erreichen wollte, war, Ivo zu verschrecken. Jetzt war es an mir, den Kloß in meinem Hals hinunterzuwürgen.

„Warum?"

Er bewegte verunsichert den Kopf. „Es tut mir leid, dass ich dich gestern in meinem Zorn ungerecht behandelt habe. Es ist nicht so, dass ich dich gehen lassen wollte, weil ich wütend war."

Unbestimmt grunzend, angelte ich nach seiner Hand. „Ich weiß, Ivo", erwiderte ich ruhig, „ich weiß." Mit schmalen Augen suchte er meinen Blick. „An deiner Stelle hätte ich mich auch hintergangen gefühlt. Ich hätte dir erzählen sollen, was vorgefallen war. Es tut auch mir leid. Aber warum willst du, dass ich dich verlasse?"

Er nickte aufatmend und zog mich zum Feuer.

„Ich habe eine Flasche gallischen Wein für uns bereitgestellt, wenn du das magst."

Wein? Das klang gut, auch wenn ich kaum darauf hoffen konnte, dass dieses Getränk Ähnlichkeit mit dem hatte, was ich kannte.

„Gern", antwortete ich mit einem Lächeln, mich auf ein Kissen am Feuer setzend.

Ivo kramte tatsächlich eine bauchige Tonflasche aus einer der Vorratstruhen, die er mitsamt zwei der schönen Gläser zu mir ans Feuer brachte. Ich stand dann noch einmal auf, um Schinken und Brot und Butter zu holen, denn ich war nach dem Tag ziemlich hungrig. Schweigend schenkte Ivo ein. Der Wein war tiefrot und verbreitete einen herben Duft. Das roch mal nicht nach einem lieblichen Tröpfchen, ich schmunzelte.

„Wohl und Segen", Ivo prostete mir zu.

„Wohl und Segen", murmelte auch ich, der Gruß kam mir noch immer fremd von den Lippen, und schlürfte skeptisch an meinem Wein. Überrascht spülte ich ihn im Mund herum. So ein intensives Aroma hatte ich noch nie geschmeckt, aber dafür war er auch staubtrocken, was ich bei Rotwein ebenfalls noch nie erlebt hatte. Gewöhnungsbedürftig, wie so vieles hier, aber nicht schlecht und sicherlich hundertprozentig bio. Ich nahm gleich noch einen Schluck und griff nach dem Brot. Dazu selbst geschlagene Butter, fertig war das Vollwertmahl.

„So viel ist in den letzten Wochen geschehen, Ingrun", fing er leise an und hielt mich fest an sich gedrückt, „so viel, was unser aller Leben verändert hat. Als ich heute in die Gesichter der Kinder aus Cambodunum geschaut habe, wurde mir erschreckend bewusst, dass unsere Welt im Umbruch ist. Vielleicht dauert es nicht mehr lang, bis überall Menschen auf der Flucht durch das Land ziehen. Du hast mir erzählt, dass die Völker aus dem Norden und Osten kommen werden, um hier zu siedeln. Der Überfall der Alamannen auf Cambodunum ist also kein kleiner Grenzfall, sondern der Beginn einer Invasion."

Ich nickte. Völkerwanderung. „Und darum willst du mich fortschicken?"

Seine Schultern bewegten sich an meinem Rücken. „Ja, ich bekam in den vergangenen Tagen immer mehr Angst um dich. Sorge, dass ich dich nicht beschützen kann. Ich sähe dich lieber in deiner Zeit als tot. Auch wenn du beide Male für mich verloren bist."

Die Stille nach seinen Worten war bedrückend, selbst das Knistern des Feuers hatte nicht mehr diesen heimeligen Ton, sondern erinnerte an das Brausen der Feuer von Cambodunum. Ich seufzte und trank einen tiefen Schluck von dem Wein, langsam fand ich den richtig gut.

„In meiner Zeit gibt es auch Gefahren", wie auf Kommando erklang vereinzeltes Hundegebell durchs Dorf, wir lauschten kurz, „sie sind anders", fuhr ich angespannt fort, „aber auch sehr oft tödlich. Die Gefahren hier kann ich noch nicht wirklich einschätzen, aber ich möchte bleiben. Wie ich dir vorhin gesagt habe, Ivo, solange du hier bist, werde ich auch bleiben."

„Dann bleiben wir zusammen, Ingrun, bis die Götter anders entscheiden."

Der Weihnachtsmorgen zog strahlend schön und mit eisigen Temperaturen herauf. Der Schnee knirschte in der Kälte und den Tieren hingen Eiszapfen in den Barthaaren. Die Luft vibrierte vor freudiger Erregung, die Kinder rannten aufgeregt hin und her, dazwischen die bellenden Hunde, und ich fühlte die Freude der Weihnacht, wie ich sie seit Jahrzehnten nicht mehr gefühlt hatte. Da war diese Ahnung, dass etwas Wunderbares geschehen würde.

Für uns Christen war es die Geburt unseres Lichtbringers, für die Kelten die Rückkehr der Sonne und die Hoffnung, dass tief in der Erde das Leben mit dem Licht neu erwacht. Mir war nicht bewusst gewesen, wie tief diese archaische Freude noch in mir steckte. Wir wollten der dunkelsten aller Nächte mit Feuern, Essen, Lachen und Tanzen trotzen und damit das Licht gebührend empfangen.

Den Vormittag verbrachten wir alle damit, den Häusern den letzten Deko-Schliff zu verleihen, zu kochen und zu backen. Überall hingen duftende, frisch geschnittene Tannenzweige. Strohsterne wurden in den großen Tannenbaum gehängt und kunstvoll geflochtene Strohampeln, die sich im Wind drehten. Die Männer bauten Tische aus Brettern zwischen den Baumöfen auf, die uns als Tafel dienen würden für die Speisen und Getränke, die jeder mitbrachte.

Die Frauen aus Cambodunum packten an, wo sie konnten, ohne Rücksicht darauf, dass sie sich die Finger schmutzig machen könnten, und ohne Rücksicht auf ihre angeschlagene Verfassung. Das war ein großer Unterschied zu den Römern aus Loja. Wir hatten Frauen aus Cambodunum gern bei uns. Dafür tauchte Belana den ganzen Tag nicht auf. Aber keiner sagte etwas dazu, allerdings sprachen die Blicke, die immer wieder auf Oswins Haus fielen, Bände, zumal Oswin als Einziger eine recht mürrische Miene zur Schau trug. Ich wollte nicht mit ihm tauschen.

Als die Schatten länger wurden, verteilten sich langsam alle wieder auf ihre Häuser, um sich für die Nacht umzukleiden. Ich war irritiert, denn die Kelten liefen schon im Alltag meistens recht schön gekleidet, geschminkt und mit Schmuck behängt herum. Wie sah dann erst ihr Festtagsoutfit aus?

Prächtig. Etwas anderes fiel mir bei Ivos Anblick in unserer Stube nicht mehr ein. Er saß auf einem Hocker am Feuer, der Kupferspiegel aus der Schlafkammer stand in einen Ständer gelehnt vor ihm und er flocht sich so konzentriert einen Zopf ins Haar, dass er mich erst einmal nicht bemerkte. Wie gebannt starrte ich ihn an. Er trug eine schwarze Hose, in die ein Karomuster aus Rot und Blau eingewebt war, darüber ein dunkelrotes Hemd, das mit Borten in den gleichen Farben wie die Hose verziert war, gegürtet mit einem breiten, schwarzen Ledergürtel, geschmückt mit großen runden Goldplatten, in die erhabene Köpfe geprägt waren. Über die Schulter hatte er eine ebenfalls schwarze Tunika geworfen, verschlossen mit einer Fibel, die jedem modernen Goldschmied die Tränen in die Augen getrieben hätte.

Langsam trat ich näher und er schaute auf. Ein Lächeln erhellte sein Gesicht.

„Ingrun, meine Sonne. Ich versuche heute alles, um dir keine Schande zu bereiten."

Schande? Er? Da stellte sich mal wieder die Frage, wer von uns beiden dauernd wirr redete. In diesem Fall war ich es garantiert nicht. Ivo war so schön, dass man davon blind werden konnte.

„Schwätz nicht rum, Ivo", lachend trat ich zu ihm ans Feuer, „wahrscheinlich wird sich das halbe Dorf eher fragen, was du mit so einem hässlichen Entlein wie mir anfängst."

Bewundernd betrachtete ich das Netz aus dünnen Zöpfen, das sich beidseitig von der Stirn aus um seinen Kopf zog. Jeder einzelne war akkurat geflochten und durch eine silberne Perle mit dem nächsten verbunden. An seinen Schläfen hing ebenfalls auf beiden Seiten ein seltsam rund geflochtener Zopf, an dessen Enden je eine silberne Kugel baumelte. Es war faszinierend und befremdlich für mich, dass die keltischen Männer sich dermaßen schmückten. Staunend fuhr ich mit den Fingerspitzen über die Perlen. Andererseits taten die Männer das zu meiner Zeit auch auf ihre Art. Da wurden die Haare gefärbt, Muster hineinrasiert, gepierct und die Kleider machten den Mann. Ivo gefiel mir da aber entschieden besser. An mir vorbei griff er nach seinem goldenen Halsring, dem Torques, und legte ihn um.

„Seltsam nur, dass dieses hässliche Entlein den Blick eines jeden auf sich zieht, weil es gar nicht weiß, wie schön es ist."

Ich kickte ihm leicht gegen den Kopf. „Du redest heute öfter wirr als ich, Ivo. Aber egal. Dann werde ich mir wenigstens mal die Haare waschen, um neben dir zu bestehen."

Er lachte. „Und ich möchte dich in deinem schönen roten Gewand sehen. Wenn du möchtest, flechte ich dir auch dein Haar."

Welches rote Gewand? Verwirrt drehte ich mich wieder zu ihm um, wo ich doch schon auf dem Weg zum Wasserkrug war.

„Das in der großen Truhe", erklärte Ivo auf meinen fragenden Blick hin, „warte, ich hole es dir."

Bisher hatte ich noch nicht in allen Truhen herumgekramt, einmal aus Mangel an Zeit, aber auch, weil ich mir nicht zu viel zumuten wollte, und war jetzt ziemlich gespannt, was Ivo mir da bringen würde.

Nun, er brachte einen langen, dunkelroten Rock, das dazu passende, geschnürte Mieder und ein weißes Hemd aus Leinen. Neugierig trat ich näher und berührte vorsichtig den schimmernden Stoff. Seide! Rock und Oberteil waren zudem mit filigran gewebten Bordüren aus blauem und goldenem Garn verziert.

„Mein Vater hat dir den Stoff aus Rom kommen lassen", Ivos Blick fiel entrückt über das Kleidungsstück in seinen Händen. „Es war dein Hochzeitsgewand."

Entgeistert starrte ich ihn an. Mein was? Immerhin hatte ich mich an den Gedanken gewöhnt, dass Ivo mein Mann war, aber die dazugehörige Zeremonie fehlte in meinem Vorstellungsschatz. Bisher hatte sich das eigentlich so angefühlt wie jede meiner Beziehungen, die ohne Trauschein gelebt hatten. Mein Hochzeitsgewand. Hmpf.

Ivos Augen schweiften noch weiter in die Vergangenheit, während er abwesend über den weichen Stoff tastete.

„Du warst so schön", er lächelte leicht, „aber auch stocksauer, dass mein Vater es gewagt hatte, dir etwas Römisches anzubieten. Du hast es einmal und nie wieder getragen, leider."

Zögernd griff ich nach dem Rock und schielte zu Ivo hinüber.

„Dieser Stoff hat deinen Vater sicher ein Vermögen gekostet, warum hat sich Ingrun nicht darüber gefreut? Hat sie die Römer so sehr gehasst?"

Ivos Augen taumelten langsam wieder in die Gegenwart, ausweichend zuckte er die Schultern. „Sehr teuer und mein Vater sehr enttäuscht. Ja, Ingrun hat die Römer gehasst und verachtet. – Ziehst du das Kleid heute für mich an?"

„Sehr gern, Ivo", ich schenkte ihm ein entschuldigendes Lächeln, auch wenn die Sache damals nicht meine Schuld war, „und ich würde mich freuen, wenn du mir die Haare flechten würdest."

Nickend hockte er sich wieder auf den Schemel und schaute mir zu, wie ich mich im Zuber mit warmem Wasser stehend wusch. Dann legte ich mir eine der Wolldecken um die Schultern und kniete mich vor ihm auf ein Kissen am Boden. Sanft entwirrte er meine langen Haare, kämmte sie mit langen Strichen und fing konzentriert an zu flechten. Eine beruhigende Tätigkeit nach der Hektik des Tages, die mir die Gelegenheit gab, mich auf den Abend und die längste Nacht des Jahres einzustimmen.

Als Ivo fertig war, war es draußen längst dunkel. Vorsichtig kleidete ich mich an. Die Seide legte sich kühl um meine Beine, das würde ein frostiger Abend werden, und ich schlüpfte in die Leinenbluse mit den weiten Ärmeln. Auch das Leinen war kalt und steif, aber gut, ich zog das Mieder über, schnürte bedächtig eine Form in meinen Oberkörper. Was der Ausschnitt im Kupferspiegel und der Ausdruck in Ivos Gesicht mir dann zeigten, war nicht ich. Oder nicht die Frau, die ich an mir kannte. Die Frau, die ihre Haare bestenfalls zu einem Pferdeschwanz knotete, früher in dreckigen Stallklamotten, heute in brauner Wolle oder ungebleichtem Leinen durch den Mist des Lebens stiefelte. Man konnte mir vieles vorwerfen, aber eitel war ich nie gewesen. Und jetzt diese Elfe im Spiegel. Unendliche Augenblicke lang starrte ich mich an. Außen Ingrun, innen Christin, anders konnte es nicht sein. Ich schluckte angestrengt und wendete mich ab.

„Und, siehst du das hässliche Entlein, meine Sonne?" Der liebevolle Spott ließ Ivos Augen strahlen.

Unverbindlich bewegte ich die Schultern, merkte genau, wie meine Wangen sich in der Farbe meines Kleides tönten. „Naja, dein Vater hat einen ausgezeichneten Geschmack, Ivo. Der Stoff macht wahrscheinlich aus jeder Frau eine Fee."

„Nicht aus jeder", er trat erneut zu einer der Truhen, in denen er seine privaten Sachen aufbewahrte, und holte etwas heraus, das in ein Tuch eingeschlagen war. Behutsam schlug er das Tuch zur Seite und kam zu mir zurück.

„Dieser Stoff macht nur offensichtlich, was immer da ist, und dieser Torques", er legte mir mit beiden Händen einen goldenen Halsreif um, „zeigt jedem, dass ich der glückliche Fürstensohn bin, den du zum Manne genommen hast."

Der Reif fühlte sich weich und kühl an meinem Hals an, fremd und irgendwie verstörend. Intuitiv spürte ich die Macht, die von ihm ausging.

Mir war jedenfalls nicht ganz wohl mit dem Teil um meinen Hals. Langsam griff ich nach dem Schmuck und suchte nach Worten, um einen möglichst diplomatischen Ansatz zur dankenden Ablehnung zu machen, doch in diesem Moment ging die Haustür auf. Cedric polterte mit seiner Hündin herein. Wie schön, dass er die Privatsphäre unseres Hauses so zu achten wusste. Ivos Hände lagen noch auf meiner Schulter. Unübersehbar fand er Cedrics Auftauchen ebenfalls recht unpassend. Er seufzte leise, was mich erheiterte. Für den Druiden hatte man immer Zeit.

„Gut, dass ich euch beide noch hier antreffe", er schob sich ungeniert zwischen uns und starrte uns abwechselnd an, dann blieb sein Blick an meinem Hals hängen.

„Ingrun, deine Schönheit blendet. Noch mehr blendet mich allerdings dieser Reif. Sehr schön, Ivo", er drehte sich halb um, „erstaunlich. Weiß sie, was das ist?"

Sein Daumen wies lässig zu mir. Ivo schüttelte leicht peinlich berührt den Kopf.

„Nein, und nicht jetzt, Cedric."

„Doch, natürlich jetzt, Ivo", Cedrics Ton ließ jeden Widerstand im Keim ersticken, „weißt du, Ingrun", mit spitzen Fingern strich er über das gedrehte Metall, „diesen Reif sollte die Fürstin von Damasia tragen, aber die hat ihn von Ivos Vater nicht bekommen. Den hat er stattdessen Ivo ins Gepäck geschmuggelt, damit er nicht vergisst, woher er kommt." Ein brummiges Lachen brodelte aus ihm heraus, schwoll an, bis er sich vor Lachen auf seinen Stab stützen musste. Verdutzt schaute ich von ihm zu Ivo, der so tat, als sei er unsichtbar.

„Was?" Mein Standardfragewort. Was zur Hölle war daran so witzig?

„Da habe ich ja genau den richtigen Gedanken für diesen Abend gehabt, Ivo", Cedric holte keuchend Luft, hustete und richtete sich langsam wieder auf. „Hier", er zog einen eingewickelten Gegenstand aus seinem weiten Ärmel, „zieh es an!"

Das war keine Frage, das war ein klarer Befehl. Ivo versteifte sich in Abwehr.

„Zieh es an!"

Wie so oft stand ich als schmückender Statist daneben und verstand überhaupt nichts von dem, was hier passierte. Mit einem bösen Knurren und noch böserem Blick an Cedric wischte Ivo das Tuch von dem Gegenstand. Es landete zwischen den beiden am Boden. Reflexartig wollte ich es aufheben, doch dann sah ich, was Ivo sich mit verächtlichem Blick über seinen rechten Arm schob. Den Spiralreif des Fürsten.

Ich erstarrte mitten in der Bewegung. Jetzt wünschte ich mir für diverse Augenblicke lang, unsichtbar zu sein. Wenigstens so lang, bis diese Dampfwalze über uns hinweggerollt war. Das Schweigen war kalt wie Eis, was mir Gelegenheit gab, den Reif genauer zu betrachten. Er war so faszinierend wie beim ersten Mal, als ich ihn sah, aber erst jetzt bemerkte ich den Stierkopf, der das untere Ende am Handgelenk bildete. Seine Hörner ragten an die Fingerknöchel heran, sein Gesicht bedeckte den Handrücken. Wie magisch schauten mich seine Augen aus schwarzen, glitzernden Steinen an.

„Gut so, Ivo." Cedric tätschelte ihm sacht gegen den Oberarm. „Gesegnete Nacht."

Er winkte der Hündin und verließ genauso ungeniert das Haus, wie er es betreten hatte. Wie immer hinterließ er dabei auch einen Haufen Fragen bei mir, doch bevor ich ansetzen konnte, hob Ivo abwehrend die Hände.

„Bitte, Ingrun, erspar wenigstens du mir heute Abend Erklärungen, die ich nicht geben will. Es ist die Nacht des Lichtes, ich möchte feiern, mit dir tanzen, trinken und das wiederkehrende Licht begrüßen. Mehr nicht. Bitte."

Wer konnte schon der Bitte eines Mannes widerstehen, wenn man Inhalt dieser Bitte war? Ich jedenfalls konnte es bei Ivo nicht, also nickte ich mit einem verschämten Lächeln. „Lass uns gehen."

Ivo legte mir einen halblangen Umhang um die Schultern, der nicht besonders dick war, aber er versprach mir auch, dass es innerhalb des Feuerkreises sehr warm sein würde. Wer's glaubt, wird selig, dachte ich, sagte aber nichts.

Gemeinsam traten wir hinaus in den Winterabend. Die Luft war still, der Himmel im Widerschein der vielen Feuer samtig schwarz und der Schnee schimmerte wie Perlmutt. Aufgeregt griff ich nach Ivos Hand. Unser erstes Weihnachten.

Was als Katastrophe begonnen hatte, stellte sich mit jedem Tag mehr als größtes Geschenk meines Lebens heraus, und dafür dankte ich dem lieben Gott in diesem Moment. Glücklich drückte ich Ivos Hand, während wir Seite an Seite auf den hell erleuchteten kleinen Festplatz zuschritten.

Strahlende Gesichter schauten uns entgegen, Lachen erklang und wilde Musik. Die Ersten tanzten um den Baum, während die Kinder mit ihren kleinen Geschenken spielten und dazwischen wie immer auch die Hunde rauften. Von allen Seiten hallte uns ein fröhliches „Gesegnete Nacht!" entgegen, das wir von ganzem Herzen zurückgaben. Innerhalb des Feuerringes war es tatsächlich erstaunlich warm. Funken aus den Öfen stieben in den schwarzen Himmel. Ich fühlte mich stark und sicher, geborgen in diesem Kreis. Mein

Herz wurde ganz weit vor Liebe zu diesen Menschen und vor allem zu Ivo. Immer wieder musste ich ihn anschauen, er war so unbeschreiblich schön. Eine kraftvolle Schönheit, die in sich ruhte.

Und ich bemerkte sehr wohl, wie ich angeschaut wurde, was mir etwas peinlich war. Dauernd musste ich nach dem Reif um meinen Hals fassen. Wenn Cedric nicht dazwischengekommen wäre, hätte ich ihn abgelegt, ich hatte das Gefühl, als glühte er. Wo war Cedric überhaupt? Suchend glitt mein Blick über den kleinen Platz. Auch Belana konnte ich nirgends entdecken, dafür aber ihren Vater. Ich hob meinen Arm, um ihm zu winken. Eiligen Schrittes kam er zu uns herüber. Er traf zeitgleich mit Ivo ein, der uns beiden einen Becher mit Weihnachtsbier geholt hatte, und ich überlegte, ob ich meinen Hunger in Anbetracht der vielen Leckereien auf der Tafel noch länger ignorieren konnte. Aber zuerst musste ich mit den Männern anstoßen. Obwohl dieses keltische Bier mit vielen Gewürzen und Honig gesüßt war, war es bitterer als jedes moderne Pils. Mein Fall war es nicht, würde es wohl auch kaum werden. Die Bierbraukunst steckte noch mickrig in den Kinderschuhen.

Aber immerhin toppte sein Alkoholgehalt alles, was ich ansonsten bisher hier zu trinken bekommen hatte, und da galt es, nach all den Wochen doch vorsichtig zu sein. Ich wollte nicht wissen, wie sich ein Weihnachtsbierkater anfühlte.

Nach und nach gesellten sich weitere Dorfbewohner zu unserer Runde, wir lachten, tranken und jeder warf mehr als einen Blick auf den Reif, manche neigten sogar den Kopf, was mir hochnotpeinlich war.

Cedric entdeckte ich nach wie vor in der Menge nicht, genauso wenig wie Belana, und wie mir erst jetzt auffiel, fehlte auch Arne. Dafür hatten wir jede Menge Spaß.

Als ich uns endlich etwas zu essen holen wollte, ging über dem Hügel von Ottacker langsam der Vollmond auf. Minutenlang stand ich mit unseren tönernen Tellern und staunenden Augen in diesen Anblick versunken da. Dann schaufelte ich wie betört wahllos Essen auf die Teller und wandelte zu Ivo zurück. Wir aßen schweigend. Mit jedem Augenblick stieg der Mond höher, streute sein weißes Licht über die umliegenden Täler und Berge und uns. Alles war in magisches Weiß getaucht, sogar die Perlen in unseren Zöpfen schimmerten und die Feuer verblassten zu zartem Orange.

Mit dem Licht veränderten sich auch die Gespräche. Alles wurde stiller, die Musikanten leiser. Selbst das Knistern der vielen Feuer schien gedämpft. Wie verzaubert ging mein Blick durch die Menge der schönen Menschen, um an Ivo hängen zu bleiben. Ein Mann aus einer anderen Welt, ein Elbenkönig. Sein Torques glühte im Mondlicht, aber nichts glänzte so sehr wie seine Augen. Und dieses Glänzen galt mir. Langsam griff er erneut nach meiner Hand und zog mich mit sich in den Kreis der Tanzenden, die sich in einem wilden Strudel um den Baum drehten. Andere Hände fassten nach mir, rissen uns mit, jauchzend und lachend. Die Musik übte wie damals in der Nacht vor unserer Heimreise einen seltsam hypnotischen Sog auf mich aus, mir war, als flöge ich neben Ivo durch die Nacht und über den festgetretenen Schnee, und Wirbel aus Licht tanzten vor meinen Augen, ließen die Gesichter der Menschen zu einem Reigen aus Licht verschmelzen. Es war die Nacht der wiederkehrenden Sonne.

Immer und immer weiter drehten wir uns, schnell, dann zart wiegend, in weiten Kreisen, nahe beieinander. Ich fühlte nichts mehr als diese Leichtigkeit der Bewegung, hörte mein Herz verwirrend laut in meiner Brust, meinen gleichmäßigen Atem, die Wärme, die meinen Körper durchströmte. Tanzen, tanzen. Drehen im Licht, bis die Nacht zu Ende ist. Ich lachte bei diesen Worten in meinem Kopf. Ein Reim! Was für eine wundervolle, glückliche und unendlich schizophrene Welt.

Nur Sekunden später erkannte ich, wie schizophren sie tatsächlich war, denn ein riesiger Wolf durchbrach unseren Kreis. Die Musik stockte. Ich schrie erschrocken auf, stolperte mit dem Schwung des Tanzes und krachte gegen Ivo. Sämtliche Urängste befreiten sich schlagartig aus den Gefängnissen meines von Vernunft geprägten Unterbewusstseins. Der Wolf! Doch dann klärte sich mein tanzgedopter Blick und ich erkannte, wer da wirklich gebeugt und seltsam gestikulierend um den Baum schlich. Cedric. Cedric in diesem scheußlichen Wolfskostüm, das ich damals in seiner Hütte gesehen hatte.

„Es ist Cedric, Ingrun", flüsterte Ivo überrascht von meiner Reaktion, „hab keine Angst. Cedric wird für uns tanzen."

Ich nickte atemlos, völlig fasziniert von dem Schauspiel. Die Augen in dem Wolfsschädel glühten verstörend, fast wie Edelsteine, und dort, wo einmal die Kehle des Tieres gewesen war, verdeckte ein Tuch mit zwei schmalen Schlitzen Cedrics Gesicht. Das Rückenfell flatterte leicht, denn Cedrics Bewegungen wurden schneller. Wir alle traten ein paar Schritte zurück, sodass nur noch Cedric direkt im Licht stand, starrten gebannt auf den Druiden. Witternd reckte er das Gesicht in die leichte Brise, die plötzlich über uns hinwegstrich, mich fröstelte, fast gleichzeitig schob sich eine Wolke vor den Mond und nur noch das unstete Flackern der Feuer erhellte den kleinen Platz um uns herum. Instinktiv lehnte ich mich an Ivo. Seine Brust war warm und sicher.

Cedric nahm seine Pirsch um den Baum wieder auf, drehte sich dabei immer wieder wie ein Derwisch langsam um sich selbst. Plötzlich hatte er eine Trommel in der Hand, die er verstörend unrhythmisch schlug. Mein Herz verlor seinen eigenen Takt, ich keuchte, trotzdem ich bewegungslos an Ivo gelehnt dastand. Mit jeder Windung um den Baum wurde Cedric schneller, drehte sich und schlug die Trommel. Mir wurde schwindelig, aber meinen Blick konnte ich nicht abwenden. Neben mir ging eine der Frauen in die Knie, auf der anderen Seite folgte kurz darauf die nächste, während ich krampfhaft versuchte, trotz der Trommel gleichmäßig zu atmen. Nicht auf die Augen des Wolfes schauen.

Böse gesagt, kippten die Zuschauer wie die Fliegen und auch meine Beine trugen mich bald nicht mehr. Ich sank an Ivos Hand in den Schnee, die Kühle beruhigte mich. Krampfhaft starrte ich auf den Boden, dessen weiße Stille mir herrlich erschien, und versuchte, die Trommel in mir auszuschalten, doch vergebens.

Cedric schlug sie beharrlich und drehte sich in wilder Ekstase. Wie lang das so ging, konnte ich nicht sagen, doch dann ging ein Aufschrei durch die Menge, ich schaute auf. Vom Tor aus kam ein Licht auf uns zu, meine Nackenhaare stellten sich, abrupt sprang ich hoch, schob mich halb hinter Ivo.

„Ruhig", flüsterte er, und mir schien es, als schwang da ein kleines Lachen in seiner Stimme mit, „da kommt Branna mit einer Kerze auf dem Rücken."

Tatsächlich trabte Cedrics Hündin zwischen uns hindurch in den Kreis. Die brauchte sich nicht verkleiden, die war schon Wolf genug. Auf ihrem Rücken trug sie festgebunden eine Art Laterne. Wie zwei Magnete bewegten sich Herr und Hund aufeinander zu. Vor Brannas Nase brach Cedric zusammen und um mich herum fingen die Menschen an zu jubeln. Okay, dachte ich, ein fulminantes Ende, aber mir erschien es irgendwie tragisch, außerdem machte keiner Anstalten, sich um Cedric zu kümmern, ich wiederum traute mich nicht.

„Erklär's mir, Ivo", zischelte ich ihm ins Ohr, „was soll das? Cedric braucht Hilfe!"

Er schüttelte unmerklich den Kopf. „Nein, braucht er nicht, es geht ihm gut." Diskret drängte er uns beide ein paar Schritte in den Hintergrund. „Gleich wird er aufstehen."

Skeptisch schaute ich zwischen den anderen hindurch auf den Platz, wo Cedric noch immer wie gefällt im Schnee lag, die Hündin reglos davor. Dann richtete er sich tatsächlich langsam auf, ein Aufatmen ging durch die Menge, auch ich entspannte mich. Vereinzelt ertönte leises Klatschen, andere fielen ein, bis der Applaus laut durch die Nacht hallte. Befremdlich.

„Cedrics Tanz ist ein Opfer für die Götter", Ivo zog mich mit sich zum Biertisch hinüber, „er stellt unser aller Angst dar, dass der ewige Winter über uns gekommen sein könnte, mit Finsternis und Kälte. Jedes Jahr opfern wir den Göttern diese Angst mit seinem Tanz.

Cedric nimmt all diese Ängste auf sich, tanzt und das Licht kommt. Jetzt ist alles gut." Er lächelte mich an und reichte mir einen Becher Bier. „Gesegnete Nacht, Ingrun, meine Sonne. Seit du da bist, zweifle ich nicht mehr daran, dass das Licht zurückkommt."

Die Musikanten fingen wieder an zu spielen, leiser jedoch und verhaltener, und die Menge zerstreute sich erst einmal zwischen den diversen Tischen und Öfen. Der Schwung der Party war dahin, aber die Stimmung war immer noch seltsam heiter. Verwirrt und gerührt von Ivos Worten schlürfte ich an dem kalten Bier, ein heißer Tee wäre mir allerdings im Moment lieber gewesen, denn nach der Hitze des Tanzes kühlte ich langsam aus.

„Arne ist auch endlich da", murmelte mir Ivo ins Ohr. Wie beiläufig ließ ich meinen Blick suchend über die Menschen schweifen. In der Tat stand Arne an Krücken auf der anderen Seite des Platzes ganz in der Nähe seines Hauses. Wie immer allein. Einer seiner Sklaven brachte ihm eben einen Teller mit Essen, ein anderer schleppte aus dem Haus einen Schemel an. Ich sah ein paar der Dorfbewohner flüchtig in seine Richtung grüßen, aber keiner setzte sich zu ihm. Mitleid und Selbstgerechtigkeit stritten bei seinem Anblick wie so oft in mir, ohne zu einem Ergebnis zu kommen. Er war einfach ein armes Schwein, das sein Elend aber selbst verschuldet hatte. Jetzt ging mir nur noch Belana ab. „Was ist eigentlich mit Belana?"

Ivo zuckte die Schultern. Sein Blick hing noch immer an Arne.

„Keine Ahnung, wahrscheinlich ist sie bei ihm."

Ein Kick mit dem Kinn zu Oswins Haus hinüber machte klar, wen er meinte. Genau in diesem Moment ging die Haustür auf und der Barbar kam auf Belanas Schulter gestützt heraus. Diverse Köpfe um uns herum ruckten verblüfft, aber keiner verlor ein Wort darüber. Die beiden hinkten langsam auf den Festplatz zu, vorbei an Arne und seinem Schemel. Niemals hätte ich es für möglich gehalten, dass dieser Mann in absehbarer Zeit aufrecht stehen, geschweige denn laufen könnte.

„Und jetzt?", hauchte ich verstohlen.

„Noch nichts."

Betonung auf noch, dachte ich, wobei ich mich spontan nicht mehr so richtig wohl fühlte. Wo der Mann auftauchte, war Stress vorprogrammiert. Ich wendete mich ab, sah dafür, dass Cedric, jetzt in seinen weißen Druidenumhang gehüllt, auf uns zukam. In dem Outfit machte er nicht wie üblich den Eindruck eines kauzigen Eigenbrötlers, sondern wirkte erschreckend souverän, zumal er seinen knotigen Stock energisch in den Schnee harkte.

„Das Licht kehrt für alle zurück, vergiss das nicht, Ingrun", brummte er halblaut, während er sich mal wieder einfach zwischen uns drängte. Ich spürte eine leise Röte auf meinen Wangen. „Wie meinst du das?"

„Du weißt, was ich meine", sein Lächeln war milde, trotz Rüge, „vergiss nicht, dass ich mehr höre und sehe als andere, und außerdem spricht dein Gesicht klare Worte."

Ich errötete noch mehr und drehte mich zur Seite. Alles klar. Aber er hatte recht, mein Pokerface war nicht besonders blickdicht. Wahrscheinlich wusste jeder hier, dass weder Arne noch der Barbar zu meinen bevorzugten Freunden gehörten. Ohne mich weiter zu beachten, packte Cedric Ivo am Arm und zog ihn ein paar Schritte zur Seite. Dann steckten die beiden ihre Köpfe offensichtlich geheimnisvoll zusammen. Ich verdrehte zur entgegengesetzten Seite hin die Augen und trat zu den anderen Frauen an den Tisch mit Essbarem. Ich hatte schon wieder Hunger. Alles war so aufregend in dieser Nacht.

Elke kickte mich leicht in die Seite, ich ruckte verwundert.

„Schau, Frau Ingrun", sie grinste und wedelte dezent zu einem Paar hinüber, das halb im Schatten der Tanne stand. Mir fiel mein nicht vorhandenes Pokerface gleich mal aus dem Gesicht. Oswin und Artis, eine der Frauen aus Cambodunum, die Verwandte in Loja gehabt hatte, unauffällig Händchen haltend. Ach ne.

„Sehr schön", ich lachte, „das ist gut für Oswin."

Die anderen in der Runde nickten zustimmend und fielen in mein Lachen ein.

„Oswin ist schon so lang allein."

Das Unbehagen, das mir das Auftauchen des Barbaren bereitet hatte, verging im Kreis der Frauen. Wir lachten, tranken süßen Met. Die Ersten fingen wieder an zu tanzen, ich schaute mich suchend nach Ivo um, denn auch mir stand erneut der Sinn nach wildem Tanz. Ivo stand etwas abseits allein, ich folgte seinem konzentrierten Blick über den Platz und traf auf Belana, den Barbaren und … Arne. Keine erbauliche Konstellation.

Mit einem entschuldigenden Nicken verabschiedete ich mich von meinen Freundinnen und stiefelte zu Ivo hinüber. Die steile Falte zwischen seinen Brauen war das Erste, das ich erkennen konnte, und sein Augenspiel sprach missvergnügte Bände.

„Mag ja sein, dass Cedric recht hat und das Licht für alle wiederkehrt, aber manche sind es nicht wirklich wert."

Harte Worte aus dem Mund des Mannes, den Cedric den friedvollen Krieger nannte, trotzdem musste ich grinsen.

„Bingo", erwiderte ich in meiner Metlaune, „aber danach fragt ja niemand. Lass uns tanzen gehen, Ivo."

Meine Hand nehmend, setzte er zu einer Antwort an, doch ich schüttelte schmunzelnd den Kopf. „Ich weiß, Ivo, ich rede wirr. Aber heute ist Weihnachten und da darf man das."

„Weihnachten … bei den Göttern …!"

Lachend, Hand in Hand, eilten wir zu den Tänzern zurück, ließen uns mitreißen wie zuvor in den Wirbel aus Musik, Bewegung und Licht. Wir unterbrachen nur, um durstig trinken zu gehen. Irgendwann tanzten wir allein, über uns den prallen Vollmond. Ich lag in Ivos Armen, die Musik wurde ruhiger. Ich lachte, erinnerte mich, wie es früher war, wenn zu vorgerückter Stunde die Paare immer enger miteinander tanzten, die Lieder immer sehnsüchtiger und erotischer wurden. Knutschend in den Ecken lagen.

„Was lachst du, Ingrun?"

Sein Gesicht war direkt vor meinem, seine Augen verschwammen in meinem Blickfeld. Es wurde Zeit, dass wir uns in unsere

Schlafkammer zurückzogen und unser privates Weihnachten feierten. Daheim lag auch noch das kleine Geschenk, das ich ihm gebastelt hatte. Aus Ton hatte ich recht dilettantisch eine Kuh und ein Pferd mit Reiter geformt, das einen antiken Gutschein für ein Rindertraining darstellen sollte, damit er im nächsten Jahr auf Askan das Vieh vom Berg treiben konnte. Und dann wollte ich mit dem Elbenkönig schlafen.

„Lass uns gehen, Ivo", ich küsste ihn leidenschaftlich, „ich möchte jetzt mit dir allein sein."

Gut, wir lagen nicht knutschend auf einer Matratze in irgendeiner dunklen Ecke eines Partyraumes, aber wir standen küssend inmitten der Tanzfläche und jeder konnte sehen, dass wir unsere Hände nicht bei uns hatten. Langsam schwangen wir uns im Kreis, spürten unsere Körper nah aneinander. Die Musik drang wie durch Watte zu mir durch, weich und erregend. Ich schloss die Augen, ließ mich von unseren Lippen tragen.

„Dein Weib ist eine hingebungsvolle Tänzerin, Häuptling, wie immer berauschend schön und so königlich wie der Torques um ihren zarten Hals. Ein sicherer Beweise, dass ihre Herkunft so edel ist wie ihr Auftreten."

Ich riss die Augen auf, panisch und ungläubig, strauchelte vor Schreck. Natürlich ging meine Hand unwillkürlich an den goldenen Reif um meinen Hals.

Wie aus dem Boden gestampft ragte der Barbar vor uns auf, Belana und eine meiner Krücken als Stütze. Fassungslos starrte ich von einem zum anderen und zurück. Belanas Gesicht war böse verkniffen, was wahrscheinlich nicht an dem Gewicht auf ihrer Schulter lag. Arne stand keine zwei Schritte von uns entfernt daneben, seine Augen waren ebenfalls recht unfreundlich auf mich gerichtet, die des Barbaren glitzerten gefährlich.

„Wenn ich besser zu Fuß wäre, Häuptling, dann würde ich dir jetzt zeigen, wie man mit so einer Frau tanzt, auch wenn meine Herkunft nicht so edel ist, wie es die deinige zu sein scheint."

„Er ist nicht der Häuptling", murrte Arne dazwischen. Ivos Augen wurden schmal, doch er nickte Arne zu.

„In der Tat, Arne, aber solange du dein Amt noch nicht wieder antreten kannst, werde ich dich würdig vertreten."

Wie beiläufig drängte mich Ivo halb hinter sich, was mir grad recht war. Die Augen des Barbaren machten mich zum Angstbeißer.

„Geh, Mann", fuhr Ivo an ihn gewendet fort, „ich habe dir schon einmal gesagt, dass unsere, meine Gastfreundschaft bei der Belästigung unserer Frauen und Kinder aufhört. Ein weiteres Mal werde ich nicht dulden, dass du diese Grenze überschreitest."

Schräg hinter mir tauchte Oswin mit Artis auf, auch ein paar andere Dorfbewohner gruppierten sich in unserer Nähe. Etwas beruhigter fasste ich Ivos Hand.

Der Alamanne lachte höhnisch. Er überragte die Kelten um mindestens einen Kopf. Ungeniert lehnte er sich noch ein wenig mehr auf Belana und griff nach ihrer Brust, während er mich weiterhin anstarrte.

„Ich bin sicher, dass du noch gern für mich tanzen wirst, Frau Ingrun", zischte er so leise, dass nur Ivo und ich es hören konnten, „nur du und dein Torques, ganz sicher."

Ivos Finger krallten sich einen Atemzug lang um meine Hand, ich kniepte vor Schmerz mit den Augen, doch bevor er den Mund zu einer Antwort öffnen konnte, brach bei mir die Wut durch.

„Schluss jetzt", giftete ich den Mann an, „ich werde mir deine Unverschämtheiten nicht länger anhören. Ich entscheide, mit wem ich tanze, und sei sicher, ich tanze lieber nie wieder, bevor ich nur einen Schritt mit dir gehe. Merk dir das jetzt, Mann."

Zornig richtete ich mich auf, warf einen Blick auf die abgestellte Belana. „Du hast da ein wunderbares Mädchen", sagte ich und trat nah an Ivo heran, „lass mich in Ruhe, endgültig."

Der Barbar verneigte sich spöttisch vor mir, Belanas Augen bewarfen mich derweil mit vergifteten Pfeilen.

„Sie ist nur ein dummes Mädchen, du sagst es, Frau, kein Vergleich zu einem Weib wie dir."

Oswin wollte an Ivo vorbeihechten, doch der hielt ihn am Kragen seiner Tunika auf.

„Es ist die geweihte Nacht, Oswin, keinen Streit, keine Gewalt."

Cedrics weißer Mantel erschien wie von Geisterhand zwischen uns und eine einzige energische Bewegung seines Stabes ließ sogar den Barbaren einen Schritt zurückweichen. Ich atmete auf. Vor dem Druiden würde wohl sogar der Barbar einen Funken Respekt haben.

„Was wagt ihr", donnerte Cedric, bestürzt starrte ich ihn an, „der Zorn der Götter wird über uns kommen. Niemand entweiht ungestraft die dunkelste Nacht."

Ivo senkte den Kopf, genau wie Oswin und alle anderen, die um uns standen, also tat ich es ihnen nach, obwohl ich nicht wirklich verstand, warum er uns schalt. Außerdem hätte ich nie vermutet, dass Cedric eine so autoritäre Stimme haben konnte. Nur der Alamanne behielt hochmütig seinen Kopf oben.

„Eure Götter sind nicht meine."

Harsch zerrte er an Belanas Schulter, die wie ein Kaninchen in Starre zu keiner eigenen Handlung fähig war, und drängte sie zu Oswins Haus hinüber.

Der Schmerz in Oswins Gesicht war entsetzlich. Für einen Atemzug lang stützte er sich auf Ivos Arm, dann drehte er sich um und ging einfach weg. Artis zögerte kurz, folgte ihm mit einem scheuen Nicken an uns. Auch der Rest der Dorfbewohner wich zögernd. Zurück blieben Ivo, Cedric, Arne und ich.

„Sie betört jeden hier", knurrte Arne und zeigte auf mich, „jeden Mann. Sie ist eine Zauberin, Cedric. Tu endlich etwas."

Ivo schloss die Augen, besser so, dachte ich, denn sonst hätte jeder gesehen, dass er kurz davorstand, Arne den Hals zu brechen. Was die Götter dazu gesagt hätten, wollte ich besser nicht wissen. Obwohl, ich schenkte Arne einen eisigen Blick, der ihn in einen kurzlebigen Bazillus verwandelt hätte, wenn es um meine Zauberkräfte tatsächlich so bestellt gewesen wäre, wie er vermutete. Wahrscheinlich wären die keltischen Götter wegen eines Halbrömers selbst an Alban Arthuan nicht so richtig ärgerlich.

„Schweig, Arne", auch leise verlor Cedrics Stimme nichts von ihrer Autorität, „es ist besser, wenn du jetzt gehst. Ingrun ist eine Frau wie viele andere, ihr seid schwach. Es ist nicht ihr Werk und es hat nichts mit Zauberei zu tun, wenn ihr Männer Schwächlinge seid."

Rummsss. Unübersehbar landete Arnes Fassung im Schnee zu seinen Füßen, während seine Wangen sich feuerrot färbten. Aber auch meine Selbstbeherrschung war insofern gefordert, als dass ich mein schadenfrohes Grinsen kaum unterdrücken konnte. Arne blinzelte und stolperte mit der einen Krücke zwei Schritte rückwärts, knapp von seinem Leibsklaven aufgefangen, der ihn zu seinem Haus hinüberführte.

Da waren es nur noch drei. Unschlüssig suchte ich Ivos Blick, doch der hing am Vollmond, während Cedric mir flüchtig zunickte und ebenfalls ging.

„Lass uns ein paar Schritte gehen, Ivo", murmelte ich, unsicher nach seiner Hand angelnd. Schweigend liefen wir zu den Pferden hinüber. Oswin und die Frau aus Cambodunum standen eng umschlungen, in Mondlicht gebadet, ebenfalls nahe des Pferchs.

Der Anblick der Pferde war beruhigend. Ivo lehnte sich seufzend auf die oberste Latte des Zaunes. Hinter uns begann die Musik wieder zu spielen, vereinzeltes Gelächter und Gesang drang bis zu uns herüber, doch die Stille ließ sich davon nicht berühren. Auch ich atmete tief durch, klammerte ganz bewusst die letzte Viertelstunde aus dem Rest des Abends aus. Alles war so wunderschön gewesen, ich wollte dem Dreck des Barbaren keine Chance geben, ihn zu beschmutzen.

„Beim nächsten Vollmond möchte ich mit dir auf einen Berg reiten", Ivos Stimme war träumerisch und seine Augen glitten sehnsüchtig über die fahlen Leiber der Pferde im Mondlicht. Mondpferde. Ich liebte es, bei Vollmond zu reiten. Leise lachend drängte ich mich an ihn. „Schade, dass wir dafür noch so lang warten müssen. Bei Schnee ist es am schönsten."

Er legte seinen Arm um meine Hüften und küsste meine Wange, dann schüttelte er leicht den Kopf. „In den Raunächten ist nicht gut reiten, Ingrun. Da sollte man nicht unterwegs sein, denn der Ritt könnte wilder werden, als einem lieb ist. Und Schnee werden wir noch genug haben. Die kalten Tage kommen erst."

Raunacht. Einer der vielen Begriffe, die man kannte, ohne ihre wirkliche Bedeutung zu wissen, ohne sie zu verstehen. Die Pferde standen, mit hängenden Köpfen, schlafend dicht aneinander gedrängt im milchigen Schein des Mondes. Vereinzelt hörte ich ein Schnauben, Stampfen im Schnee. Der Mond ließ alles flach erscheinen, seltsam konturenlos und friedlich. Eine Zufriedenheit, die man nur bei Tieren erleben konnte. Ich fragte mich, ob eben genau wegen dieses Friedens, den die Tiere spendeten, unser Jesus in einem Stall zur Welt gekommen war. Das spräche für die Weisheit des lieben Gottes und einen Urglauben, den wir alle noch immer in uns trugen. Leise lachend kuschelte ich mich an Ivo. Im tiefsten Inneren waren wir wahrscheinlich alle noch Neandertaler, sogar die Kelten.

„Lass uns heimgehen, Ingrun."

Eng umschlungen liefen wir um die Pferche herum, am Bach und den Palisaden entlang zu unserem Haus. Es fühlte sich gut an, neben Ivo in die Stube zu treten, die nur vom letzten Glühen des großen Ofens erhellt wurde, der einen Rest an Wärme verbreitete.

„Der Abend war wunderschön, Ivo, das schönste Weihnachten seit vielen Jahren."

Ich küsste ihn sacht auf die Wange. Sein Blick hing voll Dankbarkeit und Liebe an mir.

„Danke, Ingrun, auch für mich war es schön wie nie und ich bin sicher, dass ich nicht der Einzige heute Abend bin, der sehr glücklich ist, weil du bei uns bist."

Ich giggelte verschämt. „Naja, es gibt da aber auch ein paar, die diese Meinung ganz sicher nicht teilen."

Ivo strich mir leicht über die Schulter und ging dann zur Schlafkammer hinüber. Ich hörte, wie er Holz in den kleinen Ofen warf. Dann kam er zurück.

„Weißt du, Frau“, er hielt mir seine Hand entgegen, und ich ging zu ihm hinüber, „Arne ist verblendet, er verdient unser Mitgefühl.“

Was sollte ich dazu sagen? Theoretisch richtig, praktisch verdammt anstrengend? Ich beließ es bei einem Lächeln. Er zog mich hinter sich in die Schlafkammer, die richtig warm war, fast zu warm. Solche Temperaturen war ich gar nicht mehr gewöhnt. Unwillkürlich lief mir ein wohliges Schütteln über den Rücken.

„Schließ die Augen, Ingrun.“

Wie er wollte, ich kniff die Augen zusammen. Seine Finger öffneten die Schließe meiner Tunika, fingen dann an, die Bänder meines Mieders zu lösen.

„Lass sie zu!“, knurrte er halb lachend, „auf keinen Fall darfst du die Augen öffnen, bevor ich es dir erlaube.“

Nun, das waren Anweisungen, bei denen ich mich notorisch unwohl fühlte, doch so viel Vertrauen sollte vorhanden sein, also nickte ich ergeben, aber wachsam, was er mit mir anstellen würde. Mein Mieder fiel, dann zog er mir die weiße Hemdbluse über den Kopf und löste den Gürtel, der meinen Rock hielt. Er schob mich sanft aus dem Stoff heraus, küsste meinen Hals und meinen Nacken, während er die Spangen aus meinen Haaren löste. So ohne Kleider fröstelte ich dann doch, eine Gänsehaut zog sich meine Arme und den Rücken hinauf, trotzdem blieb ich brav stehen, in der Erwartung, dass er irgendein erotisches Spiel mit mir anstellen würde. Hinter meinem Rücken hörte ich es rascheln.

Mit allem hätte ich gerechnet, doch nicht damit, dass sich etwas Warmes und unglaublich Weiches über meine Schultern legte. Völlig verdutzt fasste ich mit geschlossenen Augen nach dem Umhang. Pelz!

„Jetzt darfst du schauen, Ingrun, meine Sonne.“

Zögernd öffnete ich die Augen. Mein ökologisches, vom Tierschutz geprägtes Gewissen schrillte alarmrot. Ivo stand vor mir, strahlte. Um meine Schultern lag tatsächlich ein Pelz, außen silberweiß, langhaarig. Er reichte bis über meine Knie und war innen reinweiß und so unglaublich flauschig wie ein Angorapullover. Etwas so Schönes hatte ich noch nie gesehen. Scheu strich ich darüber. „Was ist das?"

„Mein Geschenk zu Alban Arthuan für dich. Der Nerz wird dich vor Wind und Regen und Schnee schützen, der Schneehase hält dich innen warm."

Nerz? Schneehase? Meine Augen waren wahrscheinlich überdimensional groß, ich starrte Ivo fassungslos an.

„Ich konnte es nicht länger ertragen, dass du immer so frierst."

Mühsam sammelte ich Spucke, um überhaupt den Ansatz zu einer Antwort möglich zu machen.

„Danke", hauchte ich und erinnerte mich, dass ich nicht in einem Zeitalter lebte, in dem diese Tiere unter bestialischen Verhältnissen in engen Käfigen auf einen qualvollen Tod harrten, damit sich irgendein dahergelaufener Mensch in bepelzter Eitelkeit aalen konnte. Diese Nerze und Hasen hatten frei gelebt. Sie schützten mich jetzt tatsächlich vor schlimmer Kälte. „Danke, Ivo. Dein Geschenk ist sehr kostbar. Der Umhang ist wunderschön."

„Nichts kann so kostbar sein wie du, Ingrun", sein Lächeln huschte ein wenig verschämt an mir vorbei, „es ist mir eine Freude, wenn dir mein Geschenk gefällt, und du bist unglaublich schön in diesem Umhang. Wie die Winterkönigin selbst."

Meine Wangen färbten sich, ich fühlte es genau, und es lag nicht daran, dass mir unter dem Umhang wunderbar warm war. Scheu strich ich ihm über seine Wange und trat an den Spiegel an der Wand. Was ich sah, ließ sogar mir den Atem stocken. Die Frau im Spiegel war tatsächlich schön, wie sie nackt in den Umhang gehüllt dastand. Langsam drehte ich mich um meine eigene Achse. Mein dunkles Haar schimmerte auf dem Pelz und auch meine Haut überzog er mit einem silbrigen Schein. Von hinten trat Ivo an mich heran, schob tief einatmend den Pelz halb über meine Schultern. Seine Fingerspitzen fuhren über meine Schlüsselbeine, sein Blick hing im Spiegel an mir.

„Auf diesen Anblick freue ich mich schon, seit die Männer aus Foetibus zurück sind und den Pelz brachten. Selbst die Winterkönigin würde vor Neid erblassen."

Ich lehnte mich an ihn, während seine Hände selbstsicher tiefer wanderten und seine Augen mich im Spiegel betrachteten. Ivo hatte noch nie etwas Forderndes an sich gehabt, mich nie zu etwas gedrängt, aber immer mit Hingabe seine Zärtlichkeit mit mir geteilt. Langsam dämmerte mir, was Liebe wirklich bedeuten konnte.

Unsere Blicke trafen sich im Spiegel. Keiner von uns beiden wusste, ob diese Liebe Fluch oder Segen bringen würde, aber eines war klar: Für keinen Preis der Welt würden wir sie aufgeben. Eine Liebe gegen jede Chance, und doch war sie passiert.

Die erste Raunacht begann mit einem Gewitter und endete in einem Schneesturm. Der Wind drückte heulend den Rauch in den Kamin zurück, sodass wir immer wieder hustend lüften mussten. Entsprechend kalt war es im Haus. Wir gingen früh zu Bett. Draußen dröhnte dumpfer Donnerhall durch das Tal, Blitze erhellten die Schlafkammer. Mir war ein wenig bang zumute. Immer wieder hörte ich die Rinder ängstlich rufen und auch die Pferde wieherten aufgeregt. Was hätte ich dafür gegeben, sie alle sicher und trocken in einem Stall anstatt den Unbilden des Wetters schutzlos ausgesetzt zu wissen. Unruhig wälzten wir uns im Schlaf hin und her.

Tags drauf türmten sich schwarze Wolken am Himmel, warfen kalte, harte Schatten in den frischen Schnee. Die Krähen drehten krächzende Kreise über dem Dorf. Cedric schritt gefolgt von Mara und ihrer Räucherschale von Haus zu Haus, von Kate zu Kate und zeichnete seltsame Symbole an die Türträger, während Mara unverständliche Beschwörungen murmelte und alles noch mehr unter Qualm setzte.

„Die Menschen fürchten sich", erklärte mir Ivo vor unserer Haustür, „das Wetter flüstert eine gefährliche Botschaft, vor der Cedric uns zu schützen versucht."

Wider Willen zog sich eine Gänsehaut über meinen Rücken, die ich leider nicht auf die eisigen Temperaturen schieben konnte, denn ich trug meinen neuen Pelz.

„Wie meinst du das?“, fragte ich zurück, obwohl ich es eigentlich gerade am eigenen Leib spürte.

Mit einem sorgenvollen Blick in den Himmel bewegte er die Schultern.

„Die nächsten Tage und Wochen werden vielen den Tod bringen, dieser Winter ist hart.“

Meine Gänsehaut erfror, während ich ihn entsetzt anstarrte. Als hätte er auf sein Stichwort gewartet, rannte vom Tor einer der jungen Männer auf uns zu, die dort Wache hielten. Ivos Gesicht zog sich noch mehr zusammen.

„Herr! Herr Ivo!“, rief er schon von Weitem, Ivo nickte ihm in seiner typisch fatalistischen Gelassenheit zu.

„Was bringst du, Torquil?“

Der Junge verneigte sich kurz vor mir, ich lächelte verkrampft. Torquil war Elkes ältester Sohn.

„Parlan und Corr waren eben am Tor. Ich soll dir ausrichten, dass sie mehrere Gruppen und ein paar einzelne Menschen in der Nähe des Dorfes und Lojas gesehen haben. Die Körbe an der Straße haben sie gelehrt. Was sollen wir tun?“

Ivos Blick schweifte auf der Suche nach Lösungen wieder über den drohend schwarzen Himmel. Vermutlich waren es weitere Flüchtlinge aus Cambodunum, die auf der Suche nach Essbarem bis hierhergekommen waren. Ich fragte mich nur, warum keiner zum Betteln ans Tor kam, wie es die Frauen getan hatten. Verwirrt schwankte ich zwischen dem Bedürfnis, zu helfen, und der zögernden Erkenntnis, dass wir wahrscheinlich selbst kaum genug hatten, um wohl über den Winter zu kommen.

„Das Tor wird ab sofort tagsüber geschlossen“, Ivo holte gequält Luft, „keiner geht bei Tag zu unseren geheimen Vorratskellern. Sag das jedem, der das Dorf verlassen will, und schick Oswin zu mir. In ein paar Tagen sind die Menschen so hungrig, dass sie sogar einen von uns aufessen würden. Also wird auch niemand allein das Dorf verlassen. Wir gehen nur noch in Gruppen von mindestens dreien. Frauen bleiben hier."

Ein scharfer Blick ging an mich. Eine Warnung vorab. Wie versteinert stand ich neben ihm, während mein Hirn versuchte, seltsam diffuse Fetzen meiner archaischen Erinnerungen zu einem Bild von kannibalischen Menschen zusammenzusetzen. Menschen, deren genetisch fixiertes Nahrungstabu im Angesicht des drohenden Todes außer Kontrolle geriet. Kaltes Entsetzen kroch mir die Kehle hinauf. Intuitiv angelte ich nach Ivos Hand, warm und sicher. Ein flüchtiger Blick streifte mich.

„Ingrun, hol einen Sack Mehl und ein paar Äpfel und die Brote, die du gestern gebacken hast."

Ich nickte verwirrt und stolperte ins Haus. Hastig sammelte ich die gewünschten Sachen in einen Leinenbeutel, den ich Ivo vor die Tür brachte.

„Mögen die Götter uns gnädig sein", Ivo nahm mir den Beutel ab und reichte ihn an Torquil weiter, „geh mit zwei anderen hinunter zur Kreuzung an der Römerstraße und leg den Beutel in einen der Körbe. Beeilt euch und gebt acht."

Der Junge flitzte hüpfend durch den hohen Schnee. Verstört beobachtete ich, wie er mit zwei weiteren jungen Männern durch das noch immer halb geöffnete Tor hinaus den Hügel hinabrannte.

„Was für Körbe, Ivo?"

Seufzend lehnte er sich an die Haustür. „Oswin und ich haben schon vor Tagen an der Kreuzung unten ein paar Körbe mit Lebensmitteln in die Bäume hängen lassen, wo die Wölfe sie nicht holen können. Aber wir werden darüber abstimmen müssen, wie lang wir das so machen können."

Ich wiegte verstehend den Kopf. Das nannte man dann eine antike Armentafel.

„Warum kommen die Flüchtlinge nicht hierher, so wie die Frauen?"

Ein zynisches Prusten samt Atemwolke schoss aus Ivo heraus. „Kein Römer wird bei einem Kelten betteln gehen, nie. Lieber versuchen sie, uns zu bestehlen. Die Frauen vor drei Tagen sind nur gekommen, weil ihre Kinder sonst verhungert wären."

Derartige Dünkelhaftigkeit schien mir in Anbetracht der Situation ziemlich unangebracht, aber wenigstens verstand ich jetzt, warum Ivo das Tor schließen ließ. Plünderung und Mord wollte ich nicht am eigenen Leib erfahren. Mein Blick schweifte gedankenvoll über die Häuser und Katen, ein Bild des winterlichen Friedens. Trügerisch. Die Alamannen waren endlich fort, dafür drohten jetzt ihre Opfer, gefährlich zu werden. Und selbst der Winter konnte uns das Leben kosten. Und nach dem Winter kamen die Alamannen zurück.

„Die Götter spielen ein seltsames Spiel", Ivo strich mir mit gequältem Gesicht über den Rücken. „Jahrelang konnte ich mich aus allem heraushalten, standhaft mein Leben als Viehzüchter leben, meine Herkunft und meine Bestimmung verleugnen, doch jetzt holt mich alles ein. Mein Vater hat es mir immer prophezeit. Ich fürchte die kommenden Monate."

Fröstelnd zog ich die Schultern hoch. „Was genau fürchtest du, Ivo?"

Sein Blick glitt ein letztes Mal über das winterliche Dorf, dann zog er mich ins Haus. Wärme umfing uns, Ivo nahm mir den Pelz von den Schultern und gemeinsam traten wir ans Feuer, wo Ivo den Krug mit heißem Kräutertee aus der Nische hob. Bedächtig füllte er unsere Tassen, die noch auf dem Tisch standen. Zögernd hockte ich mich auf die Decken am Boden. Sein Schweigen auf meine Frage verunsicherte mich, denn seine Aussage, mich im Zweifelsfall in meine Zeit zurückzuschicken, war immer unterschwellig in meinem Kopf. Mit den Tassen in der Hand kam er zurück, stellte danach die Kanne in die Nische am Ofen. Langsam ließ er sich neben mir auf den Decken nieder. Er wirkte müde.

„Also?" Meine Stimme klang provozierender, als ich wollte. Ivo schmunzelte und trank einen Schluck Tee.

„Du willst wissen, was ich fürchte?"

Ich bewegte zustimmend meinen Kopf und rutschte näher an ihn heran.

„Es ist diese Unausweichlichkeit, Ingrun. Seit Jahren forderte die andere Ingrun von mir, dass ich meine Bestimmung annehme, aber ihr Weg war der falsche, deswegen bin ich nie mit ihr mitgegangen. Dann hat sich das Rad des Schicksals gewendet und eure Inkarnationen wurden getauscht. Es wird immer klarer. Die Götter handeln weise. Mit dir an meiner Seite verfüge ich über die notwendige Stärke, du gibst mir Halt und dein Rat führt uns in die richtige Richtung. Wir werden weder Kampf, noch Tod und Elend vermeiden können, denn unsere Welt zerbricht. Aber du weißt, was Frieden bedeutet, denn du kommst aus einer Zeit, in der man die Bedeutung des Friedens kennt, du bist deswegen durch die Zeit gewandelt. Du wirst auch uns wandeln … So die Götter es wollen."

Ich schloss die Augen. Wenn Ivo recht hatte, dann erwartete uns eine große Aufgabe, und alles, was bisher geschehen war, bekam damit einen Sinn.

„Fürchte dich nicht, Ivo", ich lächelte leicht, denn diese Worte waren schon im Buch der Bücher gesprochen worden, „wenn das alles einen Sinn hat, dann werden die Götter auch dafür sorgen, dass wir unsere Aufgabe bewältigen."